Die Abenteuer des Huckleberry Finn

(Tom Sawyers Kamerad)

Von Mark Twain

Copyright © 2024 von Autri Books

Alle Rechte vorbehalten. Kein Teil dieser Veröffentlichung darf ohne vorherige schriftliche Genehmigung des Herausgebers vervielfältigt, fotokopiert, aufgezeichnet oder auf andere elektronische oder mechanische Weise verwendet werden, es sei denn, es handelt sich um kurze Zitate, die in kritischen Rezensionen enthalten sind, und bestimmte andere nicht-kommerzielle Nutzungen, die nach dem Urheberrecht zulässig sind.

Diese Ausgabe ist Teil der "Autri Books Classic Literature Collection" und enthält Übersetzungen, redaktionelle Inhalte und Gestaltungselemente, die von dieser Publikation stammen und urheberrechtlich geschützt sind. Der zugrundeliegende Text ist gemeinfrei und unterliegt nicht dem Urheberrecht, aber alle Ergänzungen und Änderungen sind von Autri Books urheberrechtlich geschützt.

Veröffentlichungen von Autri Books können für Bildungs-, Handels- oder Werbezwecke erworben werden. Weitere Informationen finden Sie contact:

autribooks.com | support@autribooks.com

ISBN: 979-8-3305-5005-0
Die erste Auflage erscheint 2024 bei Autri Books.

INHALT.

KAPITEL I.
Zivilisierender Huck. – Miss Watson. – Tom Sawyer Waits.

KAPITEL II.
Die Knaben entkommen Jim. – Zerrissene Sawyers Bande. – Tief geschmiedete Pläne.

KAPITEL III.
Ein guter Übergang. – Gnade triumphiert. – "Eine von Tom Sawyers' Lügen".

KAPITEL IV.
Huck und der Richter. – Aberglaube.

KAPITEL V.
Hucks Vater. – Der zärtliche Vater. – Besserung.

KAPITEL VI.
Er entschied sich für Richterin Thatcher. – Huck beschloss zu gehen. – Politische Ökonomie. – Herumschlagen.

KAPITEL VII.
Für ihn liegend. – In der Kajüte eingesperrt. – Den Leichnam versenken. – Ausruhen.

KAPITEL VIII.
Schlafen im Walde. – Auferwecken der Toten. – Erforschen der Insel. – Jim finden. – Jims Flucht. – Zeichen. – Balum.

KAPITEL IX.
Die Höhle. – Das schwimmende Haus.

KAPITEL X.
Der Fund. – Der alte Hank Bunker. – In Verkleidung.

KAPITEL XI.
Huck und die Frau. – Die Suche. – Ausflüchte. – Nach Goschen.

KAPITEL XII.
Langsame Navigation. – Borgen von Dingen. – Entern des Wracks. – Die Verschwörer. – Jagd nach dem Boot.

KAPITEL XIII.
Flucht aus dem Wrack. - Der Wächter. - Sinkend.

KAPITEL XIV.
Eine gute Zeit. - Der Harem. - Franzosen.

KAPITEL XV.
Huck verliert das Floß. - Im Nebel. - Huck findet das Floß. - Müll.

KAPITEL XVI.
Erwartung. - Eine Notlüge. - Schwankende Währung. - An Kairo vorbeilaufen. - An Land schwimmen.

KAPITEL XVII.
Ein abendlicher Besuch. - Die Farm in Arkansaw. - Innendekorationen. - Stephen Dowling Bots. - Poetische Ergüsse.

KAPITEL XVIII.
Oberst Grangerford. - Aristokratie. - Fehden. - Das Testament. - Die Bergung des Floßes. - Das Holz - Haufen. - Schweinefleisch und Kohl.

KAPITEL XIX.
Die Bindung des Tages - die Zeiten. - Eine astronomische Theorie. - Eine Wiederbelebung der Mäßigkeit. - Der Herzog von Bridgewater. - Die Schwierigkeiten des Königshauses.

KAPITEL XX.
Huck erklärt. - Einen Feldzug entwarf. - Arbeit im Lager - Versammlung. - Ein Pirat im Lager - Versammlung. - Der Herzog als Drucker.

KAPITEL XXI.
Schwertübung. - Hamlets Selbstgespräch. - Sie lungerten in der Stadt herum. - Eine faule Stadt. - Der alte Boggs. - Tot.

KAPITEL XXII.
Sherburn. - Der Besuch des Zirkus. - Rausch in der Manege. - Die aufregende Tragödie.

KAPITEL XXIII.
Verkauft. - Königliche Vergleiche. - Jim bekommt Heimweh.

KAPITEL XXIV.
Jim in königlichen Roben. - Sie nehmen einen Passagier. - Auskunft erhalten. - Trauer der Familie.

KAPITEL XXV.
Sind sie es? - Singen sie den »Doxologen«. — Schrecklicher Platz — Trauerorgien. — Eine schlechte Inventition.

KAPITEL XXVI.
Ein frommer König. - Der Klerus des Königs. - Sie bat ihn um Verzeihung. - Versteckt sich im Zimmer. - Huck nimmt das Geld.

KAPITEL XXVII.
Das Begräbnis. - Befriedigung der Neugierde. - Mißtrauisch gegen Huck, - Schnelle und kleine Verkäufe.

KAPITEL XXVIII.
Die Reise nach England. - »Das Tier!« — Mary Jane beschließt, zu gehen. — Huck trennt sich von Mary Jane. — Mumps. — Die Linie der Opposition.

KAPITEL XXIX.
Umstrittenes Verhältnis. - Der König erklärt den Verlust. - Eine Frage der Handschrift. - Das Ausgraben des Leichnams. - Huck entkommt.

KAPITEL XXX.
Der König ging auf ihn los. - Ein königlicher Ruder. - Mächtig sanft.

KAPITEL XXXI.
Unheilvolle Pläne. - Nachrichten von Jim. - Alte Erinnerungen. - Eine Schafsgeschichte. - Wertvolle Informationen.

KAPITEL XXXII.
Stille und Sonntag - wie. - Verwechslung. - Einen Baumstumpf hinauf. - In einem Dilemma.

KAPITEL XXXIII.
Ein Niggerdieb. - Gastfreundschaft des Südens. - Ein ziemlich langer Segen. - Teer und Federn.

KAPITEL XXXIV.
Die Hütte am Asche-Hopper. - Unerhört. - Den Blitzableiter erklimmen. - Von Hexen geplagt.

KAPITEL XXXV.
Richtig entkommen. – Dunkle Pläne. – Unterscheidung beim Stehlen. – Ein tiefes Loch.

KAPITEL XXXVI.
Der Blitzableiter. – Sein ebenbürtiger Bester. – Ein Vermächtnis an die Nachwelt. – Eine hohe Zahl.

KAPITEL XXXVII.
Das letzte Hemd. – Herumlungern. – Segelbefehle. – Der Hexenkuchen.

KAPITEL XXXVIII.
Das Wappen. – Ein geschickter Aufseher. – Unangenehmer Ruhm. – Ein tränenreicher Gegenstand.

KAPITEL XXXIX.
Ratten. – Lebhaftes Bett – Gesellen. – Die Strohpuppe.

KAPITEL XL.
Fischfang. – Das Wachsamkeitskomitee. – Ein lebhafter Lauf. – Jim rät einem Arzt.

KAPITEL XLI.
Der Doktor – Onkel Silas – Schwester Hotchkiss – Tante Sally in Schwierigkeiten.

KAPITEL XLII.
Tom Sawyer verwundet. – Die Geschichte des Doktors. – Tom gesteht. – Tante Polly kommt. – Verteilt ihnen Briefe.

KAPITEL DAS LETZTE.
Aus der Knechtschaft. – Den Gefangenen bezahlen. – Mit freundlichen Grüßen, Huck Finn.

BEMERKEN.

Personen, die versuchen, ein Motiv in dieser Erzählung zu finden, werden strafrechtlich verfolgt; Personen, die versuchen, darin eine Moral zu finden, werden verbannt, Personen, die versuchen, darin eine Verschwörung zu finden, werden erschossen.

IM BEFEHL DES VERFASSERS PER G. G., CHIEF OF ORDNANCE.

ERKLÄREND

In diesem Buch werden eine Reihe von Dialekten verwendet, nämlich: der Missouri-Negerdialekt; die extremste Form des hinterwäldlerischen Dialekts des Südwestens; der gewöhnliche "Pike County"-Dialekt; und vier modifizierte Varietäten dieser letzteren. Die Schattierungen wurden nicht willkürlich oder durch Vermutungen vorgenommen; aber gewissenhaft und mit der zuverlässigen Anleitung und Unterstützung persönlicher Vertrautheit mit diesen verschiedenen Formen der Rede.

Ich mache diese Erklärung aus dem Grund, dass viele Leser ohne sie annehmen würden, dass all diese Charaktere versucht haben, gleich zu sprechen, und es ihnen nicht gelungen ist.

DER AUTOR.

HUCKLEBERRY FINN

Szene: Das Mississippi-Tal Zeit: vor vierzig bis fünfzig Jahren

KAPITEL I.

Du weißt nicht, wie es mir geht, wenn du nicht ein Buch gelesen hast, das heißt „Die Abenteuer des Tom Sawyer"; Aber das macht nichts. Dieses Buch wurde von Mark Twain gemacht, und er sagte hauptsächlich die Wahrheit. Es gab Dinge, bei denen er sich ausdehnte, aber vor allem sagte er die Wahrheit. Das ist nichts. Ich habe nie jemanden gesehen, der nicht einmal gelogen hat, ohne dass es Tante Polly oder die Witwe oder vielleicht Mary war. Tante Polly - Toms Tante Polly, das ist sie - und Mary und die Witwe Douglas wird in diesem Buche erzählt, das größtenteils ein wahres Buch ist, mit einigen Bahren, wie ich schon sagte.

Die Art und Weise, wie das Buch endet, ist folgende: Tom und ich haben das Geld gefunden, das die Räuber in der Höhle versteckt haben, und es hat uns reich gemacht. Wir bekamen sechstausend Dollar pro Stück - alles Gold. Es war ein schrecklicher Anblick von Geld, als es aufgetürmt wurde. Nun, Richter Thatcher nahm es und gab es gegen Zinsen aus, und es brachte uns das ganze Jahr über einen Dollar pro Tag und Stück ein - mehr, als ein Körper sagen konnte, was er damit anfangen sollte. Die Witwe Douglas hielt mich für ihren Sohn und erlaubte ihr, mich zu verleumden; aber es war hart, die ganze Zeit in dem Hause zu leben, wenn man bedenkt, wie trostlos und anständig die Witwe in all ihren Gewohnheiten war; und als ich es nicht mehr aushalten konnte, zündete ich an. Ich schlüpfte wieder in meine alten Lumpen und meinen Zuckerschweinskopf und war frei und zufrieden. Aber Tom Sawyer hat mich gejagt und gesagt, er würde eine Räuberbande gründen, und ich könnte mitmachen, wenn ich zur Witwe zurückkehre und anständig wäre. Also ging ich zurück.

Die Witwe weinte um mich und nannte mich ein armes, verlorenes Lamm, und sie nannte mich auch viele andere Namen, aber sie meinte es nie böse. Sie steckte mir wieder neue Kleider an, und ich konnte nichts anderes tun, als zu schwitzen und zu schwitzen und mich ganz verkrampft zu fühlen. Nun, dann fing das Alte wieder an. Die Witwe läutete eine Glocke zum Abendessen, und du mußtest zur rechten Zeit kommen. Wenn man an den Tisch kam, konnte man nicht gleich zum Essen übergehen, sondern man mußte warten, bis die Witwe den Kopf senkte und ein wenig über die Lebensmittel murrte, obgleich eigentlich nichts damit los war, das heißt, nichts, sondern alles wurde von selbst gekocht. In einem Fass voller Krimskrams ist es anders; Die Dinge geraten durcheinander, und der Saft wechselt irgendwie, und die Dinge laufen besser.

Nach dem Abendessen holte sie ihr Buch heraus und erfuhr von mir etwas über Moses und die Binsen, und ich war ganz ins Schwitzen, alles über ihn zu erfahren; aber nach und nach ließ sie heraus, daß Moses schon lange tot sei; Und dann kümmerte ich mich nicht mehr um ihn, weil ich mich nicht um tote Menschen halte.

Bald wollte ich rauchen und bat die Witwe, mich zu lassen. Aber das wollte sie nicht. Sie sagte, es sei eine gemeine Praxis und nicht sauber, und ich müsse versuchen, es nicht mehr zu tun. So ist es eben bei manchen Menschen. Sie machen sich auf eine Sache ein, wenn sie nichts davon wissen. Hier machte sie sich Sorgen um Moses, der mit ihr nicht verwandt war und für niemanden von Nutzen war, da er fort war und doch an mir etwas auszusetzen hatte, das etwas Gutes in sich hatte. Und sie schnupfte auch; Das war natürlich in Ordnung, denn sie hat es selbst gemacht.

Ihre Schwester, Miß Watson, eine leidliche, schlanke alte Jungfer mit Schutzbrille, war eben zu ihr gekommen und hat sich jetzt mit einem Buchstabierbuch über mich lustig gemacht. Sie arbeitete mich etwa eine Stunde lang mittelmäßig hart, und dann ließ die Witwe sie ruhiger werden. Ich hielt es nicht mehr lange aus. Dann war es eine Stunde lang todlangweilig, und ich war zappelig. Miss Watson sagte: „Setz deine Füße nicht hoch, Huckleberry" und „Knirsche dich nicht so zusammen, Huckleberry, sondern richte dich gerade auf," und ziemlich bald sagte sie: „Mach keine Lücke, und strecke dich nicht so, Huckleberry - warum versuchst du nicht, dich zu benehmen?" Dann erzählte sie mir alles über den schlechten Ort, und ich sagte, ich wünschte, ich wäre dort. Da wurde sie wütend, aber ich meinte es nicht böse. Alles, was ich wollte, war, irgendwohin zu gehen; alles, was ich wollte, war eine Veränderung, ich warne vor Besonderheiten. Sie sagte, es sei böse, das zu sagen, was ich sagte; sagte, sie würde es nicht für die ganze Welt sagen; Sie würde so leben, dass sie an den guten Ort gehen würde. Nun, ich konnte keinen Vorteil darin sehen, dorthin zu gehen, wo sie hinging, also beschloss ich, es nicht zu versuchen. Aber ich habe es nie gesagt, weil es nur Ärger machen würde und nichts nützen würde.

Nun hatte sie angefangen, und sie fuhr fort und erzählte mir alles über den guten Ort. Sie sagte, alles, was ein Körper dort tun müsste, sei, den ganzen Tag mit einer Harfe herumzulaufen und zu singen, für immer und ewig. Also dachte ich mir nicht viel dabei. Aber das habe ich nie gesagt. Ich fragte sie, ob sie damit rechne, daß Tom Sawyer dorthin gehen würde, und sie verneinte dies bei weitem nicht. Darüber habe ich mich gefreut, denn ich wollte, dass er und ich zusammen sind.

Miss Watson, sie pickte ständig an mir, und es wurde ermüdend und einsam. Nach und nach holten sie die Nigger herein und beteten, und dann gingen alle zu Bett. Ich ging mit einem Stück Kerze in mein Zimmer und stellte es auf den Tisch. Dann setzte ich mich auf einen Stuhl am Fenster und versuchte, mir etwas Heiteres auszudenken, aber es nützte nichts. Ich fühlte mich so einsam, dass ich mir am meisten wünschte, ich wäre tot. Die Sterne leuchteten, und die Blätter raschelten in den Wäldern, so traurig; und ich hörte eine Eule in der Ferne, die über jemanden jauchzte, der tot war, und einen Whippowill und einen Hund, die über jemanden weinten, der sterben würde; und der Wind versuchte, mir etwas zuzuflüstern, und ich konnte nicht erkennen, was es war, und so ließ er mich kalte Schauer überlaufen. Dann, draußen im Walde, hörte ich diese Art von Geräusch, das ein Geist von sich gibt, wenn er von etwas erzählen will, das ihm durch den Kopf geht und sich nicht verständlich machen kann, und deshalb nicht ruhig in seinem Grab ruhen kann und jede Nacht trauernd so umhergehen muss. Ich war so niedergeschlagen und verängstigt, dass ich mir wünschte, ich hätte etwas Gesellschaft. Ziemlich bald kroch eine Spinne meine Schulter hoch, und ich drehte sie ab und sie brannte in der Kerze; und ehe ich mich rühren konnte, war alles zusammengeschrumpft. Ich brauchte niemanden, der mir sagte, dass das ein schreckliches schlechtes Zeichen war und mir etwas Unglück bringen würde, also hatte ich Angst und schüttelte die meisten die Kleider von mir. Ich stand auf, drehte mich dreimal um und kreuzte jedes Mal meine Brust; und dann band ich eine kleine Locke meines Haares mit einem Faden zusammen, um Hexen fernzuhalten. Aber ich hatte kein Vertrauen. Das macht man, wenn man ein Hufeisen verloren hat, das man gefunden hat, anstatt es über die Tür zu nageln, aber ich hatte noch nie jemanden sagen hören, dass es eine Möglichkeit ist, Pech zu verhindern, wenn man eine Spinne getötet hat.

Ich setzte mich wieder nieder, zitterte am ganzen Leibe, und holte meine Pfeife heraus, um eine Zigarette zu rauchen; denn das Haus war jetzt so still wie der Tod, und die Witwe wollte es nicht wissen. Nun, nach langer Zeit hörte ich die Uhr in der Stadt bumm - bumm - bumm - zwölf Schläge schlagen; Und alles wieder still - stiller als je. Bald hörte ich in der Dunkelheit zwischen den Bäumen einen Zweig knacken - etwas regte sich. Ich blieb still und lauschte. Direkt konnte ich gerade noch ein *„Me-yow! Ich-jow!"* da unten. Das war gut! Sage ich: *„Ich-huh! Ich-jow!"* so leise wie ich konnte, und dann löschte ich das Licht aus und kletterte aus dem Fenster auf den Schuppen. Dann glitt ich auf den Boden und kroch zwischen den Bäumen hinein, und tatsächlich wartete Tom Sawyer auf mich.

KAPITEL II.

Wir gingen auf Zehenspitzen einen Pfad zwischen den Bäumen entlang zurück zum Ende des Gartens der Witwe und bückten uns, damit die Äste nicht an unseren Köpfen kratzten. Als wir an der Küche vorbeigingen, fiel ich über eine Wurzel und machte ein Geräusch. Wir gingen in die Hocke und lagen still. Miß Watsons großer Nigger namens Jim saß in der Küchentür; Wir konnten ihn ziemlich deutlich sehen, denn hinter ihm war ein Licht. Er stand auf, streckte den Hals etwa eine Minute lang aus und lauschte. Dann sagt er:

„Wer dah?"

Er lauschte noch ein wenig; dann kam er auf Zehenspitzen herab und stand gerade zwischen uns; Wir konnten ihn fast berühren. Nun, wahrscheinlich waren es Minuten und Minuten, bis kein Geräusch zu hören war, und wir waren alle so dicht beieinander. Es gab eine Stelle an meinem Knöchel, die zu jucken begann, aber ich kratzte sie nicht; und dann fing mein Ohr an zu jucken; Und dann mein Rücken, direkt zwischen meinen Schultern. Es schien, als würde ich sterben, wenn ich nicht kratzen könnte. Nun, ich habe das Ding seitdem viele Male bemerkt. Wenn du mit der Qualität zusammen bist, oder auf einer Beerdigung, oder wenn du versuchst, einzuschlafen, wenn du nicht schläfrig bist - wenn du irgendwo bist, wo es dir nicht gut tut, dich zu kratzen, warum wirst du an mehr als tausend Stellen am ganzen Körper jucken. Ziemlich bald sagt Jim:

„Sag, wer bist du? Wo bist du? Hund, meine Katzen, wenn ich nichts gehört habe. Nun, ich weiß, was ich tun soll: ich bin Gwyne, mich hier niederzusetzen und zu hören, daß ich es höre."

Er setzte sich also zwischen mir und Tom auf den Boden. Er lehnte sich mit dem Rücken gegen einen Baum und streckte die Beine aus, bis eines der meinigen das meinige am meisten berührte. Meine Nase fing an zu jucken. Es juckte, bis mir die Tränen in die Augen stiegen. Aber ich darf nicht kratzen. Dann fing es an, innerlich zu jucken. Als nächstes kam ich zum Juckreiz darunter. Ich wusste nicht, wie ich still stehen sollte. Dieses Elend dauerte sechs oder sieben Minuten; Aber es schien ein Blick länger zu sein. Ich juckte jetzt an elf verschiedenen Stellen. Ich glaubte, ich könnte es nicht länger aushalten, aber ich biß die Zähne zusammen und machte mich bereit, es zu versuchen. In diesem Augenblick fing Jim an, schwer zu atmen; dann fing er an zu schnarchen - und dann fühlte ich mich bald wieder wohl.

Tom, er machte mir ein Zeichen - ein kleines Geräusch mit seinem Mund - und wir krochen auf Händen und Knien davon. Als wir zehn Fuß entfernt waren, flüsterte Tom mir zu und wollte Jim zum Spaß an den Baum binden. Aber ich sagte nein; Er könnte aufwachen und eine Störung verursachen, und dann würden sie herausfinden, dass ich nicht reinkomme. Da sagte Tom, er hätte nicht genug Kerzen, und er würde in die Küche schlüpfen und noch welche holen. Ich wollte nicht, dass er es versucht. Ich sagte, Jim könnte aufwachen und kommen. Aber Tom wollte es zurücknehmen; also schlüpften wir hinein und holten drei Kerzen, und Tom legte fünf Cent auf den Tisch für die Bezahlung. Dann stiegen wir aus, und ich war schweißgebadet, um wegzukommen; aber Tom konnte nichts ausrichten, als daß er auf Händen und Knien dorthin kriechen mußte, wo Jim war, und ihm etwas vorspielen mußte. Ich wartete, und es schien eine ganze Weile zu dauern, alles war so still und einsam.

Sobald Tom wieder da war, schnitten wir den Weg entlang, um den Gartenzaun herum und holten nach und nach auf der steilen Spitze des Hügels auf der anderen Seite des Hauses hinauf. Tom sagte, er habe Jims Hut vom Kopf genommen und ihn an einen Ast direkt über sich gehängt, und Jim rührte sich ein wenig, aber er erwachte nicht. Später sagte Jim, die Hexen hätten ihn verhext und in Trance versetzt und ihn durch den ganzen Staat geritten, ihn dann wieder unter die Bäume gesetzt und seinen Hut an einen Ast gehängt, um zu zeigen, wer es getan habe. Und als Jim das nächste Mal davon erzählte, sagte er, sie hätten ihn nach New Orleans geritten; Und jedesmal, wenn er es erzählte, verbreitete er es immer mehr, bis er nach und nach sagte, sie hätten ihn in die ganze Welt geritten und ihn am meisten zu Tode ermüdet, und sein Rücken war ganz im Sattel. Jim war ungeheuer stolz darauf, und er bekam es so, dass er die anderen Nigger kaum bemerkte. Nigger kamen kilometerweit, um Jim davon erzählen zu hören, und man sah zu ihm mehr auf als zu jedem anderen Nigger in diesem Land. Fremde Nigger standen mit offenem Mund da und sahen ihn überall an, als wäre er ein Wunder. Niggers spricht immer von Hexen im Dunkeln am Küchenfeuer; aber wann immer man sprach und alles über solche Dinge wissen ließ, kam Jim herein und sagte: "Hm! Was weißt du über Hexen?« und dieser Nigger war verkorkt und mußte in den Hintergrund treten. Jim trug den Fünfer immer mit einer Schnur um seinen Hals und sagte, es sei ein Zauber, den der Teufel ihm mit seinen eigenen Händen gebe, und sagte ihm, er könne jeden damit heilen und Hexen holen, wann immer er wolle, indem er nur etwas dazu sage; aber er sagte nie, was er zu ihm gesagt hatte. Nigger kamen von überall her und gaben Jim alles, was sie hatten, nur um den Fünfer zu sehen. Aber sie wollten es nicht anrühren, weil der Teufel seine Hände daran gehabt hatte. Jim war für einen Diener am meisten ruiniert, weil er stecken blieb, weil er den Teufel gesehen und von Hexen geritten worden war.

Nun, als Tom und ich am Rand des Hügels ankamen, schauten wir hinunter ins Dorf und konnten drei oder vier Lichter blinken sehen, wo vielleicht kranke Leute waren; und die Sterne über uns funkelten so fein; Und unten beim Dorfe war der Fluß, eine ganze Meile breit und noch schrecklich und großartig. Wir gingen den Hügel hinunter und fanden Jo Harper und Ben Rogers und noch zwei oder drei von den Jungen, die sich in dem alten Tanyard versteckt hatten. Also spannten wir ein Boot ab und fuhren zweieinhalb Meilen den Fluss hinunter zu der großen Narbe am Hang und gingen an Land.

Wir gingen zu einem Büschel, und Tom ließ alle schwören, das Geheimnis zu bewahren, und zeigte ihnen dann ein Loch im Hügel, genau in der dicksten Stelle des Gebüsches. Dann zündeten wir die Kerzen an und krochen auf Händen und Knien hinein. Wir gingen etwa zweihundert Meter, und dann öffnete sich die Höhle. Tom stocherte in den Gängen herum und duckte sich bald unter einer Mauer hindurch, wo man nicht bemerkte, daß es ein Loch gab. Wir gingen einen schmalen Platz entlang und gelangten in eine Art Raum, ganz feucht und verschwitzt und kalt, und dort blieben wir stehen. Tom sagt:

„Jetzt gründen wir diese Räuberbande und nennen sie Tom Sawyers Bande. Jeder, der beitreten will, muss einen Eid ablegen und seinen Namen in Blut schreiben."

Alle waren bereit. Da holte Tom ein Blatt Papier hervor, auf das er den Eid geschrieben hatte, und las es. Er schwor jedem Knaben, sich an die Bande zu halten und niemals irgend etwas von den Geheimnissen zu erzählen; Und wenn irgend jemand irgend einem Knaben in der Bande etwas angetan hat, so mußte der Knabe, dem befohlen wurde, diesen Menschen und seine Familie zu töten, und er durfte nicht essen und nicht schlafen, bis er sie getötet und ein Kreuz in ihre Brust geschlagen hatte, was das Zeichen der Bande war. Und niemand, der nicht zur Band gehörte, konnte dieses Zeichen verwenden, und wenn er es tat, musste er verklagt werden; und wenn er es noch einmal tat, mußte er getötet werden. Und wenn irgendjemand, der zur Bande gehörte, die Geheimnisse verriet, so mußte man ihm die Kehle durchschneiden, dann seinen Kadaver verbrennen und die Asche ringsum verstreuen, und seinen Namen mit Blut von der Liste streichen und von der Bande nie wieder erwähnen, sondern mit einem Fluch belegt und für immer vergessen sein.

Alle sagten, es sei ein wirklich schöner Schwur, und fragten Tom, ob er ihn aus seinem eigenen Kopf habe. Er sagte, einiges davon, aber der Rest sei aus Piratenbüchern und Raubbüchern, und jede Bande, die einen hohen Ton habe, habe sie.

Einige dachten, es wäre gut, die *Familien* der Jungen zu töten, die die Geheimnisse verrieten. Tom sagte, es sei eine gute Idee, also nahm er einen Bleistift und schrieb es hinein. Dann sagt Ben Rogers:

„Hier ist Huck Finn, er hat keine Familie; Was werden Sie mit ihm machen?"

„Nun, hat er nicht einen Vater?" fragt Tom Sawyer.

„Ja, er hat einen Vater, aber man kann ihn heutzutage nicht mehr finden. Er lag betrunken mit den Schweinen auf dem Gerbhof, aber man hat ihn in dieser Gegend seit einem Jahr oder länger nicht mehr gesehen."

Sie sprachen darüber und wollten mich ausschließen, weil sie sagten, jeder Junge müsse eine Familie oder jemanden haben, den er töten könne, sonst wäre es für die anderen nicht fair und gerecht. Nun, es fiel niemandem etwas ein, was er hätte tun können - alle waren ratlos und standen still. Ich war am ehesten bereit zu weinen; aber auf einmal dachte ich mir einen Ausweg aus, und so bot ich ihnen Miss Watson an - sie könnten sie töten. Alle sagten:

„Oh, das wird sie tun. Das ist in Ordnung. Huck kann reinkommen."

Dann steckten sie sich alle eine Stecknadel in die Finger, um Blut zum Unterschreiben zu bekommen, und ich machte meinen Stempel auf dem Papier.

„Nun," sagt Ben Rogers: „was ist der Geschäftszweig dieser Gang?"

„Nichts als Raub und Mord," sagte Tom.

„Aber wen sollen wir ausrauben? - Häuser oder Vieh oder" -

„Zeug! Vieh zu stehlen und dergleichen ist kein Raub; es ist ein Einbruch," sagt Tom Sawyer. „Wir sind keine Einbrecher. Das ist nicht irgendeine Art von Stil. Wir sind Wegelagerer. Wir halten Bühnen und Kutschen auf der Straße an, mit Masken, töten die Menschen und nehmen ihnen ihre Uhren und ihr Geld weg."

„Müssen wir immer die Menschen töten?"

„Oh, gewiß. Es ist am besten. Einige Autoritäten sind anderer Meinung, aber meistens wird es für das Beste gehalten, sie zu töten - außer einige, die man hier in die Höhle bringt und sie aufbewahrt, bis sie freigekauft werden."

„Losgekauft? Was ist das?"

„Ich weiß es nicht. Aber das ist es, was sie tun. Ich habe es in Büchern gesehen. Und das ist es natürlich, was wir tun müssen."

„Aber wie sollen wir das tun, wenn wir nicht wissen, was es ist?"

„Nun, geben Sie dem Ganzen die Schuld, wir müssen es tun. Sage ich dir nicht, dass es in den Büchern steht? Willst du etwas anderes machen, als das, was in den Büchern steht, und alles durcheinander bringen?"

„Oh, das ist alles sehr schön zu *sagen*, Tom Sawyer, aber wie um alles in der Welt sollen diese Kerle freigekauft werden, wenn wir nicht wissen, wie wir es ihnen antun sollen? - Das ist es, worauf *ich* hinauswill. Nun, was glauben Sie, was es ist?"

„Nun, ich weiß es nicht. Aber wenn wir sie behalten, bis sie freigekauft werden, bedeutet das, dass wir sie behalten, bis sie tot sind."

„Nun, das ist so etwas *wie*. Das wird antworten. Warum konntest du das nicht schon früher sagen? Wir werden sie behalten, bis sie zu Tode freigekauft werden; Und sie werden auch ein lästiger Haufen sein - sie fressen alles auf und versuchen immer, sich loszumachen."

„Wie du sprichst, Ben Rogers. Wie können sie sich losreißen, wenn eine Wache über ihnen steht, die bereit ist, sie niederzuschießen, wenn sie einen Pflock bewegen?"

„Ein Wächter! Nun, das *ist* gut. Jemand muss sich also die ganze Nacht hinlegen und nie schlafen, nur um ihn zu beobachten. Ich halte das für Dummheit. Warum kann nicht ein Gremium einen Knüppel nehmen und sie freikaufen, sobald sie hier ankommen?"

„Weil es nicht in den Büchern steht, also deshalb. Nun, Ben Rogers, willst du die Dinge regelmäßig machen, oder nicht? - Das ist die Idee. Glaubst du nicht, dass die Leute, die die Bücher gemacht haben, wissen, was das Richtige ist? Glaubst du, *dass du* ihnen irgendetwas beibringen kannst? Nicht viel. Nein, Sir, wir werden einfach weitermachen und sie auf die übliche Weise freikaufen."

„In Ordnung. Ich habe nichts dagegen; aber ich behaupte, es ist sowieso ein törichter Weg. Sag mal, töten wir auch die Frauen?"

„Nun, Ben Rogers, wenn ich so ignorant wäre wie du, würde ich es mir nicht anmerken. Die Frauen töten? Nein; Niemand hat jemals so etwas in den Büchern gesehen. Du holst sie in die Höhle und bist immer so höflich wie ein Kuchen zu ihnen; und nach und nach verlieben sie sich in dich und wollen nicht mehr nach Hause."

„Nun, wenn das so ist, bin ich mir einig, aber ich halte nichts davon. Mächtig bald werden wir die Höhle so voll sein mit Frauen und Burschen, die darauf warten, freigekauft zu werden, daß es keinen Platz mehr für die Räuber geben wird. Aber mach weiter, ich habe nichts zu sagen."

Der kleine Tommy Barnes schlief jetzt, und als sie ihn weckten, erschrak er, weinte und sagte, er wolle nach Hause zu seiner Mutter und wolle nicht mehr ein Räuber sein.

Da machten sie sich alle über ihn lustig und nannten ihn Heulsuse, und das machte ihn wütend, und er sagte, er würde gleich hingehen und alle Geheimnisse erzählen. Aber Tom gab ihm fünf Cent, damit er schweige, und sagte, wir würden alle nach Hause gehen und uns nächste Woche treffen, um jemanden auszurauben und einige Leute zu töten.

Ben Rogers sagte, er könne nicht viel rausgehen, nur sonntags, und deshalb wolle er am nächsten Sonntag anfangen; aber alle Knaben sagten, es wäre böse, es am Sonntag zu tun, und damit war die Sache erledigt. Sie kamen überein, sich zusammenzusetzen und so bald wie möglich einen Tag zu bestimmen, und dann wählten wir Tom Sawyer zum ersten Kapitän und Jo Harper zum zweiten Kapitän der Bande, und so machten wir uns auf den Heimweg.

Ich kletterte den Schuppen hoch und kroch in mein Fenster, kurz bevor der Tag anbrach. Meine neuen Klamotten waren alle eingefettet und lehmig, und ich war hundemüde.

KAPITEL III.

Nun, ich wurde am Morgen von der alten Miß Watson wegen meiner Kleider ordentlich beleidigt; aber die Witwe schimpfte sie nicht, sondern wischte nur das Fett und den Lehm ab und sah so traurig aus, daß ich glaubte, ich würde mich eine Weile benehmen, wenn ich könnte. Dann nahm mich Miss Watson in den Schrank und betete, aber es kam nichts dabei heraus. Sie sagte mir, ich solle jeden Tag beten, und alles, worum ich bitte, würde ich bekommen. Aber es ist nicht so. Ich habe es versucht. Einmal bekam ich eine Angelschnur, aber keine Haken. Ohne Haken nützt es mir nichts. Ich habe es drei- oder viermal mit den Haken versucht, aber irgendwie hat es nicht geklappt. Nach und nach bat ich eines Tages Miss Watson, es für mich zu versuchen, aber sie sagte, ich sei ein Narr. Sie hat mir nie gesagt, warum, und ich konnte es auf keinen Fall herausfinden.

Ich setzte mich einmal in den Wald zurück und dachte lange darüber nach. Ich sage mir: Wenn ein Leib alles bekommen kann, wofür er betet, warum bekommt Diakon Winn dann nicht das Geld zurück, das er mit Schweinefleisch verloren hat? Warum kann die Witwe ihre gestohlene silberne Schnupftabakdose nicht zurückbekommen? Warum kann Miss Watson nicht fett werden? Nein, sage ich mir, da ist nichts drin. Ich ging hin und erzählte der Witwe davon, und sie sagte, das, was ein Körper bekommen könne, wenn er darum bete, seien "geistige Gaben". Das war zu viel für mich, aber sie sagte mir, was sie meinte: Ich müsse anderen Menschen helfen und alles für andere Menschen tun, was ich konnte, und die ganze Zeit auf sie aufpassen und nie an mich selbst denken. Dies beinhaltete auch Miss Watson, wie ich es aufnahm. Ich ging in den Wald hinaus und dachte lange darüber nach, aber ich konnte keinen Vorteil darin sehen, außer für die anderen Leute; so dachte ich schließlich, ich würde mir keine Sorgen mehr machen, sondern es einfach sein lassen. Manchmal nahm mich die Witwe zur Seite und sprach von der Vorsehung in einer Weise, dass einem das Wasser im Mund zusammenlief; aber vielleicht würde Miß Watson am nächsten Tage die Hand ergreifen und alles wieder niederwerfen. Ich glaubte zu sehen, daß es zwei Vorsehungen gab, und ein armer Kerl würde mit der Vorsehung der Witwe eine beträchtliche Figur machen, aber wenn Miß Watson ihn dort hätte, würde ihm nicht mehr geholfen werden. Ich dachte mir alles durch und dachte mir, ich würde der Witwe gehören, wenn er mich wollte, obgleich ich mir nicht vorstellen konnte, wie es ihm damals besser gehen würde als vorher, da ich so unwissend und so niederträchtig und kleinmütig war.

Pap, er war seit mehr als einem Jahr nicht mehr gesehen worden, und das war angenehm für mich; Ich wollte ihn nicht mehr sehen. Er hat mich immer gefischt, wenn er nüchtern war und mich in die Finger bekommen konnte; obwohl ich die meiste Zeit in den Wald ging, wenn er in der Nähe war. Nun, um diese Zeit wurde er ertrunken im Fluß gefunden, etwa zwölf Meilen oberhalb der Stadt, wie die Leute sagten. Sie urteilten jedenfalls, dass er es war; sagte, dieser Ertrunkene sei gerade so groß wie er, zerlumpt und habe ungewöhnlich langes Haar, das ganz wie Brei aussehe; Aber sie konnten nichts aus dem Gesicht machen, weil es schon so lange im Wasser gelegen hatte, dass es gar nicht wie ein Gesicht aussah. Sie sagten, er trieb auf dem Rücken im Wasser. Sie nahmen ihn und begruben ihn am Ufer. Aber ich warne nicht lange, denn mir ist zufällig etwas eingefallen. Ich wusste sehr gut, dass ein Ertrunkener nicht auf dem Rücken, sondern auf seinem Gesicht schwimmt. Ich wußte also, daß es sich nicht um eine Warnung handelte, sondern um eine Frau, die in Männerkleidern gekleidet war. So fühlte ich mich wieder unwohl. Ich glaubte, der alte Mann würde nach und nach wieder auftauchen, obwohl ich mir wünschte, er würde es nicht tun.

Wir spielten ab und zu einen Monat lang Räuber, und dann kündigte ich. Alle Jungs taten es. Wir hatten niemanden ausgeraubt, hatten keine Menschen getötet, sondern nur so getan, als ob. Früher sprangen wir aus dem Wald und stürzten uns auf Schweinetreiber und Frauen in Karren, die Gartenzeug zum Markt brachten, aber wir haben nie einen von ihnen getroffen. Tom Sawyer nannte die Schweine ‚Barren,' und er nannte die Rüben und das Zeug ‚Julery,' und wir gingen in die Höhle und diskutierten darüber, was wir getan hatten und wie viele Menschen wir getötet und markiert hatten. Aber ich konnte keinen Gewinn darin sehen. Einmal schickte Tom einen Knaben mit einem lodernden Stock durch die Stadt laufen, den er eine Losung nannte (was das Zeichen für die Bande war, sich zu versammeln), und dann sagte er, er habe von seinen Spionen die geheime Nachricht erhalten, daß am nächsten Tage ein ganzes Schar spanischer Kaufleute und reicher A-Rabs mit zweihundert Elefanten in Cave Hollow campieren würde. Und sechshundert Kamele und über tausend "Sumter"-Maultiere, alle mit Di'monds beladen, und sie hatten nicht nur eine Wache von vierhundert Soldaten, und so legten wir uns in einen Hinterhalt, wie er es nannte, und töteten die Menge und schaufelten die Sachen. Er sagte, wir müssten unsere Schwerter und Gewehre glatt machen und uns bereit machen. Er konnte nicht einmal einen Rübenkarren jagen, aber er mußte die Schwerter und Gewehre alle dafür aussuchen lassen, wenn es auch nur Latten und Besenstiele waren, und man konnte sie durchwühlen, bis man verfault war, und dann warnen sie, daß sie nicht mehr einen Schluck Asche wert sind, als sie vorher waren. Ich glaubte nicht, daß wir eine solche Menge von Spaniern und A-Rabs lecken könnten, aber ich wollte die Kamele und Elefanten sehen, und so war ich am nächsten Tage, am Sonnabend, im Hinterhalt zur Stelle; Und als wir die Nachricht erhielten, stürzten wir aus dem Wald und den Hügel hinunter. Aber es gibt keine Spanier und A-Rabs, und dort gibt es keine Kamele und keine Elefanten. Er warnte vor nichts anderem als einem Sonntagsschulpicknick, und noch dazu nur vor einer Einführungsstunde. Wir sprengten es und jagten die Kinder die Mulde hinauf; aber wir bekamen nie etwas als ein paar Donuts und Marmelade, obwohl Ben Rogers eine Stoffpuppe und Jo Harper ein Gesangbuch und ein Traktat bekamen; Und dann stürmte der Lehrer herein und zwang uns, alles fallen zu lassen und zu schneiden.

Ich sah keine Flecken, und das habe ich Tom Sawyer gesagt. Er sagte, es gäbe sowieso eine Menge von ihnen; und er sagte, es gäbe dort auch A-Rabs und Elefanten und so weiter. Ich sagte, warum konnten wir sie dann nicht sehen? Er sagte, wenn ich nicht so unwissend warne, sondern ein Buch mit dem Titel Don Quijote gelesen hätte, würde ich es wissen, ohne zu fragen. Er sagte, es sei alles durch Verzauberung geschehen. Er sagte, es seien Hunderte von Soldaten dort und Elefanten und Schätze und so weiter, aber wir hätten Feinde, die er Zauberer nannte; und sie hatten das Ganze in eine Sonntagsschule für Kinder verwandelt, nur aus Trotz. Ich sagte, in Ordnung; Dann mussten wir uns für die Magier entscheiden. Tom Sawyer sagte, ich sei ein Dummkopf.

„Nun," sagte er: „ein Zauberer könnte eine Menge Dschinns herbeirufen, und sie würden dich wie nichts aufprügeln, bevor du Jack Robinson sagen könntest. Sie sind so groß wie ein Baum und so groß wie eine Kirche."

„Nun," sagte ich: „wir haben ein paar Dschinns, die *uns helfen* - können wir dann nicht die andere Menge lecken?"

„Wie willst du sie bekommen?"

„Ich weiß es nicht. Wie bekommen *sie* sie?"

„Nun, sie reiben eine alte Zinnlampe oder einen eisernen Ring, und dann kommen die Dschinns hereingerissen, und der Donner und Blitz reißen herum und der Rauch rollt, und alles, was man ihnen sagt, tun sie und tun es. Sie halten nichts davon, einen Schrotturm an den Wurzeln hochzuziehen und damit einen Sonntagsschulaufseher über den Kopf zu schnallen - oder irgendeinen anderen Mann."

„Wer bringt sie dazu, so herumzurennen?"

„Nun, wer auch immer die Lampe oder den Ring reibt. Sie gehören demjenigen, der die Lampe oder den Ring reibt, und sie müssen tun, was er sagt. Wenn er ihnen befiehlt, aus Di'monds einen vierzig Meilen langen Palast zu bauen und ihn mit Kaugummi zu füllen oder was immer ihr wollt, und eine Kaisertochter aus China zu holen, damit ihr sie heiraten sollt, dann müssen sie es tun - und sie müssen es auch vor Sonnenaufgang am nächsten Morgen tun. Und mehr noch: Sie müssen diesen Palast durch das Land tanzen lassen, wo immer man ihn haben will, verstehst du."

„Nun," sagte ich: „ich glaube, sie sind ein Haufen Plattköpfe, weil sie den Palast nicht selbst behalten, anstatt sie so zu. Und außerdem - wenn ich einer von ihnen wäre, würde ich einen Mann in Jericho sehen, bevor ich mein Geschäft aufgeben und zu ihm kommen würde, um eine alte Zinnlampe zu reiben."

„Wie du sprichst, Huck Finn. Ach, du müsstest kommen, wenn er ihn rieb, ob du wolltest oder nicht."

„Wie! und ich so hoch wie ein Baum und so groß wie eine Kirche? Also gut; Ich *würde* kommen, aber ich würde den Mann auf den höchsten Baum klettern lassen, den es im Lande gibt."

„Es hat keinen Zweck, mit dir zu reden, Huck Finn. Du scheinst irgendwie nichts zu wissen – vollkommener Saftkopf."

Ich dachte zwei oder drei Tage lang darüber nach, und dann dachte ich, ich würde sehen, ob etwas dran sei. Ich holte eine alte Zinnlampe und einen eisernen Ring und ging in den Wald hinaus und rieb und rieb mich, bis ich schwitzte wie ein Injun, in der Absicht, einen Palast zu bauen und ihn zu verkaufen; Aber es nützt nichts, keiner der Dschinns kommt. Also urteilte ich, dass all das Zeug nur eine von Tom Sawyers Lügen war. Ich dachte, er glaubte an die A-Rabs und die Elefanten, aber was mich betrifft, so denke ich anders. Sie hatte alle Merkmale einer Sonntagsschule.

KAPITEL IV.

Nun, drei oder vier Monate vergingen, und es war jetzt weit in den Winter hinein. Ich war fast die ganze Zeit in der Schule gewesen und konnte nur ein wenig buchstabieren, lesen und schreiben und konnte sagen, dass das Einmaleins bis sechs mal sieben fünfunddreißig ist, und ich glaube nicht, dass ich jemals weiter kommen könnte, wenn ich ewig leben würde. Ich halte sowieso nichts von Mathematik.

Zuerst haßte ich die Schule, aber nach und nach hielt ich es aus. Wann immer ich ungewöhnlich müde wurde, spielte ich Hookey, und das Verstecken, das ich am nächsten Tag bekam, tat mir gut und munterte mich auf. Je länger ich zur Schule ging, desto einfacher wurde es. Ich gewöhnte mich auch irgendwie an die Art und Weise der Witwe, und sie warnten mich davor, so aufdringlich mit mir zu sein. In einem Haus zu leben und in einem Bett zu schlafen, zog mich meistens ziemlich an, aber vor dem kalten Wetter schlief ich manchmal im Wald, und das war eine Pause für mich. Ich mochte die alten Methoden am liebsten, aber ich mochte auch die neuen ein bisschen. Die Witwe sagte, ich käme langsam, aber sicher voran und es gebe mich sehr zufriedenstellend. Sie sagte, sie solle sich nicht für mich schämen.

Eines Morgens drehte ich zufällig beim Frühstück den Salzkessel um. Ich griff so schnell ich konnte nach etwas davon, um es über meine linke Schulter zu werfen und das Pech abzuwenden, aber Miss Watson war vor mir und kreuzte mich ab. Sie sagt: "Nimm deine Hände weg, Huckleberry; Was für ein Chaos machst du immer!" Die Witwe legte ein gutes Wort für mich ein, aber diese Warnung würde das Unglück nicht abhalten, das wußte ich zur Genüge. Ich machte mich nach dem Frühstück besorgt und zittrig auf den Weg und fragte mich, wo es wohl auf mich fallen würde und was es wohl sein würde. Es gibt Möglichkeiten, einige Arten von Pech fernzuhalten, aber dies war keine von ihnen; so habe ich nie versucht, irgendetwas zu tun, sondern nur niedergeschlagen und auf der Hut herumgestochert.

Ich ging hinunter in den Vorgarten und kletterte über den Steg, wo man durch den hohen Bretterzaun geht. Es lag ein Zentimeter Neuschnee auf dem Boden, und ich sah die Spuren von jemandem. Sie waren aus dem Steinbruch heraufgekommen und standen eine Weile um den Pfahl herum und gingen dann um den Gartenzaun herum. Es war lustig, dass sie nicht hereingekommen waren, nachdem sie so herumgestanden hatten. Ich konnte es nicht ausmachen. Es war irgendwie sehr merkwürdig. Ich wollte ihm folgen, aber ich bückte mich, um mir zuerst die Spuren anzusehen. Zuerst bemerkte ich nichts, aber dann tat ich es. In dem linken Stiefelabsatz war ein Kreuz mit großen Nägeln, um den Teufel fernzuhalten.

Ich war in einer Sekunde oben und glänzte den Hügel hinunter. Ich schaute ab und zu über meine Schulter, aber ich sah niemanden. Ich war so schnell wie möglich bei Richterin Thatcher. Er sagte:

„Nun, mein Junge, du bist ganz außer Atem. Sind Sie wegen Ihres Interesses gekommen?"

„Nein, Sir," sage ich; „Gibt es etwas für mich?"

„O ja, gestern abend ist ein halbes Jahr drin – über hundertfünfzig Dollar. Ein ziemliches Vermögen für Sie. Es ist besser, wenn du es mir zusammen mit deinen sechstausend anlegst, denn wenn du es nimmst, wirst du es ausgeben."

„Nein, Sir," sagte ich: „ich will es nicht ausgeben. Ich will sie gar nicht – und auch nicht die sechstausend, Nuther. Ich will, dass du es nimmst; Ich will es dir geben – den sechstausend und allen."

Er sah überrascht aus. Er schien es nicht zu verstehen. Er sagt:

„Nun, was meinst du damit, mein Junge?"

Sage Ich: „Stell mir bitte keine Fragen darüber. Du wirst es nehmen – nicht wahr?"

Er sagt:

„Nun, ich bin verwirrt. Ist etwas los?"

„Bitte, nimm es," sagte ich, »und frage mich nichts, dann brauche ich nicht zu lügen."

Er studierte eine Weile, und dann sagte er:

„Oho-o! Ich glaube, ich verstehe. Du willst mir all dein Eigentum verkaufen – nicht geben. Das ist die richtige Idee."

Dann schrieb er etwas auf ein Papier, las es durch und sagte:

„Da; Sehen Sie, es heißt ›gegen Entgelt‹. Das heißt, ich habe es von dir gekauft und dich dafür bezahlt. Hier ist ein Dollar für Sie. Jetzt unterschreibst du es."

Also unterschrieb ich es und ging.

Miß Watsons Nigger, Jim, hatte einen Haarballen, so groß wie eine Faust, den man aus dem vierten Magen eines Ochsen genommen hatte, und er pflegte damit zu zaubern. Er sagte, es sei ein Geist in ihm, und er wisse alles. Also ging ich in dieser Nacht zu ihm und sagte ihm, dass Papa wieder hier sei, denn ich fand seine Spuren im Schnee. Was ich wissen wollte, war, was er tun würde und ob er bleiben würde? Jim holte seinen Haarballen heraus und sagte etwas darüber, dann hielt er ihn hoch und ließ ihn auf den Boden fallen. Er fiel ziemlich fest und rollte nur etwa einen Zentimeter. Jim versuchte es noch einmal, und dann noch ein anderes Mal, und es tat genauso gut. Jim ging auf die Knie, legte sein Ohr an das Ohr und lauschte. Aber es nützt nichts; Er sagte, es würde nicht sprechen. Er sagte, dass es manchmal nicht ohne Geld gehen würde. Ich erzählte ihm, dass ich eine alte, glatte, gefälschte Münze hätte, die nicht gut warnte, weil das Messing ein wenig durch das Silber hindurchschimmerte, und sie würde nicht irgendwo hindurchgehen, selbst wenn das Messing nicht zu sehen war, weil sie so glatt war, dass sie sich fettig anfühlte, und das würde jedes Mal daran hängen. (Ich dachte, ich würde nichts über den Dollar sagen, den ich vom Richter bekommen habe.) Ich sagte, es sei ziemlich schlechtes Geld, aber vielleicht würde der Haarballe es nehmen, weil er vielleicht den Unterschied nicht kennen würde. Jim roch daran, biß und rieb es und sagte, er würde es schon schaffen, daß der Haarballen es gut fände. Er sagte, er würde eine rohe irische Kartoffel aufspalten und das Viertel dazwischen stecken und die ganze Nacht dort aufbewahren, und am nächsten Morgen konnte man kein Messing mehr sehen, und es würde sich nicht mehr fettig anfühlen, und so würde es jeder in der Stadt in einer Minute nehmen, geschweige denn einen Haarballen. Nun, ich wusste vorher, dass eine Kartoffel das tun würde, aber ich hatte es vergessen.

Jim legte das Viertel unter den Haarballen, setzte sich nieder und lauschte wieder. Diesmal sagte er, der Haarballen sei in Ordnung. Er sagte, es würde mein ganzes Schicksal sagen, wenn ich es wollte. Ich sage, mach weiter. Also sprach der Haarballen mit Jim, und Jim erzählte es mir. Er sagt:

„Dein alter Vater weiß doch, was er zu tun hat. Manchmal sagt er, er wird den Weg gehen, und er wird bleiben. De bes' Weg ist es, den alten Mann seinen eigenen Weg gehen zu lassen. Deys zwei Engel schweben um ihn herum. Die eine ist weiß und glänzend, die andere schwarz. Der Weiße lässt ihn eine Weile nach rechts gehen, der Schwarze segelt hinein und zerschmettert alles. Ein Körper kann dir nicht sagen, welcher Gwyne ihn bei de las holen soll. Aber du hast recht. Du wirst in deinem Leben beträchtliche Schwierigkeiten haben, eine beträchtliche Freude. Manchmal gwyne gwyne zu git, und manchmal gwyne gwyne gwyne git krank; Aber jedesmal bist du gwyne zu git gut agin. Deys zwei Mädels fliegen dir in deinem Leben durch die Luft. Einer von ihnen ist hell und der andere ist dunkel. Der eine ist reich und der andere ist po'. Du bist gwyne, um de po' one fust en de rich one by zu heiraten. Du willst so viel Wasser haben, wie du bist, und du läufst nicht ohne Ske, denn es ist unten in den Rechnungen, dat du bist gwyne zum Hängen."

Als ich an diesem Abend meine Kerze anzündete und in mein Zimmer hinaufging, saß da Pap ganz selbst!

KAPITEL V.

Ich hatte die Tür verschlossen. Dann drehte ich mich um und da war er. Früher hatte ich die ganze Zeit Angst vor ihm, er hat mich so sehr gebräunt. Ich glaubte, ich hätte jetzt auch Angst; aber in einer Minute sehe ich, daß ich mich geirrt habe, das heißt, nach dem ersten Ruck, wie Sie sagen können, als mir der Atem stockte, weil er so unerwartet kam; aber sogleich, nachdem ich es sehe, warne ich davor, mich vor ihm zu fürchten, was es wert ist, um ihn herumzureden.

Er war fast fünfzig, und er sah auch so aus. Sein Haar war lang, wirr und fettig und hing herab, und man konnte seine Augen durchleuchten sehen, als wäre er hinter Lianen. Es war ganz schwarz, nicht grau; ebenso wie sein langer, verwirrter Backenbart. Es gibt keine Farbe in seinem Gesicht, wo sich sein Gesicht zeigte; Es war weiß; Nicht wie das Weiß eines anderen Mannes, sondern ein Weiß, um einen Körper krank zu machen, ein Weiß, um das Fleisch eines Körpers kriechen zu lassen - ein Baumkrötenweißer, ein Fischbauch weiß. Was seine Kleider anbelangte - nur Lumpen, das war alles. Er hatte einen Knöchel auf das andere Knie gestützt; Der Stiefel an diesem Fuß war zerbrochen, und zwei seiner Zehen steckten durch, und er bearbeitete sie von Zeit zu Zeit. Sein Hut lag auf dem Boden - ein alter schwarzer Hut, dessen Spitze eingefallen war wie ein Deckel.

Ich stand da und sah ihn an; Er saß da und sah mich an, den Stuhl ein wenig zurückgelehnt. Ich stelle die Kerze ab. Ich bemerkte, dass das Fenster offen war; Also hatte er sich beim Schuppen eingeschlichen. Er sah mich immer wieder an. Nach und nach sagt er:

„Stärkehaltige Kleider - sehr. Du hältst dich für einen großen Käfer, *nicht wahr*?"

„Vielleicht bin ich das, vielleicht bin ich es auch nicht," sage ich.

„Gib mir nichts von deiner Lippe,« sagte er. »Du hast seit meiner Abwesenheit viel Schnickschnack aufgesetzt. Ich werde dich in die Schranken weisen, bevor ich mit dir fertig bin. Du bist auch gebildet, sagt man - kannst lesen und schreiben. Du glaubst, du bist besser als dein Vater, nicht wahr, weil er es nicht kann? *Ich nehme* es aus dir heraus. Wer hat dir gesagt, daß du dich in solch eine dumme Dummheit einmischen könntest, he? - wer hat dir gesagt, daß du es könntest?"

„Die Witwe. Sie hat es mir erzählt."

„Die Witwe, he? - und wer hat der Witwe gesagt, daß sie ihre Schaufel in eine Sache stecken kann, die sie nichts angeht?"

„Niemand hat es ihr je gesagt."

„Nun, ich werde ihr beibringen, wie man sich einmischt. Und sehen Sie hier - Sie lassen die Schule fallen, hören Sie? Ich werde die Leute dazu erziehen, einen Jungen zu erziehen, sich über seinen eigenen Vater lustig zu machen und es zuzulassen, dass er besser wird, als was *er* ist. Willst du dich schon wieder dabei erwischen, wie du in dieser Schule herumalberst, hörst du? Deine Mutter konnte nicht lesen, und sie konnte nicht schreiben, bevor sie starb. Keiner in der Familie konnte das nicht, bevor *sie* starben. *Ich* kann nicht, und hier blähst du dich so auf. Ich bin nicht der Mann, der das aushält - hören Sie? Sag, laß mich dich lesen hören."

Ich nahm ein Buch zur Hand und begann etwas über General Washington und die Kriege. Als ich etwa eine halbe Minute gelesen hatte, holte er das Buch mit der Hand und stieß es quer durchs Haus. Er sagt:

„So ist es. Sie können es tun. Ich hatte meine Zweifel, als du es mir gesagt hast. Schauen Sie jetzt hier; Du hörst auf, Schnickschnack aufzusetzen. Ich werde es nicht haben. Ich werde für dich liegen, mein Klugscheißer; und wenn ich dich wegen der Schule erwische, werde ich dich gut bräunen. Zuerst weißt du, dass du auch Religion bekommen wirst. Einen solchen Sohn habe ich nie gesehen."

Er nahm ein kleines blaues Bild von einigen Kühen und einem Knaben und sagte:

„Was ist das?"

„Es ist etwas, das sie mir geben, weil ich meine Lektionen gut gelernt habe."

Er zerriß es und sagte:

„Ich gebe dir etwas Besseres – ich gebe dir ein Rindsfell."

Er saß eine Minute lang murmelnd und knurrend da, dann sagte er:

„*Bist du nicht* ein süß duftender Dandy? Ein Bett; und Bettwäsche; und ein Spiegel; und ein Stück Teppich auf dem Fußboden – und dein eigener Vater durfte mit den Schweinen im Tanhof schlafen. Einen solchen Sohn habe ich nie gesehen. Ich wette, ich werde dir etwas von diesem Schnickschnack abnehmen, bevor ich mit dir fertig bin. Nun, deine Allüren nehmen kein Ende – man sagt, du wärst reich. He? – wie ist das?"

„Sie lügen – so ist es."

„Sehen Sie hier – passen Sie auf, wie Sie mit mir sprechen; Ich stehe so ziemlich da, was ich jetzt ertragen kann – also mach mir keine Frechheit. Ich bin seit zwei Tagen in der Stadt und habe nichts anderes gehört, als daß du reich bist. Ich habe auch davon gehört, dass es flussabwärts passiert ist. Deshalb komme ich. Gib mir morgen das Geld – ich will es."

„Ich habe kein Geld."

„Das ist eine Lüge. Richterin Thatcher hat es verstanden. Du git es. Ich will es."

„Ich habe kein Geld, sage ich Ihnen. Sie fragen Richterin Thatcher; Er wird dir das Gleiche sagen."

„In Ordnung. Ich werde ihn fragen; und ich werde ihn auch zum Lachen bringen, oder ich werde den Grund dafür kennen. Sag mal, wie viel hast du in deiner Tasche? Ich will es."

„Ich habe nicht nur einen Dollar, und ich will, daß ..."

„Es macht keinen Unterschied, wofür du es willst – du gibst es einfach aus."

Er nahm es und biss hinein, um zu sehen, ob es gut sei, und dann sagte er, er würde in die Stadt gehen, um Whisky zu holen; Er sagte, er habe den ganzen Tag nichts getrunken. Als er in den Schuppen gekommen war, steckte er seinen Kopf wieder hinein und beschimpfte mich, weil ich

Rüschen anzog und versuchte, besser zu sein als er; und als ich glaubte, er sei fort, kam er zurück, steckte seinen Kopf wieder hinein und sagte mir, ich solle mich an diese Schule erinnern, weil er für mich liegen und mich lecken würde, wenn ich das nicht fallen ließe.

Am nächsten Tag war er betrunken, und er ging zu Richter Thatcher, machte ihn schikaniert und versuchte, ihn dazu zu bringen, das Geld herauszugeben; Aber er konnte es nicht, und dann schwor er, dass er das Gesetz dazu bringen würde, ihn zu zwingen.

Der Richter und die Witwe gingen vor Gericht, um das Gericht zu veranlassen, mich ihm wegzunehmen und einen von ihnen meinen Vormund zu überlassen; aber es war ein neuer Richter, der eben gekommen war, und er kannte den alten Mann nicht; Also sagte er, dass Gerichte sich nicht einmischen und Familien trennen dürfen, wenn sie es verhindern könnten; Er sagte, er würde kein Kind von seinem Vater wegnehmen. Also mussten Richterin Thatcher und die Witwe das Geschäft aufgeben.

Das gefiel dem Alten, bis er nicht mehr zur Ruhe kam. Er sagte, er würde mich so lange mit Kuhfell versorgen, bis ich schwarz und blau wäre, wenn ich nicht etwas Geld für ihn aufbringe. Ich lieh mir drei Dollar von Richterin Thatcher, und Papa nahm sie, trank sich und ging hin und her pustete und fluchte und jauchzte und machte weiter; und er hielt es in der ganzen Stadt mit einer Blechpfanne bis fast Mitternacht aufrecht; Dann steckten sie ihn ins Gefängnis, und am nächsten Tag brachten sie ihn vor Gericht und sperrten ihn wieder für eine Woche ein. Aber er sagte, *er* sei zufrieden, sagte, er sei der Chef seines Sohnes, und er würde es ihm warm machen.

Als er herauskam, sagte der neue Richter, er werde einen Mann aus ihm machen. Da nahm er ihn mit in sein eigenes Haus, kleidete ihn sauber und schön an und lud ihn zum Frühstück, Mittag- und Abendessen mit der Familie ein und war ihm sozusagen ein alter Kuchen. Und nach dem Abendessen sprach er mit ihm über Mäßigkeit und solche Dinge, bis der alte Mann weinte und sagte, er sei ein Narr gewesen und habe sein Leben verspielt; Aber jetzt würde er ein neues Kapitel aufschlagen und ein Mann sein, dessen sich niemand schämen würde, und er hoffte, der Richter würde ihm helfen und nicht auf ihn herabsehen. Der Richter sagte, er könne ihn für ihre Worte umarmen; Da weinte er, und seine Frau weinte wieder; Pap sagte, er sei ein Mann gewesen, der früher immer mißverstanden worden sei, und der Richter sagte, er glaube es. Der alte Mann sagte, was ein Mann wolle, sei Mitleid, und der Richter sagte, es sei so; Da weinten sie wieder. Und als es Schlafenszeit war, erhob sich der Alte, streckte die Hand aus und sagte:

„Sehen Sie es sich an, meine Herren und Damen; nimm es in die Hand; Schütteln Sie es. Da ist eine Hand, die war die Hand eines Schweins; aber das ist nicht mehr so; Es ist die Hand eines Mannes, der ein neues Leben begonnen hat und sterben wird, bevor er zurückkehrt. Du markierst ihnen Worte – vergiss nicht, dass ich sie gesagt habe. Es ist jetzt eine saubere Hand; Schütteln Sie es – fürchten Sie sich nicht."

Da schüttelten sie es, einer nach dem andern, ringsum, und weinten. Die Frau des Richters küßte ihn. Dann drückte der alte Mann, mit dem er ein Versprechen unterschrieben hatte, seinen Stempel auf. Der Richter sagte, es sei die heiligste Zeit seit Beginn der Aufzeichnungen, oder so ähnlich. Dann steckten sie den alten Mann in ein schönes Zimmer, das war das Gästezimmer, und in der Nacht bekam er mächtigen Durst und kroch auf das Dach der Veranda, rutschte einen Pfosten hinunter und tauschte seinen neuen Rock gegen einen Krug mit vierzig Ruten ein, und kletterte wieder zurück und hatte eine gute alte Zeit; Und gegen Tagesanbruch kroch er wieder heraus, betrunken wie ein Fiedler, rollte von der Veranda und brach sich den linken Arm an zwei Stellen und erfror am meisten, als ihn jemand nach Sonnenaufgang fand. Und wenn sie sich diesen Gästeraum ansahen, mussten sie Sondierungen vornehmen, bevor sie sich darin zurechtfinden konnten.

Der Richter fühlte sich irgendwie wund. Er sagte, er rechnete damit, dass ein Körper den alten Mann vielleicht mit einer Schrotflinte reformieren könnte, aber er kannte keinen anderen Weg.

KAPITEL VI.

Nun, ziemlich bald war der alte Mann wieder auf den Beinen, und dann ging er vor Gericht gegen Richterin Thatcher, um ihn dazu zu bringen, das Geld herauszugeben, und er ging auch auf mich ein, weil ich die Schule nicht abgebrochen hatte. Er hat mich ein paar Mal gepackt und verprügelt, aber ich bin trotzdem zur Schule gegangen und bin ihm die meiste Zeit ausgewichen oder ihm davongelaufen. Früher wollte ich nicht viel zur Schule gehen, aber ich dachte, ich würde jetzt trotz Papst zur Schule gehen. Dieser Gerichtsprozess war eine langsame Angelegenheit - es schien, als würden sie davor warnen, jemals damit anzufangen; also lieh ich mir von Zeit zu Zeit zwei oder drei Dollar vom Richter für ihn, um nicht ein Kuhfell zu bekommen. Jedes Mal, wenn er Geld bekam, betrunk er sich; und jedesmal, wenn er sich betrunken hatte, zog er Kain in der Stadt auf; und jedes Mal, wenn er Kain großzog, wurde er ins Gefängnis gesteckt. Er war einfach geeignet - so etwas war genau das Richtige für ihn.

Er hing zu viel bei der Witwe herum und so sagte sie ihm schließlich, dass sie ihm Ärger machen würde, wenn er nicht aufhörte, dort herumzuspielen. Nun, *war er nicht* verrückt? Er sagte, er würde zeigen, wer Huck Finns Chef sei. Eines Tages im Frühling hielt er Ausschau nach mir, fing mich ein und führte mich in einem Boot etwa drei Meilen den Fluß hinauf und setzte an die Küste von Illinois hinüber, wo es bewaldet war, und dort gab es keine Häuser, sondern eine alte Blockhütte an einer Stelle, wo das Holz so dick war, daß man es nicht finden konnte, wenn man nicht wußte, wo es war.

Er hat mich die ganze Zeit bei sich behalten, und ich hatte nie die Möglichkeit, wegzulaufen. Wir wohnten in dieser alten Hütte, und er schloß nachts immer die Tür ab und steckte sich den Schlüssel unter den Kopf. Er hatte ein Gewehr, das er gestohlen hatte, glaube ich, und wir fischten und jagten, und davon lebten wir. Von Zeit zu Zeit sperrte er mich ein und ging hinunter in den Laden, drei Meilen lang, zur Fähre, tauschte Fisch und Wild gegen Whisky ein, holte ihn nach Hause, trank sich und hatte eine gute Zeit und leckte mich. Die Witwe fand nach und nach heraus, wo ich war, und schickte einen Mann herüber, um mich zu erreichen; aber Pap jagte ihn mit dem Gewehr fort, und es warnte nicht lange danach, bis ich mich daran gewöhnt hatte, wo ich war, und es gefiel - alles bis auf das Rindsleder.

Es war irgendwie faul und lustig, den ganzen Tag gemütlich dagelegen, geraucht und gefischt und ohne Bücher und ohne Lernen. Zwei Monate oder länger vergingen, und meine Kleider bestanden nur aus Lumpen und Schmutz, und ich sah nicht ein, wie es mir jemals so gut gefallen sollte bei der Witwe, wo man sich waschen und auf einem Teller essen und kämmen und ins Bett gehen und regelmäßig aufstehen und sich immer mit einem Buch herumschlagen musste. und die alte Miss Watson pickt die ganze Zeit auf dir herum. Ich wollte nicht mehr zurück. Ich hatte aufgehört zu fluchen, weil es der Witwe nicht gefiel; aber jetzt nahm ich es wieder auf, denn Papa hatte keine Einwände. Es war eine ziemlich gute Zeit dort oben im Wald, nehmen Sie es rundherum.

Aber nach und nach wurde mir der Papa zu geschickt mit seinem Hick'ry, und ich konnte es nicht ertragen. Ich war übersät mit Striemen. Er ist auch so oft weggegangen und hat mich eingesperrt. Einmal sperrte er mich ein und war drei Tage weg. Es war schrecklich einsam. Ich schätzte, dass er ertrunken war, und ich würde nie wieder herauskommen. Ich hatte Angst. Ich beschloss, einen Weg zu finden, um dort wegzugehen. Ich hatte viele Male versucht, aus dieser Kabine herauszukommen, aber ich fand keinen Weg. Es gibt kein Fenster, das groß genug ist, dass ein Hund hindurchkommt. Ich konnte nicht den Schornstein hinaufstehen; Es war zu eng. Die Tür bestand aus dicken, massiven Eichenplatten. Pap war ziemlich vorsichtig, kein Messer oder irgendetwas in der Kabine zu lassen, wenn er weg war; Ich glaube, ich habe den Ort schon hundertmal durchsucht; naja, ich war fast die ganze Zeit dabei, weil es so ziemlich die einzige Möglichkeit war, die Zeit zu investieren. Aber diesmal fand ich endlich etwas; Ich fand eine alte, rostige Holzsäge ohne Griff; Er wurde zwischen einem Sparren und den Schindeln des Daches verlegt. Ich schmierte es ein und machte mich an die Arbeit. Am anderen Ende der Kajüte hinter dem Tisch war eine alte Pferdedecke an die Baumstämme genagelt, damit der Wind nicht durch die Ritzen wehte und die Kerze auslöschte. Ich kroch unter den Tisch, hob die Decke an und machte mich an die Arbeit, um einen Teil des großen unteren Stammes herauszusägen – groß genug, um mich durchzulassen. Nun, es war eine gute lange Arbeit, aber ich näherte mich dem Ende, als ich im Wald die Waffe von Papa hörte. Ich entledigte mich der Spuren meiner Arbeit, ließ die Decke fallen und versteckte meine Säge, und bald kam der Brei herein.

Pap warnte nicht in guter Laune – also war er ganz er selbst. Er sagte, er sei in der Stadt und alles laufe schief. Sein Anwalt sagte, er rechnete damit, dass er seinen Prozess gewinnen und das Geld bekommen würde, wenn sie jemals mit dem Prozess beginnen würden; aber dann gab es Möglichkeiten, es lange hinauszuzögern, und Richterin Thatcher wusste, wie man es macht. Und er sagte, die Leute hätten zugelassen, dass es einen weiteren Prozess geben würde, um mich von ihm wegzubekommen und mich der Witwe als Vormund zu geben, und sie ahnten, dass es diesmal gewinnen würde. Das erschütterte mich sehr, denn ich wollte nicht mehr zu der Witwe zurückkehren und so verkrampft und verärgert sein, wie sie es nannten. Dann fing der alte Mann an zu fluchen und fluchte alles und jeden, der ihm einfiel, und dann fluchte er sie alle noch einmal, um sicherzugehen, dass er keinen übersprungen hatte, und dann fuhr er mit einer Art allgemeinem Fluchen rundherum ab, einschließlich einer beträchtlichen Gruppe von Leuten, deren Namen er nicht kannte. Und so nannte er sie, wie er bei ihnen ankam, und fuhr sofort mit seinem Fluchen fort.

Er sagte, er würde gerne sehen, wie die Witwe mich holt. Er sagte, er würde sich in Acht nehmen, und wenn sie versuchten, ein solches Wild auf ihn zu stürzen, so wußte er von einem Ort in sechs oder sieben Meilen Entfernung, wo sie mich verstauen konnten, wo sie jagen konnten, bis sie umfielen und mich nicht finden konnten. Das beunruhigte mich wieder, aber nur für eine Minute; Ich rechnete damit, dass ich nicht zur Stelle bleiben würde, bis er diese Chance bekäme.

Der alte Mann ließ mich zum Boot gehen und die Sachen holen, die er hatte. Es gab einen fünfzig Pfund schweren Sack Maismehl und eine Seite Speck, Munition und einen Krug Whisky von vier Gallonen, ein altes Buch und zwei Zeitungen zum Wattieren, nebst etwas Schlepptau. Ich schleppte eine Ladung hinauf, ging zurück und setzte mich auf den Bug des Bootes, um mich auszuruhen. Ich dachte darüber nach, und ich rechnete damit, daß ich mit der Büchse und ein paar Leinen davonlaufen und in den Wald gehen würde, wenn ich wegliefe. Ich dachte, ich würde nicht an einem Ort bleiben, sondern einfach quer durch das Land wandern, meistens nachts, jagen und fischen, um am Leben zu bleiben, und so weit wegkommen, dass weder der alte Mann noch die Witwe mich mehr finden könnten. Ich dachte, ich würde noch in dieser Nacht aussägen und gehen, wenn Pap genug betrunken wäre, und ich rechnete damit, dass er es tun würde. Ich war so voll davon, dass ich nicht bemerkte, wie lange ich blieb, bis der alte Mann brüllte und mich fragte, ob ich schlafe oder ertrunken sei.

Ich brachte die Sachen in die Kajüte, und dann wurde es schon dunkel. Während ich das Abendessen kochte, nahm der alte Mann ein oder zwei Schlucke, wärmte sich irgendwie auf und begann wieder zu rippen. Er war drüben in der Stadt betrunken gewesen und hatte die ganze Nacht in der Gosse gelegen, und er war ein schöner Anblick. Ein Körper würde denken, er sei Adam – er war nur noch Schlamm. Wann immer sein Schnaps zu wirken begann, ging er fast immer zur Regierung, diesmal sagt er:

„Nennen Sie das eine Regierung! Nun, schauen Sie es sich einfach an und sehen Sie, wie es ist. Hier steht das Gesetz bereit, um einem Menschen seinen Sohn wegzunehmen – den eigenen Sohn, den er mit all der Mühe, mit all der Sorge und mit allen Kosten großgezogen hat. Ja, gerade als dieser Mann seinen Sohn endlich auferweckt hat und bereit ist, zur Arbeit zu gehen und für ihn zu sorgen und ihm Ruhe zu gönnen, so ist das Gesetz in Kraft und geht für ihn vor. Und sie nennen *das* Regierung! Das ist noch nicht alles, Nuther. Das Gesetz unterstützt den alten Richter Thatcher und hilft ihm, mich von meinem Eigentum fernzuhalten. Das Gesetz nimmt einen Mann, der sechstausend Dollar und mehr wert ist, und sperrt ihn in eine alte Falle einer Hütte wie dieser und läßt ihn in Kleidern herumlaufen, die nicht für ein Schwein geeignet sind. Sie nennen das Regierung! Ein

Mann kann seine Rechte in einer Regierung wie dieser nicht bekommen. Manchmal habe ich die mächtige Idee, das Land einfach für immer zu verlassen. Ja, und ich habe es ihnen gesagt; Das habe ich dem alten Thatcher ins Gesicht gesagt. Viele von ihnen haben mich gehört und können erzählen, was ich gesagt habe. Sage ich, für zwei Cent würde ich das beschuldigte Land verlassen und nie wieder in seine Nähe kommen. Das sind genau die Worte. Ich sage, sieh dir meinen Hut an – wenn du ihn einen Hut nennst –, aber der Deckel hebt sich, und der Rest geht hinunter, bis er unter meinem Kinn ist, und dann ist es gar kein richtiger Hut, sondern eher, als ob mein Kopf durch ein Ofenrohr hinaufgeschoben worden wäre. Sehen Sie es sich an, sage ich – einen solchen Hut für mich zu tragen – einer der reichsten Männer in dieser Stadt, wenn ich mein Recht geltend machen könnte."

„Oh ja, das ist eine wunderbare Regierung, wunderbar. Warum, schauen Sie hier. Es gab dort einen freien Nigger aus Ohio – einen Mulatter, der fast so weiß war wie ein Weißer. Er hatte auch das weißeste Hemd an, das man je gesehen hat, und den glänzendsten Hut; und es gibt keinen Mann in dieser Stadt, der so schöne Kleider hat, wie er hatte; und er besaß eine goldene Uhr und eine goldene Kette und einen silbernen Stock – den schrecklichsten alten grauköpfigen Nabob im ganzen Staate. Und was denkst du? Sie sagten, er sei Professor an einem College, könne alle möglichen Sprachen sprechen und wisse alles. Und das ist noch nicht alles. Sie sagten, er könne *wählen*, wenn er zu Hause sei. Naja, das hat mich rausgelassen. Denke ich, wohin kommt das Land? Es war Vorlesungstag, und ich war eben im Begriff, selbst zu wählen gehen, wenn ich nicht zu betrunken wäre, um dorthin zu kommen; aber als sie mir sagten, es gäbe einen Staat in diesem Lande, in dem sie diesen Nigger wählen ließen, zog ich mich zurück. Ich sage, ich werde nie mehr wählen. Das sind genau die Worte, die ich gesagt habe; Sie hörten mich alle; und das Land mag für mich alle verrotten – solange ich lebe, werde ich nie mehr wählen. Und die kühle Art dieses Niggers zu sehen – nun, er würde mir nicht den Weg weisen, wenn ich ihn nicht aus dem Weg gedrängt hätte. Ich sage zu den Leuten: Warum wird dieser Nigger nicht versteigert und verkauft? – Das ist es, was ich wissen will. Und was glauben Sie, was sie gesagt haben? Sie sagten, er könne nicht verkauft werden, bis er sechs Monate im Staate gewesen sei, und so lange sei er noch nicht dort. Da, jetzt - das ist ein Exemplar. Sie nennen das eine Regierung, die einen freien Nigger nicht verkaufen kann, bevor er nicht sechs Monate im Staat ist. Hier ist eine Regierung, die sich selbst eine Regierung nennt und so tut, als ob sie eine Regierung sei, und die glaubt, eine Regierung zu sein, und die doch sechs volle Monate lang stillstehen muß, bevor sie einen umherstreifenden, diebischen, höllischen, weißhemdigen freien Nigger fassen und ..."

Pap ging weiter, so daß er nicht merkte, wohin ihn seine alten, geschmeidigen Beine führten, und so stürzte er sich Hals über Kopf über die Wanne mit gesalzenem Schweinefleisch und bellte mit beiden Schienbeinen, und der Rest seiner Rede war die heißeste Art von Sprache - meistens gegen den Nigger und die Regierung, obgleich er der Wanne etwas gab. Auch die ganze Zeit, hier und da. Er hüpfte beträchtlich in der Kajüte umher, erst auf dem einen, dann auf dem andern Bein, hielt sich erst das eine, dann das andere Schienbein, und endlich stieß er plötzlich mit dem linken Fuß aus und holte die Wanne mit einem rasselnden Tritt. Aber es warnte vor gutem Urteilsvermögen, denn das war der Stiefel, aus dessen vorderem Ende ein paar Zehen herausragten; Da erhob er ein Heulen, das einem die Haare aufstellte, und er ging in den Dreck hinab, wälzte sich dort und hielt sich die Zehen fest; und das Fluchen, das er machte, überlagerte alles, was er je zuvor getan hatte. Das sagte er später selbst selbst. Er hatte den alten Sowberry Hagan in seinen besten Tagen gehört, und er sagte, es habe auch ihn überwältigt; aber ich denke, das war vielleicht eine Art Anhäufung.

Nach dem Abendessen nahm Pap den Krug und sagte, er habe genug Whisky für zwei Betrunkene und ein Delirium tremens. Das war immer sein Wort. Ich schätzte, er würde in etwa einer Stunde blind betrunken sein, und dann würde ich den Schlüssel stehlen oder mich selbst heraussehen, das eine oder das andere. Er trank und trank und fiel nach und nach auf seine Decken; Aber das Glück war nicht auf meiner Seite. Er schlief nicht tief und fest ein, aber er war unruhig. Er stöhnte und stöhnte und schlug lange Zeit hin und her hin und her. Endlich wurde ich so schläfrig, daß ich die Augen nicht mehr offen halten konnte, und ehe ich wußte, was ich tat, schlief ich tief und fest ein, und die Kerze brannte.

Ich weiß nicht, wie lange ich geschlafen habe, aber plötzlich gab es einen schrecklichen Schrei und ich war wach. Da war Brei, der wild aussah und überall hin sprang und über Schlangen schrie. Er sagte, sie würden seine Beine hochkriechen; und dann sprang er auf und schrie und sagte, eine hätte ihn in die Wange gebissen, aber ich konnte keine Schlangen sehen. Er fuhr auf, rannte in der Kajüte herum und brüllte: »Nimm ihn ab! Zieh ihn aus! Er beißt mich in den Hals!" Ich habe noch nie einen Mann gesehen, der so wild in die Augen schaut. Bald war er ganz erschöpft und fiel keuchend nieder; Dann wälzte er sich wunderbar schnell hin und her, trat mit den Dingen in alle Richtungen, schlug und griff mit den Händen in die Luft, schrie und sagte, es seien Teufel im Griff nach ihm. Er erschöpfte sich nach und nach und blieb eine Weile still liegen und stöhnte. Dann lag er still und gab keinen Laut von sich. Ich hörte die Eulen und die Wölfe in den Wäldern, und es schien immer noch schrecklich. Er lag drüben an der Ecke. Nach und nach erhob er sich halb und lauschte, den Kopf zur Seite geneigt. Er sagt sehr leise:

„Landstreicher - Landstreicher - Landstreicher; das sind die Toten; Landstreicher - Landstreicher - Landstreicher; Sie sind hinter mir her; aber ich werde nicht gehen. Oh, sie sind hier! Fass mich nicht an - tu es nicht! Hände weg - sie sind kalt; loslassen. Ach, laß einen armen Teufel in Ruhe!"

Dann stieg er auf allen Vieren hinab und kroch fort, flehte sie an, ihn in Ruhe zu lassen, und er rollte sich in seine Decke und wälzte sich unter dem alten Tannentisch, noch immer bettelnd; Und dann fing er an zu weinen. Ich konnte ihn durch die Decke hören.

Nach und nach rollte er sich aus und sprang wild auf die Füße, und er sah mich und ging auf mich los. Er jagte mich mit einem Klappmesser umher, nannte mich den Todesengel und sagte, er würde mich töten, und dann könne ich ihn nicht mehr holen. Ich bettelte und sagte ihm, ich sei nur Huck; Aber er lachte *so* ein kreischendes Lachen und brüllte und fluchte und verfolgte mich immer wieder. Einmal, als ich mich umdrehte und unter seinem Arm auswich, packte er mich und packte mich an der

Jacke zwischen meinen Schultern, und ich glaubte, ich wäre weg; aber ich glitt blitzschnell aus der Jacke und rettete mich. Bald war er ganz erschöpft, ließ sich mit dem Rücken gegen die Tür fallen und sagte, er wolle sich eine Minute ausruhen und mich dann töten. Er hielt sein Messer unter sich und sagte, er würde schlafen und wieder zu Kräften kommen, und dann würde er sehen, wer wer sei.

Also schlief er ziemlich bald ein. Nach und nach holte ich mir den alten Stuhl mit gespaltenem Boden, kletterte mich so leicht wie möglich hinauf, um keinen Lärm zu machen, und setzte das Gewehr hinunter. Ich schob den Kolben hinunter, um mich zu vergewissern, dass er geladen war, dann legte ich ihn quer über das Rübenfass, auf den Brei zeigend, und setzte mich dahinter nieder, um darauf zu warten, dass er sich rührte. Und wie langsam und still die Zeit dahinzog.

KAPITEL VII.

„Steh auf! Was hast du vor?"

Ich öffnete die Augen und schaute mich um, um zu erkennen, wo ich war. Es war nach Sonnenaufgang, und ich hatte fest geschlafen. Pap stand über mir und sah auch sauer und krank aus. Er sagt:

„Was machst du mit dieser Waffe?"

Ich urteilte, er wußte nichts von dem, was er getan hatte, und so sagte ich:

„Jemand hat versucht, einzudringen, also habe ich für ihn gelegt."

„Warum hast du mich nicht rausgeschmissen?"

„Nun, ich habe es versucht, aber ich konnte es nicht; Ich konnte dich nicht bewegen."

„Na gut. Stehen Sie nicht den ganzen Tag da und palavern, sondern gehen Sie mit Ihnen raus und schauen Sie, ob es einen Fisch zum Frühstück an der Leine gibt. Ich bin gleich da."

Er schloß die Tür auf, und ich ging das Flußufer hinauf. Ich bemerkte, daß einige Stücke von Gliedmaßen und dergleichen herabschwammen und ein Hauch von Rinde; so wußte ich, daß der Fluß zu steigen begonnen hatte. Ich dachte, ich würde jetzt eine tolle Zeit haben, wenn ich in der Stadt wäre. Der Aufstand im Juni war für mich immer ein Glück; denn sobald dieser Anstieg beginnt, kommt hier Schnurholz herabgeweht und Stücke von Holzflößen – manchmal ein Dutzend Stämme zusammen; Du brauchst sie also nur zu fangen und an die Holzhöfe und das Sägewerk zu verkaufen.

Ich ging die Böschung hinauf, mit dem einen Auge nach Brei und dem anderen nach dem, was der Anstieg mit sich bringen würde. Nun, auf einmal kommt ein Kanu; Auch eine Schönheit, etwa dreizehn oder vierzehn Fuß lang, hoch reitend wie eine Ente. Ich schoß kopfüber wie ein

Frosch vom Ufer ab, mit Kleidern und allem, und machte mich auf den Weg zum Kanu. Ich erwartete nur, daß sich jemand darin hinlegen würde, denn die Leute taten das oft, um die Leute zu täuschen, und wenn ein Kerl ein Boot herausgezogen hatte, erhoben sie sich meistens und lachten ihn aus. Aber diesmal ist es nicht so. Es war wirklich ein Treibkanu, und ich kletterte hinein und ruderte es an Land. Ich denke, der alte Mann wird sich freuen, wenn er das sieht – sie ist zehn Dollar wert. Aber als ich ans Ufer kam, war Papa noch nicht in Sicht, und als ich ihn in einen kleinen Bach trieb, der wie eine Schlucht aussah und ganz mit Weinreben und Weiden bedeckt war, kam mir ein anderer Gedanke: Ich dachte mir, ich würde sie gut verstecken, und dann, anstatt in den Wald zu gehen, wenn ich wegliefe, würde ich etwa fünfzig Meilen den Fluß hinuntergehen und für immer an einem Ort lagern. und es nicht so schwer haben, zu Fuß herumzulaufen.

Es war ziemlich nahe an der Baracke, und ich glaubte, den alten Mann die ganze Zeit kommen zu hören; aber ich habe sie versteckt; Und dann ging ich hinaus und schaute mich in einem Haufen Weiden um, und da war der alte Mann am Wegesrand, ein Stück, das gerade mit seinem Gewehr eine Perle auf einen Vogel zeichnete. Er hatte also nichts gesehen.

Als er sich verstand, war ich hart dabei, eine „Trab"-Linie zu nehmen. Er beschimpfte mich ein wenig, weil ich so langsam war; aber ich sagte ihm, ich sei in den Fluß gefallen, und das war es, was mich so lang machte. Ich wusste, dass er sehen würde, dass ich nass war, und dann würde er Fragen stellen. Wir holten fünf Welse von der Leine und gingen nach Hause.

Als wir uns nach dem Frühstück zum Schlafen hinlegten, da wir beide fast erschöpft waren, kam mir der Gedanke, daß, wenn ich irgend einen Weg finden könnte, um Papa und die Witwe davon abzuhalten, mir zu folgen, es eine sicherere Sache wäre, als auf das Glück zu vertrauen, daß sie weit genug fortkommen würden, bevor sie mich verfehlten; Seht ihr, es kann alles Mögliche passieren. Nun, ich sah eine Weile keinen Ausweg, aber nach und nach erhob sich Papa, um noch ein Faß Wasser zu trinken, und er sagte:

„Ein andermal, wenn ein Mann hier herumstreift, vertreiben Sie mich, hören Sie? Dieser Mann warnt hier nicht für nichts Gutes. Ich hätte ihn erschossen. Das nächste Mal, wenn du mich raushautest, hörst du?"

Dann ließ er sich nieder und schlief wieder ein; aber was er gesagt hatte, gab mir genau die Idee, die ich haben wollte. Ich sage mir, ich kann es jetzt in Ordnung bringen, damit niemand auf die Idee kommt, mir zu folgen.

Gegen zwölf Uhr bogen wir ab und gingen das Ufer hinauf. Der Fluss kam ziemlich schnell hoch, und viel Treibholz stieg an. Nach und nach kommt ein Teil eines Holzfloßes vorbei - neun Stämme dicht nebeneinander. Wir fuhren mit dem Boot hinaus und schleppten es an Land. Dann gab es Abendessen. Jeder, außer dem Brei, würde den Tag abwarten und durchsehen, um noch mehr Zeug zu fangen; Aber das warnt nicht vor Paps Stil. Neun Holzscheite reichten für einmal; Er mußte gleich in die Stadt hinüberschieben und verkaufen. Er schloß mich ein, nahm das Boot und begann gegen halb drei Uhr das Floß zu schleppen. Ich ging davon aus, dass er an diesem Abend nicht zurückkommen würde. Ich wartete, bis ich glaubte, daß er einen guten Start hingelegt hatte; dann ging ich mit meiner Säge hinaus und machte mich wieder an die Arbeit an dem Stamm. Ehe er auf der anderen Seite des Flusses war, war ich aus dem Loch heraus; Er und sein Floß waren nur ein Fleck auf dem Wasser da drüben.

Ich nahm den Sack mit dem Getreidemehl und brachte ihn dorthin, wo das Kanu versteckt war, schob die Ranken und Äste auseinander und legte ihn hinein; dann tat ich dasselbe mit der Speckseite; Dann der Whisky-Krug. Ich nahm all den Kaffee und Zucker, den es gab, und die ganze Munition; Ich nahm die Watte; Ich nahm den Eimer und den Kürbis; Ich nahm eine Schöpfkelle und eine Blechtasse und meine alte Säge und zwei Decken und die Pfanne und die Kaffeekanne. Ich nahm Angelschnüre und Streichhölzer und andere Dinge mit, alles, was einen Cent wert war. Ich habe die Wohnung aufgeräumt. Ich wollte eine Axt, aber es gab keine, nur die draußen auf dem Holzstapel, und ich wusste, warum ich sie lassen würde. Ich holte die Waffe heraus, und jetzt war ich fertig.

Ich hatte den Boden ziemlich abgenutzt, als ich aus dem Loch kroch und so viele Dinge herausschleppte. Also habe ich das so gut wie möglich von außen behoben, indem ich Staub auf die Stelle gestreut habe, der die Glätte und das Sägemehl überdeckte. Dann befestigte ich das Stück Baumstamm wieder an seinen Platz und legte zwei Steine darunter und einen dagegen, um es dort festzuhalten, denn es war an dieser Stelle aufgebogen und berührte den Boden nicht ganz. Wenn man vier oder fünf Fuß entfernt stand und nicht wusste, dass es gesägt war, würde man es nicht bemerken; Und außerdem war dies der hintere Teil der Hütte, und es war unwahrscheinlich, dass dort jemand herumalbern würde.

Es war alles Gras frei zum Kanu, also hatte ich keine Spur hinterlassen. Ich folgte ihm, um zu sehen. Ich stand am Ufer und blickte auf den Fluss. Alles sicher. Da nahm ich das Gewehr und ging ein Stück hinauf in den Wald und jagte nach Vögeln, als ich ein wildes Schwein sah; Die Schweine wilden bald in ihren Böden, nachdem sie den Präriefarmen entkommen waren. Ich habe diesen Kerl erschossen und ihn ins Lager gebracht.

Ich nahm die Axt und schlug die Tür ein. Ich habe es geschlagen und dabei ziemlich gehackt. Ich holte das Schwein herein, führte es fast an den Tisch zurück, hackte ihm mit der Axt in die Kehle und legte es auf die Erde, damit es blutete; Ich sage Boden, weil es *Boden war* – hart gepackt und ohne Bretter. Nun, dann nahm ich einen alten Sack und legte eine Menge großer Steine hinein – alles, was ich schleppen konnte –, und ich fing ihn vom Schwein an und schleppte ihn zur Tür und durch den Wald hinunter zum Fluss und warf ihn hinein, und er sank hinab, außer Sichtweite. Man konnte leicht erkennen, dass etwas über den Boden geschleift worden war. Ich wünschte, Tom Sawyer wäre da; Ich wußte, daß er sich für diese Art von Geschäft interessieren und die ausgefallenen Akzente einbringen würde. Niemand könnte sich in so etwas wie Tom Sawyer ausbreiten.

Nun, zuletzt habe ich mir ein paar Haare ausgerissen und die Axt gut blutig gemacht, sie auf den Rücken gesteckt und die Axt in die Ecke geschleudert. Dann hob ich das Schwein auf und drückte es mit meiner Jacke an meine Brust (damit es nicht tropfen konnte), bis ich ein gutes Stück unter dem Haus bekam, und warf es dann in den Fluss. Jetzt fiel mir etwas anderes ein. Da ging ich hin, holte den Sack mit dem Mehl und meine alte Säge aus dem Kanu und holte sie nach dem Hause. Ich brachte den Sack dorthin, wo er früher stand, und riß mit der Säge ein Loch in den Boden, denn es gibt keine Messer und Gabeln an der Stelle, Papa hat mit seinem Klappmesser alles mit dem Kochen gemacht. Dann trug ich den

Sack etwa hundert Meter über das Gras und durch die Weiden östlich des Hauses zu einem seichten See, der fünf Meilen breit und voller Binsen war - und in der Saison auch Enten, könnte man sagen. Auf der anderen Seite gab es einen Sumpf oder einen Bach, der meilenweit weg verlief, ich weiß nicht wohin, aber er ging nicht zum Fluss. Das Essen wurde ausgesiebt und zog eine kleine Spur bis zum See. Ich ließ auch den Wetzstein von Pap dort fallen, so dass es aussah, als wäre es aus Versehen entstanden. Dann band ich den Riss in den Mehlsack mit einer Schnur zusammen, damit er nicht mehr auslief, und brachte ihn und meine Säge wieder zum Kanu.

Es war jetzt schon dunkel; so ließ ich das Canoe den Fluß hinunter unter einige Weiden fallen, die über das Ufer hingen, und wartete, bis der Mond aufging. Ich machte mich an einer Weide fest; dann nahm ich einen Bissen zu essen und legte mich nach und nach in das Canoe, um eine Pfeife zu rauchen und einen Plan auszuarbeiten. Ich sage mir, sie werden der Spur dieses Sacks voller Steine bis zum Ufer folgen und dann den Fluss für mich ziehen. Und sie folgen dieser Futterspur zum See und stöbern den Bach hinunter, der aus dem See führt, um die Räuber zu finden, die mich getötet und die Sachen gestohlen haben. Sie werden den Fluss nie nach etwas anderem als meinem toten Kadaver jagen. Sie werden dessen bald überdrüssig werden und sich nicht mehr um mich kümmern. Alles klar; Ich kann anhalten, wo ich will. Jackson's Island ist gut genug für mich; Ich kenne diese Insel ziemlich gut, und niemand kommt jemals dorthin. Und dann kann ich nachts in die Stadt paddeln, herumschleichen und Dinge aufsammeln, die ich will. Jackson's Island ist der richtige Ort.

Ich war ziemlich müde und das Erste, was ich wusste, war, dass ich schlief. Als ich aufwachte, wusste ich eine Minute lang nicht, wo ich war. Ich richtete mich auf und schaute mich ein wenig erschrocken um. Dann erinnerte ich mich. Der Fluss schien kilometerweit zu sein. Der Mond war so hell, daß ich die Treibstämme zählen konnte, die schwarz und still Hunderte von Metern vom Ufer entfernt dahinglitten. Alles war totenstill, und es sah spät aus und *roch* spät. Du weißt, was ich meine - ich weiß nicht die Worte, um es zu sagen.

Ich machte einen guten Vorsprung und eine Dehnung und wollte mich gerade abkoppeln und starten, als ich ein Geräusch über dem Wasser hörte. Ich lauschte. Ziemlich schnell habe ich es geschafft. Es war dieses dumpfe, regelmäßige Geräusch, das von Rudern kommt, die in Rudern arbeiten, wenn es eine stille Nacht ist. Ich lugte durch die Weidenzweige hinaus, und da war es – ein Boot, über das Wasser hinweg. Ich konnte nicht sagen, wie viele darin waren. Er kam immer wieder, und als er auf meiner Höhe war, sah ich, daß nur ein Mann darin war. Denke ich, vielleicht ist es Brei, obwohl ich davor warne, ihn zu erwarten. Er sank mit der Strömung unter mich hinab, und nach und nach schwang er sich in dem leichten Wasser ans Ufer und kam so nahe an mir vorbei, daß ich das Gewehr hätte ausstrecken und ihn berühren können. Nun, es *war* Brei, gewiß – und auch nüchtern, wie er seine Ruder legte.

Ich verlor keine Zeit. Im nächsten Augenblick drehte ich mich sanft, aber schnell flussabwärts im Schatten des Ufers. Ich machte zweieinhalb Meilen und schlug dann eine Viertelmeile oder mehr in der Mitte des Flusses ein, denn bald würde ich die Anlegestelle der Fähre passieren, und die Leute könnten mich sehen und mir zurufen. Ich stieg zwischen das Treibholz hinaus, legte mich dann auf den Boden des Kanus und ließ es treiben.

Ich lag da, ruhte mich gut aus und rauchte aus meiner Pfeife, während ich in den Himmel blickte, in dem keine Wolke war. Der Himmel sieht so tief aus, wenn man sich im Mondschein auf den Rücken legt; Ich wusste es vorher nicht. Und wie weit kann ein Körper solche Nächte auf dem Wasser hören! Ich hörte Leute an der Anlegestelle der Fähre reden. Ich hörte auch, was sie sagten, jedes Wort davon. Ein Mann sagte, es gehe jetzt auf die langen Tage und die kurzen Nächte zu. Der andere sagte *das* und warnte nicht einen von den Kleinen, meinte er – und dann lachten sie, und er sagte es noch einmal, und sie lachten wieder; dann weckten sie einen andern Kerl und erzählten es ihm, und lachten, aber er lachte nicht, er riß etwas Lebhaftes heraus und sagte, laß ihn in Ruhe. Der erste Bursche sagte, er wolle es seiner Alten erzählen – sie würde es ziemlich gut finden; Aber er sagte, das warne nicht vor manchen Dingen, die er zu seiner Zeit gesagt habe. Ich hörte einen Mann sagen, es sei fast drei Uhr, und er hoffte, dass das Tageslicht nicht länger als etwa eine Woche warten würde. Darauf entfernte sich das Gespräch immer weiter, und ich konnte die Worte nicht mehr verstehen; aber ich hörte das Gemurmel und ab und zu auch ein Lachen, aber es schien noch weit weg zu sein.

Ich war jetzt weg unter der Fähre. Ich erhob mich, und da war Jackson's Island, etwa zweieinhalb Meilen stromabwärts, schwer bewaldet und in der Mitte des Flusses emporragend, groß und dunkel und solide, wie ein Dampfschiff ohne Lichter. Es gab keine Spur von der Stange am Kopfende - es war jetzt alles unter Wasser.

Es dauerte nicht lange, bis ich dort ankam. Ich schoss mit rasender Geschwindigkeit am Kopf vorbei, die Strömung war so schnell, und dann geriet ich in das tote Wasser und landete auf der Seite in Richtung der Küste von Illinois. Ich fahre mit dem Kanu in eine tiefe Delle im Ufer, von der ich wusste; Ich musste die Weidenzweige teilen, um hineinzukommen; und als ich mich festsetzte, konnte niemand das Canoe von außen sehen.

Ich stieg hinauf und setzte mich auf einen Baumstamm an der Spitze der Insel und blickte auf den großen Fluß und das schwarze Treibholz und hinüber in die Stadt, drei Meilen entfernt, wo drei oder vier Lichter funkelten. Ein ungeheures großes Floß fuhr etwa eine Meile stromaufwärts und fuhr hinab, mit einer Laterne in der Mitte. Ich sah ihn herabkriechen, und als er ganz in der Nähe war, wo ich stand, hörte ich einen Mann sagen: „Heckruder, da! Heben Sie ihren Kopf zum Stechen!" Das hörte ich so deutlich, als ob der Mann an meiner Seite wäre.

Jetzt war ein wenig Grau am Himmel; also trat ich in den Wald und legte mich vor dem Frühstück zu einem Nickerchen nieder.

KAPITEL VIII.

Die Sonne stand so hoch, als ich erwachte, dass ich glaubte, es sei nach acht Uhr. Ich lag da im Gras und im kühlen Schatten, dachte über die Dinge nach und fühlte mich ausgeruht und behaglich und zufrieden. An ein oder zwei Löchern konnte ich die Sonne sehen, aber meistens waren es große Bäume ringsum, und düster dazwischen waren sie. Es gab sommersprossige Stellen auf dem Boden, wo das Licht durch die Blätter fiel, und die sommersprossigen Stellen wechselten ein wenig, was zeigte, dass dort oben eine kleine Brise wehte. Ein paar Eichhörnchen setzten sich auf einen Ast und plapperten mich sehr freundlich an.

Ich war stark, faul und bequem - ich wollte nicht aufstehen und das Frühstück kochen. Nun, ich war schon wieder eingeschlafen, als ich glaubte, ein tiefes Geräusch von „Bumm!" den Fluss hinauf zu hören. Ich erhebe mich, stütze mich auf den Ellbogen und lausche; Ziemlich bald höre ich es wieder. Ich sprang auf und schaute auf ein Loch im Laub, und ich sah einen Haufen Rauch auf dem Wasser liegen, weit oben - ungefähr neben der Fähre. Und da war die Fähre voller Menschen, die dahintrieb. Ich wußte, was jetzt los war. „Bumm!" Ich sehe, wie der weiße Rauch aus der Seite der Fähre quillt. Sehen Sie, sie schossen mit Kanonen über das Wasser und versuchten, meinen Kadaver an die Spitze zu bringen.

Ich war ziemlich hungrig, aber es würde mir nicht helfen, ein Feuer zu machen, weil sie den Rauch sehen könnten. Also setzte ich mich hin und beobachtete den Kanonenrauch und lauschte dem Knall. Der Fluß war dort eine Meile breit, und an einem Sommermorgen sieht er immer hübsch aus - ich hatte also eine gute Zeit, sie zu beobachten, wie sie nach meinen Überresten jagten, wenn ich nur einen Bissen zu essen hatte. Na ja, da kam mir zufällig der Gedanke, wie sie immer Quecksilber in Brotlaibe geben und sie wegtreiben, weil sie immer geradewegs zu dem ertrunkenen Kadaver gehen und dort stehen bleiben. Also, sage ich, werde ich Ausschau halten, und wenn einer von ihnen hinter mir herschwebt, werde ich ihm eine Show geben. Ich wechselte an den Rand der Insel in Illinois, um zu sehen, was für ein Glück ich haben könnte, und ich warne davor, enttäuscht zu werden. Ein großer Doppellaib kam daher, und ich hätte ihn am liebsten mit einem langen Stock bekommen, aber mein Fuß rutschte aus und sie schwebte weiter hinaus. Natürlich befand ich mich dort, wo die Strömung am nächsten am Ufer war – dazu wußte ich genug. Aber nach und nach kommt noch einer, und dieses Mal habe ich gewonnen. Ich zog den Stöpsel heraus, schüttelte den kleinen Klecks Quecksilber aus und biss die Zähne hinein. Es war „Bäckerbrot" – was die Vornehmen essen; Nichts von deinem niederträchtigen Maiskolben.

Ich ergatterte einen guten Platz zwischen den Blättern und setzte mich dort auf einen Baumstamm, mampfte das Brot und sah der Fähre zu, und war sehr zufrieden. Und dann traf mich etwas. Ich sage: Ich glaube, die Witwe oder der Pfarrer oder sonst jemand hat gebetet, dass dieses Brot mich finden möge, und hier ist es hingegangen und hat es getan. Es besteht also kein Zweifel, aber es ist etwas in dieser Sache – das heißt, es ist etwas dran, wenn ein Körper wie die Witwe oder der Pfarrer betet, aber es funktioniert nicht für mich, und ich glaube, es funktioniert nicht nur für die richtige Art.

Ich zündete mir eine Pfeife an, rauchte eine lange Pfeife und schaute weiter. Die Fähre trieb mit der Strömung, und ich ließ mich sehen, wer an Bord war, wenn sie vorbeikäme, denn sie würde nahe kommen, wo das Brot hinkam. Als sie ziemlich gut zu mir hinuntergekommen war, löschte ich meine Pfeife aus, ging dorthin, wo ich das Brot herausfischte, und legte mich hinter einen Baumstamm am Ufer an einer kleinen offenen Stelle. Dort, wo sich der Baumstamm gabelte, konnte ich hindurchschauen.

Nach und nach kam sie vorbei, und sie trieb so nahe heran, daß sie eine Planke auslaufen konnten und an Land gingen. Fast alle waren auf dem Boot. Pap und Richter Thatcher und Bessie Thatcher und Jo Harper und Tom Sawyer und seine alte Tante Polly und Sid und Mary und viele mehr. Alle sprachen von dem Mord, aber der Kapitän brach ein und sagte:

„Sieh jetzt scharf aus; Die Strömung setzt hier am nächsten ein, und vielleicht ist er an Land gespült worden und hat sich im Gebüsch am Ufer verheddert. Ich hoffe es jedenfalls."

Ich hatte es nicht gehofft. Sie drängten sich alle und beugten sich über die Schienen, fast vor meinem Gesicht, und blieben still und schauten mit aller Kraft zu. Ich konnte sie erstklassig sehen, aber sie konnten mich nicht sehen. Da sang der Kapitän:

„Steh weg!" und die Kanone schoss einen solchen Knall gerade vor mir ab, daß ich vor lauter Lärm erstarrte und vor Rauch fast erblindete, und ich glaubte, ich sei verschwunden. Wenn sie ein paar Kugeln gehabt hätten, hätten sie wohl die Leiche bekommen, hinter der sie her waren. Nun, ich sehe, ich warne davor, weh zu tun, Gott sei Dank. Das Boot trieb weiter und verschwand außer Sichtweite um die Schulter der Insel. Ich hörte das Dröhnen ab und zu, immer weiter weg, und nach einer Stunde hörte ich es nicht mehr. Die Insel war drei Meilen lang. Ich glaubte, sie hätten den Fuß erreicht und gaben ihn auf. Aber das taten sie noch nicht eine Weile. Sie drehten um den Fuß der Insel und fuhren den Kanal auf der Missouri-Seite hinauf, unter Dampf und von Zeit zu Zeit dröhnend. Ich ging auf diese Seite und beobachtete sie. Als sie an der Spitze der Insel angelangt waren, hörten sie auf zu schießen, setzten sich an die Küste von Missouri und kehrten nach Hause in die Stadt zurück.

Ich wusste, dass es mir jetzt gut ging. Niemand sonst würde mich jagen. Ich holte meine Fallen aus dem Kanu und schlug mir ein schönes Lager in den dichten Wäldern auf. Ich baute eine Art Zelt aus meinen Decken, unter das ich meine Sachen stellte, damit der Regen nicht an sie herankommen konnte. Ich fing einen Wels und feilschte ihn mit meiner Säge auf, und gegen Sonnenuntergang zündete ich mein Lagerfeuer an und aß zu Abend. Dann legte ich eine Leine aus, um ein paar Fische zum Frühstück zu fangen.

Als es dunkel war, setzte ich mich an mein Lagerfeuer, rauchte und fühlte mich ziemlich zufrieden; aber nach und nach wurde es etwas einsam, und so ging ich ans Ufer und lauschte der Strömung, die dahinschwemmte, und zählte die Sterne und Treibstämme und Flöße, die herunterkamen, und ging dann zu Bett; Es gibt keinen besseren Weg, Zeit zu verbringen, wenn man einsam ist; So kann man nicht bleiben, man kommt bald darüber hinweg.

Und so drei Tage und Nächte lang. Kein Unterschied – genau dasselbe. Aber am nächsten Tag habe ich mich auf der Insel umgesehen. Ich war der Chef davon; es gehörte sozusagen alles mir, und ich wollte alles darüber wissen; aber vor allem wollte ich die Zeit investieren. Ich habe viele Erdbeeren gefunden, reif und erstklassig; und grüne Sommertrauben und grüne Himbeeren; Und die grünen Brombeeren begannen sich gerade zu zeigen. Sie würden sich alle nach und nach als nützlich erweisen, urteilte ich.

Nun, ich ging in den tiefen Wäldern dahin, bis ich glaubte, nicht weit vom Fuße der Insel entfernt zu warnen. Ich hatte mein Gewehr dabei, aber ich hatte nichts geschossen; es war zum Schutz; Ich dachte, ich würde in der Nähe meines Hauses ein Wild erlegen. Um diese Zeit trat ich beinahe auf eine große Schlange, und sie glitt durch das Gras und die Blumen dahin, und ich verfolgte sie, um einen Schuß auf sie zu bekommen. Ich kletterte mit, und plötzlich sprang ich direkt auf die Asche eines Lagerfeuers, das noch rauchte.

Mein Herz schlug mir bis in die Lungen. Ich wartete nicht darauf, weiter zu suchen, sondern spannte meine Waffe ab und schlich mich so schnell ich konnte auf den Zehenspitzen zurück. Von Zeit zu Zeit blieb ich eine Sekunde zwischen den dicken Blättern stehen und lauschte, aber mein Atem kam so schwer, dass ich nichts anderes hören konnte. Ich schlich noch ein Stück weiter, dann hörte ich wieder zu; und so weiter und so fort. Wenn ich einen Baumstumpf sehe, halte ich ihn für einen Menschen; wenn ich auf einen Stock trat und ihn zerbrach, fühlte ich mich, als hätte jemand einen meiner Atemzüge in zwei Teile geschnitten und ich bekam nur die Hälfte und auch die kurze Hälfte.

Als ich im Lager ankam, warnte ich davor, mich sehr frech zu fühlen, es gab nicht viel Sand in meinem Haar; aber ich sage, das ist nicht die Zeit, um herumzualbern. Also packte ich alle meine Fallen wieder in mein Kanu, um sie außer Sicht zu haben, löschte das Feuer und streute die Asche herum, so dass sie aussah wie ein altes Lager vom letzten Jahr, und dann knickte ich einen Baum um.

Ich glaube, ich war zwei Stunden oben auf dem Baume, aber ich sah nicht nichts, ich hörte nichts, ich *glaubte nur* tausend Dinge zu hören und zu sehen. Nun, ich konnte nicht ewig dort oben bleiben; so stieg ich endlich ab, aber ich blieb die ganze Zeit in den dichten Wäldern und auf der Hut. Alles, was ich zu essen bekam, waren Beeren und das, was vom Frühstück übrig geblieben war.

Als es Nacht wurde, war ich ziemlich hungrig. Als es also schön und dunkel war, glitt ich vor Sonnenaufgang vom Ufer hinaus und paddelte zum Ufer von Illinois hinüber – etwa eine Viertelmeile. Ich ging hinaus in den Wald und kochte ein Abendbrot, und ich hatte mich fast entschlossen, die ganze Nacht dort zu bleiben, als ich ein *Plunkety-Plunk, Plunkety-Plunk hörte* und zu mir selbst sagte: Pferde kommen, und dann hörte ich Stimmen von Leuten. Ich packte alles so schnell wie möglich in das Kanu und kroch dann durch den Wald, um zu sehen, was ich herausfinden könnte. Ich war noch nicht weit gekommen, als ich einen Mann sagen hörte:

„Wir sollten besser hier lagern, wenn wir einen guten Platz finden; Die Pferde sind fast fertig. Schauen wir uns um."

Ich wartete nicht, sondern schob mich hinaus und paddelte leicht davon. Ich machte an der alten Stelle fest und rechnete damit, im Kanu zu schlafen.

Ich habe nicht viel geschlafen. Irgendwie konnte ich nicht denken. Und jedes Mal, wenn ich aufwachte, dachte ich, jemand hätte mich am Hals gepackt. Der Schlaf hat mir also nicht gut getan. Nach und nach sage ich mir, so kann ich nicht leben; Ich werde herausfinden, wer es ist, der mit mir hier auf der Insel ist; Ich werde es herausfinden oder pleite. Naja, ich fühlte mich auf Anhieb besser.

Also nahm ich mein Paddel und glitt nur ein oder zwei Schritte vom Ufer hinaus, um dann das Kanu in den Schatten sinken zu lassen. Der Mond schien, und außerhalb der Schatten schien es fast so hell wie der Tag. Ich hielt eine Stunde lang gut durch, alles still wie Steine und tief und fest. Nun, zu diesem Zeitpunkt war ich schon fast am Fuß der Insel angelangt. Eine kleine, kräuselnde, kühle Brise begann zu wehen, und das war so gut wie zu sagen, dass die Nacht fast vorbei war. Ich drehte sie mit dem Paddel und trieb ihre Nase ans Ufer; dann holte ich meine Waffe und schlüpfte hinaus und an den Rand des Waldes. Ich setzte mich dort auf einen Baumstamm und schaute durch die Blätter hinaus. Ich sehe, wie der Mond aus der Wache verschwindet und die Dunkelheit beginnt, den Fluss zu bedecken. Aber nach kurzer Zeit sah ich einen bleichen Streifen über den Baumwipfeln und wusste, dass der Tag kommen würde. Also nahm ich mein Gewehr und schlüpfte in die Richtung, wo ich über das Lagerfeuer gelaufen war, und hielt alle ein oder zwei Minuten an, um zu lauschen. Aber ich hatte irgendwie kein Glück; Ich konnte den Ort nicht finden. Aber nach und nach erhaschte ich tatsächlich einen Blick auf das Feuer zwischen den Bäumen. Ich machte es, vorsichtig und langsam. Nach und nach war ich nahe genug, um einen Blick darauf zu werfen, und da lag ein Mann auf dem Boden. Es gibt mir am meisten die Fan-Tods. Er hatte eine Decke um den Kopf, und sein Kopf war fast im Feuer. Ich setzte mich hinter ein Gebüsch, etwa sechs Fuß von ihm entfernt, und hielt meine Augen fest auf ihn gerichtet. Es wurde jetzt graues Tageslicht. Bald darauf sprang er auf, streckte sich und schob sich von der Decke, und es war Miss Watsons Jim! Ich wette, ich habe mich gefreut, ihn zu sehen. Ich sage:

„Hallo, Jim!" und sprang hinaus.

Er sprang auf und starrte mich wild an. Dann fällt er auf die Knie, legt die Hände zusammen und sagt:

„Tu mir weh – tu es nicht! Ich habe noch nie einem Ghos etwas zuleide getan. Ich mochte schon tote Menschen und tat alles, was ich für sie tun konnte. Du gehst en git in de river agin, whah you b'longs, en doan' do nuffn to Ole Jim, at 'uz awluz yo' fren'."

Nun, ich warne ihn nicht lange, um ihm zu verstehen zu geben, dass ich nicht tot bin. Ich war so froh, Jim zu sehen. Ich warne jetzt davor, einsam zu sein. Ich sagte ihm, dass ich keine Angst davor habe, *dass er* den Leuten erzählt, wo ich bin. Ich sprach mit, aber er saß nur da und sah mich an; Er hat nie etwas gesagt. Dann sage ich:

„Es ist gutes Tageslicht. Wir frühstücken. Mach dein Lagerfeuer gut."

„Was nützt es, wenn er das Lagerfeuer anzündet, um Strohhalme auf sich selbst zu kochen? Aber du hast doch eine Waffe, nicht wahr? Den we kin git sumfn better den strawbries."

„Erdbeeren und so ein Truck," sage ich. „Ist es das, wovon du lebst?"

„Ich könnte nicht anders hinkommen," sagt er.

„Nun, wie lange bist du schon auf der Insel, Jim?"

„Ich komme in der Nacht, wenn du getötet wirst."

„Was, die ganze Zeit?"

„Ja – in der Tat."

„Und hattest du nicht nichts als diese Art von Unrat zu essen?"

„Nein, sah – nuffn sonst."

„Nun, Sie müssen sehr verhungert sein, nicht wahr?"

„Ich glaube, ich könnte einen Hoss essen. Ich denke, ich könnte. Wie lange bist du auf der Insel?"

„Seit der Nacht, in der ich getötet wurde."

„Nein! Wo, wovon hast du gelebt? Aber du hast eine Waffe. Oh ja, du hast eine Waffe. Dat ist gut. Jetzt tötet ihr sumfn und ich werde das Feuer wieder gut machen."

Wir gingen also hinüber zu dem Kanu, und während er auf einem grasbewachsenen freien Platz zwischen den Bäumen ein Feuer machte, holte ich Mehl und Speck und Kaffee und Kaffeekanne und Bratpfanne und Zucker und Zinnbecher, und der Nigger wurde beträchtlich zurückgeworfen, weil er glaubte, es sei alles mit Hexerei geschehen. Ich fing auch einen guten großen Wels, und Jim säuberte ihn mit seinem Messer und briet ihn.

Als das Frühstück fertig war, räkelten wir uns auf dem Gras und aßen es rauchend heiß. Jim legte es mit aller Kraft hinein, denn er war fast verhungert. Dann, als wir ziemlich satt waren, legten wir uns hin und faulenzten. By-and-by Jim sagt:

„Aber sieh mal, Huck, wer war es, der in der Baracke getötet wurde, wenn er dich nicht warnte?"

Dann erzählte ich ihm die ganze Sache, und er sagte, es sei klug. Er sagte, Tom Sawyer könne keinen besseren Plan aufbringen als den, den ich hätte. Dann sage ich:

„Wie kommst du hierher, Jim, und wie bist du hierher gekommen?"

Er sah ziemlich unruhig aus und sagte keine Minute lang nichts. Dann sagt er:

„Vielleicht erzähle ich es besser nicht."

„Warum, Jim?"

„Nun, das sind die Gründe. Aber du würdest es mir doch nicht sagen, wenn ich es dir sagen soll, nicht wahr, Huck?"

„Schuld, wenn ich es wollte, Jim."

„Nun, ich glaube dir, Huck. Ich - ich laufe *davon*."

„Jim!"

„Aber denk drauf, du hast gesagt, du würdest es nicht erzählen - du weißt, du hast gesagt, du würdest es nicht sagen, Huck."

„Nun, das habe ich. Ich habe gesagt, dass ich es nicht tun würde, und ich bleibe dabei. Ehrlicher *Injun*, das werde ich. Die Leute würden mich einen niederträchtigen Abolitionisten nennen und mich dafür verachten, dass ich meinen Mund halte - aber das macht keinen Unterschied. Ich werde es nicht erzählen, und ich werde sowieso nicht dorthin zurückkehren. Also, jetzt wissen wir alles darüber."

„Nun, sehen Sie, es ist ein unwegsames Bild. Ole Missus - dat's Miss Watson - sie pickt die ganze Zeit an mir und behandelt mich sehr grob, aber sie hat gesagt, sie würde mich nicht nach Orleans verkaufen. Aber ich bemerkte, daß er in letzter Zeit ein Niggerhändler war, der sich in diesem Ort bemerkbar machte, und ich fing an, mich zu beruhigen. Nun, eines Nachts krieche ich spät in die Wohnung, und ich höre, wie das alte Fräulein dem Widder sagt, sie wolle mich nach Orleans verkaufen, aber sie wollte nicht, aber sie konnte achthundert Dollar für mich ausgeben, und es war ein großer Haufen Geld, den sie nicht zurückhalten konnte. Sie versuchte ihr zu sagen, daß sie es nicht tun würde, aber ich habe nie gewartet, bis ich es hörte. Ich habe sehr schnell gezündet, sage ich euch."

„Ich stecke mich den Hügel hinunter, und ich bin darauf aus, einen langen Streifen zu stehlen, aber es waren Leute, die sich in der Stadt aufregten, also versteckte ich mich in der alten, heruntergekommenen Küferwerkstatt am Ufer, um darauf zu warten, daß alle den Weg gingen. Nun, ich war die ganze Nacht dah. Er war jemand, der die ganze Zeit herumlief. ‚Lange Jahre sechs in den Schlunden' fangen an zu vergehen, und um acht und neun Jahre lang ging jedes Skift, und ich habe lange darüber geredet, wie du in die Stadt gekommen bist und sagst, du bist tot. Dese las' Skifts waren voll von Damen und Genlmen, die hinübergingen, um den Ort zu sehen. Manchmal hielt ich an der Schule an und nahm eine Pause, und so lernte ich durch das Gespräch alles kennen, was mit dem Töten zu tun hatte. Es tut mir leid, dass du getötet wurdest, Huck, aber ich bin jetzt nicht mehr da."

Ich habe den ganzen Tag Dah unter de Shavin's gelegt. Ich bin hungrig, aber ich fürchte mich nicht; denn ich wußte, daß die alte Frau und der Widder nach dem Frühstück aufbrechen und den ganzen Tag fort sein würde, und ich wußte, daß ich bei Tageslicht mit dem Vieh fortging, damit sie mich nicht mehr auf dem Platz sehen würden, und damit sie mich nicht vermissen würden, wenn es abends dunkel war. Die anderen Diener würden mich nicht vermissen, wenn sie sofort Urlaub machen würden, wenn die alten Leute sich auf den Weg machten.

Nun, wenn es dunkel wird, verstecke ich mich auf der Flußstraße und bin noch zwei Meilen weiter gegangen, um keine Häuser mehr zu warnen. Ich hatte mir meine Meinung darüber ausgedacht, was ich tun sollte. Siehst du, wenn ich fortfahre, mich auf den Weg zu machen, so verfolgen mich die Hunde; Wenn ich einen Skift stahl, um hinüberzugehen, würde ich den Skift verfehlen, siehst du, und du wüsstest, was ich auf der anderen Seite haben würde, und wer meine Spur aufnehmen würde. Also sage ich, ein Raff ist das, was ich mache; Es *macht* keine Spur.

Ich sehe ein Licht kommen, das um mich herum kommt, also wate ich hinein und schiebe einen Baumstamm vor mir her und schwimme mehr als auf halbem Wege über den Fluß, bin in den Treibwald geraten und habe meinen Kopf tief gehalten, und ich bin in der Strömung geschwommen, und ich bin mit der Strömung geschwommen, und ich komm mit. Den ich schwamm zu de stern uv it en tuck a-holt. Es war für eine Weile bewölkt en 'uz pooty dunkel. Also kletterte ich auf die Bretter und legte mich hin. Die Männer waren ganz drüben in der Mitte, wo die Laterne war. Der Fluß stieg an, und es gab eine gute Strömung; also dachte ich, ich wäre fünfundzwanzig Meilen den Fluß hinunter, und ich würde bei Tageslicht schlüpfen und in den Wäldern auf der Seite von Illinois fahren.

„Aber ich hatte kein Glück. Als wir 'uz mos' down to de head er de islan' ein Mann anfängt, achtern mit der Laterne zu kommen, sehe ich, dass es keinen Sinn hat zu warten, also glitt ich über Bord und schlug fer de islan' aus. Nun, ich hatte die Ahnung, ich könnte alles hinkriegen, aber ich konnte nicht - zu bluffen. I 'uz mos' to de foot er de islan' b'fo' I fand' a good place. Ich ging in den Wald und dachte, ich würde mich nicht, solange du die Laterne so bewegst. Ich hatte meine Pfeife mit einem Stöpsel und ein paar Streichhölzer in meiner Mütze, und ich war nicht nass, also war alles in Ordnung."

„Und du hattest also die ganze Zeit weder Fleisch noch Brot zu essen? Warum hast du keine Schlammschürzen bekommen?"

„Wie gwyne gwyne zu git 'm? Du kannst nicht ausrutschen bei Umm en Grab Um; EN Wie ist ein Körper, Gwyne, um einen Stein zu schlagen? Wie konnte ein Körper das in der Nacht tun? Und ich warne mich davor, mir tagsüber mein Ufer zu zeigen."

„Nun, das ist so. Du musstest natürlich die ganze Zeit im Wald bleiben. Hast du gehört, wie sie die Kanonen abfeuerten?"

„Oh ja. Ich wußte, daß du es warst. Ich sehe, ähm vorbeigehen, heah - habe ähm thoo de Büsche gesehen."

Einige junge Vögel kommen vorbei, fliegen ein oder zwei Meter auf einmal und leuchten. Jim sagte, es sei ein Zeichen dafür, dass es regnen würde. Er sagte, es sei ein Zeichen, wenn junge Hühner so flogen, und so glaubte er, dass es genauso war, wie junge Vögel es taten. Ich wollte einige von ihnen fangen, aber Jim ließ mich nicht. Er sagte, es sei der Tod. Er erzählte, sein Vater sei einmal sehr krank gewesen, und einige von ihnen hätten einen Vogel gefangen, und seine alte Großmutter habe gesagt, sein Vater würde sterben, und das tat er.

Und Jim sagte, man dürfe die Dinge, die man zum Abendessen kochen werde, nicht zählen, denn das würde Unglück bringen. Das Gleiche gilt, wenn Sie das Tischtuch nach Sonnenuntergang geschüttelt haben. Und er sagte, wenn ein Mann einen Bienenstock besitze und dieser Mensch sterbe, müsse man es den Bienen vor Sonnenaufgang am nächsten Morgen sagen, sonst würden die Bienen alle schwacheln und die Arbeit aufgeben und sterben. Jim sagte, Bienen würden keine Idioten stechen; aber ich glaubte das nicht, denn ich hatte sie selbst viele Male probiert, und sie wollten mich nicht stechen.

Von einigen dieser Dinge hatte ich schon vorher gehört, aber nicht von allen. Jim kannte alle möglichen Anzeichen. Er sagte, er wisse fast alles. Ich sagte, dass es für mich so aussah, als ob alle Anzeichen von Pech handelten, und so fragte ich ihn, ob es keine Anzeichen für Glück gäbe. Er sagt:

„Mächtig wenige - und *ein* Körper nützt nichts. Was möchten Sie wissen, wenn Sie Glück haben? Willst du es ausschalten?" Und er sagte: „Wenn du behaarte Arme und eine behaarte Brust hast, ist das ein Zeichen dafür, dass du nicht reich sein wirst." Nun, ein Schild wie dat hat einen gewissen Nutzen: „Es ist so weit voraus. Siehst du, vielleicht mußt du schon lange da sein, und damit du dich entmutigen und tötest, wenn du nicht durch das Zeichen wußtest, daß du reich werden wirst."

„Hast du behaarte Arme und eine behaarte Brust, Jim?"

„Was nützt es, diese Frage zu stellen? Siehst du nicht, daß ich es habe?"

„Nun, bist du reich?"

„Nein, aber ich bin reich geworden, und ich bin sehr reich. Damals hatte ich fünfzehn Dollar, aber ich habe mich zu Spekulativ umgesehen, und ich bin rausgeschmissen."

„Worüber hast du spekuliert, Jim?"

„Nun, ich habe mich mit dem Vieh beschäftigt."

„Was für eine Aktie?"

„Nun, das Vieh - das Vieh, wissen Sie. Ich habe zehn Dollar in eine Kuh gesteckt. Aber ich bin bereit, kein bisschen Geld in Aktien zu kaufen. Die Kuh ist auf meinem Han gestorben."

„Also hast du die zehn Dollar verloren."

„Nein, ich habe nicht alles verloren. Ich verliere fast neun davon. Ich verstecke mich größer für einen Dollar und zehn Cent."

„Du hattest noch fünf Dollar und zehn Cent übrig. Haben Sie noch weiter spekuliert?"

Ja. Weißt du, daß der einmütige Nigger dem alten Misto Bradish verheiratet ist? Nun, er hat eine Bank gegründet und sagt, jeder, der einen Dollar einzahlt, würde im Laufe des Jahres Dollar ausgeben. Nun, alle Nigger gingen hinein, aber sie hatten nicht viel. Ich war der eine, der viel hatte. Also hielt ich Ausschau nach mo' dan for' dollar, und ich sagte, wenn ich es nicht git hätte, würde ich eine Bank mysef gründen. Nun, natürlich will der Nigger mich von den Geschäften fernhalten, denn er sagt, er warnt davor, Geschäfte für zwei Banken zu machen, also sagt er, ich könnte meine fünf Dollar einzahlen, und er zahlt mir fünfunddreißig im Jahr.

Also habe ich es getan. Und ich glaube, ich würde sofort fünfunddreißig Dollar ausgeben und die Dinge in Bewegung halten. Das war ein Niggername. Bob hatte eine Holzwohnung geklaut, und sein Marster wußte es nicht; Ich kaufte es ihm ab und sagte ihm, er solle fünfunddreißig Dollar nehmen, wenn das Jahr käme; Aber jemand hat die Holzwohnung in der Nacht gestohlen, und am nächsten Tag sagt der einmütige Nigger, die Bank sei aufgebrochen. Also haben wir kein Geld bekommen.

„Was hast du mit den zehn Cent gemacht, Jim?"

„Nun, ich wollte es nicht sagen, aber ich hatte einen Traum, und der Traum hat es mir erlaubt, es einem Nigger namens Balum zu geben." Balum – Balums Esel nennt man ihn kurz; Er ist einer der Lachköpfe, weißt du. Aber er hat Glück, sag ich, und ich sehe, ich habe kein Glück. De Traum sagen, lass Balum die zehn Cent einzahlen, und er würde eine Gehaltserhöhung für mich machen. Nun, Balum steckte das Geld ein, und als er in der Kirche war, hörte er den Prediger sagen: „Wer dem Herrn etwas gibt, und er gibt ihm hundertmal sein Geld zurück. Also steckte er und gab de zehn Cents an de po' und legte sich hin, um zu sehen, was daraus werden würde."

„Nun, was ist daraus geworden, Jim?"

„Nuffn ist nie daraus geworden. Ich konnte es auf keinen Fall fertigbringen, an das Geld zu kommen; en Balum konnte er". Ich bin bereit, mir kein Geld zu leihen, wenn ich die Sicherheit sehe. Boun', dir hundertmal dein Geld zurückzugeben, sagt der Prediger! Wenn ich zehn Cent zurückbekommen könnte , würde ich es Squah nennen, und ich bin froh, dass er de chanst ist."

„Na ja, es ist ja schon in Ordnung, Jim, solange du irgendwann wieder reich wirst."

„Jawohl; en Ich bin jetzt reich, komm, um es dir anzusehen. Ich besitze mysef, und ich habe achthundert Dollar. Ich wünschte, ich hätte das Geld, ich würde nichts wollen."

KAPITEL IX.

Ich wollte mir einen Ort in der Mitte der Insel ansehen, den ich bei meiner Erkundung gefunden hatte. So machten wir uns auf den Weg und kamen bald dorthin, denn die Insel war nur drei Meilen lang und eine Viertelmeile breit.

Dieser Ort war ein erträglich langer, steiler Hügel oder Bergrücken von etwa vierzig Fuß Höhe. Wir hatten eine harte Zeit, um den Gipfel zu erreichen, die Seiten waren so steil und die Büsche so dicht. Wir trampelten und kletterten überall herum und fanden nach und nach eine gute große Höhle im Felsen, die meisten bis zum Gipfel auf der Seite nach Illinois. Die Höhle war so groß wie zwei oder drei zusammengedrängte Räume, und Jim konnte darin aufrecht stehen. Es war cool da drinnen. Jim war dafür, unsere Fallen sofort dort zu platzieren, aber ich sagte, wir wollten nicht die ganze Zeit dort auf und ab klettern.

Jim sagte, wenn wir das Canoe an einem guten Ort versteckt hätten und alle Fallen in der Höhle hätten, könnten wir dorthin eilen, wenn jemand auf die Insel käme, und sie würden uns nie ohne Hunde finden. Und außerdem sagte er, die kleinen Vögel hätten gesagt, es würde regnen, und wollte ich, dass die Sachen nass würden?

Wir gingen also zurück, holten das Canoe, paddelten längs der Höhle hinauf und schleppten alle Fallen dort hinauf. Dann suchten wir uns in der Nähe einen Platz aus, an dem wir das Kanu zwischen den dichten Weiden verstecken konnten. Wir nahmen einige Fische von den Leinen, setzten sie wieder aus und begannen, uns für das Abendessen fertig zu machen.

Die Tür der Höhle war groß genug, um einen Schweinskopf hinein zu rollen, und an einer Seite der Tür ragte der Boden ein wenig hervor und war flach und ein guter Platz, um ein Feuer zu machen. Also bauten wir es dort auf und kochten Abendessen.

Wir breiten die Decken zu einem Teppich aus und essen unser Abendessen darin. Alle anderen Dinge haben wir im hinteren Teil der Höhle verstaut. Bald verfinsterte es sich und fing an zu donnern und zu blitzen; Die Vögel hatten also recht. Gleich fing es an zu regnen, und es regnete auch wie alle Wut, und ich habe den Wind noch nie so wehen sehen. Es war einer dieser regelmäßigen Sommerstürme. Es wurde so dunkel, dass es draußen ganz blauschwarz und schön aussah; und der Regen prasselte so dicht dahin, daß die Bäume abseits der Straße düster und spinnennetzartig aussahen; Und hier würde ein Windstoß kommen, der die Bäume umkippte und die bleiche Unterseite der Blätter aufwirbelte; und dann folgte ein vollkommener Stoß und brachte die Äste dazu, mit den Armen zu wippen, als wären sie einfach wild; Und als nächstes, als es so ziemlich das Blauste und Schwärzeste war – *fst!* Es war so hell wie die Herrlichkeit, und du hättest einen kleinen Blick auf die Baumwipfel erhaschen, die dort drüben im Sturm umherstürzten, Hunderte von Metern weiter, als du vorher sehen konntest; in einer Sekunde wieder dunkel wie die Sünde, und jetzt würdest du den Donner mit einem schrecklichen Krachen loslassen hören, und dann grollen, murren, taumeln, taumeln, Den Himmel hinunter zur Unterseite der Welt, wie leere Fässer die Treppe hinunterrollen – wo es lange Treppen sind und sie viel hüpfen, weißt du.

„Jim, das ist schön," sage ich. „Ich möchte nirgendwo anders sein als hier. Reichen Sie mir noch ein Stück Fisch und etwas heißes Maisbrot."

„Nun, du würdest hier keinen Ben finden, wenn es nicht einen Ben für Jim gäbe. Du würdest in den Wäldern sein, ohne zu essen, und du würdest auch ertrunken sein; Das würdest du, Schatz. Hühner wissen, wann es regnet, und die Vögel und Chile auch."

Zehn oder zwölf Tage lang hob sich der Fluß und hob sich, bis er endlich über die Ufer getreten war. Das Wasser war auf der Insel in den niedrigen Stellen und auf dem Grund von Illinois drei bis vier Fuß tief. Auf dieser Seite war sie viele Meilen breit, aber auf der Missouri-Seite war es dieselbe alte Strecke – eine halbe Meile –, denn die Küste von Missouri war nur eine Mauer von hohen Klippen.

Tagsüber paddelten wir mit dem Kanu über die ganze Insel, es war mächtig kühl und schattig in den tiefen Wäldern, auch wenn draußen die Sonne brannte. Wir schlängelten uns zwischen den Bäumen hin und her, und manchmal hingen die Reben so dicht, dass wir zurückweichen und einen anderen Weg gehen mussten. Nun, auf jedem alten, umgestürzten Baum konnte man Kaninchen und Schlangen und solche Dinge sehen; und wenn die Insel ein oder zwei Tage lang überschwemmt war, wurden sie vor Hunger so zahm, daß man geradewegs hinaufpaddeln und die Hand auf sie legen konnte, wenn man wollte; Aber nicht die Schlangen und Schildkröten - sie glitten im Wasser ab. Der Grat, in dem sich unsere Höhle befand, war voll von ihnen. Wir hätten genug Haustiere haben können, wenn wir sie gewollt hätten.

Eines Nachts fingen wir ein kleines Stück eines Holzfloßes - schöne Kiefernbretter. Er war zwölf Fuß breit und etwa fünfzehn bis sechzehn Fuß lang, und die Spitze ragte sechs bis sieben Zoll über das Wasser - ein fester, ebener Boden. Manchmal sahen wir bei Tageslicht Sägestämme vorbeiziehen, aber wir ließen sie los; Wir haben uns nicht bei Tageslicht gezeigt.

Eine andere Nacht, als wir oben an der Spitze der Insel waren, kurz vor Tagesanbruch, kam ein Fachwerkhaus auf der Westseite herunter. Sie war zweistöckig und neigte sich beträchtlich. Wir paddelten hinaus und stiegen ein - kletterten durch ein Fenster im Obergeschoß hinein. Aber es war noch zu dunkel, um es zu sehen, und so machten wir das Canoe schnell und setzten uns in das Canoe, um auf das Tageslicht zu warten.

Das Licht begann zu kommen, bevor wir am Fuß der Insel ankamen. Dann schauten wir zum Fenster herein. Wir konnten ein Bett und einen Tisch und zwei alte Stühle und viele Dinge auf dem Fußboden ausmachen, und an der Wand hingen Kleider. In der hintersten Ecke lag etwas auf dem Boden, das wie ein Mann aussah. Also sagt Jim:

„Hallo, du!"

Aber es rührte sich nicht. Also brüllte ich wieder, und dann sagte Jim:

„Der Mann schläft nicht - er ist tot. Du hältst still - ich werde gehen und nachsehen."

Er ging, beugte sich nieder und schaute und sagte:

„Es ist ein toter Mann. Ja, in der Tat; Und das auch noch nackt. Er wurde in den Rücken geschossen. Ich glaube, er ist vor zwei, drei Tagen tot. Kommen Sie herein, Huck, aber sehen Sie sich sein Gesicht an – es ist zu zerrissen."

Ich sah ihn überhaupt nicht an. Jim warf ein paar alte Lumpen über ihn, aber er brauchte es nicht zu tun; Ich wollte ihn nicht sehen. Auf dem Fußboden lagen Haufen alter schmieriger Karten verstreut, alte Whiskyflaschen und ein paar Masken aus schwarzem Tuch; Und überall an den Wänden waren die ignorantesten Worte und Bilder, die mit Kohle gemacht waren. Da waren zwei alte, schmutzige Kattunkleider und eine Sonnenhaube, und an der Wand hingen einige Damenunterwäsche und auch einige Männerkleider. Wir packten das Los in das Kanu – es könnte gut werden. Auf dem Fußboden lag der alte, gesprenkelte Strohhut eines Knaben; Das habe ich auch genommen. Und da war eine Flasche, in der Milch gewesen war, und sie hatte einen Lappenstopfen, an dem ein Baby lutschen konnte. Wir hätten die Flasche genommen, aber sie war kaputt. Da war eine schäbige alte Truhe und ein alter Haarkoffer, dessen Scharniere gebrochen waren. Sie standen offen, aber es war nichts mehr in ihnen, was irgend etwas zu sagen hätte. So wie die Dinge zerstreut waren, glaubten wir, daß die Leute in Eile fortgegangen waren und nicht gewarnt hatten, um den größten Teil ihres Hab und Guts fortzuschaffen.

Wir bekamen eine alte Zinnlaterne und ein Fleischermesser ohne Griff und ein kleineues Barlowmesser, das in jedem Laden zwei Stücke wert war, und eine Menge Talgkerzen und einen Kerzenständer aus Zinn und einen Kürbis und eine Blechtasse und eine alte Bettdecke vom Bett und ein Fadenkreuz mit Nadeln und Stecknadeln und Bienenwachs und Knöpfen und Faden und all dergleichen Lastwagen darin. und ein Beil und ein paar Nägel und eine Angelschnur, so dick wie mein kleiner Finger mit einigen ungeheuren Haken daran, und eine Rolle Hirschleder und ein ledernes Hundehalsband und ein Hufeisen und einige Fläschchen mit Medizin, die kein Etikett trugen; und gerade als wir fortgingen, fand ich einen leidlich guten Striegel, und Jim fand einen klapprigen alten Geigenbogen und ein hölzernes Bein. Die Riemen waren abgerissen, aber abgesehen davon war es ein gutes Bein, obgleich es für mich zu lang und für Jim nicht lang genug war, und das andere konnten wir nicht finden, obgleich wir ringsum jagten.

Und so haben wir eine gute Beute gemacht. Als wir abstoßen wollten, befanden wir uns eine Viertelmeile unter der Insel, und es war ziemlich heller Tag; also ließ ich Jim sich ins Kanu legen und mit der Decke zudecken, denn wenn er sich aufstellte, konnten die Leute schon von weitem erkennen, dass er ein Nigger war. Ich paddelte hinüber zur Küste von Illinois und trieb dabei fast eine halbe Meile hinunter. Ich kroch das tote Wasser unter dem Ufer hinauf, hatte keinen Unfall und sah niemanden. Wir kamen heil nach Hause.

KAPITEL X.

Nach dem Frühstück wollte ich über den Toten sprechen und erraten, wie es dazu kam, dass er getötet wurde, aber Jim wollte nicht. Er sagte, es würde Unglück bringen; und außerdem, sagte er, könnte er kommen und uns nicht haben; Er sagte, dass ein Mann, der nicht begraben wurde, eher herumlief als einer, der gepflanzt und bequem war. Das hörte sich ziemlich vernünftig an, also sagte ich nicht mehr; aber ich konnte nicht umhin, darüber nachzudenken und zu wünschen, ich wüßte, wer den Mann erschossen hat und wozu sie es getan haben.

Wir kramten in den Kleidern, die wir gefunden hatten, und fanden acht Dollar in Silber, die in das Futter eines alten Deckenmantels eingenäht waren. Jim sagte, er rechne damit, dass die Leute in diesem Haus den Mantel gestohlen hätten, denn wenn sie gewusst hätten, dass das Geld da ist, hätten sie es nicht hinterlassen. Ich sagte, ich glaube, sie hätten auch ihn umgebracht; aber Jim wollte nicht darüber sprechen. Ich sage:

„Jetzt denkst du, es ist Pech; aber was hast du gesagt, als ich die Schlangenhaut hereinholte, die ich vorgestern auf dem Gipfel des Bergrückens fand? Du sagtest, es sei das schlimmste Unglück von der Welt, eine Schlangenhaut mit meinen Händen zu berühren. Nun, hier ist dein Pech! Wir haben den ganzen Truck und acht Dollar dazu gescheffelt. Ich wünschte, wir könnten jeden Tag so viel Pech haben, Jim."

„Macht dir nichts daraus, Schatz, mach dir nichts daraus. Seid ihr nicht zu peitsch. Es kommt. Wohlgemerkt, ich sage Ihnen, es wird kommen."

Er kam auch. Es war ein Dienstag, an dem wir dieses Gespräch hatten. Nun, nach dem Abendessen am Freitag lagen wir am oberen Ende des Kamms im Gras herum und kamen aus dem Tabak heraus. Ich ging in die Höhle, um etwas zu holen, und fand dort eine Klapperschlange. Ich tötete ihn und rollte ihn auf dem Fuße von Jims Decke zusammen, ganz natürlich, weil ich dachte, es würde ein Spaß sein, wenn Jim ihn dort fände. Nun, in der Nacht vergaß ich die Schlange ganz, und als Jim sich auf die Decke warf, während ich ein Licht anzündete, war der Gefährte der Schlange da und biß ihn.

Er sprang schreiend auf, und das erste, was das Licht zeigte, war, dass der Schädling sich zusammengerollt hatte und bereit für einen neuen Sprung war. Ich legte ihn in einer Sekunde mit einem Stock hin, und Jim griff nach Papas Whiskykrug und begann ihn hinunterzugießen.

Er war barfuß, und die Schlange biss ihn direkt an die Ferse. Das kommt alles daher, dass ich so töricht bin, dass ich mich nicht daran erinnere, dass überall, wo man eine tote Schlange zurücklässt, ihre Gefährtin immer da ist und sich um sie herum windet. Jim sagte mir, ich solle der Schlange den Kopf abhacken und wegwerfen, dann den Körper häuten und ein Stück davon rösten. Ich tat es, und er aß es und sagte, es würde ihm helfen, ihn zu heilen. Er zwang mich, die Rasseln abzunehmen und sie auch um sein Handgelenk zu binden. Er sagte, dass das helfen würde. Dann glitt ich ruhig hinaus und warf die Schlangen frei in die Büsche; denn ich warne davor, Jim herausfinden zu lassen, daß alles meine Schuld war, nicht, wenn ich es verhindern könnte.

Jim lutschte und lutschte an dem Krug, und dann und wann verlor er seinen Kopf, warf sich herum und schrie; Aber jedesmal, wenn er wieder zu sich kam, begann er wieder an dem Krug zu lutschen. Sein Fuß schwoll ziemlich stark an, und sein Bein auch; aber nach und nach fingen die Betrunkenen an, zu kommen, und so glaubte ich, daß es ihm gut ginge; aber ich wäre schon nie von einer Schlange gebissen worden als von Paps Whisky.

Jim wurde vier Tage und Nächte lang aufgelegt. Dann war die Schwellung verschwunden und er war wieder da. Ich beschloß, nie wieder ein Schlangenfell mit den Händen zu nehmen, jetzt, da ich sehe, was daraus geworden ist. Jim sagte, er rechne damit, dass er ihm das nächste Mal glauben würde. Und er sagte, dass der Umgang mit einer Schlangenhaut ein so schreckliches Pech sei, dass wir vielleicht noch nicht am Ende angelangt seien. Er sagte, er sehe den Neumond über seiner linken Schulter tausendmal, als wenn er ein Schlangenfell in die Hand nehme. Nun, ich fing an, mich selbst so zu fühlen, obwohl ich immer der Meinung war, dass der Blick auf den Neumond über die linke Schulter eines der sorglosesten und dümmsten Dinge ist, die ein Körper tun kann. Der alte Hank Bunker tat es einmal und prahlte damit; und in weniger als zwei Jahren betrunk er sich, fiel vom Schrotturm herunter und breitete sich aus, so daß er nur eine Art Schicht war, wie man sagen kann; und sie schoben ihn zwischen zwei Scheunentoren hindurch, um einen Sarg zu bekommen, und begruben ihn so, wie man sagt, aber ich sah es nicht. Pap hat es mir erzählt. Aber wie auch immer, es kommt alles daher, dass man den Mond so betrachtet, wie ein Narr.

Nun, die Tage vergingen, und der Fluß versank wieder zwischen seinen Ufern; Und das erste, was wir taten, war, einen der großen Haken mit einem gehäuteten Kaninchen zu ködern, ihn auszusetzen und einen Wels zu fangen, der so groß wie ein Mann war, sechs Fuß zwei Zoll lang war und über zweihundert Pfund. Wir konnten natürlich nicht mit ihm umgehen; Er würde uns nach Illinois schleudern. Wir saßen einfach da und sahen zu, wie er herumriss und rannte, bis er ertrank. Wir fanden einen Messingknopf in seinem Bauch und eine runde Kugel und viel Müll. Wir spalteten die Kugel mit dem Beil auf, und es war eine Spule darin. Jim sagte, er hätte es schon lange da, um es so zu überziehen und eine Kugel daraus zu machen. Es war ein so großer Fisch, wie man je im Mississippi gefangen hat, glaube ich. Jim sagte, er habe noch nie einen größeren gesehen. Er wäre drüben im Dorf viel wert gewesen. Einen solchen Fisch wie den gehen sie im dortigen Markthaus pfundweise feilschen; jeder kauft etwas von ihm; Sein Fleisch ist weiß wie Schnee und lässt sich gut braten.

Am nächsten Morgen sagte ich, es würde langsam und langweilig werden, und ich wolle etwas aufrütteln. Ich sagte, ich rechnete damit, dass ich über den Fluss schlupfen und herausfinden würde, was los war. Jim gefiel diese Vorstellung; aber er sagte, ich müsse im Dunkeln gehen und scharf aussehen. Dann studierte er es noch einmal und sagte: „Könnte ich nicht ein paar von ihnen alte Sachen anziehen und mich wie ein Mädchen verkleiden?" Das war auch eine gute Idee. Also kürzten wir eines der Kattunkleider, und ich schlug die Hosenbeine bis zu den Knien hoch und stieg hinein. Jim hakte ihn mit den Haken hinten an, und er passte gut. Ich setzte die Sonnenhaube auf und band sie mir unter das Kinn, und dann war es für einen Körper, der hineinschaute und mein Gesicht sah, als würde ich in ein Ofenrohr hinabblicken. Jim sagte, niemand würde mich kennen, nicht einmal tagsüber, kaum. Ich übte den ganzen Tag herum, um den Dreh raus zu bekommen, und nach und nach konnte ich ziemlich gut darin zurechtkommen, nur Jim sagte, ich würde nicht wie ein Mädchen laufen; und er sagte, ich müsse aufhören, mein Kleid hochzuziehen, um an meine Hosentasche zu kommen. Ich nahm es zur Kenntnis und machte es besser.

Kurz nach Einbruch der Dunkelheit fuhr ich mit dem Canoe die Küste von Illinois hinauf.

Ich machte mich ein wenig unterhalb der Fähranlegestelle auf den Weg nach der Stadt, und die Strömung trieb mich am Ende der Stadt an. Ich machte mich fest und machte mich auf den Weg am Ufer entlang. In einer kleinen Baracke, die schon lange nicht mehr bewohnt war, brannte ein Licht, und ich fragte mich, wer sich dort einquartiert hatte. Ich schlüpfte hoch und schaute zum Fenster herein. Da drin war eine Frau von etwa vierzig Jahren, die an einer Kerze strickte, die auf einem Kieferntisch stand. Ich kannte ihr Gesicht nicht; sie war eine Fremde, denn man konnte in dieser Stadt kein Gesicht machen, das ich nicht kannte. Das war ein Glück, denn ich wurde schwächer; Ich bekam Angst, ich wäre gekommen; Die Leute könnten meine Stimme kennen und mich herausfinden. Aber wenn diese Frau zwei Tage in einer so kleinen Stadt gewesen wäre, so könnte sie mir alles erzählen, was ich wissen wollte; also klopfte ich an die Tür und beschloß, nicht zu vergessen, daß ich ein Mädchen war.

KAPITEL XI.

„Komm herein," sagte die Frau, und ich tat es. Sie sagt: „Prost."

Ich habe es geschafft. Sie sah mich mit ihren kleinen glänzenden Augen über und über und sagte:

„Wie könnten Sie heißen?"

„Sarah Williams."

„Wo wohnst du? In dieser Gegend?"

„Nein. In Hookerville, sieben Meilen tiefer. Ich bin den ganzen Weg gelaufen und bin ganz müde."

„Auch hungrig, glaube ich. Ich werde dir etwas besorgen."

„Nein, ich habe keinen Hunger. Ich war so hungrig, dass ich zwei Meilen weiter unten auf einem Bauernhof anhalten musste; also habe ich keinen Hunger mehr. Das ist es, was mich so spät kommen lässt. Meine Mutter ist krank und hat kein Geld mehr, und ich komme, um es meinem Onkel Abner Moore zu erzählen. Er wohne am oberen Ende der Stadt, sagt sie. Ich war noch nie hier. Kennst du ihn?"

„Nein; aber ich kenne noch nicht alle. Ich lebe hier noch keine zwei Wochen. Es ist ein beträchtlicher Weg bis zum oberen Ende der Stadt. Bleiben Sie besser die ganze Nacht hier. Nehmen Sie Ihre Haube ab."

„Nein," sage ich; „Ich werde mich eine Weile ausruhen, denke ich, und weitergehen. Ich fürchte mich nicht vor der Dunkelheit."

Sie sagte, sie würde mich nicht alleine gehen lassen, aber ihr Mann würde nach und nach da sein, vielleicht in anderthalb Stunden, und sie würde ihn mit mir schicken. Dann kam sie auf ihren Mann zu sprechen und auf ihre Verwandten flussaufwärts und ihre Verwandten flussabwärts und darüber, wie viel besser es ihnen früher ging, und dass sie nicht wussten, dass sie einen Fehler gemacht hatten, als sie in unsere Stadt kamen, anstatt sie in

Ruhe zu lassen – und so weiter und so fort. bis ich fürchtete, *ich* hätte einen Fehler begangen, als ich zu ihr kam, um zu erfahren, was in der Stadt vorging; aber nach und nach fiel sie auf Pap und den Mord herab, und dann war ich durchaus bereit, sie gleich mitklappern zu lassen. Sie erzählte, wie ich und Tom Sawyer die sechstausend Dollar gefunden hatten (nur sie bekam es zehn) und alles über Pap und was für ein hartes Los er war, und was für ein hartes Los ich war, und schließlich kam sie an die Stelle, an der ich ermordet wurde. Ich sage:

„Wer hat es getan? Wir haben viel von diesen Vorgängen unten in Hookerville gehört, aber wir wissen nicht, wer es war, der Huck Finn getötet hat."

„Nun, ich denke, es besteht eine recht kluge Chance, daß die Leute *hier* wissen wollen, wer ihn getötet hat. Manche meinen, der alte Finn habe es selbst gemacht."

„Nein – ist es so?"

„Die meisten haben es zuerst gedacht. Er wird nie wissen, wie nahe er daran ist, gelyncht zu werden. Aber noch vor der Nacht drehten sie sich um und urteilten, dass es von einem entlaufenen Nigger namens Jim stammte."

„Warum *er*..."

Ich blieb stehen. Ich dachte mir, es wäre besser, still zu bleiben. Sie lief weiter und bemerkte gar nicht, dass ich eingeworfen hatte:

„Die Nigger sind in der gleichen Nacht davongelaufen, als Huck Finn getötet wurde. Es gibt also eine Belohnung für ihn – dreihundert Dollar. Und auch für den alten Finn gibt es eine Belohnung – zweihundert Dollar. Sehen Sie, er kam am Morgen nach dem Mord in die Stadt und erzählte davon, und war mit ihnen auf der Fährjagd und gleich nachdem er aufgestanden und gegangen war. Noch vor der Nacht wollten sie ihn lynchen, aber er war verschwunden. Nun, am nächsten Tage erfuhren sie, daß der Nigger verschwunden war; Sie fanden heraus, dass er Sence in der Nacht, in der der Mord begangen wurde, nicht gesehen hatte. Und dann haben sie es ihm angezogen, verstehst du; und während sie voll davon waren, kam am nächsten Tage der alte Finn zurück und ging unter Buhruf zu Richter Thatcher, um Geld zu bekommen, um mit ihm den Nigger in ganz Illinois zu jagen. Der Richter gab ihm welche, und am Abend betrank er sich und blieb bis nach Mitternacht bei ein paar mächtig streng aussehenden Fremden und ging dann mit ihnen fort. Nun, er ist nicht zurückgekehrt, und sie suchen ihn nicht wieder, bis die Sache ein wenig vorüber ist, denn die Leute denken jetzt, er habe seinen Jungen getötet und die Dinge so repariert, daß die Leute glauben würden, Räuber hätten es getan, und dann würde er Hucks Geld bekommen, ohne sich lange mit einem Prozeß herumschlagen zu müssen. Die Leute sagen, er warnte nicht zu gut, um es zu tun. Oh, er ist schlau, glaube ich. Wenn er ein Jahr lang nicht zurückkommt, wird alles in Ordnung sein. Man kann ihm nichts beweisen, weißt du; dann wird sich alles beruhigen, und er wird so leicht wie nichts in Hucks Geld wandeln."

„Ja, ich glaube schon. Ich sehe nichts dagegen. Haben alle aufgehört zu glauben, dass der Nigger es getan hat?"

„Oh nein, nicht jeder. Viele denken, dass er es getan hat. Aber sie werden den Nigger jetzt ziemlich bald kriegen, und vielleicht können sie ihn erschrecken."

„Nun, sind sie schon hinter ihm her?"

„Nun, du bist unschuldig, nicht wahr? Liegen jeden Tag dreihundert Dollar herum, die die Leute abholen können? Manche Leute glauben, der Nigger sei nicht weit von hier. Ich bin einer von ihnen - aber ich habe noch nicht darüber gesprochen. Vor ein paar Tagen sprach ich mit einem alten Ehepaar, das nebenan in der Blockhütte wohnt, und sie sagten zufällig, dass kaum jemand jemals auf die Insel da drüben geht, die sie Jackson's Island nennen. Wohnt dort niemand? sagt ich. Nein, niemand, sagen sie. Mehr habe ich nicht gesagt, aber ich habe nachgedacht. Ich war ziemlich sicher, daß ich vor ein oder zwei Tagen dort drüben, in der Nähe der Insel, Rauch gesehen hatte, und so sagte ich mir, als ob sich nicht dieser Nigger dort drüben versteckt hätte; Jedenfalls, sage ich, ist es der Mühe wert, den Ort zu jagen. Ich habe keinen Rauch gesehen, also denke ich, daß er vielleicht verschwunden ist, wenn er es war; Aber der Mann geht hinüber, um ihn und einen anderen Mann zu sehen. Er war den Fluß hinaufgegangen; aber er ist heute zurückgekommen, und ich habe es ihm gesagt, sobald er vor zwei Stunden hier ist."

Ich war so unruhig geworden, dass ich nicht still stehen konnte. Ich musste etwas mit meinen Händen machen; also nahm ich eine Nadel vom Tisch und begann sie einzufädeln. Meine Hände zitterten, und ich machte einen schlechten Job daraus. Als die Frau aufhörte zu reden, schaute ich auf, und sie schaute mich ziemlich neugierig an und lächelte ein wenig. Ich legte Nadel und Faden nieder und ließ mich dafür interessieren – und das war ich auch – und sagte:

„Dreihundert Dollar sind eine Macht des Geldes. Ich wünschte, meine Mutter könnte es bekommen. Geht Ihr Mann heute abend dorthin?"

„Oh ja. Er fuhr mit dem Mann, von dem ich Ihnen erzählte, in die Stadt, um ein Boot zu holen und zu sehen, ob sie sich ein anderes Gewehr ausleihen könnten. Sie gehen nach Mitternacht rüber."

„Könnten sie nicht besser sehen, wenn sie bis zum Tage warteten?"

„Ja. Und konnte der Nigger nicht auch besser sehen? Nach Mitternacht wird er wahrscheinlich schlafen, und sie können durch den Wald schlüpfen und sein Lagerfeuer aufspüren, um so besser in der Dunkelheit zu sein, wenn er eines hat."

„Daran habe ich nicht gedacht."

Die Frau schaute mich immer wieder ziemlich neugierig an, und ich fühlte mich kein bisschen wohl. Ziemlich bald sagt sie:

„Wie hast du gesagt, wie du heißt, Schatz?"

„M – Mary Williams."

Irgendwie schien es mir nicht so, als hätte ich vorhin gesagt, es sei Maria, also schaute ich nicht auf – es schien mir, als ob ich sagte, es sei Sarah; also fühlte ich mich irgendwie in die Enge getrieben und hatte Angst, dass ich vielleicht auch so aussah. Ich wünschte, die Frau würde noch etwas sagen; je länger sie still saß, desto unruhiger wurde ich. Aber jetzt sagt sie:

„Schatz, ich dachte, du hast gesagt, es sei Sarah, als du das erste Mal hereinkommst?"

„Oh ja, das habe ich. Sarah Mary Williams. Sarah ist mein Vorname. Manche nennen mich Sarah, manche nennen mich Maria."

„Ach, so ist das?"

„Jawohl."

Damals ging es mir besser, aber ich wünschte sowieso, ich wäre da raus. Ich konnte noch nicht aufblicken.

Nun, die Frau fing an, darüber zu sprechen, wie hart die Zeiten waren und wie arm sie leben mussten, und dass die Ratten so frei waren, als ob sie den Ort besäßen, und so weiter und so fort, und dann wurde ich wieder ruhig. Mit den Ratten hatte sie recht. Hin und wieder sah man einen, der seine Nase aus einem Loch in der Ecke steckte. Sie sagte, sie müsse Dinge griffbereit haben, die sie nach ihnen werfen könne, wenn sie allein sei, sonst würden sie ihr keine Ruhe lassen. Sie zeigte mir ein Stück Blei, das zu einem Knoten zusammengedreht war, und sagte, sie sei ein guter Schütze damit, aber sie hätte sich vor ein oder zwei Tagen den Arm verdreht und wisse nicht, ob sie jetzt richtig werfen könne. Aber sie hielt Ausschau nach einer Gelegenheit und schlug geradewegs auf eine Ratte ein; aber sie verfehlte ihn weit und sagte: „Autsch!" es tat ihr am Arm weh. Dann sagte sie mir, ich solle es mit dem nächsten versuchen. Ich wollte wegkommen, bevor der alte Mann zurückkam, aber natürlich ließ ich es mir nicht anmerken. Ich hab das Ding, und die erste Ratte, die ihre Nase zeigte, ließ ich fahren, und wenn sie geblieben wäre, wo sie war, wäre sie eine erträglich kranke Ratte gewesen. Sie sagte, das sei erstklassig, und sie rechnete damit, dass ich den nächsten Bienenstock machen würde. Sie ging hin, holte den Klumpen Blei und holte ihn zurück und brachte einen Strang Garn mit, mit dem sie mich bat, ihr zu helfen. Ich hob meine beiden Hände, und sie legte den Strick über sie und sprach weiter von ihr und ihrem Mann. Aber sie brach ab und sagte:

„Behalten Sie die Ratten im Auge. Du solltest lieber die Führung auf deinem Schoß haben, griffbereit."

In diesem Moment ließ sie den Klumpen auf meinen Schoß fallen, und ich klatschte mit den Beinen darauf und sie redete weiter. Aber nur etwa eine Minute. Dann nahm sie den Strang ab, sah mir gerade und sehr angenehm ins Gesicht und sagte:

„Kommen Sie, wie ist Ihr richtiger Name?"

„Was, Mama?"

„Wie ist dein richtiger Name? Ist es Bill oder Tom oder Bob? – oder was ist es?"

Ich glaube, ich zitterte wie ein Blatt und wußte nicht, was ich tun sollte. Aber ich sage:

„Bitte, mach dich nicht über ein armes Mädchen wie mich lustig, Mama. Wenn ich hier im Weg stehe, werde ich …"

„Nein, das wirst du nicht. Legen Sie sich hin und bleiben Sie, wo Sie sind. Ich werde dir nicht wehtun, und ich werde es dir nicht verraten, Nuther. Du verrätst mir einfach dein Geheimnis und vertraust mir. Ich werde es behalten; und außerdem helfe ich Ihnen. Mein alter Mann auch, wenn du willst, dass er das tut. Siehst du, du bist ein entlaufener Prentice, das ist alles. Es ist nichts. Es ist kein Schaden dabei. Du wurdest schlecht behandelt und hast dich entschlossen, dich zu schneiden. Gott segne dich, Kind, ich würde es dir nicht sagen. Erzähl mir jetzt alles, das ist ein guter Junge."

Also sagte ich, es würde nichts nützen, es noch länger zu versuchen, und ich würde nur eine saubere Brust machen und ihr alles erzählen, aber sie durfte ihr Versprechen nicht zurücknehmen. Dann erzählte ich ihr, mein Vater und meine Mutter seien tot, und das Gesetz habe mich an einen gemeinen alten Bauern auf dem Lande gebunden, dreißig Meilen vom Fluß entfernt, und er habe mich so schlecht behandelt, daß ich es nicht mehr aushalten konnte; Er ging fort, um ein paar Tage fort zu sein, und so ergriff ich meine Chance, stahl einige der alten Kleider seiner Tochter und räumte aus, und ich war drei Nächte lang die dreißig Meilen gekommen. Ich reiste nachts, versteckte mich tagsüber und schlief, und der Sack mit Brot und Fleisch, den ich von zu Hause mitschleppte, reichte für den ganzen Weg, und ich hatte genug. Ich sagte, ich glaube, mein Onkel Abner Moore würde sich um mich kümmern, und das war der Grund, warum ich mich auf den Weg in diese Stadt Goshen machte.

„Goshen, Kind? Das ist nicht Goshen. Das ist St. Petersburg. Goshen liegt zehn Meilen weiter flussaufwärts. Wer hat dir gesagt, dass das Goshen ist?"

„Nun, einen Mann, den ich heute morgen bei Tagesanbruch traf, als ich gerade in den Wald abbiegen wollte, um meinen gewöhnlichen Schlaf zu finden. Er sagte mir, wenn sich die Wege gabelten, müßte ich die rechte Hand nehmen, und fünf Meilen würden mich nach Goschen bringen."

„Er war betrunken, glaube ich. Er hat dir genau das Falsche gesagt."

„Nun, er hat sich so verhalten, als wäre er betrunken, aber das ist jetzt egal. Ich muss weitermachen. Ich werde Goshen vor Tagesanbruch holen."

„Moment mal. Ich bringe dir einen Snack zu essen. Vielleicht willst du es."

Also legte sie mir einen Imbiss auf und sagte:

„Sag mal, wenn eine Kuh sich hinlegt, welches Ende von ihr steht zuerst auf? Beantworten Sie jetzt die Eingabeaufforderung – hören Sie nicht auf, darüber nachzudenken. Welches Ende steht zuerst auf?"

„Das Hinterteil, Mama."

„Nun, ein Pferd?"

„Das vordere Ende, Mama."

„Auf welcher Seite eines Baumes wächst das Moos?"

„Nordseite."

„Wenn fünfzehn Kühe an einem Hang weiden, wie viele von ihnen fressen mit dem Kopf in die gleiche Richtung?"

„Die ganzen fünfzehn, Mama."

„Nun, ich glaube, Sie *haben* auf dem Lande gelebt. Ich dachte, vielleicht versuchst du mir schon wieder, mich zu. Wie lautet dein richtiger Name?"

„George Peters, Mama."

„Nun, versuchen Sie, sich daran zu erinnern, George. Vergiss nicht und sag mir, dass es Elexander ist, bevor du gehst, und dann geh raus, indem du sagst, dass es George Elexander ist, wenn ich dich erwische. Und mach dir nicht über Frauen in diesem alten Kattun. Du machst ein Mädchen erträglich arm, aber du könntest vielleicht Männer zum Narren halten. Gott segne dich, Kind, wenn du ausziehst, eine Nadel einzufädeln, so halte den Faden nicht still und ziehe die Nadel bis zu ihr hinauf; Halten Sie die Nadel still und stechen Sie den Faden hinein; Das ist die Art und Weise, wie eine Frau es meistens tut, aber ein Mann tut es immer anders. Und wenn du nach einer Ratte wirfst oder irgendetwas, dann hänge dich auf die Zehenspitzen und ziehe deine Hand so unbeholfen wie möglich über deinen Kopf, und verfehle deine Ratte etwa sechs oder sieben Fuß. Werfen Sie mit steifen Armen von der Schulter aus, als wäre da ein Drehpunkt, an dem es sich einschalten könnte, wie ein Mädchen; Nicht aus dem Handgelenk und dem Ellbogen, mit dem Arm zur Seite ausgestreckt, wie ein Junge. Und wohlgemerkt, wenn ein Mädchen versucht, etwas auf ihrem Schoß zu fangen, wirft sie die Knie auseinander; Sie klatscht sie nicht zusammen, wie du es getan hast, als du den Bleiklumpen aufgefangen hast. Ja, ich habe dich für einen Knaben gehalten, als du die Nadel eingefädelt hast; und die anderen Dinge habe ich mir nur ausgedacht, um sicherzugehen. Traben Sie nun zu Ihrem Onkel, Sarah Mary Williams George Elexander Peters, und wenn Sie in Schwierigkeiten geraten, senden Sie Nachricht an Mrs. Judith Loftus, die ich bin, und ich werde tun, was ich kann, um Sie da herauszuholen. Halten Sie die Flussstraße den ganzen Weg über und nehmen Sie beim nächsten Wandern Schuhe und Socken mit. Die Flußstraße ist steinig, und Ihre Füße werden in einem guten Zustand sein, wenn Sie nach Goshen kommen, glaube ich."

Ich ging etwa fünfzig Meter die Böschung hinauf, dann drehte ich mich auf meinen Spuren und glitt zurück zu meinem Kanu, ein gutes Stück unterhalb des Hauses. Ich sprang hinein und machte mich in Eile auf den Weg. Ich ging weit genug stromaufwärts, um die Spitze der Insel zu erreichen, und machte mich dann auf den Weg. Ich nahm die Sonnenhaube ab, denn ich wollte dann keine Scheuklappen aufhaben. Als ich ungefähr in der Mitte war, hörte ich die Uhr zu schlagen beginnen, also blieb ich stehen und lauschte; Das Geräusch drang schwach über dem Wasser, aber klar – elf. Als ich auf die Spitze der Insel stieß, wartete ich nicht, bis ich blies, obgleich ich sehr erschöpft war, sondern stieß geradewegs in den Wald, wo mein altes Lager stand, und zündete dort an einer hohen und trockenen Stelle ein gutes Feuer an.

Dann sprang ich in das Kanu und grub mich nach unserem Platz, anderthalb Meilen tiefer, so schnell ich konnte. Ich landete und schlappte durch das Holz und den Grat hinauf und in die Höhle. Da lag Jim fest schlafend auf dem Boden. Ich weckte ihn und sagte:

„Steh auf und buckel dich, Jim! Es gibt keine Minute zu verlieren. Sie sind hinter uns her!"

Jim stellte nie Fragen, er sagte kein Wort; Aber die Art und Weise, wie er in der nächsten halben Stunde arbeitete, zeigte, wie viel Angst er hatte. Zu diesem Zeitpunkt war alles, was wir auf der Welt besaßen, auf unserem Floß, und es war bereit, aus der Weidenbucht, in der es versteckt war, herausgeschoben zu werden. Wir löschten als erstes das Lagerfeuer in der Höhle und zeigten danach draußen keine Kerze mehr.

Ich nahm das Canoe ein kleines Stück vom Ufer weg und sah es mir an; aber wenn ein Boot in der Nähe war, konnte ich es nicht sehen, denn Sterne und Schatten sind nicht gut zu sehen. Dann stiegen wir aus dem Floß und glitten hinunter in den Schatten, am Fuße der Insel vorbei, ohne ein Wort zu sagen.

KAPITEL XII.

Es mochte kurz vor ein Uhr gewesen sein, als wir endlich unter der Insel ankamen, und das Floß schien sehr langsam zu fahren. Wenn ein Boot vorbeikäme, würden wir uns auf das Kanu schwingen und nach der Küste von Illinois aufbrechen; und es war gut, daß kein Boot kam, denn wir hatten nie daran gedacht, das Gewehr in das Canoe zu stecken, oder eine Angelschnur oder irgend etwas zu essen. Wir waren zu sehr ins Schwitzen gekommen, um an so viele Dinge zu denken. Es ist keine gute Warnung, *alles* auf das Floß zu legen.

Wenn die Männer auf die Insel gingen, so vermute ich nur, daß sie das Lagerfeuer fanden, das ich gemacht hatte, und es die ganze Nacht hindurch beobachteten, bis Jim kam. Jedenfalls hielten sie sich von uns fern, und wenn mein Feuerbau sie nie getäuscht hat, so war es nicht meine Schuld. Ich habe es so tief wie möglich auf sie eingespielt.

Als sich der erste Tagesstrich abzuzeichnen begann, machten wir uns in einer großen Biegung auf der Illinois-Seite an einen Schleppkopf fest, hackten mit dem Beil Pappelzweige ab und bedeckten das Floß damit, so daß es aussah, als ob dort am Ufer ein Einsturz stattgefunden hätte. Ein Schleppkopf ist eine Sandbank, auf der Pappeln liegen, die so dick sind wie Eggenzähne.

Wir hatten Berge an der Küste von Missouri und schweres Holz auf der Seite von Illinois, und der Kanal verlief an dieser Stelle an der Küste von Missouri, so dass wir keine Angst davor hatten, dass uns jemand über den Weg laufen könnte. Wir lagen den ganzen Tag dort und sahen zu, wie die Flöße und Dampfschiffe die Küste des Missouri hinunterfuhren und die aufwärts fahrenden Dampfschiffe in der Mitte mit dem großen Fluss kämpften. Ich erzählte Jim alles von der Zeit, als ich mit dieser Frau geplappert hatte; und Jim sagte, sie sei eine kluge Frau, und wenn sie selbst hinter uns her käme, würde sie sich nicht hinsetzen und ein Lagerfeuer bewachen - nein, Sir, sie würde einen Hund holen. Na dann, sagte ich, warum könne sie ihrem Mann nicht sagen, er solle einen Hund holen? Jim sagte, er wette, sie habe daran gedacht, als die Männer bereit waren aufzubrechen, und er glaubte, sie müßten in die Stadt gehen, um einen Hund zu holen, und so verloren sie die ganze Zeit, sonst waren wir nicht hier auf einem Schleppkopf sechzehn oder siebzehn Meilen unterhalb des Dorfes - nein, in der Tat, wir wären wieder in derselben alten Stadt. Also sagte ich, es sei mir egal, was der Grund war, warum sie uns nicht bekamen, solange sie es nicht taten.

Als es dunkel zu werden begann, steckten wir unsere Köpfe aus dem Pappeldickicht hervor und sahen auf und ab und hinüber; nichts in Sicht; Jim nahm also einige der obersten Planken des Floßes auf und baute ein behagliches Wigwam, um bei gleißigem Wetter und Regen unterzukommen und die Sachen trocken zu halten. Jim machte einen Fußboden für den Wigwam und hob ihn einen Fuß oder mehr über das Niveau des Floßes, so daß die Decken und alle Fallen jetzt außer Reichweite der Dampfschiffswellen waren. Genau in der Mitte des Wigwam machten wir eine etwa fünf oder sechs Zoll tiefe Erdschicht mit einem Rahmen um sie herum, um sie an ihrem Platz zu halten; Dies geschah, um bei schlechtem Wetter oder Kälte ein Feuer zu machen; Der Wigwam würde verhindern, dass man ihn sieht. Wir haben auch ein extra Ruder gemacht, weil einer der anderen an einem Haken oder so etwas kaputt gehen könnte. Wir befestigten einen kurzen gegabelten Stock, an dem wir die alte Laterne aufhängten, denn wir müssen die Laterne immer anzünden, wenn wir ein Dampfschiff stromabwärts kommen sehen, um nicht überfahren zu werden; aber wir bräuchten sie nicht für stromaufwärts fahrende Boote anzuzünden, es sei denn, wir sehen, daß wir uns in einer „Überfahrt" befanden, wie man es nennt; denn der Fluß war noch ziemlich hoch, und die sehr niedrigen Ufer standen noch ein wenig unter Wasser; Aufwärts fahrende Boote fuhren also nicht immer durch den Kanal, sondern jagten leichtes Wasser.

In der zweiten Nacht liefen wir zwischen sieben und acht Stunden, mit einer Strömung, die über vier Meilen pro Stunde machte. Wir fingen

Fische und unterhielten uns, und ab und zu gingen wir schwimmen, um die Schläfrigkeit zu vertreiben. Es war irgendwie feierlich, den großen, stillen Fluss hinunter zu treiben, auf dem Rücken zu liegen und zu den Sternen aufzublicken, und wir hatten nie Lust, laut zu sprechen, und es war nicht oft eine Warnung, dass wir lachten – nur ein kleines leises Glucksen. Wir hatten im allgemeinen sehr gutes Wetter, und es geschah überhaupt nichts, weder in dieser Nacht, noch in der nächsten, noch in der nächsten.

Jede Nacht kamen wir an Städten vorbei, einige davon weit entfernt auf schwarzen Hügeln, nichts als ein glänzendes Bett aus Lichtern; Kein Haus war zu sehen. In der fünften Nacht passierten wir St. Louis, und es war, als würde die ganze Welt erleuchten. In St. Petersburg pflegte man zu sagen, es seien zwanzig- oder dreißigtausend Menschen in St. Louis, aber ich habe es nie geglaubt, bis ich diese wunderbare Lichterausbreitung um zwei Uhr in dieser stillen Nacht sah. Da ist kein Geräusch zu hören; Alle schliefen.

Jeden Abend pflegte ich gegen zehn Uhr in einem kleinen Dorfe an Land zu gehen und mir für zehn oder fünfzehn Cents Mehl oder Speck oder anderes zu essen zu kaufen; und manchmal hob ich ein Huhn hoch, das nicht bequem schlief, und nahm es mit. Pap hat immer gesagt, nimm ein Huhn, wenn du die Gelegenheit dazu hast, denn wenn du es selbst nicht willst, kannst du leicht jemanden finden, der es will, und eine gute Tat vergisst man nie. Ich sehe nie Brei, wenn er das Huhn nicht selbst haben wollte, aber das hat er immer gesagt.

Morgens vor Tagesanbruch schlüpfte ich in Kornfelder und borgte mir eine Wassermelone oder eine Pilzmelone oder einen Punkin oder ein neues Getreide oder dergleichen. Pap hat immer gesagt, es schadet nicht, Dinge zu leihen, wenn man sie irgendwann zurückzahlen will; aber die Witwe sagte, es warne vor nichts anderem als einem milden Namen für Diebstahl, und kein anständiger Mensch würde es tun. Jim sagte, er glaube, die Witwe habe zum Teil recht und Papa zum Teil recht; Am besten wäre es also, wenn wir uns zwei oder drei Dinge aus der Liste herauspickten und sagten, wir würden sie nicht mehr ausleihen, dann meinte er, es würde nicht schaden, die anderen zu borgen. So redeten wir eine Nacht lang über alles, trieben den Fluß hinunter und versuchten uns zu entscheiden, ob wir die Wassermelonen oder die Cantelopes oder die Pilzmelonen oder was auch immer fallen lassen sollten. Aber gegen Tagesanbruch hatten wir alles zufriedenstellend geregelt und beschlossen, Holzäpfel und P'simmons fallen zu lassen. Wir warnen davor, dass ich mich vorher nicht richtig gefühlt habe, aber jetzt war alles angenehm. Ich war auch froh, wie es herausgekommen ist, denn Holzäpfel sind nie gut, und die P'simmons würden erst in zwei oder drei Monaten reif sein.

Wir schossen hin und wieder einen Wasservogel, der morgens zu früh aufstand oder abends nicht früh genug ins Bett ging. Alles in allem haben wir ziemlich hoch gelegen.

In der fünften Nacht unterhalb von St. Louis hatten wir nach Mitternacht einen großen Sturm mit einer Macht von Donner und Blitz, und der Regen strömte in Strömen nieder. Wir blieben im Wigwam und ließen das Floß für sich selbst sorgen. Als die Blitze hervorblitzten, konnten wir einen großen, geraden Fluss vor uns sehen und hohe, felsige Klippen auf beiden Seiten. Nach und nach sage ich: »Hel-lo, Jim, sieh da hin!« Es war ein Dampfschiff, das sich an einem Felsen umgebracht hatte. Wir trieben direkt nach unten, um sie zu holen. Die Blitze zeigten sie sehr deutlich. Sie beugte sich vor, einen Teil ihres Oberdecks über Wasser, und man konnte jeden kleinen Chimbly-Kerl sauber und klar sehen, und einen Stuhl neben der großen Glocke, an dessen Rückseite ein alter Schlapphut hing, wenn die Blitze kamen.

Nun, es war fort in der Nacht und stürmisch, und alles so geheimnisvoll, so fühlte ich mich wie jeder andere Junge, wenn ich dieses Wrack so traurig und einsam mitten auf dem Fluß liegen sah. Ich wollte an Bord steigen und ein wenig herumschleichen und sehen, was es da gab. Also sage ich:

„Er landet auf ihr, Jim."

Aber Jim war zunächst absolut dagegen. Er sagt:

„Ich will schon lange dumm werden. Wir machen die Schuld gut, und wir lassen die Schuld besser in Ruhe, wie das gute Buch sagt. Als ob du nicht ein Wächter auf dat Wrack bist."

„Wächter, deine Großmutter," sage ich; „Es gibt nichts zu sehen als die Texas und das Lotsenhaus; Und glauben Sie, daß irgend jemand sein Leben für einen Texas und ein Lotsenhaus in einer solchen Nacht wie dieser aufopfern wird, wo es jeden Augenblick auseinanderbrechen und den Fluß hinunterspülen wird?" Jim konnte dazu nichts sagen, also versuchte er es nicht. „Und außerdem," sagte ich: „könnten wir uns etwas Wertvolles aus der Kabine des Kapitäns ausleihen. Seegars, *ich* wette mit Ihnen- und kosten fünf Cent pro Stück, solide Kasse. Dampfschiffkapitäne sind immer reich und bekommen sechzig Dollar im Monat, und *es* ist ihnen egal, was ein Ding kostet, wissen Sie, solange sie es wollen. Stecken Sie eine Kerze in Ihre Tasche; Ich kann nicht ruhen, Jim, bis wir sie durchwühlen. Glaubst du, Tom Sawyer würde jemals nach diesem Ding gehen? Nicht für Kuchen, das würde er nicht. Er nannte es ein Abenteuer - so nannte er es; Und er würde auf diesem Wrack landen, wenn es seine letzte Tat wäre. Und würde er nicht Stil hineinwerfen? - Würde er sich nicht ausbreiten, oder nichts? Man könnte meinen, es sei Christopher C'lumbus gewesen, der Kingdom-Come entdeckt hat. Ich wünschte, Tom Sawyer *wäre* hier."

Jim brummte ein wenig, gab aber nach. Er sagte, wir dürften nicht mehr reden, als wir helfen könnten, und dann mächtig leise reden. Der Blitz zeigte uns das Wrack gerade noch rechtzeitig, und wir holten den Stachelbohrturm und machten uns schnell auf den Weg.

Das Deck war hoch hier draußen. Wir schlichen den Abhang hinunter zum Labboard, in der Dunkelheit, in Richtung Texas, tasteten uns langsam mit den Füßen voran und streckten die Hände aus, um die Kerle abzuwehren, denn es war so dunkel, dass wir keine Spur von ihnen sehen konnten. Bald schlugen wir gegen das vordere Ende des Oberlichtes und kletterten darauf; und der nächste Schritt brachte uns vor die Tür des Kapitäns, die offen stand, und bei Jimminy, fort durch die Texas-Halle sahen wir ein Licht! Und in derselben Sekunde glauben wir, als hörten wir dort drüben leise Stimmen!

Jim flüsterte und sagte, er fühle sich mächtig krank und sagte mir, ich solle mitkommen. Ich sagte, in Ordnung, und wollte zum Floß aufbrechen; aber in diesem Augenblick hörte ich eine Stimme aufheulen und sagen:

„Oh, bitte nicht, Jungs; Ich schwöre, ich werde es nie verraten!"

Eine andere Stimme sagte ziemlich laut:

„Das ist eine Lüge, Jim Turner. Du hast dich schon einmal so verhalten. Du willst immer mehr von deinem Anteil am Truck, und du hast ihn auch immer bekommen, weil du dir geschworen hast, es nicht zu sagen, wenn du es nicht wüsstest. Aber dieses Mal hast du es einmal zu viel im Scherz gesagt. Du bist der gemeinste, heimtückischste Hund in diesem Lande."

Zu diesem Zeitpunkt war Jim bereits verschwunden, um das Floß zu holen. Ich war nur verrückt vor Neugierde; und ich sage mir, Tom Sawyer würde jetzt nicht zurückweichen, und so werde ich es auch nicht tun; Ich werde mal sehen, was hier vor sich geht. So ließ ich mich in dem kleinen Gang auf Hände und Knie fallen und kroch in der Dunkelheit nach achtern, bis nur eine Kabine zwischen mir und der Querhalle der Texas lag. Da drinnen sehe ich einen Mann, der auf dem Boden ausgestreckt und an Händen und Füßen gefesselt war, und zwei Männer, die über ihm standen, und einer von ihnen hatte eine schwache Laterne in der Hand, der andere eine Pistole. Dieser hier richtete die Pistole auf den Kopf des Mannes, der auf dem Boden lag, und sagte:

„Ich würde *gerne*! Und ich bin auch ein gemeines Stinktier!"

Der Mann auf dem Boden schrumpfte zusammen und sagte: „Oh, bitte nicht, Bill; Ich werde nie hingehen, um es zu erzählen."

Und jedesmal, wenn er das sagte, lachte der Mann mit der Laterne und sagte:

„Wahrhaftig, *das bist du nicht!* Du hast nie etwas Wahreres gesagt, darauf kannst du wetten.« Und einmal sagte er: "Höre ihn betteln! Und ja, wenn wir nicht das Beste aus ihm herausgeholt und ihn gefesselt hätten, hätte er uns beide umgebracht. Und wozu? Jist für nichts. Jist, weil wir auf unseren *Rechten* standen – dafür ist es. Aber ich lege, du wirst niemandem mehr drohen, Jim Turner. Leg die Pistole hoch, Bill."

Bill sagt:

„Ich will nicht, Jake Packard. Ich bin dafür, ihn zu töten – und hat er nicht den alten Hatfield auf die gleiche Weise getötet – und hat er es nicht verdient?"

„Aber ich will nicht*, dass* er getötet wird, und ich habe meine Gründe dafür."

„Gott segne dein Herz für diese Worte, Jake Packard! Ich werde es dir nie verzeihen, solange ich lebe!", sagt der Mann auf dem Boden und plappert vor sich hin.

Packard nahm keine Notiz davon, sondern hing seine Laterne an einen Nagel, machte sich auf den Weg dorthin, wo ich im Dunkeln stand, und winkte Bill zu kommen. Ich fischte, so schnell ich konnte, etwa zwei Yards, aber das Boot neigte sich, so daß ich nicht sehr gut vorankommen konnte; Um nicht überfahren und erwischt zu werden, kroch ich in eine Kabine auf der oberen Seite. Der Mann kam in der Dunkelheit mit den Pfoten dahergehuscht, und als Packard in meine Kabine kam, sagte er:

„Hier, kommen Sie herein."

Und er kam herein, und Bill folgte ihm. Aber bevor sie einstiegen, saß ich oben in der oberen Koje, in die Enge getrieben, und es tut mir leid, daß ich gekommen bin. Dann standen sie da, die Hände auf den Sims der Koje gelegt, und unterhielten sich. Ich konnte sie nicht sehen, aber ich konnte an dem Whisky, den sie getrunken hatten, erkennen, wo sie waren. Ich war froh, dass ich keinen Whisky trank; aber es würde sowieso keinen großen Unterschied machen, denn die meiste Zeit konnten sie mich nicht treffen, weil ich nicht atmete. Ich hatte zu viel Angst. Und außerdem konnte ein Körper *nicht* atmen und ein solches Gerede hören. Sie sprachen leise und ernst. Bill wollte Turner töten. Er sagt:

„Er hat gesagt, dass er es erzählen wird, und er wird es tun. Wenn wir ihm jetzt unsere beiden Anteile geben würden , würde das nach dem Streit und der Art und Weise, wie wir ihm gedient haben, keinen Unterschied machen. Shore, wenn du geboren bist, wird er die Beweise des Staates umdrehen; Jetzt hörst du *mich*. Ich bin dafür, ihn aus seinen Schwierigkeiten zu befreien."

„Ich auch," sagt Packard ganz ruhig.

„Schuld daran, ich hatte schon angefangen zu glauben, dass du es nicht warst. Na dann, das ist in Ordnung. Wir gehen und machen es."

„Warten Sie einen Moment; Ich habe nichts zu sagen gehabt. Du hörst mir zu. Schießen ist gut, aber es gibt ruhigere Wege, wenn die Sache erledigt werden muss. Aber was *ich* sage, ist folgendes: Es ist nicht vernünftig, einem Halfter hinterherzulaufen, wenn man das, was man vorhat, auf irgendeine Weise durchsetzen kann, die ebenso gut ist und einen gleichzeitig nicht in Schwierigkeiten bringt. Ist das nicht so?"

„Darauf kannst du wetten. Aber wie willst du das diesmal schaffen?"

„Nun, meine Idee ist folgende: Wir rascheln herum und sammeln die Pickins ein, die wir in den Kabinen übersehen haben, und schieben ans Ufer und verstecken den Lastwagen. Dann warten wir. Jetzt sage ich, es wird nicht mehr als zwei Stunden dauern, bis dieses Wrack aufbricht und den Fluß hinuntergespült wird. Siehe? Er wird ertrinken und niemanden haben, dem er die Schuld geben kann, außer sich selbst. Ich glaube, das ist ein beachtlicher Anblick, besser als er zu töten. Ich bin nicht dagegen, einen Mann zu töten, solange du es aushalten kannst; Es ist nicht gesunder Menschenverstand, es ist keine gute Moral. Habe ich nicht recht?"

„Ja, ich glaube, du bist es. Aber wenn sie *sich nicht* auflöst und sich abwäscht?"

„Na ja, wir können ja ja ja die zwei Stunden abwarten und mal sehen, oder?"

„Also gut; Komm mit."

Also machten sie sich auf den Weg, und ich zündete mich schweißgebadet an und kletterte vorwärts. Es war stockfinster dort; aber ich sagte in einer Art grobem Flüstern: »Jim!« und er antwortete, gerade an meinem Ellbogen, mit einer Art Stöhnen, und ich sagte:

„Schnell, Jim, es ist keine Zeit zum Herumalbern und Jammern; Es gibt eine Bande von Mördern da drüben, und wenn wir nicht ihr Boot aufspüren und es den Fluß hinuntertreiben lassen, so daß diese Kerle nicht von dem Wrack entkommen können, wird einer von ihnen in einer schlimmen Lage sein. Aber wenn wir ihr Boot finden, können wir *sie alle* in eine schlechte Lage bringen – denn der Sheriff wird sie kriegen. Schnell, beeilen Sie sich! Ich werde die Seite des Laborbretts jagen, du jagst das Stabbrett. Du startest am Floß und ..."

„O mein Herr, mein Herr! *Raf'?* Dey ain' no raf' no mo'; sie hat sich losgerissen und bin fort – und hier sind wir!"

KAPITEL XIII.

Nun, ich hielt den Atem an und fiel in Ohnmacht. Halt den Mund auf einem Wrack mit so einer Bande! Aber es ist keine Zeit, sentimental zu sein. Wir mussten das Boot jetzt finden - wir mussten es für uns selbst haben. So gingen wir zitternd und schüttelnd an der Bordsteinseite hinunter, und es war auch eine langsame Arbeit - es schien eine Woche, bevor wir das Heck erreichten. Von einem Boot keine Spur. Jim sagte, er glaube nicht, dass er noch weiter gehen könne - so verängstigt, dass er kaum noch Kraft habe, sagte er. Aber ich sagte, komm schon, wenn wir auf diesem Wrack liegen bleiben, sind wir in der Klemme, sicher. Also machten wir uns wieder auf den Weg. Wir schlugen nach dem Heck der Texas und fanden es, und kletterten dann vorwärts auf dem Dachfenster, von Fensterladen zu Fensterladen hängend, denn der Rand des Dachfensters lag im Wasser. Als wir ziemlich nahe an der Tür zur Querhalle waren, war da das Boot, und tatsächlich! Ich konnte sie gerade noch sehen. Ich fühlte mich so dankbar. In einer Sekunde war ich an Bord, aber in diesem Augenblick öffnete sich die Tür. Einer der Männer streckte seinen Kopf nur etwa ein paar Fuß von mir entfernt heraus, und ich glaubte, ich wäre weg; aber er stieß es wieder hinein und sagte:

„Hebe die Schuldlaterne aus den Augen, Bill!"

Er warf einen Sack mit irgendetwas in das Boot, stieg dann selbst hinein und setzte sich ab. Es war Packard. Dann kam Bill raus und stieg ein. Packard sagt mit leiser Stimme:

„Alles bereit - hau ab!"

Ich konnte mich kaum an den Fensterläden festhalten, so schwach war ich. Aber Bill sagt:

„Halt - bist du durch ihn hindurchgegangen?"

„Nein. Nicht wahr?"

„Nein. Er hat also schon seinen Anteil an der Kasse."

„Nun denn, komm mit; Es hat keinen Sinn, einen Lastwagen zu nehmen und Geld zu lassen."

„Sag mal, wird er nicht ahnen, was wir vorhaben?"

„Vielleicht wird er es nicht. Aber wir müssen es trotzdem haben. Komm mit."

Also stiegen sie aus und gingen hinein.

Die Tür knallte zu, weil sie sich auf der gekrümmten Seite befand; und in einer halben Sekunde war ich im Boot, und Jim kam hinter mir hergestürzt. Ich holte mein Messer heraus und schnitt das Seil durch, und los ging's!

Wir rührten kein Ruder an, und wir sprachen nicht, flüsterten nicht, noch atmeten wir kaum. Wir glitten schnell dahingleitend, totenstill, an der Spitze des Paddelkastens und am Heck vorbei; Dann, in ein oder zwei weiteren Sekunden, waren wir hundert Meter unter dem Wrack, und die Dunkelheit saugte es auf, jedes letzte Zeichen von ihm, und wir waren in Sicherheit und wussten es.

Als wir drei- oder vierhundert Meter stromabwärts waren, sahen wir die Laterne für eine Sekunde wie ein kleiner Funke an der texanischen Tür aufblitzen, und wir wußten daraus, daß die Spitzbuben ihr Boot verpasst hatten und anfingen zu begreifen, daß sie jetzt in ebenso großen Schwierigkeiten steckten wie Jim Turner.

Dann bemannte Jim die Ruder, und wir fuhren hinter unserem Floß her. Jetzt fing ich zum ersten Mal an, mir Sorgen um die Männer zu machen - ich glaube, ich hatte vorher keine Zeit dazu gehabt. Ich begann darüber nachzudenken, wie schrecklich es war, selbst für Mörder, in einer solchen Lage zu sein. Ich sage mir, es ist nicht zu sagen, aber vielleicht werde ich selbst schon ein Mörder, und wie würde *es mir* dann gefallen? So sage ich zu Jim:

„Beim ersten Licht, das wir sehen, landen wir hundert Meter unter oder über ihm, an einer Stelle, wo es ein gutes Versteck für dich und das Boot ist, und dann gehe ich hin und richte eine Art Garn zusammen und hole jemanden, der sich um diese Bande kümmert und sie aus ihrer Schramme befreit, damit sie gehängt werden können, wenn ihre Zeit gekommen ist."

Aber diese Idee scheiterte; denn bald fing es wieder an zu stürmen, und diesmal schlimmer als je. Der Regen strömte in Strömen, und kein Licht war zu sehen; alle im Bett, schätze ich. Wir brausten den Fluss hinunter, hielten Ausschau nach Lichtern und hielten Ausschau nach unserem Floß. Nach langer Zeit ließ der Regen nach, aber die Wolken blieben, und die Blitze wimmerten weiter, und nach und nach zeigte uns ein Blitz ein schwarzes Ding vor uns, das schwebte, und wir machten uns auf den Weg.

Es war das Floß, und wir waren sehr froh, wieder an Bord zu kommen. Wir sahen ein Licht jetzt weit unten auf der rechten Seite, am Ufer. Also sagte ich, dass ich es versuchen würde. Das Boot war halb voll mit Beute, die die Bande dort auf dem Wrack gestohlen hatte. Wir schoben es in einem Haufen auf das Floß, und ich sagte Jim, er solle hinuntertreiben und ein Licht zeigen, wenn er glaubte, daß er etwa zwei Meilen gefahren sei, und es brennen lassen, bis ich komme; dann bemannte ich meine Ruder und stieß nach dem Licht. Als ich hinabstieg, zeigten sich drei oder vier weitere – oben auf einem Hügel. Es war ein Dorf. Ich schloß mich über dem Uferlicht, legte meine Ruder auf und trieb. Als ich vorbeiging, sah ich, dass es eine Laterne war, die am Wagenheber einer Doppelrumpffähre hing. Ich suchte nach dem Wächter und fragte mich, wo er schlief; und nach und nach fand ich ihn auf den Mäschen sitzend, vornüber, den Kopf zwischen die Knie gesenkt. Ich gab ihm zwei oder drei kleine Stöße auf die Schulter und fing an zu weinen.

Er regte sich auf, auf eine Art erschrockner Weise; Als er aber sah, daß nur ich es war, da machte er einen guten Vorsprung und streckte sich, und dann sagte er:

„Hallo, was ist los? Weine nicht, Bub. Was ist das Problem?"

Ich sage:

„Papa und Mama und Schwester und" –

Dann brach ich zusammen. Er sagt:

„Ach, verdammt, *nimm es nicht* so auf dich; Wir müssen alle unsere Sorgen haben, und das wird schon gut ausgehen. Was ist mit ihnen los?"

„Sie sind – sie sind – sind Sie der Wächter des Bootes?"

„Ja," sagt er, irgendwie ziemlich zufrieden. „Ich bin der Kapitän und der Eigner und der Steuermann und der Lotse und der Wächter und der Oberdecksmann; und manchmal bin ich die Fracht und die Passagiere. Ich bin nicht so reich wie der alte Jim Hornback, und ich kann nicht so großzügig und gut zu Tom, Dick und Harry sein, wie er ist, und mit Geld um sich schlagen, wie er es tut; aber ich habe ihm schon oft gesagt, daß ich nicht mit ihm tauschen würde; denn, sage ich, das Leben eines Seemanns ist das Leben für mich, und ich wäre verdammt, wenn *ich* zwei Meilen außerhalb der Stadt wohnen würde, wo nie etwas los ist, nicht für all seine Swaghälse und noch viel mehr obendrein. Sage ich ..."

Ich brach ein und sagte:

„Sie stecken in einer schrecklichen Klemme und ..."

„*Wer* ist das?"

„Ach, Papa und Mama und Schwester und Miß Hooker; und wenn Sie Ihre Fähre nehmen und dort hinauffahren wollten ..."

„Wohin? Wo sind sie?"

„Auf dem Wrack."

„Was für ein Wrack?"

„Nun, es gibt nur einen."

„Was, Sie meinen nicht den *Walter Scott?*"

„Ja."

„Gutes Land! Was machen sie *dort* um Himmels willen?"

„Nun, sie sind nicht absichtlich dorthin gegangen."

„Ich wette, das haben sie nicht! Ach, meine Güte, es gibt keine Chance für sie, wenn sie nicht sehr schnell davonlaufen! Warum, wie um alles in der Welt sind sie jemals in eine solche Schramme geraten?"

„Ganz einfach. Miß Hooker war dort oben in der Stadt zu Besuch ..."

„Ja, Booth's Landing – fahren Sie fort."

„Sie war dort in Booth's Landing zu Besuch, und gerade am Rande des Abends machte sie sich mit ihrer Niggerin auf der Pferdefähre auf den

Weg, um die ganze Nacht bei ihrer Freundin zu bleiben, Miß, wie Sie sie nennen mögen, ich erinnere mich nicht mehr an ihren Namen – und sie verloren ihr Steuerruder, schwankten herum und schwammen mit dem Heck voran etwa zwei Meilen hinab. und mit dem Sattel auf das Wrack geladen, und der Fährmann, die Niggerin und die Pferde waren alle verloren, aber Miß Hooker packte nach ihm und stieg an Bord des Wracks. Nun, ungefähr eine Stunde nach Einbruch der Dunkelheit kamen wir in unserer Handelskutsche vorbei, und es war so dunkel, daß wir das Wrack nicht bemerkten, bis wir genau darauf waren; und so saßen wir im Sattel, aber wir waren alle gerettet, nur Bill Whipple – und oh, er *war* das beste Geschöpf! – Ich wünschte am meisten, ich wäre es gewesen, das tue ich."

„Mein George! Es ist das Geschlagenste, was ich je getroffen habe. Und *was* habt ihr dann alle gemacht?"

„Na ja, wir haben gebrüllt und losgelegt, aber es ist so breit dort, dass wir niemanden hören konnten. Also sagte Pap, jemand müsse an Land gehen und irgendwie Hilfe holen. Ich war der einzige, der schwimmen konnte, also machte ich mich auf den Weg, und Miß Hooker sagte, wenn ich nicht früher zu Hilfe käme, so komm her und jage ihren Onkel, und er würde das Ding in Ordnung bringen. Ich machte das Land etwa eine Meile tiefer und machte seitdem Spaß, versuchte die Leute dazu zu bringen, etwas zu tun, aber sie sagten: 'Was, in einer solchen Nacht und bei einer solchen Strömung? Es hat keinen Sinn darin; Nimm die Dampffähre.« Nun, wenn du gehst und ..."

„Bei Jackson, ich würde *gern* tun, und ich weiß es nicht, aber ich werde es tun; Aber wer in der Dingnation ist bereit, dafür *zu bezahlen*? Glaubst du, dein Papa ..."

„Das *ist* in Ordnung. Miß Hooker, sie duldete mich *besonders*, daß ihr Onkel Hornback ..."

„Tolle Waffen! Ist *er* ihr Onkel? Schauen Sie hierher, machen Sie eine Pause nach dem Licht drüben und biegen nach Westen ab, wenn Sie dort ankommen, und etwa eine Viertelmeile entfernt kommen Sie zu der Taverne; Sag ihnen, sie sollen dich zu Jim Hornback's schicken, und er wird die Rechnung bezahlen. Und machen Sie sich nicht über irgendjemanden lustig, denn er wird die Neuigkeiten wissen wollen. Sag ihm, dass ich seine Nichte in Sicherheit bringen werde, bevor er in die Stadt kommen kann. Buckeln Sie sich jetzt; Ich gehe hier um die Ecke, um meinen Ingenieur zu vertreiben."

Ich schlug nach dem Licht, aber sobald er um die Ecke bog, ging ich zurück, stieg in mein Boot, rettete es heraus, zog dann etwa sechshundert Meter in dem leichten Wasser ans Ufer und verschanzte mich zwischen einigen Holzbooten; denn ich konnte nicht ruhen, bis ich die Fähre abfahren sah. Aber alles in allem, ich fühlte mich noch wohler, weil ich all diese Mühe für diese Bande auf mich nahm, denn nicht viele würden es tun. Ich wünschte, die Witwe wüsste davon. Ich dachte, sie wäre stolz auf mich, wenn ich diesen Raubzügen helfe, denn Raubzüge und tote Beats sind die Sorte, an der die Witwe und gute Leute am meisten interessiert sind.

Nun, es dauert nicht lange, da kommt das Wrack, dunkel und dämmrig, und gleitet hinab! Eine Art kalter Schauer durchfuhr mich, und dann machte ich mich auf den Weg zu ihr. Sie war sehr tief, und ich sehe, daß in einer Minute keine große Wahrscheinlichkeit besteht, daß jemand in ihr lebendig ist. Ich zog mich um sie herum und brüllte ein wenig, aber es gab keine Antwort; alles totenstill. Ich fühlte mich ein wenig schwermütig wegen der Bande, aber nicht viel, denn ich rechnete damit, wenn sie es aushalten würden, würde ich es schaffen.

Dann kommt die Fähre; so schob ich mich auf eine lange Schräge stromabwärts in die Mitte des Flusses; und als ich wähnte, daß ich außer Reichweite war, legte ich meine Ruder auf und blickte zurück und sah, wie sie das Wrack nach Miß Hookers Überresten absuchte, weil der Kapitän wußte, daß ihr Onkel Hornback sie haben wollte; und dann gab die Fähre bald auf und ging ans Ufer, und ich machte mich an meine Arbeit und fuhr dröhnend den Fluß hinab.

Es schien eine lange Zeit lang mächtig zu sein, bis Jims Licht auftauchte; Und als es dann doch auftauchte, sah es so aus, als wäre es tausend Meilen entfernt. Als ich dort ankam, fing der Himmel an, im Osten ein wenig grau zu werden; Da schlugen wir eine Insel an, versteckten das Floß, versenkten das Boot, kehrten ein und schliefen wie Tote.

KAPITEL XIV.

Nach und nach, als wir aufstanden, drehten wir den Lastwagen um, den die Bande vom Wrack gestohlen hatte, und fanden Stiefel und Decken und Kleider und allerlei andere Dinge und eine Menge Bücher und ein Fernglas und drei Kisten mit Seegars. Wir waren noch nie in unserem Leben so reich gewesen. Das Seegars war erstklassig. Wir verbrachten den ganzen Nachmittag im Wald und unterhielten uns, während ich die Bücher las und eine gute Zeit hatte. Ich erzählte Jim alles, was sich im Wrack und auf der Fähre zugetragen hatte, und ich sagte, solche Dinge seien Abenteuer; Aber er sagte, er wolle keine Abenteuer mehr erleben. Er sagte, als ich in Texas war und er zurückkroch, um auf das Floß zu steigen, und sie verschwunden fand, wäre er fast gestorben; denn er glaubte, es sei alles aus mit *ihm*, jedenfalls könne es wieder in Ordnung gebracht werden; denn wenn er nicht gerettet würde, würde er ertrinken, und wenn er gerettet würde, würde derjenige, der ihn rettete, ihn nach Hause schicken, um die Belohnung zu bekommen, und dann würde Miss Watson ihn nach Süden verkaufen, sicher. Nun, er hatte recht; Er hatte fast immer recht; Er hatte einen ungewöhnlich nüchternen Kopf für einen Nigger.

Ich las Jim viel von Königen und Herzögen und Grafen und dergleichen, und wie bunt sie sich kleideten und wie viel Stil sie auflegten und sich gegenseitig Eure Majestät und Euer Gnaden und Eure Lordschaft und so weiter nannten, statt Mister; und Jims Augen traten auf, und er war interessiert. Er sagt:

„Ich wusste nicht, dass es so viele gibt. Ich habe noch nie von einem anderen König Sollermun gehört, als von dem alten König Sollermun, es sei denn, du zählst dem König dat's in a pack er k'yards. Wie viel kostet ein König?"

„Hol?" Sage ich; „Nun, sie bekommen tausend Dollar im Monat, wenn sie es wollen; Sie können so viel haben, wie sie wollen; alles gehört ihnen."

„*Ist* dat schwul? Und was hast du zu tun, Huck?"

„*Sie* tun nicht nichts! Warum, wie Sie sprechen! Sie machten sich einfach auf den Weg."

„Nein; Ist das so?"

„Natürlich ist es das. Sie machen sich einfach auf den Weg - außer vielleicht, wenn es einen Krieg gibt; Dann ziehen sie in den Krieg. Aber manchmal faulenzen sie einfach nur herum; Oder gehen Sie auf Hausierjagd - nur auf Hausierjagd und Sp - Sch! - hören Sie ein Geräusch?"

Wir sprangen hinaus und schauten; aber es warnte nicht nichts als das Flattern des Rades eines Dampfschiffes, das um die Landzunge herumkam; Also kommen wir zurück.

„Ja," sagte ich: „und manchmal, wenn es langweilig wird, machen sie sich mit dem Parlyment auf; Und wenn nicht alle gehen, schlägt er ihnen die Köpfe ab. Aber meistens treiben sie sich im Harem herum."

„Roun' de welche?"

„Harem."

„Was ist der Harem?"

„Der Ort, wo er seine Frauen hält. Kennst du den Harem nicht? Salomo hatte einen; Er hatte etwa eine Million Frauen.

„Ja, ja, das ist so; Ich - ich hatte es vergessen. Ein Harem ist ein Bo'd'n-House, glaube ich. Mos' hat wahrscheinlich eine tolle Zeit in der Nussery. En Ich halte die Streitereien der Weiber für beachtlich; en dat 'crease de racket. Yit dey say Sollermun de wises' man dat ever live'. Ich mache mir keine Gedanken darüber. Warum: Würde ein weiser Mann die ganze Zeit in der Mitte leben wollen? Nein - das würde er nicht tun. Ein weiser Mann 'ud take en buil' a biler-factry; en den er könnte *de biler-factry hinunterschliessen*, wenn er rein will'."

„Nun, aber er *war* sowieso der weiseste Mann; denn die Witwe hat es mir gesagt, sie selbst."

„Ich weiß nicht, was der Widder sagt, er *warnt* keinen weisen Mann. Er hatte die Art und Weise, wie ich sie je gesehen habe. Weißt du, daß er chile dat in zwei Hälften hacken mußte?"

„Ja, die Witwe hat mir alles erzählt."

„*Nun*, Höhle! Warn' dat de beatenes' notion in de worl'? Du schaust es dir eine Minute an. Dah's de stump, dah - dat's one er de women; Heah, du bist der Leckere; Ich bin Sollermun; en dish yer dollar bill's de chile. Bofe un you behauptet es. Was kann ich tun? Habe ich Ahnung, welche Nachbarn *du willst* , und übergeh es dem Rechten, alles sicher und soun, auf die Art und Weise, wie irgendjemand irgend etwas Mut hätte? Nein; Ich nehme die Rechnung in *zwei Teile*, und gebe dir die Hälfte davon, und die andere Hälfte der jungen Frau. Dat's de way Sollermun was gwyne to do wid de chile. Nun will ich Sie fragen: Was nützt ein halber Schein? - Ich kann nichts davon kaufen. En Was nützt ein halber Chili? Ich würde einen Dern für eine Million un um geben."

„Aber hängen Sie es auf, Jim, Sie haben das Wesentliche völlig verfehlt - geben Sie es der Schuld, Sie haben es tausend Meilen verfehlt."

„Wer? Ich? Mach weiter. Sprich mit *mir* über deine Pints. Ich glaube, ich erkenne den Verstand, wenn ich ihn sehe; en dey ain' no sense in sich doin's as dat. De 'spute warn't about a half chile, de 'spute was 'bout a whole chile; Und der Mann glaubt, er könne einen ganzen Chilenen mit einem halben Chilenen begleichen, der genug weiß, um aus dem Regen herauszukommen. Sprich mit mir über Sollermun, Huck, ich kenne ihn von der Hand."

„Aber ich sage dir, du verstehst nicht, worum es geht."

„Schuld am Punkt! Ich glaube, ich weiß, was ich weiß. Ach du ja, das *wahre* Pint ist tiefer unten - es ist tiefer. Es liegt im Weg, dass Sollermun errichtet wurde. Du nimmst einen Mann mit einem oder zwei Chillen; Soll dat Man Gwyne Waseful O' Chillen sein? Nein, das ist er nicht; Er kann es nicht durchwasten. *Er* weiß, wie man sie schätzt. Aber du nimmst einen Mann, der etwa fünf Millionen Chillen hat, die durch das Haus laufen, und es ist anders. *Er* schneidet einen Chili so schnell in zwei Hälften wie eine

Katze. Dey ist genug m'. A chile er zwei, mo' er weniger, warne nicht consecens to Sollermun, Papa mäste ihn!"

So einen Nigger habe ich noch nie gesehen. Wenn er einmal eine Idee in seinem Kopf hatte, so war es nicht mehr möglich, sie wieder herauszubekommen. Er war von allen Niggern, die ich je gesehen habe, am meisten auf Solomon herabgesetzt. Also ging ich dazu über, über andere Könige zu sprechen, und ließ Salomo gleiten. Ich erzählte von Ludwig Sechzehnten, dem vor langer Zeit in Frankreich der Kopf abgeschnitten wurde; Und von seinem kleinen Knaben, dem Delphin, der hätte ein König werden sollen, aber sie haben ihn gefangen und ins Gefängnis gesperrt, und manche sagen, er sei dort gestorben.

„Po' kleiner Kerl."

„Aber manche sagen, er sei ausgestiegen und nach Amerika gekommen."

„Das ist gut! Aber er wird verdammt einsam sein - es gibt hier keine Könige, nicht wahr, Huck?"

„Nein."

„Den er kann keine Situation haben. Was hat er zu tun?"

„Nun, ich weiß es nicht. Einige von ihnen gehen zur Polizei, andere lernen Französisch."

„Warum, Huck, reden die Franzosen so wie wir?"

„*Nein*, Jim; Man konnte kein Wort verstehen, was sie sagten, nicht ein einziges Wort."

„Nun, jetzt bin ich am Ende! Wie kommt das?"

„*Ich* weiß es nicht; Aber es ist so. Einen Teil ihres Geschwätzes habe ich aus einem Buch mitgenommen. Angenommen, ein Mann käme zu Ihnen und würde *Polly-voo-rasy sagen* - was würden Sie denken?"

„Ich würde nicht genug denken; Ich würde ihn über den Kopf fallen lassen - das heißt, wenn er nicht weiß ist. Ich würde es nicht zulassen, dass kein Nigger mich dat nennt."

„Es nennt dich nichts. Es heißt nur: Weißt du, wie man Französisch spricht?"

„Nun, Höhle, warum konnte er es nicht *sagen*?"

„Nun, er sagt es. Das ist die Art eines Franzosen, es zu sagen."

„Nun, es ist eine verdammte Schuld, und ich will nichts davon hören. Das hat keinen Sinn."

„Sieh mal, Jim; Spricht eine Katze so wie wir?"

„Nein, eine Katze nicht."

„Nun, eine Kuh?"

„Nein, eine Kuh nicht, Nuther."

„Spricht eine Katze wie eine Kuh oder spricht eine Kuh wie eine Katze?"

„Nein, das tun Sie nicht."

„Es ist natürlich und richtig, daß sie anders reden, nicht wahr?"

„Natürlich."

„Und ist es nicht natürlich und recht, daß eine Katze und eine Kuh anders reden als *wir*?"

„Ach so, wie heilig es ist."

„Nun, warum ist es dann nicht natürlich und recht, daß ein *Franzose* anders spricht als wir? Das antworten Sie mir."

„Ist eine Katze ein Mensch, Huck?"

„Nein."

„Nun, es hat keinen Sinn, wenn eine Katze wie ein Mensch redet. Ist eine Kuh ein Mensch? - äh, ist eine Kuh eine Katze?"

„Nein, sie ist keines von beiden."

„Nun, Höhle, sie hat nichts zu tun, wie einer von ihnen zu reden. Ist ein Franzose ein Mensch?"

„Ja."

„*Nun*, Höhle! Papa gibt es schuld, warum redet er wie ein Mann? Du antwortest mir *dat!*"

Ich sehe, es hat keinen Zweck, Worte zu verschwenden - man kann einem Nigger nicht beibringen, zu streiten. Also habe ich gekündigt.

KAPITEL XV.

Wir glaubten, daß drei weitere Nächte uns nach Kairo bringen würden, auf dem Fuße des Illinois, wo der Ohio-Fluß mündet, und das war es, was wir suchten. Wir verkauften das Floß, bestiegen ein Dampfschiff und fuhren den Ohio hinauf in die freien Staaten, um dann aus dem Ärger heraus zu sein.

Nun, in der zweiten Nacht fing ein Nebel an, und wir machten uns auf den Weg, um uns an einen Schleppkopf zu binden, denn es würde nicht gut sein, im Nebel zu laufen; aber als ich mit dem Canoe vorauspaddelte, mit der Leine schnell zu machen, gab es nichts als kleine Schösslinge, an die ich mich binden konnte. Ich passierte die Leine um einen von ihnen gerade am Rande des abgeschnittenen Ufers, aber da war eine starke Strömung, und das Floß kam so lebhaft herabgebraust, dass sie es an den Wurzeln herausriss und fort war. Ich sah, wie sich der Nebel zusammenzog, und er machte mich so krank und ängstlich, daß ich mich fast eine halbe Minute lang nicht rühren konnte, wie es mir schien - und dann war kein Floß in Sicht; Man konnte keine zwanzig Meter weit sehen. Ich sprang in das Kanu und rannte zurück zum Heck, schnappte mir das Paddel und setzte sie einen Schlag zurück. Aber sie kam nicht. Ich hatte es so eilig, dass ich sie nicht losgebunden hatte. Ich stand auf und versuchte, sie loszubinden, aber ich war so aufgeregt, dass meine Hände zitterten, so dass ich kaum etwas mit ihnen anfangen konnte.

Sobald ich angefangen hatte, fuhr ich hinter dem Floß her, heiß und schwer, bis zum Schleppkopf. Das war in Ordnung, soweit es ging, aber der Schleppkopf war nicht sechzig Meter lang, und in dem Augenblick, als ich an seinem Fuß vorbeiflog, schoß ich in den festen weißen Nebel hinaus und hatte nicht mehr Ahnung, wohin ich ging, als ein toter Mann.

Denke ich, Paddeln geht nicht; Zuerst weiß ich, daß ich gegen die Böschung oder einen Schleppkopf oder so etwas laufen werde; Ich mußte still stehen bleiben und mich treiben lassen, und doch ist es ein mächtiges Zappelgeschäft, in einer solchen Zeit die Hände still halten zu müssen. Ich jauchzte und lauschte. Irgendwo da unten höre ich ein leises Schreien, und meine Stimmung steigt auf. Ich rannte ihm hinterher und lauschte scharf, um ihn wieder zu hören. Wenn er das nächste Mal kommt, sehe ich, dass ich davor warne, darauf zuzusteuern, sondern rechts davon wegzugehen. Und das nächste Mal ging ich links davon weg – und gewann auch nicht viel davon, denn ich flog herum, hierhin und dorthin und dorthin, aber es ging die ganze Zeit geradeaus.

Ich wünschte, der Narr käme auf die Idee, eine Blechpfanne zu schlagen, und zwar die ganze Zeit, aber er tat es nie, und es waren die stillen Stellen zwischen den Schreien, die mir die Schwierigkeiten bereiteten. Nun, ich kämpfte mich weiter, und sofort hörte ich das Schreien *hinter* mir. Ich war jetzt gut verwickelt. Das war der Schrei von jemand anderem, sonst wurde ich umgedreht.

Ich warf das Paddel nach unten. Ich hörte wieder das Schreien; Er lag noch hinter mir, aber an einer anderen Stelle; Er kam immer wieder und wechselte seinen Platz, und ich antwortete, bis er nach und nach wieder vor mir war, und ich wußte, daß die Strömung den Kopf des Kanus stromabwärts gewälzt hatte, und es war in Ordnung, wenn das Jim war und nicht irgendein anderer Flößer, der brüllte. Ich konnte nichts über Stimmen im Nebel sagen, denn nichts sieht im Nebel nicht natürlich aus und klingt auch nicht natürlich.

Das Geschrei ging weiter, und in ungefähr einer Minute kam ich dröhnend auf ein abgeschnittenes Ufer mit rauchenden Gespenstern von großen Bäumen darauf, und die Strömung warf mich nach links und schoss vorbei, zwischen einer Menge von Hindernissen, die förmlich brüllten, die Strömung so schnell an ihnen vorbeiriss.

In ein oder zwei weiteren Sekunden war es wieder ganz weiß und still. Dann saß ich ganz still und hörte mein Herz klopfen, und ich glaube, ich tat keinen Atemzug, während es hundert pochte.

Dann gebe ich einfach auf. Ich wußte, worum es ging. Diese eingeschnittene Böschung war eine Insel, und Jim war auf der anderen Seite der Insel hinuntergegangen. Es warnt keinen Schleppkopf, daß man in zehn Minuten vorbeitreiben könnte. Er hatte das große Holz einer gewöhnlichen Insel; Er mochte fünf oder sechs Meilen lang und mehr als eine halbe Meile breit sein.

Ich schwieg, mit gespitzten Ohren, etwa eine Viertelstunde, schätze ich. Ich schwebte natürlich dahin, vier oder fünf Meilen in der Stunde; Aber daran denkt man nie. Nein, du *fühlst dich,* als lägst du totenstill auf dem Wasser, und wenn dir ein kleiner Blick auf einen Haken entgleitet, denkst du nicht bei dir, wie schnell *du* fährst, sondern du hältst den Atem an und denkst, meine Güte, wie dieser Haken dahinreißt. Wenn du glaubst, dass es nicht so düster und einsam draußen im Nebel ist, wenn du nachts alleine bist, dann probierst du es einmal aus – du wirst sehen.

Dann, etwa eine halbe Stunde lang, heule ich ab und zu; endlich hörte ich die Antwort schon von weitem und versuchte ihr zu folgen, aber es gelang mir nicht, und ich schloß sofort, daß ich in ein Nest von Schleppköpfen geraten war, denn ich hatte zu beiden Seiten von mir einen kleinen, schwachen Blick auf sie geworfen – manchmal nur einen schmalen Kanal dazwischen, und einige, die ich nicht sehen konnte, wußte ich, daß sie da waren, weil ich das Rauschen der Strömung gegen das alte, tote Gestrüpp und den Müll hörte die über den Ufern hing. Nun, ich warne davor, die Schreie unter den Schleppköpfen zu verlieren; und ich versuchte sowieso nur eine kurze Weile, sie zu verfolgen, weil es schlimmer war, als einer Kürbislaterne hinterherzujagen. Du hast noch nie einen Sound gekannt, der so schnell und so oft die Plätze wechselt.

Ich mußte mich vier- oder fünfmal ziemlich lebhaft vom Ufer lösen, um die Inseln nicht aus dem Fluß zu stoßen; und so schloß ich, daß das Floß von Zeit zu Zeit gegen das Ufer stoßen mußte, sonst würde es weiter vorauskommen und außer Hörweite geraten – es schwamm ein wenig schneller als ich.

Nun, es schien mir, als wäre ich nach und nach wieder im offenen Fluss, aber ich konnte nirgends ein Zeichen von einem Schreien hören. Ich dachte, Jim hatte vielleicht einen Haken gefunden, und es war alles vorbei mit ihm. Ich war gesund und müde, also legte ich mich ins Kanu und sagte, ich würde mich nicht mehr darum kümmern. Ich wollte natürlich nicht schlafen gehen; aber ich war so schläfrig, daß ich nicht anders konnte; also dachte ich, ich würde einen kleinen Katzenschlaf machen.

Aber ich glaube, es war mehr als ein Nickerchen, denn als ich aufwachte, leuchteten die Sterne hell, der Nebel war ganz verschwunden, und ich drehte mich mit dem Heck eine große Biegung hinunter. Zuerst wusste ich nicht, wo ich war; Ich glaubte, ich träume; Und als die Dinge anfingen, mir wieder in den Sinn zu kommen, schienen sie aus der letzten Woche herauszukommen.

Es war ein ungeheurer großer Fluß hier, mit dem höchsten und dicksten Holz an beiden Ufern; nur eine solide Wand, so gut wie ich es an den Sternen sehen konnte. Ich schaute flussabwärts und sah einen schwarzen Fleck auf dem Wasser. Ich ging ihm nach; aber als ich dazu kam, warnte es nicht nur ein paar Sägestämme, die zusammengefügt waren. Dann sah ich einen anderen Fleck und jagte ihn; dann noch einer, und diesmal hatte ich Recht. Es war das Floß.

Als ich dort ankam, saß Jim da, den Kopf zwischen die Knie gesenkt, schlafend, den rechten Arm über das Ruder hängend. Das andere Ruder wurde zertrümmert, und das Floß war mit Laub, Ästen und Schmutz übersät. Sie hatte also eine schwere Zeit hinter sich.

Ich machte mich fest, legte mich unter Jims Nase auf das Floß und fing an, einen Spalt zu machen, meine Fäuste gegen Jim auszustrecken und zu sagen:

„Hallo Jim, habe ich geschlafen? Warum hast du mich nicht aufgewühlt?"

„Meine Güte, bist du das, Huck? Und du bist tot – du bist ertrunken – du bist wieder da? Es ist zu gut für wahr, Schatz, es ist zu gut für wahr. Lass mich dich ansehen, Chile, lass mich dich fühlen. Nein, du bist tot! du bist wieder da, ›lebe en soun‹, jis de derselbe alte Huck – derselbe alte Huck, Gott sei Dank!"

„Was ist mit dir los, Jim? Hast du getrunken?"

„Trinken? Habe ich getrunken? Hatte ich Gelegenheit, zu trinken?

„Nun, was bringt dich dann dazu, so wild zu reden?"

„Wie rede ich wild?"

„*Wie?* Hast du nicht von meiner Rückkehr und all dem Zeug gesprochen, als ob ich fort wäre?"

„Huck - Huck Finn, du siehst mir in die Augen; Schau mir in die Augen. *Bist du nicht* fortgegangen?"

„Fortgegangen? Warum, was in aller Welt meinen Sie damit? *Ich* bin nirgendwo hingegangen. Wo würde ich hingehen?"

„Nun, sehen Sie, Chef, Sie haben sich nicht geirrt, das ist es. Bin ich *ich*, oder wer *bin* ich? Bin ich heah, oder was *bin* ich? Das ist es, was ich wissen will."

„Nun, ich glaube, du bist hier, ganz klar, aber ich glaube, du bist ein alter Narr, Jim."

„Das bin ich, nicht wahr? Nun, Sie antworten mir: Haben Sie nicht die Leine im Kanu ausgezogen, um Fas' zum Schleppkopf zu machen?"

„Nein, das habe ich nicht. Welcher Abschleppkopf? Ich habe keinen Schleppkopf gesehen."

„Du hast keinen Schleppkopf gesehen? Sehen Sie hier, hat sich nicht die Leine losgerissen, und der Raf ist den Fluß hinunter gesummt, und hat Sie im Canoe im Nebel zurückgelassen?"

„Was für ein Nebel?"

„Nun, *der* Nebel - der Nebel ist die ganze Nacht über herumgehangen. Und hast du nicht gejubelt, und habe ich nicht geheult, ich habe gesagt, wir sind auf den Inseln verwechselt worden, und einer von uns hat verloren, und der andere war so gut wie los, er wußte nicht, was er war? En hab ich nicht viel auf den Inseln geplatzt und habe eine schreckliche Zeit gehabt und bin im Sumpf ertrunken? Nun, ist es so, Chef - ist es nicht so? Du antwortest mir dat."

„Nun, das sind zu viele für mich, Jim. Ich habe keinen Nebel gesehen, keine Inseln, keine Unruhen, noch nichts. Ich saß hier und sprach die ganze Nacht mit dir, bis du vor etwa zehn Minuten eingeschlafen bist, und ich glaube, ich habe dasselbe getan. Du konntest dich in dieser Zeit nicht betrinken, also hast du natürlich geträumt."

„Papa, hol es, wie kann ich in zehn Minuten ganz dat träumen?"

„Na ja, häng alles auf, du hast es geträumt, weil nichts davon passiert ist."

„Aber, Huck, es ist mir alles so klar wie" –

„Es macht keinen Unterschied, wie deutlich es ist; Da ist nichts drin. Ich weiß es, weil ich die ganze Zeit hier war."

Jim schwieg etwa fünf Minuten lang nichts, sondern saß da und studierte darüber. Dann sagt er:

„Nun, ich glaube, ich habe es geträumt, Huck; aber Hund, meine Katzen, wenn es nicht der mächtigste Traum ist, den ich je gesehen habe. Und ich habe noch nie einen Traum gehabt, denn das hat mich so ermüdet wie dieser."

„Ach ja, das ist schon in Ordnung, denn ein Traum ermüdet den Körper manchmal, wie alles andere. Aber dieses Mal war es ein Traum; erzählen Sie mir alles, Jim."

Jim machte sich also an die Arbeit und erzählte mir die ganze Sache ganz genau, so wie sie sich zugetragen hatte, nur dass er sie beträchtlich übermalte. Dann sagte er, er müsse anfangen und es "auslegen", weil es zur Warnung geschickt worden sei. Er sagte, der erste Schleppkopf stehe für einen Mann, der versuchen würde, uns etwas Gutes zu tun, aber die Strömung sei ein anderer Mann, der uns von ihm wegbringen würde. Das Whoops waren Warnungen, die von Zeit zu Zeit zu uns kamen, und wenn wir uns nicht anstrengten, sie zu verstehen, brachten sie uns nur ins Unglück, anstatt uns davon abzuhalten. Das Los der Schleppköpfe war ein Problem, in das wir mit streitsüchtigen Leuten und allen möglichen gemeinen Leuten geraten würden, aber wenn wir uns um unsere Angelegenheiten kümmerten und nicht zurücksprachen und sie ärgerten, würden wir durchziehen und aus dem Nebel in den großen, klaren Fluß gelangen, der die freien Staaten waren, und wir würden keine Schwierigkeiten mehr haben.

Kurz nachdem ich auf das Floß gestiegen war, hatte es sich ziemlich dunkel verdunkelt, aber jetzt klarte es wieder auf.

„Ach ja, das ist alles gut genug gedeutet, was es geht, Jim," sage ich; „Aber wofür stehen *diese* Dinger?"

Es waren die Blätter und der Müll auf dem Floß und das zertrümmerte Ruder. Man konnte sie jetzt erstklassig sehen.

Jim schaute auf den Müll, dann schaute er mich an und wieder zurück auf den Müll. Er hatte den Traum so fest in seinem Kopf verankert, dass er ihn nicht sofort loszuwerden und die Tatsachen wieder an seinen Platz zu bringen schien. Aber als er das Ding zurechtgerückt hatte, sah er mich unverwandt an, ohne jemals zu lächeln, und sagte:

„Wozu stehen Sie? Ich bin Gwyne, um es dir zu sagen. Als ich ganz erschöpft war von der Arbeit, und als ich nach dir rief, und eingeschlafen war, war mein Herz kaputt, weil du verloren warst, und ich wusste nicht, was aus mir und dem Raf geworden war. Und wenn ich aufwache und es geht dir gut, alles sicher und soun', die Tränen kommen, und ich könnte auf die Knie gehen und deinen Fuß küssen, ich bin so dankbar. Alles, was du dachtest, war, wie du einen alten Jim zum Narren halten könntest, der eine Lüge macht. Dat truck dah ist *Müll;* en Müll ist das, was die Leute sind, dat schmiert Schmutz auf den Kopf er dey fren's en makes 'em ashamed."

Dann stand er langsam auf, ging zum Wigwam und ging hinein, ohne etwas anderes zu sagen. Aber das reichte. Ich fühlte mich so gemein, dass ich fast seinen Fuß hätte küssen können, um ihn dazu zu bringen, ihn zurückzunehmen.

Es dauerte eine Viertelstunde, ehe ich mich aufraffen konnte, hinzugehen und mich vor einem Nigger zu demütigen; aber ich habe es getan, und ich warne davor, es nachher auch nicht zu bereuen. Ich habe ihm keine gemeinen Tricks mehr gemacht, und ich würde diesen nicht machen, wenn ich gewusst hätte, dass er sich so fühlen würde.

KAPITEL XVI.

Wir schliefen fast den ganzen Tag und machten uns nachts auf den Weg, ein kleines Stück hinter einem monströsen langen Floß, das so lang war wie eine Prozession. Sie hatte vier lange Schwünge an jedem Ende, so dass wir schätzten, dass sie wahrscheinlich bis zu dreißig Mann trug. Sie hatte fünf große Wigwams an Bord, die weit auseinander standen, und ein offenes Lagerfeuer in der Mitte und einen hohen Fahnenmast an jedem Ende. Sie hatte eine gewisse Kraft des Stils. Es lief *darauf hinaus*, ein Flößer auf einem solchen Fahrzeug zu sein.

Wir drifteten in eine große Kurve hinunter, und die Nacht bewölkte sich und wurde heiß. Der Fluß war sehr breit und auf beiden Seiten mit massivem Holz ummauert; Man konnte fast nie einen Bruch darin sehen, oder ein Licht. Wir sprachen über Kairo und fragten uns, ob wir es wissen würden, wenn wir dort ankämen. Ich sagte, wahrscheinlich würden wir das nicht tun, denn ich hatte sagen hören, dass es dort nur etwa ein Dutzend Häuser gab, und wenn sie nicht beleuchtet waren, woher sollten wir dann wissen, dass wir an einer Stadt vorbeikamen? Jim sagte, wenn die beiden großen Flüsse dort zusammenfließen würden, würde sich das zeigen. Aber ich sagte, vielleicht könnten wir denken, dass wir am Fuße einer Insel vorbeigehen und wieder in denselben alten Fluss kommen. Das beunruhigte Jim – und mich auch. Die Frage war also, was zu tun war. Ich sagte, paddeln Sie an Land, wenn sich das erste Mal ein Licht zeigt, und erzählen Sie ihnen, daß Pap hinter ihnen sei, mit einem Handelsschiff daherkomme, eine grüne Hand in dem Geschäft sei und wissen wolle, wie weit es bis Kairo sei. Jim hielt es für eine gute Idee, also rauchten wir eine Zigarette und warteten.

Es gibt jetzt nichts anderes zu tun, als scharf nach der Stadt Ausschau zu halten und nicht an ihr vorüberzugehen, ohne sie zu sehen. Er sagte, er würde es ganz sicher sehen, weil er in dem Augenblick, in dem er es sähe, ein freier Mann sein würde, aber wenn er es verpasste, wäre er wieder in einem Sklavenland und würde keine Freiheit mehr zeigen. Von Zeit zu Zeit springt er auf und sagt:

„Ist sie das?"

Aber es warnt nicht. Es waren Kürbislaternen oder Blitzkäfer; Er setzte sich also wieder nieder und ging zum Wachen, wie zuvor. Jim sagte, es habe ihn ganz zitternd und fiebrig gemacht, der Freiheit so nahe zu sein. Nun, ich kann Ihnen sagen, es machte mich ganz zitternd und fiebrig, ihn zu hören, weil ich anfing, mir durch den Kopf zu gehen, daß er am freiesten war – und wer war daran schuld? Warum, *ich*. Ich konnte das nicht aus meinem Gewissen bekommen, weder wie noch auf keinen Fall. Es machte mir zu schaffen, dass ich mich nicht ausruhen konnte. Ich konnte nicht an einem Ort still bleiben. Es war mir noch nie zuvor bewusst geworden, was dieses Ding war, das ich tat. Aber jetzt war es soweit; Und es blieb bei mir und verbrannte mich immer mehr. Ich versuchte mir einzureden, daß *ich* vor der Schuld warne, weil *ich* Jim nicht von seinem rechtmäßigen Besitzer weggejagt habe; aber es hat keinen Zweck, sein Gewissen ist aufgerüttelt und sagt jedesmal: „Aber du wußtest, daß er für seine Freiheit rennt, und du könntest an Land paddeln und es jemandem erzählen." Das war so – daran konnte ich auf keinen Fall vorbeikommen. Das war der Punkt, an dem es kniff. Das Gewissen sagt zu mir: „Was hat dir die arme Miss Watson angetan, dass du ihren Nigger direkt vor deinen Augen verschwinden sehen konntest, ohne ein einziges Wort zu sagen? Was hat dir die arme Alte angetan, daß du sie so gemein behandeln konntest? Nun, sie versuchte, dir dein Buch beizubringen, sie versuchte, dir deine Manieren beizubringen, sie versuchte, auf jede erdenkliche Weise gut zu dir zu sein. *Das hat* sie getan."

Ich fühlte mich so gemein und so elend, dass ich mir am meisten wünschte, ich wäre tot. Ich zappelte auf dem Floß auf und ab, mißbrauchte mich vor mir hin, und Jim zappelte an mir vorbei auf und ab. Keiner von uns konnte still halten. Jedes Mal, wenn er herumtanzte und sagte: „Dah's Cairo!", ging es wie ein Schuss durch mich, und ich dachte, wenn es Kairo wäre, würde ich vor Elend sterben.

Jim sprach die ganze Zeit laut, während ich mit mir selbst sprach. Er sagte, das erste, was er tun würde, wenn er in einen freien Staat käme, würde Geld sparen und keinen einzigen Cent ausgeben, und wenn er genug hätte, würde er seine Frau kaufen, die auf einer Farm in der Nähe von Miss Watsons Wohnort besaß; Und dann arbeiteten sie beide, um die beiden Kinder zu kaufen, und wenn ihr Herr sie nicht verkaufte, ließen sie einen Ab'litionisten hingehen und sie stehlen.

Es erstarrte mich am meisten, solches Gerede zu hören. Er hätte es in seinem Leben nie gewagt, so etwas zu reden. Sieh nur, was für einen Unterschied es in ihm machte, in dem Augenblick, in dem er urteilte, er sei fast frei. Es war nach dem alten Sprichwort: „Gib einem Nigger einen Zoll und er wird eine Elle nehmen." Denke ich, das kommt davon, dass ich nicht denke. Da war dieser Nigger, dem ich so gut wie geholfen hatte, wegzulaufen, der geradeheraus kam und sagte, er würde seine Kinder stehlen - Kinder, die einem Mann gehörten, den ich nicht einmal kannte; Ein Mann, der mir noch nie etwas Böses getan hatte.

Es tat mir leid, Jim das sagen zu hören, es war so eine Erniedrigung von ihm. Mein Gewissen regte mich heißer auf als je, bis ich endlich zu ihm sagte: „Laß mich los - es ist noch nicht zu spät - ich werde bei der ersten Morgendämmerung ans Land paddeln und es dir sagen." Ich fühlte mich auf Anhieb leicht und glücklich und federleicht. Alle meine Sorgen waren weg. Ich hielt scharf Ausschau nach einem Licht und sang irgendwie vor mich hin. Nach und nach zeigte sich einer. Jim singt:

„Wir sind in Sicherheit, Huck, wir sind in Sicherheit! Springt hoch und knackt eure Fersen! Dat's de good old Cairo at las', ich weiß es!"

Ich sage:

„Ich werde das Kanu nehmen und nachsehen, Jim. Vielleicht ist es das nicht, weißt du."

Er sprang auf, machte das Kanu fertig und steckte seinen alten Mantel in den Boden, damit ich ihn anziehen und mir das Paddel geben konnte; und als ich mich abstieß, sagte er:

Ach, bald werde ich vor Freude schreien, und ich werde sagen, es ist alles auf Hucks Konto; Ich bin ein freier Mann, und ich könnte niemals frei sein, wenn es nicht für Huck gewesen wäre; Huck hat es geschafft. Jim wird dir nie verzeihen, Huck; du hast den Bes' Fren' Jim je gehabt; „Und du bist jetzt der *einzige* Teufel, den der alte Jim hat."

Ich paddelte davon, ganz schweißgebadet, um es ihm zu erzählen; Aber als er das sagte, schien es mir irgendwie den Hals wegzunehmen. Ich ging dann langsam vorwärts, und ich war mir nicht ganz sicher, ob ich froh war, daß ich angefangen habe, oder ob ich nicht gewarnt habe. Als ich fünfzig Meter entfernt war, sagte Jim:

„Dah, du gehst, der alte wahre Huck; Der weiße Gentleman hat jemals sein Versprechen an den alten Jim gehalten."

Nun, ich fühlte mich einfach krank. Aber ich sage, ich *muss* es tun – ich kann da nicht raus . In diesem Augenblick kam ein Boot mit zwei Männern mit Gewehren darin, und sie hielten an, und ich hielt an. Einer von ihnen sagt:

„Was ist das da drüben?"

„Ein Stück von einem Floß," sage ich.

„Gehörst du dazu?"

„Jawohl, Sir."

„Sind Männer drauf?"

„Nur einen, Sir."

„Nun, da sind heute nacht fünf Nigger da oben über dem Kopfe der Biegung davongelaufen. Ist dein Mann weiß oder schwarz?"

Ich habe nicht sofort geantwortet. Ich versuchte es, aber die Worte wollten nicht kommen. Ich versuchte ein oder zwei Sekunden lang, mich damit abzustützen, aber ich warne mich nicht genug – hatte nicht den Schwung eines Kaninchens. Ich sehe, dass ich schwächer wurde; also gebe ich einfach auf, es zu versuchen, und stehe auf und sage:

„Er ist weiß."

„Ich denke, wir werden hingehen und uns selbst davon überzeugen."

„Ich wünschte, du würdest es tun," sagte ich: „denn es ist Brei, der da ist, und vielleicht würdest du mir helfen, das Floß an Land zu schleppen, wo das Licht ist. Er ist krank – und Mama und Mary Ann auch."

„O der Teufel! Wir haben es eilig, Junge. Aber ich denke, wir müssen es tun. Komm, schnall dich an dein Paddel, und los geht's."

Ich schnallte mich an mein Paddel und sie legten sich an ihre Ruder. Als wir ein oder zwei Striche gemacht hatten, sagte Ich:

„Papa wird dir sehr dankbar sein, das kann ich dir sagen. Alle gehen weg, wenn ich sie haben will, um mir zu helfen, das Floß an Land zu schleppen, und ich kann es nicht alleine schaffen."

„Nun, das ist höllische Gemeinheit. Und auch seltsam. Sag, Junge, was ist mit deinem Vater los?"

„Es ist das – ein – das – nun, es ist nicht viel."

Sie hörten auf zu ziehen. Es warnt jetzt nur noch ein mächtiges Kleines bis zum Floß. Einer sagt:

„Junge, das ist eine Lüge. Was *ist* los mit deinem Papa? Antworten Sie jetzt sofort, und es wird um so besser für Sie sein."

„Ich will, Sir, ich will, ehrlich – aber verlassen Sie uns bitte nicht. Es sind die – die – Herren, wenn Sie nur vorfahren und mich Ihnen die Schlagzeile überbringen lassen, dann brauchen Sie nicht in die Nähe des Floßes zu kommen – bitte."

„Setz sie zurück, John, setz sie zurück!", sagt einer. Sie haben Wasser zurückgedrängt. „Halt dich fern, Junge – bleib auf der Jagd. Verwirre es, ich erwarte nur, dass der Wind es zu uns geweht hat. Dein Papa hat die Pocken, und du weißt es sehr gut. Warum sind Sie nicht herausgekommen und haben es gesagt? Willst du es überall verteilen?"

„Nun," sagte ich und plapperte: „ich habe es schon allen erzählt, und sie sind einfach fortgegangen und haben uns verlassen."

„Armer Teufel, da ist etwas dran. Es tut uns leid für Sie, aber wir – na ja, hängen Sie es auf, wir wollen die Pocken nicht, sehen Sie. Schaut her, ich werde euch sagen, was zu tun ist. Versuche nicht, alleine zu landen, sonst zerschmetterst du alles. Sie treiben etwa zwanzig Meilen hinunter und kommen zu einer Stadt auf der linken Seite des Flusses. Dann wird es lange nach Sonnenaufgang sein, und wenn du um Hilfe bittest, sagst du ihnen, dass deine Leute alle Schüttelfrost und Fieber haben. Seien Sie nicht wieder ein Narr und lassen Sie die Leute raten, was los ist. Jetzt versuchen wir, Ihnen einen Gefallen zu tun; Also legst du nur zwanzig Meilen zwischen uns, das ist ein guter Junge. Es würde nichts nützen, dort zu landen, wo das Licht ist - es ist nur ein Holzplatz. Sagen Sie, ich glaube, Ihr Vater ist arm, und ich muß sagen, er hat ziemlich viel Pech. Hier lege ich ein Zwanzig-Dollar-Goldstück auf dieses Brett, und du bekommst es, wenn es vorbeischwebt. Ich fühle mich mächtig gemein, dich zu verlassen; Aber mein Königreich! Es geht nicht an, mit den Pocken herumzualbern, nicht wahr?"

„Warten Sie, Parker," sagte der andere Mann: „hier ist eine Zwanzig, die ich für mich auf die Tafel legen soll. Auf Wiedersehen, Junge; Sie tun, was Mr. Parker Ihnen gesagt hat, und es wird Ihnen gut gehen."

„So ist es, mein Junge - auf Wiedersehen, auf Wiedersehen. Wenn du entlaufene Nigger siehst, holst du dir Hilfe und schnappst sie, und du kannst damit etwas Geld verdienen."

„Auf Wiedersehen, Sir," sagte ich; „Ich werde keine entlaufenen Nigger an mir vorbeikommen lassen, wenn ich es verhindern kann."

Sie gingen los, und ich ging an Bord des Floßes, fühlte mich schlecht und niedergeschlagen, weil ich sehr wohl wusste, dass ich Unrecht getan hatte, und ich sehe, dass es keinen Sinn hat, wenn ich versuche, zu lernen, das Richtige zu tun; ein Körper, der nicht richtig anfängt, wenn er klein ist, hat keine Show - wenn die Not kommt, gibt es nichts, was ihn stützt und ihn bei seiner Arbeit hält. Und so wird er geschlagen. Dann dachte ich einen Augenblick nach und sagte mir: Halt; Angenommen, du hättest alles richtig gemacht und Jim aufgegeben, würdest du dich besser fühlen als das, was du jetzt tust? Nein, sage ich, ich würde mich schlecht fühlen - ich würde mich genauso fühlen wie jetzt. Nun, sage ich, was nützt es, wenn du lernst, das Rechte zu tun, wenn es mühsam ist, das Rechte zu tun, und es keine Mühe macht, etwas Falsches zu tun, und der Lohn genau derselbe ist? Ich steckte fest. Das konnte ich nicht beantworten. Also dachte ich, ich würde mich nicht mehr darum kümmern, aber danach immer das tun, was mir gerade am besten passt.

Ich ging in den Wigwam; Jim warnt davor. Ich sah mich um; Er warnt nirgendwo. Ich sage:

„Jim!"

„Hier bin ich, Huck. Ist du außer Sichtweite? Sprich nicht laut."

Er befand sich im Fluss unter dem Heckruder, nur mit der Nase ausgestreckt. Ich sagte ihm, dass sie außer Sichtweite seien, also komm er an Bord. Er sagt:

„Ich habe mir das ganze Gerede angehört, und ich schlüpfte in den Fluß und mußte mich schieben, wenn du an Bord kommst. Den ich wollte nach de raf' agin schwimmen, als dey fort war. Aber Gesetz, wie hast du sie zum Narren gehalten, Huck! Dat *war* de smartes' Ausweichmanöver! Ich sage dir, Chile, ich habe es gerettet, der alte Jim - der alte Jim wird dir das nicht verzeihen, Schatz."

Dann sprachen wir über das Geld. Es war eine ziemlich gute Gehaltserhöhung - zwanzig Dollar pro Stück. Jim sagte, wir könnten jetzt auf einem Dampfschiff an Deck fahren, und das Geld würde uns so weit reichen, wie wir in den freien Staaten fahren wollten. Er sagte, zwanzig Meilen mehr seien nicht mehr weit, bis das Floß abfahre, aber er wünschte, wir wären schon da.

Gegen Tagesanbruch machten wir fest, und Jim war sehr darauf bedacht, das Floß gut zu verstecken. Dann arbeitete er den ganzen Tag daran, Dinge in Bündeln zu reparieren und sich darauf vorzubereiten, mit dem Rafting aufzuhören.

In dieser Nacht gegen zehn Uhr sahen wir in einer Linkskurve die Lichter einer Stadt.

Ich fuhr mit dem Kanu los, um mich danach zu erkundigen. Bald fand ich einen Mann draußen auf dem Fluß mit einem Boot, der eine Trableine setzte. Ich stellte mich auf und sagte:

„Herr, ist das die Stadt Kairo?"

„Kairo? Nein. Du mußt ein tadelnder Narr sein."

„Was ist das für eine Stadt, Mister?"

„Wenn du es wissen willst, geh und finde es heraus. Wenn du eine halbe Minute länger hier bleibst und dich um mich herum herumquälst, bekommst du etwas, das du nicht willst."

Ich paddelte zum Floß. Jim war furchtbar enttäuscht, aber ich sagte, das macht nichts, Kairo wäre der nächste Ort, dachte ich.

Wir passierten eine andere Stadt vor Tagesanbruch, und ich wollte wieder hinausgehen; aber es war eine Anhöhe, also ging ich nicht. Keine Hochburg in Bezug auf Kairo, sagte Jim. Ich hatte es vergessen. Wir legten uns für den Tag auf einen erträglichen Schleppkopf nahe dem linken Ufer. Ich fing an, etwas zu vermuten. Jim tat es auch. Ich sage:

„Vielleicht sind wir in dieser Nacht im Nebel an Kairo vorbeigefahren."

Er sagt:

„Sprich doch, Huck. Po'-Nigger können kein Glück haben. Ich habe das Klapperschlangenfell gesehen, das nicht mit seinem Werk getan ist."

„Ich wünschte, ich hätte diese Schlangenhaut nie gesehen, Jim - ich wünschte, ich hätte sie nie gesehen."

„Es ist nicht deine Schuld, Huck; Du wusstest es nicht. Gebt euch nicht selbst die Schuld daran."

Wenn es hell war, war hier das klare Wasser von Ohio an der Küste, und draußen war der alte reguläre Muddy! Also war es vorbei mit Kairo.

Wir haben alles besprochen. Es würde nicht gut sein, ans Ufer zu gehen; Mit dem Floß konnten wir natürlich nicht den Bach hinauffahren. Es gibt keinen anderen Weg, als auf die Dunkelheit zu warten, dann wieder ins Kanu zu steigen und das Risiko einzugehen. So schliefen wir den ganzen Tag im Pappeldickicht, um frisch für die Arbeit zu sein, und als wir gegen Abend zum Floß zurückkehrten, war das Canoe verschwunden!

Wir haben eine ganze Weile kein Wort miteinander gesprochen. Es gibt nichts zu sagen. Wir wußten beide wohl, daß es noch ein Werk der Klapperschlangenhaut war; Was nützte es also, darüber zu sprechen? Es würde nur so aussehen, als ob wir Fehler machten, und das würde uns noch mehr Unglück bringen - und es auch so lange bringen, bis wir genug wußten, um still zu bleiben.

Nach und nach sprachen wir darüber, was wir besser tun sollten, und fanden keinen anderen Weg, als einfach mit dem Floß hinunter zu fahren, bis wir Gelegenheit hatten, ein Kanu zu kaufen, in das wir wieder hineinfahren konnten. Wir warnen davor, es uns auszuleihen, wenn niemand in der Nähe ist, wie es Papa tun würde, denn das könnte die Leute hinter uns herhetzen.

Also fuhren wir nach Einbruch der Dunkelheit auf dem Floß hinaus.

Jeder, der noch nicht glaubt, dass es eine Torheit ist, mit einer Schlangenhaut zu hantieren, nach all dem, was diese Schlangenhaut für uns getan hat, wird es jetzt glauben, wenn er weiterliest und sieht, was sie noch für uns getan hat.

Der Ort, an dem man Kanus kaufen kann, befindet sich abseits von Flößen, die am Ufer liegen. Aber wir sahen keine Flöße, die anlegten; So fuhren wir drei Stunden und mehr mit. Nun, die Nacht wurde grau und dicker, was dem Nebel am nächsten kommt. Man kann die Form des Flusses nicht erkennen, und man kann keine Entfernung sehen. Es ist schon sehr spät und still, und dann kommt ein Dampfschiff den Fluss hinauf. Wir zündeten die Laterne an und gingen davon aus, dass sie es sehen würde. Flussaufwärts kamen die Boote nicht in unsere Nähe; Sie gehen hinaus und folgen den Balken und jagen unter den Riffen nach leichtem Wasser; Aber in solchen Nächten treiben sie sich den Kanal hinauf gegen den ganzen Fluss.

Wir konnten sie stampfen hören, aber wir sahen sie nicht gut, bis sie in der Nähe war. Sie zielte genau auf uns ab. Oft tun sie das und versuchen zu sehen, wie nahe sie kommen können, ohne sich zu berühren; Manchmal beißt das Steuerrad einen Schwung ab, und dann streckt der Pilot den Kopf heraus, lacht und hält sich für mächtig schlau. Nun, da kommt sie, und wir sagten, sie würde versuchen, uns zu rasieren; Aber sie schien sich kein bisschen zu verschließen. Sie war groß, und sie kam auch in Eile, sie sah aus wie eine schwarze Wolke, die von Glühwürmchen umgeben war; Aber plötzlich wölbte sie sich heraus, groß und furchteinflößend, mit einer langen Reihe weit geöffneter Ofentüren, die wie glühende Zähne glänzten, und ihren monströsen Bögen und Wachen, die direkt über uns hingen. Da ertönte ein Schrei und ein Klingeln von

Glocken, um die Motoren zum Stillstand zu bringen, ein Gejohle von Fluchen und Pfeifen von Dampf – und als Jim auf der einen Seite und ich auf der anderen Seite über Bord ging, kam sie gerade durch das Floß geknallt.

Ich tauchte ab – und ich versuchte auch, den Grund zu finden, denn ein dreißig Fuß langes Rad musste über mich hinweggehen, und ich wollte, daß es viel Platz hatte. Ich könnte immer eine Minute unter Wasser bleiben; dieses Mal blieb ich wohl weniger als anderthalb Minuten. Dann hüpfte ich in Eile nach oben, denn ich wäre fast geplatzt. Ich sprang bis zu meinen Achseln, pustete mir das Wasser aus der Nase und schnaufte ein bisschen. Natürlich gab es eine dröhnende Strömung; Und natürlich startete das Boot seine Motoren zehn Sekunden, nachdem es sie angehalten hatte, wieder, denn sie kümmerten sich nicht viel um Flößer; und so tobte sie nun den Fluß hinauf, außer Sichtweite bei dem dichten Wetter, obwohl ich sie hören konnte.

Ich habe etwa ein Dutzend Mal für Jim gesungen, aber ich bekam keine Antwort; also griff ich nach einem Planke, das mich berührte, während ich „auf der Stelle trat," und schlug auf das Ufer zu und schob es vor mir her. Aber ich sah, daß die Strömung nach dem linken Ufer ging, was bedeutete, daß ich mich in einer Kreuzung befand; Also wechselte ich ab und ging in diese Richtung.

Es war eine dieser langen, schrägen, zwei Meilen langen Kreuzungen; also war es eine gute Zeit, bis ich darüber hinweggekommen bin. Ich landete sicher und kletterte die Böschung hinauf. Ich konnte nur ein wenig sehen, aber ich stocherte eine Viertelmeile oder mehr über unebenen Boden und stieß dann auf ein großes, altmodisches Doppelblockhaus, ehe ich es bemerkte. Ich wollte vorbeieilen und entkommen, aber viele Hunde sprangen heraus und heulten und bellten mich an, und ich wusste besser, als noch einen Pflock zu bewegen.

KAPITEL XVII.

Nach etwa einer Minute sprach jemand aus dem Fenster, ohne den Kopf herauszustrecken, und sagte:

„Seid fertig, Jungens! Wer ist da?"

Ich sage:

„Ich bin's."

„Wer bin ich?"

„George Jackson, Sir."

„Was willst du?"

„Ich will nichts, Sir. Ich will nur mitgehen, aber die Hunde lassen mich nicht."

„Wozu streifst du hier um diese Nachtzeit herum – he?"

„Ich warne Sie davor, herumzustreifen, Sir, ich bin vom Dampfschiff über Bord gefallen."

„Oh, das hast du, nicht wahr? Zünden Sie dort ein Licht an, jemand. Wie haben Sie gesagt, wie Sie heißen?"

„George Jackson, Sir. Ich bin nur ein Junge."

„Sieh her, wenn du die Wahrheit sagst, brauchst du keine Angst zu haben – niemand wird dir etwas zuleide tun. Aber versuchen Sie nicht, sich zu bewegen; Stehen Sie genau dort, wo Sie sind. Weckt Bob und Tom, einige von euch, und holt die Gewehre. George Jackson, ist jemand bei Ihnen?"

„Nein, Sir, niemand."

Ich hörte jetzt die Leute im Haus herumwirbeln und sah ein Licht. Der Mann sang:

„Schnapp dir das Licht, Betsy, du alter Narr - hast du nicht Verstand? Lege es auf den Boden hinter der Haustür. Bob, wenn du und Tom bereit seid, so nehmt eure Plätze ein."

„Alles bereit."

„Nun, George Jackson, kennen Sie die Shepherdsons?"

„Nein, Sir; Ich habe noch nie von ihnen gehört."

„Nun, das mag so sein, vielleicht aber auch nicht. Jetzt ist alles bereit. Tritt vor, George Jackson. Und denken Sie daran, beeilen Sie sich nicht, kommen Sie sehr langsam. Wenn jemand bei dir ist, so laß ihn sich zurückhalten, wenn er sich zeigt, wird er erschossen. Kommen Sie jetzt vorbei. Komm langsam; Stoßen Sie die Tür selbst auf - gerade genug, um sich hinein zu zwängen, hören Sie?"

Ich beeilte mich nicht; Ich könnte es nicht, wenn ich gewollt hätte. Ich machte einen langsamen Schritt nach dem anderen, und da war kein Geräusch, nur ich glaubte, mein Herz hören zu können. Die Hunde waren genauso still wie die Menschen, aber sie folgten mir ein wenig. Als ich an den drei Blockhaustüren ankam, hörte ich, wie sie sich auf- und entriegelten und entriegelten. Ich legte meine Hand auf die Tür und drückte sie ein wenig und noch ein wenig, bis jemand sagte: "Da, das ist genug - steck deinen Kopf hinein." Ich habe es getan, aber ich habe geurteilt, dass sie es abnehmen würden.

Die Kerze stand auf dem Fußboden, und da saßen sie alle und sahen mich an, und ich sie, etwa eine Viertelminute lang: Drei große Männer mit Gewehren, die auf mich gerichtet waren, was mich zusammenzucken ließ, sage ich Ihnen; die älteste, grau und etwa sechzig, die beiden andern dreißig oder älter - alle schön und hübsch - und die süßeste alte grauköpfige Dame und der Rücken ihrer beiden jungen Frauen, die ich nicht recht sehen konnte. Der alte Herr sagt:

„Da; Ich denke, es ist alles in Ordnung. Komm herein."

Sobald ich drinnen war, schloß der alte Herr die Tür ab, verriegelte sie und verriegelte sie und befahl den jungen Leuten, mit ihren Gewehren hereinzukommen, und sie gingen alle in einen großen Salon, der einen neuen Flickenteppich auf dem Fußboden hatte, und versammelten sich in einer Ecke, die außerhalb der Reichweite der vorderen Fenster lag – es gab keine Warnung an der Seite. Sie hielten die Kerze und sahen mich genau an, und alle sagten: "Nun, *er* ist kein Shepherdson – nein, es ist kein Shepherdson an ihm." Da sagte der Alte, er hoffe, es würde mir nichts ausmachen, wenn ich nach Waffen durchsucht würde, denn er habe es nicht böse gemeint, sondern nur, um sicher zu gehen. Er hebelte also nicht in meine Taschen, sondern tastete nur mit den Händen nach draußen und sagte, es sei alles in Ordnung. Er sagte mir, ich solle es mir bequem und gemütlich machen und alles von mir erzählen; Aber die alte Dame sagt:

„Ach, Gott segne dich, Saul, das arme Ding ist so naß, wie es nur sein kann; Und glaubst du nicht, daß er hungrig ist?"

„Wahr für dich, Rachel – ich habe es vergessen."

Da sagt die alte Dame:

„Betsy" (das war eine Niggerin): „du fliegst herum und holst ihm so schnell wie möglich etwas zu essen, das arme Ding; Und eines von euch Mädchen geht hin, weckt Buck und sagt ihm – oh, da ist er selbst. Buck, nimm diesen kleinen Fremden, zieh ihm die nassen Kleider aus und zieh ihm ein paar von dir an, die trocken sind."

Buck sah ungefähr so alt aus wie ich – dreizehn oder vierzehn oder so weiter, obwohl er ein wenig größer war als ich. Er hatte nichts anderes an als ein Hemd und war sehr mürrisch. Er kam mit klaffendem Klaffen herein, schlug sich die Faust in die Augen und schleppte eine Waffe mit sich herum. Er sagt:

„Sind sie nicht keine Shepherdsons in der Nähe?"

Sie sagten, nein, das war ein falscher Alarm.

„Nun," sagt er: „wenn sie ein paar hätten, hätte ich wohl einen."

Sie lachten alle, und Bob sagte:

„Nun, Buck, sie hätten uns alle skalpieren können, du bist so langsam gekommen."

„Nun, niemand ist hinter mir her, und es ist nicht recht, daß ich immer niedergehalten werde; Ich bekomme keine No-Show."

„Macht nichts, Buck, mein Junge,« sagte der alte Mann, »du wirst genug zu sehen haben, alles zur rechten Zeit, ärgere dich nicht darüber. Geh jetzt lange mit dir und tue, was deine Mutter dir gesagt hat."

Als wir die Treppe hinauf in sein Zimmer kamen, besorgte er mir ein grobes Hemd und einen Karussell und Hosen von ihm, und ich zog sie an. Während ich dabei war, fragte er mich, wie ich heiße, aber ehe ich es ihm sagen konnte, fing er an, mir von einem Blauhäher und einem jungen Kaninchen zu erzählen, die er vorgestern im Walde gefangen hatte, und er fragte mich, wo Moses war, als die Kerze erlosch. Ich sagte, ich wüßte es nicht; Ich hatte vorher noch nie davon gehört, auf keinen Fall.

„Na ja, ratet mal," sagt er.

„Wie soll ich es erraten,« sagte ich, »wo ich doch noch nie davon gehört habe?"

„Aber du kannst es dir denken, nicht wahr? Es ist genauso einfach."

„*Welche* Kerze?" Sage ich.

„Na ja, jede Kerze," sagt er.

„Ich weiß nicht, wo er war," sagte ich; „Wo war er?"

„Nun, er tappte im Dunkeln! Dort war er!"

„Nun, wenn du wüsstest, wo er ist, worum hast du mich gebeten?"

„Ach, blaß es ist ein Rätsel, siehst du nicht? Sag, wie lange wirst du hier bleiben? Du musst immer bleiben. Wir können einfach boomende Zeiten haben – sie haben jetzt keine Schule. Besitzen Sie einen Hund? Ich habe einen Hund – und er geht in den Fluss und holt Späne heraus, die du hineinwirfst. Kämmst du gerne Sonntage und all diese Dummheiten durch? Darauf kannst du wetten, dass ich es nicht tue, aber ma, sie macht mich. Verwirrt diese alten Brüste! Ich glaube, ich ziehe sie besser an, aber ich würde es nicht tun, es ist so warm. Seid ihr bereit? Alles klar. Komm mit, alter Kerl."

Kaltes Maisbrot, kaltes Maisrindfleisch, Butter und Buttermilch – das hatten sie für mich da unten, und es gibt nichts Besseres, das ich je gesehen habe. Buck und seine Mutter und alle rauchten Kolbenpfeife, mit Ausnahme der Niggerfrau, die verschwunden war, und der beiden jungen

Frauen. Sie rauchten und unterhielten sich, und ich aß und redete. Die jungen Frauen trugen Steppdecken um sich und ihre Haare bis zum Rücken. Sie stellten mir alle Fragen, und ich erzählte ihnen, wie Papa und ich und die ganze Familie auf einer kleinen Farm unten in Arkansaw lebten, und meine Schwester Mary Ann weglief und heiratete und man hörte nie wieder von ihnen, und Bill ging hin, um sie zu jagen, und er warnte, nichts mehr von ihnen zu hören. und Tom und Mort starben, und dann war niemand mehr übrig als ich und Papa, und er wurde wegen seiner Schwierigkeiten auf nichts reduziert; Als er starb, nahm ich das, was übrig blieb, weil der Hof nicht uns gehörte, und fuhr den Fluß hinauf, die Deckspassage, und fiel über Bord; und so bin ich hierher gekommen. Also sagten sie, ich könne dort ein Zuhause haben, solange ich es wollte. Dann war es fast hell und alle gingen zu Bett, und ich ging mit Buck zu Bett, und als ich am Morgen aufwachte, hatte ich vergessen, wie ich hieß. So lag ich ungefähr eine Stunde da und versuchte nachzudenken, und als Buck aufwachte, sagte ich:

„Kannst du buchstabieren, Buck?"

„Ja," sagt er.

„Ich wette, Sie können meinen Namen nicht buchstabieren," sagte ich.

„Ich wette mit Ihnen, was Sie wagen," sagte er.

„Gut," sagte ich: „nur zu."

„G-e-o-r-g-e J-a-x-o-n – da ist es jetzt," sagt er.

„Nun," sagte ich: „du hast es getan, aber ich hätte nicht geglaubt, daß du es könntest. Es ist kein schlechter Name, den man buchstabieren kann- ohne ihn sofort zu studieren."

Ich legte es nieder, privat, weil jemand vielleicht möchte , dass ich es als nächstes buchstabiere, und so wollte ich damit umgehen und es herunterrasseln, wie ich es gewohnt war.

Es war eine sehr nette Familie und auch ein sehr schönes Haus. Ich hatte vorher noch kein Haus auf dem Land gesehen, das so schön war und so viel Stil hatte. Es hatte weder einen eisernen Riegel an der Haustür noch einen hölzernen mit einer Hirschlederschnur, sondern einen Messingknopf zum Drehen, wie bei Häusern in der Stadt. Es gibt kein Bett in der Stube, noch eine Spur von einem Bett; aber in den Städten gibt es haufenweise Salons, in denen Betten stehen. Es gab einen großen Kamin, der war auf dem Boden gemauert, und die Ziegel wurden sauber und rot gehalten, indem man Wasser auf sie goß und sie mit einem anderen Ziegel schrubbte; manchmal waschen sie sie mit roter Wasserfarbe, die sie spanisch-braun nennen, wie sie es in der Stadt tun. Sie hatten große Messingeisen, die einen Sägestamm halten konnten. In der Mitte des Kaminsimses befand sich eine Uhr mit einem Bild einer Stadt auf der unteren Hälfte der Glasfront, und in der Mitte ein runder Platz für die Sonne, und man konnte das Pendel dahinter schwingen sehen. Es war schön, diese Uhr ticken zu hören; Und manchmal, wenn einer dieser Hausierer vorbeigekommen war und sie durchwühlt und in gute Form gebracht hatte, fing sie an und schlug hundertfünfzig, bevor sie ausfiel. Sie wollten kein Geld für sie nehmen.

Nun, auf jeder Seite der Uhr befand sich ein großer, fremdartiger Papagei, der aus etwas wie Kreide gemacht und bunt bemalt war. Von dem einen Papagei war eine Katze aus Geschirr und von dem andern ein Geschirrhund; Und wenn man auf sie drückte, quietschten sie, machten aber weder den Mund auf, noch sahen sie anders aus noch interessierten sie sich. Sie quietschten darunter durch. Hinter diesen Dingern waren ein paar große Ventilatoren mit wilden Truthahnflügeln verteilt. Auf dem Tisch in der Mitte des Zimmers stand eine Art schöner Geschirrkorb, in dem Äpfel und Orangen und Pfirsiche und Trauben aufgehäuft waren, der viel röter und gelber und hübscher war als die echten, aber sie warnten nicht wirklich, denn man konnte sehen, wo Stücke abgeplatzt waren und die weiße Kreide zeigten. oder was auch immer es war, darunter.

Dieser Tisch hatte einen Bezug aus schönem Wachstuch, auf den ein roter und blauer Spreizadler gemalt war, und ringsum eine bemalte Bordüre. Es käme den ganzen Weg aus Philadelphia, sagten sie. Es gab auch einige Bücher, die in jeder Ecke des Tisches ganz genau aufgestapelt waren. Eines davon war eine große Familienbibel voller Bilder. Eines davon war Pilgrim's Progress, über einen Mann, der seine Familie verlassen hat, es wurde nicht gesagt, warum. Ich lese hin und wieder viel darin. Die Aussagen waren interessant, aber hart. Ein anderes war das Opfer der

Freundschaft, voll von schönem Stoff und Poesie; aber ich habe die Gedichte nicht gelesen. Ein anderes war Henry Clays Reden und ein anderes war Dr. Gunns Familienmedizin, in dem man alles darüber erklärte, was zu tun ist, wenn ein Körper krank oder tot ist. Es gab ein Gesangbuch und viele andere Bücher. Und es gab schöne Stühle mit geteiltem Boden, die auch vollkommen in Ordnung waren – nicht in der Mitte eingesackt und zerbrochen wie ein alter Korb.

Sie hatten Bilder an den Wänden aufgehängt – hauptsächlich Washingtons und Lafayettes und Schlachten und Highland Marys und eines mit dem Titel "Unterzeichnung der Erklärung". Es gab welche, die man Buntstifte nannte, und die eine der toten Töchter selbst machte, als sie erst fünfzehn Jahre alt war. Sie unterschieden sich von allen Bildern, die ich je gesehen habe – meistens schwärzer als üblich. Die eine war eine Frau in einem schmalen schwarzen Kleid, mit einem schmalen Gürtel unter den Achseln, mit Wölbungen wie ein Kohlkopf in der Mitte der Ärmel, und einer großen schwarzen Schaufelhaube mit schwarzem Schleier und weißen, schlanken Knöcheln, die mit schwarzem Klebeband überkreuzt waren, und sehr kleinen schwarzen Pantoffeln, wie ein Meißel, und sie lehnte nachdenklich auf einem Grabstein an ihrem rechten Ellbogen. unter einer Trauerweide, und ihre andere Hand hing an der Seite herunter und hielt ein weißes Taschentuch und ein Fadenkreuz, und unter dem Bild stand zu lesen: "Werde ich dich nie mehr sehen, Ach." Eine andere war eine junge Dame, deren Haare bis zum Scheitel hochgekämmt und vor einem Kamm wie eine Stuhllehne verknotet waren, und sie weinte in ein Taschentuch und hatte in der anderen Hand einen toten Vogel auf dem Rücken liegen, mit den Fersen nach oben, und unter dem Bild stand geschrieben: „Ich werde dein süßes Zirpen nie mehr hören, ach." Es gab eine, wo eine junge Dame an einem Fenster saß und zum Mond hinaufschaute, und Tränen liefen ihr über die Wangen; Und sie hatte einen offenen Brief in der Hand, auf dessen einem Rand schwarzes Siegellack zu sehen war, und sie drückte ein Medaillon mit einer Kette daran gegen ihren Mund, und unter dem Bild stand: „Und bist du fort, ja, du bist fort, ach." Das waren alles schöne Bilder, glaube ich, aber ich schien sie irgendwie nicht zu mögen, denn wenn ich einmal ein wenig niedergeschlagen war, gaben sie mir immer die Fan-Tods. Alle bedauerten, dass sie gestorben war, denn sie hatte noch viel mehr von diesen Bildern ausgelegt, und ein Körper konnte an dem, was sie getan hatte, erkennen, was sie verloren hatten. Aber ich rechnete damit, dass sie es mit ihrem Gemüt auf dem Friedhof besser machen würde. Sie arbeitete an dem, was man als ihr größtes Bild bezeichnete, als sie krank wurde, und jeden Tag und jede Nacht betete sie, dass sie leben möge, bis sie es geschafft hätte, aber sie bekam nie die Gelegenheit dazu. Es war das Bild einer jungen Frau in einem langen weißen Kleide, die auf dem Geländer einer Brücke stand und bereit war, herunterzuspringen, das Haar über den Rücken gestreckt und zum Mond hinaufblickte, während ihr die Tränen über das Gesicht liefen, und sie hatte zwei Arme vor der Brust verschränkt und zwei Arme vor sich ausgestreckt. und zwei weitere, die zum Mond hinaufreichten, und die Idee war, zu sehen, welches Paar am besten aussehen würde, und dann alle anderen Arme auszukratzen; aber, wie ich schon sagte, sie starb, ehe sie sich entschlossen hatte, und nun hingen sie dieses Bild über das Kopfende des Bettes in ihrem Zimmer, und jedesmal, wenn ihr Geburtstag kam, hängten sie Blumen daran. Ein anderes Mal war es mit einem kleinen Vorhang versteckt. Die junge Frau auf dem Bild hatte ein nettes, süßes Gesicht, aber es waren so viele Arme, dass sie zu spinnenartig aussah, schien mir.

Dieses junge Mädchen besaß zu Lebzeiten ein Sammelalbum und pflegte Todesanzeigen, Unfälle und Fälle von geduldigem Leiden aus dem *Presbyterian Observer hinein zu kleben* und danach Gedichte aus ihrem eigenen Kopf zu schreiben. Es war sehr gute Poesie. Folgendes schrieb sie über einen Jungen namens Stephen Dowling Bots, der in einen Brunnen fiel und ertrank:

ODE AN STEPHEN DOWLING BOTS, DEC'D

Und ist der junge Stephan krank geworden, Und ist der junge Stephan gestorben? Und verdichteten sich die traurigen Herzen, Und weinten die Trauernden?

Nein, das war nicht das Schicksal des jungen Stephen Dowling Bots;

Obgleich sich die traurigen Herzen um ihn verdichteten: „Es war nicht von Krankheit" Schüsse.

Kein Keuchhusten zerrte seinen Körper, Noch Masern strotzten vor Flecken; Nicht diese beeinträchtigten den heiligen Namen von Stephen Dowling Bots.

Verachtete Liebe schlug nicht mit Weh, Dieser Kopf mit lockigen Knoten, noch Magenbeschwerden legten ihn nieder, Der junge Stephen Dowling Bots.

O nein. Dann zähle mit tränenüberströmtem Auge, Während ich sein Schicksal verkünde. Seine Seele flog aus dieser kalten Welt, indem er in einen Brunnen fiel.

Sie holten ihn heraus und entleerten ihn;   Leider war es zu spät; Sein Geist war dahin, um in den Gefilden der Guten und Großen zu spielen.

Wenn Emmeline Grangerford solche Gedichte schreiben konnte, bevor sie vierzehn war, dann ist nicht abzusehen, was sie nach und nach tun könnte. Buck sagte, sie könne Poesie herunterrasseln wie nichts. Sie musste nie innehalten, um nachzudenken. Er sagte, sie würde eine Zeile runterschlagen, und wenn sie nichts fände, worauf sie sich reimen könnte, würde sie sie einfach auskratzen und eine andere runterschlagen und weitermachen. Sie warnt vor besonderen Dingen; Sie konnte über alles schreiben, was man ihr zum Schreiben gab, nur so dass es traurig war. Jedes Mal, wenn ein Mann starb, eine Frau starb oder ein Kind starb, war sie mit ihrem „Tribut" zur Stelle, bevor ihm kalt wurde. Sie nannte sie Tribute. Die Nachbarn sagten, es sei zuerst der Arzt gewesen, dann Emmeline, dann der Bestatter – der Bestatter sei Emmeline nur einmal vorausgegangen, und dann habe sie einen Reim auf den Namen des Toten angehängt, der Whistler war. Sie warnt davor, danach nie wieder dasselbe zu sein; Sie klagte nie, aber sie schmachtete lieber vor sich hin und lebte nicht lange. Armes Ding, oft zwang ich mich, in das kleine Zimmer zu gehen, das ihr früher gehörte, ihr armes altes Sammelalbum herauszuholen und darin zu lesen, wenn ihre Bilder mich geärgert hatten und ich ein wenig sauer auf sie gewesen war. Ich mochte die ganze Familie, die Toten und alle, und ich werde nicht zulassen, dass irgendetwas zwischen uns kommt. Die arme Emmeline dichtete über alle die Toten, als sie noch lebte, und es schien nicht recht, daß niemand mehr vor ihr warnte, jetzt, wo sie fort war, etwas über sie zu machen; also habe ich versucht, selbst ein oder zwei Strophen herauszuschwitzen, aber irgendwie kam es mir nicht zustande. Sie hielten Emmelines Zimmer sauber und schön, und alle Dinge darin waren so befestigt, wie sie sie gern hatte, als sie noch lebte, und niemand schlief je darin. Die alte Dame kümmerte sich selbst um das Zimmer, obgleich es viele Nigger gab, und sie nähte dort viel und las dort meistens in der Bibel.

Nun, wie ich schon über den Salon sagte, gab es schöne Vorhänge an den Fenstern: weiß, mit Bildern von Schlössern mit Weinreben an den Wänden und Rindern, die zum Trinken herunterkamen. Es gab auch ein kleines altes Klavier, in dem Blechpfannen waren, glaube ich, und nichts war so schön, als die jungen Damen „The Last Link is Broken" singen und „Die Schlacht von Prag" darauf spielen zu hören. Die Wände aller Zimmer waren verputzt, die meisten hatten Teppiche auf den Fußböden, und das ganze Haus war von außen weiß getüncht.

Es war ein Doppelhaus, und der große offene Platz zwischen ihnen war überdacht und mit Fußböden ausgelegt, und manchmal wurde der Tisch mitten am Tag dort gedeckt, und es war ein kühler, bequemer Ort. Nichts könnte besser sein. Und warnen Sie nicht das Kochen gut, und nur Scheffel davon!

KAPITEL XVIII.

Oberst Grangerford war ein Gentleman, sehen Sie. Er war durch und durch ein Gentleman; Und so auch seine Familie. Er war von guter Geburt, wie man so schön sagt, und das ist bei einem Mann ebensoviel wert wie bei einem Pferd, so sagte die Witwe Douglas, und niemand leugnete, daß sie zur ersten Aristokratie in unserer Stadt gehörte; Und Pap hat er das auch immer gesagt, obwohl er nicht mehr Qualität als eine Schlammkatze selbst hat. Oberst Grangerford war sehr groß und sehr schlank und hatte einen dunkelbraunen Teint, von dem nirgends ein Zeichen von Rot zu sehen war; Er war jeden Morgen über sein mageres Gesicht glatt rasiert, und er hatte die dünnsten Lippen und die dünnsten Nasenlöcher und eine hohe Nase und schwere Augenbrauen und die schwärzesten Augen, die so tief nach hinten eingesunken waren, daß es schien, als säßen sie aus einer Höhle auf dich, wie du sagen magst. Seine Stirn war hoch, und sein Haar war schwarz und glatt und hing ihm bis zu den Schultern. Seine Hände waren lang und dünn, und jeden Tag seines Lebens zog er ein sauberes Hemd an und einen vollen Anzug von Kopf bis Fuß, der von Kopf bis Fuß aus Leinen war, der so weiß war, dass es einem in den Augen wehtat, wenn man ihn ansah; und sonntags trug er einen blauen Frack mit Messingknöpfen. Er trug einen Mahagonistock mit einem silbernen Kopf daran. Er ist nicht leichtsinnig, nicht im geringsten, und er warnt nie laut. Er war so freundlich, wie er nur sein konnte - das konnte man fühlen, weißt du, und so hatte man Vertrauen. Manchmal lächelte er, und es war gut zu sehen; Aber als er sich aufrichtete wie ein Freiheitspfahl, und der Blitz unter seinen Augenbrauen hervorzuflackern begann, da wollte man erst auf einen Baum klettern und nachher sehen, was los war. Er musste niemandem sagen, dass er sich um seine Manieren kümmern sollte - wo er war, waren alle immer gut erzogen. Alle liebten es auch, ihn um sich zu haben; Er war fast immer Sonnenschein - ich meine, er ließ es wie gutes

Wetter aussehen. Als er in eine Wolkenbank einbog, war es eine halbe Minute lang schrecklich dunkel, und das genügte; Eine Woche lang würde nichts mehr schief gehen.

Als er und die alte Dame am Morgen herunterkamen, erhob sich die ganze Familie von ihren Stühlen und wünschte ihnen einen guten Tag, und setzte sich nicht eher wieder hin, als bis sie sich niedergelassen hatten. Dann gingen Tom und Bob zu der Anrichte, wo die Karaffe stand, mischten ein Glas Bitter und reichten es ihm, und er hielt es in der Hand und wartete, bis Toms und Bobs gemischt waren, und dann verbeugten sie sich und sagten: "Unsere Pflicht gegen Sie, Sir und Madame," und *sie* verbeugten sich im geringsten von der Welt und sagten danke: Und so tranken sie, alle drei, und Bob und Tom gossen einen Löffel Wasser auf den Zucker und die Milbe Whisky oder Apfelbranntwein in den Boden ihrer Becher und gaben ihn mir und Buck, und wir tranken auch auf die Alten.

Bob war der Älteste, Tom der nächste - große, schöne Männer mit sehr breiten Schultern und braunen Gesichtern, langen schwarzen Haaren und schwarzen Augen. Sie kleideten sich von Kopf bis Fuß in weißes Leinen, wie der alte Herr, und trugen breite Panamahüte.

Und dann war da noch Miß Charlotte; Sie war fünfundzwanzig Jahre alt und groß und stolz und groß, aber so gut, wie sie sein konnte, wenn sie sich nicht aufregte; Aber wenn sie es war, hatte sie einen Blick, der einen verwelken ließ, wie ihr Vater. Sie war wunderschön.

So auch ihre Schwester, Fräulein Sophia, aber es war eine andere Art. Sie war sanft und süß wie eine Taube, und sie war erst zwanzig Jahre alt.

Jeder hatte seinen eigenen Nigger, der auf ihn wartete - auch Buck. Mein Nigger hatte es ungeheuer leicht, weil ich es nicht gewohnt war, dass jemand etwas für mich tat, aber Buck's war die meiste Zeit auf dem Vormarsch.

Das war alles, was es jetzt von der Familie gab, aber früher waren es mehr - drei Söhne; sie wurden getötet; und Emmeline, die starb.

Der alte Herr besaß viele Bauernhöfe und über hundert Nigger. Zuweilen kam ein Haufen Leute zu Pferde aus einem Umkreis von zehn oder fünfzehn Meilen dorthin, blieb fünf oder sechs Tage und veranstaltete solche Vergnügungen rund um und auf dem Fluß, Tanz und Picknick in den Wäldern tagsüber und Bälle in den Häusern abends. Diese Leute waren meist Verwandte der Familie. Die Männer brachten ihre Gewehre mit. Es war eine ansehnliche Menge an Qualität, sage ich Ihnen.

Es gab noch einen anderen Adelsclan in der Umgebung – fünf oder sechs Familien – die meisten mit dem Namen Shepherdson. Sie waren so hochgebildet und wohlgeboren und reich und großartig wie der Stamm der Grangerfords. Die Shepherdsons und Grangerfords benutzten dieselbe Dampferanlegestelle, die etwa zwei Meilen oberhalb unseres Hauses lag; manchmal, wenn ich mit vielen unserer Leute dort hinaufging, sah ich viele der Shepherdsons dort auf ihren schönen Pferden.

Eines Tages waren Buck und ich draußen im Wald auf der Jagd und hörten ein Pferd kommen. Wir überquerten die Straße. Buck sagt:

„Schnell! Springt in den Wald!"

Wir taten es und schauten dann durch das Laub den Wald hinunter. Bald darauf kam ein prächtiger junger Mann die Straße hinuntergaloppiert, sein Pferd locker gesetzt und wie ein Soldat aussehend. Er hatte seine Waffe über dem Knauf. Ich hatte ihn schon einmal gesehen. Es war der junge Harney Shepherdson. Ich hörte, wie Bucks Waffe an meinem Ohr losging und Harneys Hut von seinem Kopf fiel. Er schnappte sich seine Waffe und ritt geradewegs auf die Stelle zu, wo wir versteckt waren. Aber wir haben nicht gewartet. Wir starteten mit einem Lauf durch den Wald. Der Wald war nicht dicht, und so schaute ich über meine Schulter, um der Kugel auszuweichen, und zweimal sah ich, wie Harney Buck mit seinem Gewehr deckte; und dann ritt er fort, den Weg, den er gekommen war – um seinen Hut zu holen, glaube ich, aber ich konnte es nicht sehen. Wir hörten nie auf zu rennen, bis wir nach Hause kamen. Die Augen des alten Herrn flammten eine Minute lang auf – es war hauptsächlich ein Vergnügen, urteilte ich –, dann glättete sich sein Gesicht, und er sagte etwas sanft:

„Ich mag es nicht, hinter einem Busch zu schießen. Warum bist du nicht auf die Straße getreten, mein Junge?"

„Die Shepherdsons nicht, Vater. Sie nutzen immer einen Vorteil aus."

Miß Charlotte, sie hielt den Kopf wie eine Königin in die Höhe, während Buck seine Geschichte erzählte, und ihre Nasenlöcher spreizten sich, und ihre Augen schnappten zusammen. Die beiden jungen Männer sahen finster aus, sagten aber nichts. Fräulein Sophia wurde bleich, aber die Farbe kehrte zurück, als sie den Mann fand, der sich nicht verletzte.

Sobald ich Buck allein an die Kornkrippen unter den Bäumen bringen konnte, sagte ich:

„Wolltest du ihn töten, Buck?"

„Nun, ich wette, das habe ich."

„Was hat er dir angetan?"

„Er? Er hat mir nie etwas getan."

„Nun, warum wolltest du ihn dann töten?"

„Nun, nichts, nur wegen der Fehde."

„Was ist eine Fehde?"

„Warum, wo bist du aufgewachsen? Weißt du nicht, was eine Fehde ist?"

„Noch nie davon gehört - erzählen Sie mir davon."

„Nun," sagt Buck: „so ist eine Fehde. Ein Mann hat einen Streit mit einem anderen Mann und tötet ihn; dann tötet ihn der Bruder des anderen; Dann gehen die anderen Brüder auf beiden Seiten aufeinander los, dann mischen sich die *Cousins* ein - und nach und nach sind alle tot, und es gibt keine Fehde mehr. Aber es ist ziemlich langsam und dauert lange."

„Geht das schon lange so, Buck?"

„Nun, ich sollte *meinen!* Es begann vor dreißig Jahren, oder einige Mal dort. Es gab Ärger wegen irgendetwas, und dann einen Prozeß, um es zu regeln; Und der Prozeß traf einen der Männer, und so erhob er sich und erschoß den Mann, der den Prozeß gewonnen hatte - was er natürlich tun würde. Jeder würde das tun."

„Was war das Schlimme, Buck? - Land?"

„Ich denke, vielleicht - ich weiß es nicht."

„Nun, wer hat geschossen? War es ein Grangerford oder ein Shepherdson?"

„Gesetze, woher weiß *ich* das? Es ist so lange her."

„Weiß es denn niemand?"

„O ja, Papa weiß es, glaube ich, und einige von den anderen alten Leuten; Aber sie wissen jetzt nicht mehr, worum es bei dem Streit überhaupt ging."

„Sind schon viele getötet worden, Buck?"

„Jawohl; Richtige, kluge Chance auf Beerdigungen. Aber sie töten nicht immer. Pa hat ein paar Schrotkugeln in sich; Aber das macht ihm nichts aus, denn er wiegt sowieso nicht viel. Bob ist mit einem Bowie zerstückelt worden, und Tom ist ein- oder zweimal verletzt worden."

„Ist dieses Jahr jemand getötet worden, Buck?"

„Jawohl; Wir haben einen bekommen und sie haben einen bekommen. Vor drei Monaten ritt mein Vetter Bud, vierzehn Jahre alt, durch den Wald auf der anderen Seite des Flusses und hatte keine Waffe bei sich, was eine tadellose Dummheit war, und an einem einsamen Ort hörte er ein Pferd hinter sich herkommen und sah den alten Baldy Shepherdson mit seinem Gewehr in der Hand und seinem weißen Haar, das im Winde flatterte, hinter ihm herlaufen; und anstatt abzuspringen und sich in das Gebüsch zu begeben, glaubte Bud, ihm davonlaufen zu können; So hatten sie es, knabbern und stecken, fünf Meilen oder mehr, und der alte Mann gewann immer mehr; Endlich sah Bud, daß es nichts nützte, also blieb er stehen und drehte sich um, um die Einschusslöcher vor sich zu haben, und den alten Mann ritt er heran und schoss ihn nieder. Aber er ließ sich nicht viel Gelegenheit ausdenken, sich seines Glückes zu erfreuen, denn innerhalb einer Woche legten ihn unsere Leute hin."

„Ich glaube, der alte Mann war ein Feigling, Buck."

„Ich glaube, er *ist kein* Feigling. Nicht durch einen Anblick von Schuldzuweisungen. Es gibt keinen Feigling unter ihnen, Shepherdsons - nicht einen. Und auch unter den Grangerfords gibt es keine Feiglinge. Nun, dieser alte Mann hielt eines Tages sein Ende in einem Kampf gegen drei Grangerfords eine halbe Stunde lang aufrecht und ging als Sieger hervor. Sie saßen alle zu Pferde; Er stieg vom Pferd, stieg hinter einen kleinen Holzstoß und hielt sein Pferd vor sich, um die Kugeln aufzuhalten; aber die Grangerfords blieben auf ihren Pferden sitzen und umgingen den alten Mann und pfefferten auf ihn ein, und er schoss auf sie ein. Er und sein Pferd gingen beide ziemlich undicht und verkrüppelt nach Hause, aber die Grangerfords mußten nach Hause geholt werden - und einer von ihnen war tot, und ein anderer starb am nächsten Tage. Nein, Sir; wenn jemand auf der Jagd nach Feiglingen ist, so will er sich unter diesen Hirtensöhnen nicht herumtreiben, denn so etwas züchtet man nicht."

Am nächsten Sonntag gingen wir alle in die Kirche, etwa drei Meilen entfernt, jeder zu Pferde. Die Männer nahmen ihre Gewehre mit, ebenso Buck, und hielten sie zwischen den Knien oder stellten sie griffbereit an die Wand. Die Shepherdsons taten dasselbe. Es war eine hübsche Gelehrsamkeit - alles über die Nächstenliebe und dergleichen Müdigkeit; aber alle sagten, es sei eine gute Predigt, und sie sprachen alle darüber, als sie nach Hause gingen, und hatten so viel über Glauben und gute Werke und freie Gnade und Vorherbestimmung zu sagen, und ich weiß nicht, was alles, dass es mir schien, als wäre es einer der rauhsten Sonntage gewesen, die ich je erlebt hatte.

Etwa eine Stunde nach dem Abendessen dösten alle herum, einige auf ihren Stühlen und andere in ihren Zimmern, und es wurde ziemlich langweilig. Buck und ein Hund lagen in der Sonne auf dem Gras und schliefen tief und fest. Ich ging in unser Zimmer und dachte, ich würde selbst ein Nickerchen machen. Ich fand das süße Fräulein Sophie in ihrer Tür stehen, die neben der unsrigen lag, und sie führte mich in ihr Zimmer, schloß die Tür ganz leise und fragte mich, ob sie mir gefalle, und ich bejahte; und sie fragte mich, ob ich etwas für sie tun und es niemandem erzählen würde, und ich sagte, ich würde es tun. Dann sagte sie, sie hätte ihr Testament vergessen und es auf dem Stuhl in der Kirche zwischen zwei anderen Büchern liegen lassen, und ob ich ruhig hinausschlüpfen und hingehen und es ihr holen würde, und niemandem nichts sagen würde. Ich sagte, ich würde es tun. Also schlüpfte ich hinaus und schlüpfte die Straße hinauf, und dort war niemand in der Kirche, außer vielleicht ein oder zwei Schweine, denn es gibt kein Schloß an der Tür, und Schweine mögen im Sommer einen Lochboden, weil es kühl ist. Wie Sie bemerken, gehen die meisten Leute nicht nur dann in die Kirche, wenn sie müssen; Aber ein Schwein ist anders.

Sage ich zu mir selbst, irgendetwas ist nicht in Ordnung, es ist nicht natürlich, daß ein Mädchen wegen eines Testaments so in Schweiß gerät. Also schüttle ich es, und heraus fällt ein kleines Blatt Papier, auf dem mit *einem Bleistift ‚Halb zwei'* geschrieben steht. Ich habe es durchwühlt, konnte aber nichts anderes finden. Ich konnte mir nichts daraus machen, also steckte ich das Papier wieder in das Buch, und als ich nach Hause kam und die Treppe hinaufkam, stand Fräulein Sophie vor der Tür und wartete auf mich. Sie zog mich hinein und schloß die Tür; dann sah sie im Testament nach, bis sie das Papier fand, und sobald sie es las, sah sie froh aus; und ehe sich ein Einzelner besinnen konnte, packte sie mich, drückte mich und sagte, ich sei der beste Junge von der Welt und solle es niemandem sagen. Einen Augenblick lang war sie mächtig rot im Gesicht, und ihre Augen leuchteten auf, und das machte sie mächtig hübsch. Ich war sehr erstaunt, aber als ich wieder zu Atem kam, fragte ich sie, worum es in der Zeitung ginge, und sie fragte mich, ob ich sie gelesen hätte, und ich verneinte, und sie fragte mich, ob ich Schrift lesen könne, und ich antwortete ihr: „nein, nur grobe Hand," und dann sagte sie, die Zeitung warne nichts als ein Lesezeichen, um ihren Platz zu behalten. und ich könnte jetzt hingehen und spielen.

Ich ging hinunter zum Fluss, studierte über dieses Ding, und ziemlich bald bemerkte ich, dass mein Nigger hinter mir herlief. Als wir außer Sichtweite des Hauses waren, schaute er etwa eine Sekunde zurück, dann kam er angerannt und sagte:

„Mars Jawge, wenn du in den Sumpf hinunterkommst, zeige ich dir einen ganzen Stapel Wassermokassins."

Denke ich, das ist sehr merkwürdig; Das hat er gestern gesagt. Er müsste wissen, dass ein Körper Wassermokassins nicht genug liebt, um sie zu jagen. Was hat er überhaupt vor? Also sage ich:

„In Ordnung; Trab voraus."

Ich folgte eine halbe Meile; Dann schlug er über den Sumpf hinaus und watete knöcheltief bis zu einer weiteren halben Meile. Wir kommen zu einem kleinen flachen Stück Land, das trocken und sehr dicht mit Bäumen, Büschen und Weinreben bewachsen war, und er sagt:

„Du schiebst ein paar Schritte nach rechts, Mars Jawge; Dah's whah dey ist. I's Same 'bin befo'; Ich habe keine Lust, sie zu sehen."

Dann schlenderte er gleich weiter und ging fort, und bald verbargen ihn die Bäume. Ich stieß in die Gegend hinein und kam zu einem kleinen offenen Fleck, so groß wie ein Schlafzimmer, das ganz mit Weinreben bewachsen war, und fand einen Mann dort schlafend liegen – und es war mein alter Jim!

Ich weckte ihn auf und dachte, es würde eine große Überraschung für ihn sein, mich wiederzusehen, aber es war eine Warnung nicht. Er hätte fast geweint, so froh war er, aber er war nicht überrascht. Er sagte, er sei in dieser Nacht hinter mir hergeschwommen und habe mich jedesmal schreien hören, aber nicht geantwortet, weil er nicht wollte, dass ihn niemand aufhebt und wieder in die Sklaverei bringt. Sagt er:

„Ich habe mich ein wenig verletzt und konnte nicht schwimmen, also war ich ein beträchtlicher Weg hinter dir nach de las'; Als du gelandet bist, dachte ich, ich könnte dich auf dem Lan festhalten, wenn ich dich anschreien müßte, aber wenn ich das Haus sehe, fange ich an, langsam zu werden. Ich habe zu viel Fell, um zu hören, was du zu dir sagst – ich war ein Hundefan; aber als es ganz ruhig wurde, wußte ich, daß Sie im Hause sind, und so machte ich mich auf den Weg nach den Wäldern, um auf den Tag zu warten. Früh in der Früh kommen einige Nigger vorbei, gwyne zu den Feldern, und sie haben mir den Ort gezeigt, wo die Hunde mich nicht wegen des Wassers verfolgen können, und sie bringen mir jeden Abend einen Lastwagen zum Essen, und erzählen mir, wie es dir ergangen ist."

„Warum hast du meinem Jack nicht gesagt, er soll mich früher hierher holen, Jim?"

„Nun, es hat keinen Zweck, dich zu verärgern, Huck, sag mir, wir könnten Sumfn machen – aber jetzt ist alles in Ordnung. Ich habe Töpfe und Pfannen und Vittles gekauft, als ich einen Chanst bekommen habe, und ich habe die Nächte zusammengeflickt, in denen ..."

„*Was für ein* Floß, Jim?"

„Unser alter Raf."

„Du willst damit sagen, daß unser altes Floß nicht ganz zertrümmert ist?"

„Nein, sie hat davor gewarnt. Sie war ziemlich zerrissen - einer von ihr war es; Aber du warnst, es sei kein großer Schaden angerichtet, denn unsere Fallen waren alle verloren. Hätten wir nicht so tief getaucht und wären so tief unter Wasser geschwommen, und die Nacht wäre so dunkel gewesen, und wir hätten uns nicht so sk'yerd gewarnt, und wir hätten uns nicht so getraut, wie man so schön sagt, wir hätten einen Samen von Raf gehabt. Aber es ist auch so, wie wir es nicht getan haben, denn jetzt ist sie so gut wie neu in Ordnung, und wir haben eine Menge neuer Sachen, an der Stelle, was sie verloren hat."

„Nun, wie bist du wieder an das Floß herangekommen, Jim - hast du es gefangen?"

„Wie ich sie in den Wäldern kecken kann? Nein; Und irgend ein Nigger hat sie auf einem Haken in de Ben versteckt, und sie hat sie in einem Sumpf versteckt, und sie war so sehr verdammt, daß sie sich nach dem Sumpf sehnt, und ich komme bald zu ihm, also beseitige ich den Ärger, indem ich ihr sage, daß sie nicht lange zu nichts kommt, sondern dir und mir; Und wenn du die Besitztümer eines jungen weißen Mannes ergreifen willst, und wenn du dich dafür versteckst? Den ich gin 'm ten cents pro Stück, en dey 'uz mächtig gut zufrieden, en wisht some mo' raf's 'ud come come en make 'm rich agin. Dey ist mächtig gut zu mir, dese Nigger ist, und was immer ich für mich tun will, ich muss es zweimal tun, Schatz. Dat Jack ist ein guter Nigger, verdammt klug."

„Ja, das ist er. Er hat mir nie gesagt, dass du hier bist; Er sagte mir, ich solle kommen, und er würde mir eine Menge Wassermokassins zeigen. Wenn irgendetwas passiert, *ist er* nicht darin verwickelt. Er kann sagen, dass er uns nie zusammen gesehen hat, und das wird die Wahrheit sein."

Über den nächsten Tag möchte ich nicht viel reden. Ich denke, ich werde es ziemlich kurz machen. Ich erwachte gegen Morgen und wollte mich umdrehen und wieder einschlafen, als ich bemerkte, wie still es war - es schien sich niemand zu rühren. Das ist nicht üblich. Als nächstes bemerkte ich, dass Buck auf und weg war. Nun, ich stehe auf, wundere mich, und gehe die Treppe hinunter - niemand in der Nähe; Alles mucksmäuschenstill. Draußen ist es genauso. Denke ich, was bedeutet das? Unten bei dem Holzstoß stoße ich auf meinen Jack und sagt:

„Was hat es damit auf sich?"

Sagt er:

„Weißt du es nicht, Mars Jawge?"

„Nein," sagte ich: „das tue ich nicht."

„Nun, Höhle, Miß Sophia ist davongelaufen!" Tat, die sie hat. Sie ist in der Nacht davongelaufen - niemand weiß nicht, wann; Ich bin weggelaufen, um den jungen Harney Shepherdson zu heiraten, weißt du - wenigstens, also dey 'spec. De fambly hat es vor einer halben Stunde herausgefunden - vielleicht vor einem kleinen Mo' - und ich *sage* dir, du warnst nicht, dass du keine Zeit verlierst. „Sich wieder beeilt sich mit Waffen und Hosen, *die man* nie sieht! Die Frauen haben sich auf den Weg gemacht, um die Beziehungen aufzurütteln, und der alte Mars Saul und die Jungs stecken die Gewehre ein und sind die Flussstraße hinaufgeritten, um zu versuchen, den jungen Mann zu töten und ihn zu töten, weil er mit Miss Sophia verwandt ist. Ich glaube, es werden sehr harte Zeiten sein."

„Buck ist fortgegangen und hat mich geweckt."

„Nun, ich glaube, er *hat es getan!* Du warnst dich nicht, dich darin zu verwickeln. Mars Buck, er lud sein Gewehr, und er ist gwyne, um einen Shepherdson nach Hause zu holen oder zu büsten. Nun, es wird genug sein, glaube ich, und du wettest mit dir, er wird einen holen, wenn er einen Chanst bekommt."

Ich nahm die Flussstraße so hart wie möglich in Angriff. Nach und nach höre ich Waffen in einiger Entfernung. Als ich das Holzlager und den Holzstapel erblickte, wo die Dampfschiffe anlegen, arbeitete ich unter den Bäumen und im Gestrüpp dahin, bis ich an einen guten Platz kam, und dann kletterte ich in die Gabeln einer Pappel, die unerreichbar war, und sah zu. Ein Stück vor dem Baum stand ein vier Fuß hoher Wald, und ich wollte mich zuerst dahinter verstecken; aber vielleicht war es ein glücklicheres Erlebnis, dass ich es nicht tat.

Vier oder fünf Männer tummelten sich auf ihren Pferden auf dem freien Platz vor dem Holzlager, fluchten und schrien und versuchten, ein paar junge Burschen zu erreichen, die hinter dem Holzbalken neben der Dampferanlegestelle standen; Aber sie konnten nicht kommen. Jedes Mal, wenn sich einer von ihnen auf der Flussseite des Holzstapels zeigte, wurde er beschossen. Die beiden Jungen hockten Rücken an Rücken hinter dem Haufen, so dass sie in beide Richtungen schauen konnten.

Nach und nach hörten die Männer auf, herumzutollen und zu schreien. Sie ritten in Richtung des Ladens; Dann steigt einer der Knaben auf, zieht eine feste Perle über den Holzbalken und läßt einen von ihnen aus dem Sattel fallen. Alle Männer sprangen von ihren Pferden, packten den Verletzten und begannen, ihn zum Laden zu tragen; Und in diesem Augenblick machten sich die beiden Knaben auf den Weg. Sie erreichten die Hälfte des Weges zu dem Baum, in dem ich saß, bevor die Männer es bemerkten. Da sahen die Männer sie, sprangen auf ihre Pferde und zogen hinter ihnen her. Sie gewannen gegen die Jungs, aber es half nichts, die Jungs hatten einen zu guten Start; Sie erreichten den Holzstapel, der vor meinem Baum stand, und schlüpften dahinter hinein, und so hatten sie die Beule wieder auf den Männern. Einer der Knaben war Buck, der andere war ein schlanker junger Bursche von etwa neunzehn Jahren.

Die Männer rannten eine Weile herum und ritten dann davon. Sobald sie außer Sichtweite waren, sang ich Buck zu und erzählte es ihm. Er wusste zuerst nicht, was er von meiner Stimme halten sollte, die aus dem Baum kam. Er war furchtbar überrascht. Er sagte mir, ich solle mich in Acht nehmen und ihm Bescheid geben, wenn die Männer wieder in Sicht kämen; Sie sagten, sie hätten irgendeinen Teufel im Schilde geführt – würden nicht lange fort sein. Ich wünschte, ich wäre aus diesem Baum heraus, aber ich kam nicht herunter. Buck fing an zu weinen und zu reißen und meinte, er und sein Vetter Joe (das war der andere junge Bursche) würden diesen Tag noch nachholen. Er sagte, sein Vater und seine beiden Brüder seien getötet worden, und zwei oder drei des Feindes. Sagten, die Hirtensöhne legten sich für sie in einen Hinterhalt. Buck sagte, sein Vater und seine Brüder sollten auf ihre Verwandten warten – die Shepherdsons seien zu stark für sie. Ich fragte ihn, was aus dem jungen Harney und Miß

Sophia geworden sei. Er sagte, sie hätten den Fluss überquert und seien in Sicherheit. Ich war froh darüber; aber die Art und Weise, wie Buck sich geschlagen hat, weil er es an dem Tag, an dem er auf ihn schoss, nicht geschafft hat, Harney zu töten – so etwas habe ich noch nie gehört.

Plötzlich, zack, zack, knall, knall, drei oder vier Gewehre – die Männer hatten sich durch den Wald geschlichen und kamen von hinten ohne ihre Pferde herein! Die Knaben sprangen auf den Fluß zu – beide waren verletzt –, und als sie die Strömung hinunterschwammen, rannten die Männer am Ufer entlang, schossen auf sie und riefen: »Tötet sie, tötet sie!« Es hat mich so krank gemacht, dass ich fast vom Baum gefallen wäre. Ich werde nicht *alles erzählen*, was geschehen ist – es würde mich wieder krank machen, wenn ich das täte. Ich wünschte, ich wäre in dieser Nacht nie an Land gekommen, um solche Dinge zu sehen. Ich werde mich nie von ihnen abwenden – viele Male träume ich von ihnen.

Ich blieb im Baum, bis es dunkel wurde, aus Angst, herunterzukommen. Manchmal hörte ich in den Wäldern Gewehre; und zweimal sah ich kleine Banden von Männern mit Gewehren an dem Holzlager vorbeigaloppieren; also glaubte ich, daß der Ärger noch im Gange war. Ich war mächtig niedergeschlagen; also beschloß ich, nie wieder in die Nähe dieses Hauses zu gehen, weil ich glaubte, daß ich irgendwie schuld war. Ich vermutete, daß dieser Zettel bedeutete, daß Miß Sophia um halb zwei Uhr mit Harney zusammentreffen und davonlaufen sollte; und ich dachte mir, ich müsste ihrem Vater von dieser Zeitung und ihrer merkwürdigen Art erzählen, und dann würde er sie vielleicht einsperren, und dieses schreckliche Chaos würde nie passieren.

Als ich aus dem Baume herunterkam, kroch ich ein Stück das Flussufer hinunter und fand die beiden Leichen am Rande des Wassers liegen, und zerrte an ihnen, bis ich sie an Land brachte; dann bedeckte ich ihre Gesichter und entfernte mich, so schnell ich konnte. Ich weinte ein wenig, als ich Bucks Gesicht bedeckte, denn er war sehr gut zu mir.

Es war jetzt einfach dunkel. Ich kam nie in die Nähe des Hauses, sondern schlug durch den Wald und machte mich auf den Weg in den Sumpf. Jim warnte vor seiner Insel, und so trabte ich in Eile fort, um die Kricke zu holen, und drängte mich durch die Weiden, glühend heiß, um an Bord zu springen und aus diesem schrecklichen Land herauszukommen. Das Floß war weg! Meine Seelen, aber ich hatte Angst! Ich konnte fast eine Minute lang nicht zu Atem kommen. Dann erhob ich einen Schrei. Eine Stimme, die keine fünfundzwanzig Fuß von mir entfernt ist, sagt:

„Guter Freund! Bist du das, Schatz? Mach keinen Lärm."

Es war Jims Stimme - nichts zuvor hatte sich so gut angehört. Ich rannte ein Stück am Ufer entlang und stieg ein, und Jim packte mich und umarmte mich, er war so froh, mich zu sehen. Er sagt:

„Gesetze segnen dich, Chile, ich bin mir ganz sicher, daß du tot bist. Jack war heah; Er sagt, er glaube, du bist erschossen worden, und du bist nicht nach Hause gekommen. also bin ich auf dem besten Weg, den Raf hinunter in Richtung des Mouf er de Crick zu machen, also muss ich bereit sein, herauszuschieben und zu gehen, sobald Jack kommt und mir mit Sicherheit sagt, daß du tot bist. Lawsy, ich bin sehr froh, dich wieder zu holen, Schatz."

Ich sage:

„Gut, das ist sehr gut; Sie werden mich nicht finden, und sie werden denken, ich sei getötet worden und den Fluß hinunter getrieben - da oben ist etwas, das ihnen helfen wird, das zu glauben - also verliere keine Zeit, Jim, sondern schiebe dich so schnell wie möglich auf das große Wasser zu."

Ich fühlte mich nie leicht, bis das Floß zwei Meilen unter mir und mitten auf dem Mississippi war. Dann hängten wir unsere Signallaterne an den Nagel und meinten, wir seien wieder frei und sicher. Ich hatte seit gestern keinen Bissen mehr gegessen, also holte Jim ein paar Maisdodgers und Buttermilch und Schweinefleisch und Kohl und Gemüse heraus - es gibt nichts auf der Welt, das so gut ist, wenn es richtig gekocht ist -, und während ich mein Abendessen aß, unterhielten wir uns und hatten eine gute Zeit. Ich war sehr froh, den Fehden entkommen zu sein, und Jim war es auch, dem Sumpf zu entkommen. Wir sagten, es gibt doch kein Zuhause wie ein Floß. Andere Orte scheinen so eng und erstickend zu sein, aber ein Floß tut das nicht. Man fühlt sich mächtig frei und leicht und wohl auf einem Floß.

KAPITEL XIX.

Zwei oder drei Tage und Nächte vergingen; Ich glaube, ich könnte sagen, sie schwammen vorbei, sie glitten so ruhig und sanft und lieblich dahin. Hier ist die Art und Weise, wie wir die Zeit investieren. Es war ein ungeheurer großer Fluß dort unten - manchmal anderthalb Meilen breit; wir laufen nachts und legen uns tagsüber hin und verstecken uns; Sobald die Nacht vorüber war, hörten wir auf zu navigieren und machten fest - fast immer im toten Wasser unter einem Schleppkopf; dann schnitt er junge Pappeln und Weiden ab und versteckte das Floß mit ihnen. Dann legen wir die Linien fest. Dann glitten wir in den Fluß und badeten, um uns zu erfrischen und abzukühlen; Dann setzten wir uns auf den sandigen Boden, wo das Wasser etwa knietief war, und sahen das Tageslicht kommen. Nirgends ein Geräusch zu hören - vollkommen still -, als ob die ganze Welt schliefe, nur zuweilen die Ochsenfrösche, die vielleicht klirrten. Das erste, was man sah, als man über das Wasser hinausschaute, war eine Art dumpfer Linie - das war der Wald auf der anderen Seite; Man konnte nichts anderes erkennen; dann ein bleicher Ort am Himmel; dann breitete sich noch mehr Blässe aus; dann wurde der Fluß weicher und warnte nicht mehr schwarz, sondern grau; man konnte kleine dunkle Flecken sehen, die in der Ferne herumtrieben - Handelsschiffe und dergleichen; und lange schwarze Streifen - Flöße; Manchmal hörte man einen Schwung quietschen; oder durcheinandergewürfelte Stimmen, es war so still, und Geräusche kamen so weit; Und nach und nach konnte man einen Streifen auf dem Wasser sehen, von dem man am Aussehen des Streifens erkannte, dass dort ein Haken in einer schnellen Strömung ist, der sich daran bricht und diesen Streifen so aussehen lässt; Und du siehst, wie sich der Nebel vom Wasser aufkräuselt, und der Osten rötet sich und der Fluß, und du siehst eine Blockhütte am Rande des Waldes, weit unten am Ufer auf der anderen Seite des Flusses, wahrscheinlich ein Holzplatz, und von diesen

Betrügern aufgetürmt, damit du überall einen Hund hindurchwerfen kannst; dann erhebt sich die schöne Brise und fächelt dir von drüben Luft zu, so kühl und frisch und süß zu riechen wegen des Waldes und der Blumen; Aber manchmal nicht so, weil sie tote Fische herumliegen gelassen haben, Gars und dergleichen, und sie bekommen einen ziemlich hohen Rang; Und dann hast du den vollen Tag, und alles lächelt in der Sonne, und die Singvögel machen einfach los!

Ein bisschen Rauch war jetzt nicht zu bemerken, also nahmen wir ein paar Fische von den Leinen und kochten ein warmes Frühstück. Und danach beobachteten wir die Einsamkeit des Flusses und machten uns irgendwie träge und schliefen nach und nach ein. Wachen Sie nach und nach auf und sehen Sie, was es getan hat, und sehen Sie vielleicht ein Dampfschiff stromaufwärts husten, so weit weg nach der anderen Seite, daß Sie nichts von ihm sagen können, nur ob es ein Heckrad oder ein Seitenrad war; Dann gab es etwa eine Stunde lang nichts zu hören und nichts zu sehen – nur feste Einsamkeit. Als nächstes sah man ein Floß vorbeigleiten, weit weg von dort, und vielleicht einen Galoot darauf, der hackte, weil sie es fast immer auf einem Floß tun; du würdest sehen, wie die Axt aufblitzt und herunterkommt – du hörst nichts; Du siehst, wie die Axt wieder nach oben geht, und wenn sie über dem Kopf des Mannes ist, hörst du den *K'chunk!*- Es hatte die ganze Zeit gedauert, bis er über das Wasser gekommen war. Also verbrachten wir den Tag, faulenzten herum und lauschten der Stille. Einmal gab es einen dichten Nebel, und die Flöße und die Dinge, die vorbeifuhren, schlugen gegen Blechpfannen, damit die Dampfschiffe sie nicht überführen. Ein Scow oder ein Floß fuhr so nahe vorbei, daß wir sie reden und fluchen und lachen hören konnten – hörten sie deutlich; aber wir konnten keine Spur von ihnen sehen; man fühlte sich kriechend; Es war, als ob Geister diesen Weg in der Luft weitergingen. Jim sagte, er glaube, es seien Geister gewesen; aber ich sage:

„Nein; Geister würden nicht sagen: ‚Dern den Nebel.'"

Sobald es Nacht war, schoben wir; Als wir sie ungefähr bis zur Mitte herausgebracht hatten, ließen wir sie in Ruhe und ließen sie treiben, wohin die Strömung es wollte; dann zündeten wir die Pfeifen an, ließen die Beine im Wasser baumeln und sprachen über allerlei Mögliches – wir waren immer nackt, Tag und Nacht, wenn die Mücken es zuließen - die neuen Kleider, die Bucks Leute für mich machten, waren zu schön, um bequem zu sein, und außerdem nahm ich nicht viel Kleidung, nein.

Manchmal hatten wir den ganzen Fluss für die längste Zeit ganz für uns alleine. Dort waren die Ufer und die Inseln, jenseits des Wassers; und vielleicht ein Funke - der eine Kerze in einem Kajütenfenster war; und manchmal konnte man auf dem Wasser ein oder zwei Funken sehen - auf einem Floß oder einer Scow, wissen Sie; Und vielleicht hörten Sie eine Geige oder ein Lied von einem der Bastelarbeiten. Es ist schön, auf einem Floß zu leben. Wir hatten den Himmel dort oben, ganz mit Sternen gesprenkelt, und wir lagen auf dem Rücken, schauten zu ihnen auf und diskutierten darüber, ob sie gemacht wurden oder gerade erst passiert sind. Jim gab zu, dass sie gemacht wurden, aber ich ließ zu, dass sie passierten; Ich dachte, es hätte zu lange gedauert, *so viele zu machen*. Jim sagte, der Mond könnte sie *legen*; nun, das sah irgendwie vernünftig aus, also sagte ich nichts dagegen, denn ich habe einen Frosch gesehen, der fast ebenso viele gelegt hat, also könnte es natürlich gemacht werden. Früher beobachteten wir auch die Sterne, die fielen, und sahen, wie sie nach unten strichen. Jim gab zu, dass sie verwöhnt worden waren, und wurde aus dem Nest gejagt.

Ein- oder zweimal in der Nacht sahen wir ein Dampfschiff in der Dunkelheit dahingleiten, und dann und wann stieß es eine ganze Welt von Funken aus seinen Schornsteinen auf, und sie regneten in den Fluß und sahen schrecklich hübsch aus; Dann bog sie um eine Ecke, und ihre Lichter blinkten, und ihr Powwow schaltete sich aus und ließ den Fluss wieder still; Und nach und nach erreichten uns ihre Wellen, lange Zeit, nachdem sie fort war, und rüttelten ein wenig an dem Floß, und danach hörte man nichts mehr, man konnte nicht sagen, wie lange, außer vielleicht Fröschen oder so etwas.

Nach Mitternacht gingen die Leute am Ufer zu Bett, und dann war das Ufer zwei oder drei Stunden lang schwarz - keine Funken mehr in den Kajütenfenstern. Diese Funken waren unsere Uhr - die erste, die wieder zeigte, bedeutete, dass der Morgen kommen würde, also suchten wir uns sofort einen Ort, an dem wir uns verstecken und festmachen konnten.

Eines Morgens bei Tagesanbruch fand ich ein Kanu und setzte über eine Rinne zum Hauptufer hinüber - es waren nur zweihundert Meter - und paddelte etwa eine Meile einen Hügel hinauf zwischen den Zypressenwäldern, um zu sehen, ob ich nicht ein paar Beeren bekommen könnte. Gerade als ich an einer Stelle vorbeikam, an der eine Art Kuhpfad die Kricke überquerte, kamen ein paar Männer, die den Weg so fest aufrissen, wie sie ihn nur treten konnten. Ich dachte, ich sei tot, denn wann immer jemand hinter jemandem her war, *verurteilte ich mich* - oder vielleicht Jim. Ich war im Begriff, mich in aller Eile von dort aus auszugraben, aber sie waren mir ziemlich nahe und sangen und flehten mich an, ihr Leben zu retten - sagten, sie hätten nicht nichts getan und würden dafür gejagt - sagten, es kämen Männer und Hunde. Sie wollten gleich einsteigen, aber ich sage:

„Tu es nicht. Ich höre die Hunde und Pferde noch nicht; Sie haben Zeit, sich durch das Gebüsch zu drängen und ein wenig den Knick hinaufzusteigen; Dann gehst du aufs Wasser, watest zu mir hinunter und steigst hinein - das bringt die Hunde von der Fährte."

Sie taten es, und sobald sie an Bord waren, zündete ich nach unserem Schleppkopf aus, und nach etwa fünf oder zehn Minuten hörten wir die Hunde und die Leute schreien. Wir hörten, wie sie auf die Kricke zukamen, konnten sie aber nicht sehen; Sie schienen eine Weile innezuhalten und herumzualbern; Dann, als wir uns immer weiter entfernten, konnten wir sie kaum hören; Als wir eine Meile Wald hinter uns gelassen hatten und auf den Fluß stießen, war alles ruhig, und wir paddelten zum Schleppkopf hinüber, versteckten uns in den Pappelwäldern und waren in Sicherheit.

Einer dieser Burschen war etwa siebzig Jahre oder älter und hatte einen kahlen Kopf und einen sehr grauen Backenbart. Er hatte einen alten, abgenutzten Schlapphut auf, ein schmieriges blaues Wollhemd und zerlumpte alte blaue Jeanshosen, die er in seine Stiefelspitzen stopfte, und selbstgestrickte Gallushosen - nein, er besaß nur eine. Er trug einen alten, langschwänzigen blauen Jeansrock mit glatten Messingknöpfen, die er über den Arm geworfen hatte, und beide hatten große, fette, klapprig aussehende Teppichtaschen.

Der andere Bursche war etwa dreißig Jahre alt und ungefähr wie ein Lump gekleidet. Nach dem Frühstück legten wir uns alle hin und unterhielten uns, und das erste, was herauskam, war, dass diese Kerle sich nicht kannten.

„Was hat dich in Schwierigkeiten gebracht?" fragt der Glatzkopf den andern Burschen.

Nun, ich hatte einen Artikel verkauft, um den Zahnstein von den Zähnen zu entfernen – und er entfernt ihn auch, und mit ihm den Zahnschmelz –, aber ich blieb etwa eine Nacht länger, als ich sollte, und war eben im Begriff, herauszurutschen, als ich Ihnen auf dem Pfad diesseits der Stadt begegnete. Und du hast mir gesagt, daß sie kommen würden, und mich angefleht, dir beim Aussteigen zu helfen. Also sagte ich dir, ich erwarte selbst Ärger und würde *mich mit* dir zerstreuen. Das ist das ganze Garn – was ist dein?

„Nun, ich hatte eine Woche lang eine kleine Wiederbelebung der Mäßigkeit erlebt und war das Haustier der großen und kleinen Frauen, denn ich machte es mächtig warm für die Rummies, *sage* ich Ihnen, und nahm bis zu fünf oder sechs Dollar pro Nacht – zehn Cents pro Kopf, Kinder und Nigger frei – und das Geschäft wuchs die ganze Zeit. als sich gestern abend irgendwie ein kleiner Bericht herumsprach, daß ich eine Möglichkeit hätte, meine Zeit mit einem privaten Krug heimlich zu verbringen. Ein Nigger hat mich heute morgen herausgejagt und mir gesagt, die Leute würden mit ihren Hunden und Pferden still dahingereilen, und sie würden bald kommen und mir eine halbe Stunde Vorsprung geben und mich dann niederrennen, wenn sie könnten; Und wenn sie mich erwischten, würden sie mich teeren und federn und auf einer Schiene fahren, sicher. Ich habe nicht auf kein Frühstück gewartet – ich warne vor Hunger."

„Alter," sagte der Junge: „ich glaube, wir könnten es zusammen tun; Was meinst du?"

„Ich bin nicht ungesinnt. Was ist Ihre Linie – hauptsächlich?"

„Jour-Drucker von Beruf; Tun Sie ein wenig in Patentmedikamenten; Theaterschauspieler – Tragödie, wissen Sie; Wenden Sie sich dem

Mesmerismus und der Phrenologie zu, wenn sich die Gelegenheit bietet; zur Abwechslung Gesang-Geographie-Schule unterrichten; Manchmal schleudere ich eine Vorlesung – oh, ich mache viele Dinge – fast alles, was mir nützlich ist, also funktioniert es nicht. Was ist dein Lay?"

„Ich habe in meiner Zeit auf die Art und Weise der Doktorarbeit beträchtliche Leistungen erbracht. Auf die Hände zu legen ist mein bestes Heilmittel – für Krebs und Lähmung und so weiter; und ich kann ein ziemlich gutes Schicksal erzählen, wenn ich jemanden dabei habe, der mir die Tatsachen auskundigt. Predigen ist auch mein Ding, und ich arbeite in Lagern und missioniere herum."

Niemand hat eine Zeit lang nie etwas gesagt; Da seufzt der junge Mann und sagt:

„Ach!"

„Was willst du da?" fragt der Glatzkopf.

„Zu denken, daß ich gelebt hätte, um ein solches Leben zu führen, und in eine solche Gesellschaft herabgewürdigt worden wäre." Und er fing an, sich mit einem Lappen den Augenwinkel abzuwischen.

„Pflegen Sie Ihre Haut, ist die Gesellschaft nicht gut genug für Sie?" sagt der Glatzkopf ziemlich keck und munter.

„Ja, es *ist* gut genug für mich; es ist so gut, wie ich es verdiene; denn wer hat mich so tief geholt, als ich so hoch war? *Ich* habe es selbst gemacht. Ich mache Ihnen keinen Vorwurf, meine Herren – weit gefehlt; Ich gebe niemandem die Schuld. Ich verdiene alles. Laß die kalte Welt ihr Schlimmstes tun; Eines weiß ich: Irgendwo gibt es ein Grab für mich. Die Welt kann weitergehen, wie sie immer getan hat, und mir alles nehmen – geliebte Menschen, Eigentum, alles; Aber das kann es nicht ertragen. Eines Tages werde ich mich darin hinlegen und alles vergessen, und mein armes, gebrochenes Herz wird zur Ruhe kommen." Er fuhr fort, sich zu wischen.

„Träufeln Sie Ihr porengebrochenes Herz," sagt der kahle Kopf; „Was schmiegst du uns mit deinem porengebrochenen Herzen entgegen? *Wir* haben nichts getan."

„Nein, ich weiß, dass du es nicht getan hast. Ich mache Ihnen keine Vorwürfe, meine Herren. Ich habe mich selbst runtergezogen – ja, ich habe es selbst getan. Es ist recht, daß ich leide - vollkommen richtig - ich mache kein Jammern."

„Hast du von der Werft heruntergebracht? Von wo bist du herabgeholt worden?"

„Ach, du würdest mir nicht glauben; Die Welt glaubt nie - laß sie vorübergehen - es ist gleichgültig. Das Geheimnis meiner Geburt ..."

„Das Geheimnis deiner Geburt! Wollen Sie damit sagen ..."

„Meine Herren,« sagt der junge Mann sehr feierlich, »ich werde es Ihnen offenbaren, denn ich fühle, daß ich Vertrauen zu Ihnen haben kann. Von Rechts wegen bin ich ein Herzog!"

Jims Augen traten auf, als er das hörte. und ich glaube, meine tat es auch. Da sagt der Glatzkopf: „Nein! Du kannst es nicht ernst meinen?"

„Ja. Mein Urgroßvater, der älteste Sohn des Herzogs von Bridgewater, floh gegen Ende des vorigen Jahrhunderts in dieses Land, um die reine Luft der Freiheit zu atmen; Er heiratete hier und starb und hinterließ einen Sohn, wobei sein eigener Vater etwa zur gleichen Zeit starb. Der zweite Sohn des verstorbenen Herzogs beschlagnahmte die Titel und Ländereien - der junge echte Herzog wurde ignoriert. Ich bin der direkte Nachkomme dieses Kindes - ich bin der rechtmäßige Herzog von Bridgewater; und hier bin ich, verlassen, von meinem hohen Stand gerissen, von Menschen gejagt, von der kalten Welt verachtet, zerlumpt, erschöpft, mit gebrochenem Herzen und zur Gesellschaft von Verbrechern auf einem Floß herabgewürdigt!"

Jim bemitleidete ihn sehr, und ich auch. Wir versuchten, ihn zu trösten, aber er sagte, es nütze nicht viel, er könne nicht viel trösten; Er sagte, wenn wir ihn anerkennen wollten, so würde ihm das mehr nützen als alles andere; Also sagten wir, dass wir es tun würden, wenn er uns sagen würde, wie. Er sagte, wir müßten uns verbeugen, wenn wir mit ihm sprachen, und „Euer Gnaden" oder „Mylord" oder „Euer Lordschaft" sagen, und er hätte nichts dagegen, wenn wir ihn schlicht »Bridgewater« nannten, was, wie er sagte, ohnehin ein Titel und kein Name sei; Und einer von uns sollte ihm beim Essen dienen und jede Kleinigkeit für ihn tun, die er tun wollte.

Nun, das war alles einfach, also haben wir es gemacht. Während des ganzen Essens stand Jim herum und wartete auf ihn und sagte: „Willst du, Grace, etwas O' Dis oder etwas O' Dat haben?" und so weiter, und ein Körper konnte sehen, daß es ihm sehr gefiel.

Aber der alte Mann wurde nach und nach ganz still, hatte nicht viel zu sagen und sah nicht ganz behaglich aus bei all den Streicheleinheiten, die um den Herzog herum vor sich gingen. Er schien etwas auf dem Herzen zu haben. Und so sagt er am Nachmittag:

„Schau mal, Bilgewasser," sagt er: „du tust mir leid, aber du bist nicht der einzige Mensch, der solche Probleme hatte."

„Nein?"

„Nein, das bist du nicht. Du bist nicht die einzige Person, die sich zu Unrecht aus einem hohen Ort hinabgeschlängelt hat."

„Ach!"

„Nein, du bist nicht der einzige Mensch, der ein Geheimnis seiner Geburt hat." Und mit Klingeln *fängt er* an zu weinen.

„Halt! Wie meinst du das?"

„Bilgewasser, Sippen, ich vertraue dir?", sagt der alte Mann, immer noch ein bisschen schluchzend.

„Bis zum bitteren Tod!" Er nahm den Alten bei der Hand, drückte sie und sagte: "Dieses Geheimnis deines Wesens: sprich!"

„Bilgewasser, ich bin der verstorbene Dauphin!"

Wetten, dass du, Jim und ich uns dieses Mal angestarrt haben. Da sagt der Herzog:

„Bist du was?"

„Ja, mein Freund, es ist nur zu wahr – deine Augen blicken in diesem Augenblick auf die verschwundene Pore Dauphin, Looy der Siebzehnte, Sohn von Looy dem Sechzehnten und Heirat mit Antonette."

„Du! In Ihrem Alter! Nein! Du meinst, du bist der verstorbene Karl der Große; Du musst mindestens sechs- oder siebenhundert Jahre alt sein."

„Unglück hat es getan, Bilgewasser, Unglück hat es getan; Der Ärger hat diese grauen Haare und diese vorzeitige Kahlheit hervorgebracht. Ja, meine

Herren, Sie sehen vor sich, in blauen Jeans und Elend, den umherirrenden, verbannten, zertretenen und leidenden rechtmäßigen König von Frankreich."

Nun, er weinte und nahm an, so daß Jim und ich nicht wußten, was wir tun sollten, es tat uns so leid – und wir waren so froh und stolz, daß wir ihn auch bei uns hatten. Wir machten uns also daran, wie wir es früher mit dem Herzog getan hatten, und versuchten, ihn zu trösten. Aber er sagte, es nütze nichts, nichts als tot zu sein und alles zu erledigen, könne ihm etwas Gutes tun; obgleich er sagte, es mache ihm oft leichter und besser, wenn man ihn nach seinen Rechten behandle und auf die Knie ginge, um mit ihm zu sprechen, und ihn immer »Eure Majestät« nannte und bei den Mahlzeiten zuerst auf ihn wartete und sich nicht eher in seine Gegenwart setzte, als bis er sie fragte. Jim und ich machten uns also daran, ihn zu majestätisch zu machen, dies und jenes und jenes für ihn zu tun und aufzustehen, bis er uns sagte, wir könnten uns auf den Weg machen. Das tat ihm sehr gut, und so wurde er heiter und behaglich. Aber der Herzog war irgendwie sauer auf ihn und schien mit der Art und Weise, wie die Dinge liefen, kein bisschen zufrieden zu sein; Trotzdem benahm sich der König sehr freundlich gegen ihn und sagte, der Urgroßvater des Herzogs und alle andern Herzöge von Bilgewasser würden von *seinem* Vater sehr geschätzt und dürften ansehnlich in den Palast kommen; aber der Herzog blieb eine ganze Weile schnaubend, bis der König nach und nach sagte:

„Wie nicht, wir sind schon lange zusammen gewesen, weil wir die Schuld auf diesem Floß hatten, Bilgewater, und was nützt es also, wenn du sauer bist? Es wird die Dinge nur unbequem machen. Es ist nicht meine Schuld, ich warne davor, als Herzog geboren zu werden, es ist nicht deine Schuld, dass du nicht als König geboren wirst – was nützt es also, sich Sorgen zu machen? Mach die besten Dinge so, wie du sie findest, sage ich – das ist mein Motto. Das ist nichts Schlechtes, was wir hier gefunden haben – viel Futter und ein leichtes Leben – komm, gib uns deine Hand, Herzog, und wir werden alle Freunde."

Der Herzog tat es, und Jim und ich waren ziemlich froh, es zu sehen. Es nahm uns alle Unbequemlichkeit, und wir fühlten uns sehr gut dabei, denn es wäre ein elendes Geschäft gewesen, irgend eine Unfreundlichkeit auf dem Floß zu haben; Denn was du auf einem Floß vor allem willst, ist, dass alle zufrieden sind und sich gegen die anderen recht und freundlich fühlen.

Es dauerte nicht lange, bis ich zu dem Schluss kam, dass diese Lügner weder Könige noch Herzöge waren, sondern nur niederträchtige Humbugs und Betrüger. Aber ich habe nie nichts gesagt, nie etwas angedeutet; behielt es für mich; Es ist der beste Weg; Dann habt ihr keinen Streit mehr und geratet nicht in Schwierigkeiten. Wenn sie wollten, daß wir sie Könige und Herzöge nannten, so hatte ich nichts dagegen, solange es den Frieden in der Familie bewahrte; und es hat keinen Zweck, es Jim zu sagen, also habe ich es ihm nicht gesagt. Wenn ich auch nie etwas anderes aus dem Brei gelernt habe, so habe ich doch gelernt, dass der beste Weg, mit seiner Art von Leuten auszukommen, darin besteht, sie ihren eigenen Willen gehen zu lassen.

KAPITEL XX.

Sie stellten uns eine beträchtliche Anzahl von Fragen; Ich wollte wissen, wozu wir das Floß auf diese Weise zugedeckt und tagsüber liegen geblieben sind, anstatt zu rennen – war Jim ein entlaufener Nigger? Sage Ich:

„Um Gottes willen, würde ein entlaufener Nigger *nach Süden laufen?*"

Nein, sie ließen zu, dass er es nicht tun würde. Ich musste die Dinge irgendwie erklären, also sage ich:

„Meine Leute lebten in Pike County in Missouri, wo ich geboren wurde, und sie starben alle, außer mir, meinem Vater und meinem Bruder Ike. Pa, er dachte sich, er würde sich trennen und hinunter gehen und bei Onkel Ben leben, der ein kleines Einspännerhaus am Fluß hat, vierundvierzig Meilen unterhalb von Orleans. Pa war ziemlich arm und hatte einige Schulden; Als er also dort zusammengekommen war, war nichts übrig geblieben als sechzehn Dollar und unser Nigger Jim. Das war nicht genug, um uns vierzehnhundert Meilen weit zu bringen, Deckspassage oder keinen anderen Weg. Nun, als der Fluss anstieg, hatte Pa eines Tages eine Glückssträhne; Er stieß dieses Stück eines Floßes an sich; also rechneten wir damit, dass wir damit nach Orleans fahren würden. Pa's Glück hielt nicht stand; Eines Nachts fuhr ein Dampfschiff über die Ecke des Floßes, und wir gingen alle über Bord und tauchten unter das Steuerrad; Jim und ich kommen gut hinauf, aber Papa war betrunken, und Ike war erst vier Jahre alt, also kommen sie nie wieder hoch. Nun, in den nächsten ein oder zwei Tagen hatten wir beträchtliche Schwierigkeiten, denn die Leute kamen immer in Booten heraus und versuchten, Jim von mir wegzunehmen, indem sie sagten, sie glaubten, er sei ein entlaufener Nigger. Wir haben jetzt keine Tageszeiten mehr; nachts stören sie uns nicht."

Der Herzog sagt:

„Lass mich in Ruhe, um einen Weg zu finden, damit wir tagsüber laufen können, wenn wir wollen. Ich werde die Sache überdenken - ich werde einen Plan erfinden, der das Problem in Ordnung bringt. Wir lassen es für heute in Ruhe, denn wir wollen natürlich nicht bei Tageslicht an der Stadt da drüben vorbeigehen, das könnte nicht gesund sein."

Gegen Abend fing es an, sich zu verdunkeln und sah aus wie Regen; Die Hitzeblitze zuckten tief unten am Himmel herum, und die Blätter fingen an zu zittern - es würde ziemlich hässlich werden, das war leicht zu sehen. So machten sich der Herzog und der König daran, unser Wigwam zu überholen, um zu sehen, wie die Betten aussahen. Mein Bett war eine Strohzecke besser als Jims, das eine Maiszecke war; Es gibt immer Kolben in einer kleinen Zecke, und sie stechen in dich hinein und tun weh; Und wenn man sich umdreht, hören sich die trockenen Schalen an, als würde man sich in einem Haufen toter Blätter wälzen; Es macht so ein Rascheln, dass man aufwacht. Nun, der Herzog erlaubte, daß er mein Bett nehmen würde; Aber der König ließ zu, dass er es nicht tun würde. Er sagt:

„Ich hätte gedacht, der Rangunterschied würde Ihnen sagen, daß ein Kornschalenbett nicht gerade für mich zum Schlafen geeignet wäre. Euer Gnaden werden selbst das Schachtbett nehmen."

Jim und ich schwitzten wieder eine Minute, weil wir fürchteten, es würde noch mehr Ärger unter ihnen geben; So waren wir ziemlich froh, als der Herzog sagte:

„Es ist mein Schicksal, immer unter der eisernen Ferse der Unterdrückung in den Sumpf zerrieben zu werden. Das Unglück hat meinen einst hochmütigen Geist gebrochen; Ich gebe nach, ich unterwerfe; Das ist mein Schicksal. Ich bin allein auf der Welt - laß mich leiden; Ich kann es ertragen."

Wir verschwanden, sobald es schön und dunkel war. Der König befahl uns, in der Mitte des Flusses weit draußen zu stehen und kein Licht zu zeigen, bis wir weit unter der Stadt wären. Wir kamen in Sichtweite des kleinen Lichterbandes nach und nach - das war die Stadt, wissen Sie - und glitten vorbei, etwa eine halbe Meile hinaus, in Ordnung. Als wir eine dreiviertel Meile unter uns waren, hissten wir unsere Signallaterne; und gegen zehn Uhr fing es an zu regnen und zu blasen und zu donnern und zu blitzen wie alles; Da befahl uns der König, beide Wache zu halten, bis das Wetter besser würde; Dann krochen er und der Herzog in den Wigwam und kehrten für die Nacht ein. Es war meine Wache unten bis zwölf, aber ich hätte mich sowieso nicht eingewandt, wenn ich ein Bett gehabt hätte, denn einen solchen Sturm sieht man nicht jeden Tag in der Woche, bei weitem nicht. Meine Seelen, wie der Wind dahinschrie! Und alle ein oder zwei Sekunden kam ein Schein, der die weißen Mützen eine halbe Meile weit erleuchtete, und man sah die Inseln durch den Regen staubig aussehen und die Bäume im Wind herumschlagen; Dann kommt ein *H-Whack!–* bum! bum-bum-bum – und der Donner grollte und brummte vor sich hin und hörte auf – und dann kam ein neuer Blitz und noch ein Sockdolager. Die Wellen spülten mich manchmal am meisten vom Floß, aber ich hatte keine Kleider an und es machte mir nichts aus. Wir hatten keine Probleme mit Hindernissen; Die Blitze ghellten und flatterten so beständig umher, daß wir sie früh genug sehen konnten, um ihren Kopf hierhin oder dorthin zu werfen und sie zu verfehlen.

Ich hatte die mittlere Wache, weißt du, aber ich war zu dieser Zeit schon ziemlich schläfrig, also sagte Jim, er würde die erste Hälfte für mich übernehmen; Er war immer sehr gut auf diese Weise, Jim war es. Ich kroch in den Wigwam, aber der König und der Herzog hatten ihre Beine ausgestreckt, so dass ich nicht kommen konnte. also legte ich mich draußen hin - der Regen machte mir nichts aus, denn es war warm, und die Wellen warnten davor, jetzt so hoch zu laufen. Gegen zwei Uhr kamen sie jedoch wieder hoch, und Jim wollte mich anrufen; aber er änderte seine Meinung, weil er glaubte, daß sie noch nicht hoch genug seien, um Schaden anzurichten; Aber darin hatte er sich getäuscht, denn schon bald kam plötzlich ein regelrechter Aufreißer und spülte mich über Bord. Am meisten brachte es Jim vor Lachen um. Er war sowieso der Nigger, der am leichtesten zu lachen war, den es je gab.

Ich nahm die Uhr, und Jim legte sich hin und schnarchte vor sich hin; und nach und nach ließ der Sturm für immer nach; und als das erste Kajütenlicht sich zeigte, zog ich ihn heraus, und wir schoben das Floß für den Tag in ein Versteck.

Der König holte nach dem Frühstück ein altes, klappriges Kartenspiel hervor, und er und der Herzog spielten eine Weile Siebener, fünf Cent pro Spiel. Dann wurden sie dessen überdrüssig und erlaubten ihnen, "einen Feldzug zu führen", wie sie es nannten. Der Herzog ging in seine Teppichtasche, holte eine Menge kleiner gedruckter Scheine hervor und las sie laut vor. In einem Gesetzentwurf hieß es: "Der berühmte Dr. Armand de Montalban aus Paris" würde an diesem und jenem Ort „Vorlesungen über die Wissenschaft der Phrenologie halten," und zwar an diesem und jenem Ort, am Blanko-Tag, für zehn Cents Eintritt, und „Charakterdiagramme für fünfundzwanzig Cents pro Stück liefern." Der Herzog sagte, das sei *er*. In einer anderen Sendung war er der „weltberühmte Shakespeare-Tragödiant, Garrick der Jüngere, aus der Drury Lane, London." In anderen Rechnungen hatte er viele andere Namen und tat andere wunderbare Dinge, wie zum Beispiel Wasser und Gold mit einer "Wünschelrute" zu finden: „Hexenzauber zu zerstreuen" und so weiter. Nach und nach sagt er:

„Aber die theatralische Muse ist der Liebling. Hast du jemals die Bretter betreten, König?"

„Nein," sagt der König.

„Du sollst also, ehe du drei Tage älter bist, die gefallene Größe," sagte der Herzog. "In der ersten guten Stadt, in die wir kommen, mieten wir eine Halle und machen den Schwertkampf in Richard III. und die Balkonszene in Romeo und Julia. Wie kommt Ihnen das vor?"

„Ich bin dabei, bis zum Hub, für alles, was sich auszahlen kann, Bilgewasser; aber sehen Sie, ich verstehe nichts vom Schauspiel und habe nie viel davon gesehen. Ich war noch zu klein, als Papa sie im Palast hatte. Glaubst du, du kannst mich lernen?"

„Leicht!"

„In Ordnung. Ich bin sowieso auf der Suche nach etwas Frischem. Wir fangen gleich an."

Der Herzog erzählte ihm alles darüber, wer Romeo und wer Julia war, und sagte, er sei es gewohnt, Romeo zu sein, also könne der König Julia sein.

„Aber wenn Julia ein so junges Mädchen ist, Herzog, dann sehen mein geschälter Kopf und mein weißer Backenbart an ihr vielleicht seltsam aus."

„Nein, mach dir keine Sorgen; Daran werden diese Country-Idioten nie denken. Außerdem, weißt du, wirst du kostümiert sein, und das macht den Unterschied in der Welt; Julia sitzt auf einem Balkon und genießt das Mondlicht, bevor sie zu Bett geht, und sie hat ihr Nachthemd und ihre gerüschte Nachtmütze an. Hier sind die Kostüme für die Rollen."

Er holte zwei oder drei Vorhang-Kattunanzüge hervor, von denen er sagte, sie seien eine böse Rüstung für Richard III. gewesen. und der andere Kerl und ein langes weißes Baumwollnachthemd und eine gerüschte Nachtmütze, die dazu passte. Der König war zufrieden; Da holte der Herzog sein Buch heraus und las die Teile in der herrlichsten Spreizadler-Weise durch, tänzelte herum und handelte zugleich, um zu zeigen, wie es zu machen war; Dann gab er das Buch dem König und sagte ihm, er solle seine Rolle auswendig lernen.

Es gab eine kleine Einspännerstadt etwa drei Meilen die Biegung hinunter, und nach dem Essen sagte der Herzog, er habe seine Idee ausgearbeitet, wie man bei Tageslicht laufen könne, ohne dass es für Jim gefährlich werde; Also erlaubte er ihm, in die Stadt zu gehen und das Ding zu reparieren. Der König erlaubte ihm, auch zu gehen und zu sehen, ob er nicht etwas treffen könnte. Wir hatten keinen Kaffee mehr, also sagte Jim, ich solle besser mit ihnen ins Kanu steigen und mir welchen holen.

Als wir dort ankamen, rührte sich niemand; die Straßen leer und vollkommen tot und still, wie der Sonntag. Wir fanden einen kranken Nigger, der sich in einem Hinterhof sonnte, und er sagte, jeder, der nicht zu jung oder zu krank oder zu alt sei, sei zum Lagertreffen gegangen, etwa zwei Meilen weiter hinten im Wald. Der König bekam die Anweisungen und erlaubte ihm, zu gehen und das Lagertreffen zu leiten, was das Zeug hielt, und ich durfte auch gehen.

Der Herzog sagte, er wolle eine Druckerei. Wir haben es gefunden; Ein bisschen besorgniserregend, oben über einer Schreinerei – Tischler und Drucker waren alle zu der Versammlung gegangen, und keine Türen waren verschlossen. Es war ein schmutziger, vermüllter Ort, und an den Wänden waren Tintenflecken und Flugblätter mit Bildern von Pferden und entlaufenen Niggern zu sehen. Der Herzog entledigte sich seines Rockes und sagte, es sei alles in Ordnung. So machten ich und der König uns auf den Weg zum Lagertreffen.

Wir kamen in etwa einer halben Stunde ziemlich triefend dort an, denn es war ein schrecklich heißer Tag. Es waren bis zu tausend Menschen aus einem Umkreis von zwanzig Meilen da. Der Wald war voll von Gespannen und Wagen, die überall angespannt waren, aus den Wagentrögen fraßen und stampften, um die Fliegen fernzuhalten. Es gab Schuppen aus Pfählen, die mit Ästen überdacht waren, wo sie Limonade und Lebkuchen zu verkaufen hatten, und Haufen von Wassermelonen und grünem Korn und dergleichen.

Die Predigt fand unter denselben Schuppen statt, nur dass sie größer waren und Menschenmengen fassten. Die Bänke wurden aus äußeren Baumstämmen gebaut, mit Löchern in der runden Seite, in die Stöcke für die Beine eingeschlagen werden konnten. Sie hatten keinen Rücken. Die Prediger hatten hohe Plattformen, auf denen sie an einem Ende der Schuppen stehen konnten. Die Frauen hatten Sonnenhauben auf; und einige trugen Leinen-Wollkleider, einige karierte und einige der Jungen trugen Kattun. Ein Teil der jungen Männer war barfuß, und einige der Kinder hatten keine Kleider an, sondern nur ein Leinenhemd. Einige der alten Frauen strickten, und einige der jungen Leute machten heimlich den Hof.

Der erste Schuppen, zu dem wir kamen, war, dass der Prediger ein Lied aufstellte. Er schrieb zwei Zeilen, jeder sang sie, und es war irgendwie großartig, sie zu hören, es waren so viele davon und sie machten es auf eine so mitreißende Art und Weise; dann stellte er zwei weitere auf, damit sie singen sollten – und so weiter. Das Volk erwachte mehr und mehr und sang immer lauter; Und gegen Ende fingen einige an zu stöhnen, und einige fingen an zu schreien. Da fing der Prediger an zu predigen, und zwar ernsthaft; Und er ging hin, schlängelte sich erst zu der einen, dann zur andern Seite der Plattform, dann beugte er sich über die Vorderseite des Bahnsteigs, wobei er die Arme und den ganzen Körper bewegte und seine Worte mit aller Kraft herausschrie; Und ab und zu hielt er seine Bibel hoch, breitete sie auf und reichte sie hin und her und schrie: „Das ist die dreiste Schlange in der Wüste! Sieh es an und lebe!" Und die Leute riefen: Ruhm! - A-a-Männer!Und so ging er weiter, und das Volk stöhnte und weinte und sprach Amen:

„Ach, komm zur Trauerbank! Komm, schwarz vor Sünde! (*Amen!*) Komm, krank und wund! (*Amen!*) Komm, lahm und stehen geblieben und blind! (*Amen!*) Komm, Poren und Bedürftige, in Scham versunken! (*A-a-Männer!*Kommt, ihr alle, die abgenutzt und beschmutzt sind und leiden! - Kommt mit zerbrochenem Geist! Kommen Sie mit zerknirschtem Herzen! Komm in deinen Lumpen und Sünde und Dreck! Das Wasser, das reinigt, ist frei, die Pforte des Himmels steht offen - oh, tretet ein und seid ruhig!"(*A-A-Men! Ruhm, Ruhm Halleluja!*)

Und so weiter. Man konnte nicht mehr verstehen, was der Prediger sagte, wegen des Geschreis und Weinens. Überall in der Menge erhoben sich die Leute und arbeiteten sich mit aller Kraft bis zur Trauerbank vor, wobei ihnen die Tränen über die Gesichter liefen; Und als alle Trauernden in einer Menge auf die vorderen Bänke gestiegen waren, sangen und schrien sie und warfen sich auf das Stroh, einfach verrückt und wild.

Nun, das erste, was ich hörte, setzte sich der König in Bewegung, und man konnte ihn über alle hören; Und dann stürmte er auf die Tribüne, und der Prediger flehte ihn an, zu den Leuten zu sprechen, und er tat es. Er erzählte ihnen, er sei ein Pirat - er sei seit dreißig Jahren ein Pirat draußen im Indischen Ozean - und seine Mannschaft sei im letzten Frühjahr durch ein Gefecht beträchtlich ausgedünnt worden, und er sei jetzt zu Hause, um ein paar frische Leute auszuschalten, und Gott sei es sei getan, daß er letzte Nacht ausgeraubt und ohne einen Cent von einem Dampfschiff an Land gesetzt worden sei. Und er war froh darüber; Es war das Seligste, was ihm je widerfahren war, denn er war jetzt ein veränderter Mensch und zum ersten Mal in seinem Leben glücklich; und so arm er auch war, er wollte sich sofort auf den Weg zurück zum Indischen Ozean machen und den Rest seines Lebens damit verbringen, die Piraten auf den wahren Weg zu bringen; denn er konnte es besser als irgend ein anderer, da er alle Piratenmannschaften auf diesem Ozean kannte; Und wenn er auch lange brauchte, um ohne Geld dorthin zu gelangen, so kam er doch dorthin, und jedesmal, wenn er einen Piraten überzeugte, sagte er zu ihm: „Danke mir nicht, gib mir nicht keinen Kredit; es gehört alles ihnen, liebe Leute in der Lagerversammlung von Pokeville, natürliche Brüder und Wohltäter der Rasse, und dem lieben Prediger dort, dem treuesten Freund, den je ein Pirat hatte!"

Und dann brach er in Tränen aus, und das taten alle auch. Dann singt jemand: „Nimm eine Sammlung für ihn auf, nimm eine Sammlung auf!" Nun, ein halbes Dutzend machte einen Sprung, um es zu tun, aber jemand singt: „Lass *ihn* den Hut herumreichen!" Dann sagten es alle, der Prediger auch.

Da ging der König mit seinem Hut durch die ganze Menge, wischte sich die Augen ab und segnete das Volk, lobte es und dankte ihm, daß es so gut zu den armen Piraten da draußen war; Und von Zeit zu Zeit erhoben sich die hübschesten Mädchen, denen die Tränen über die Wangen liefen, und fragten ihn, ob er sich von ihnen küssen lassen wolle, um seiner zu gedenken; Und er tat es immer; und einige von ihnen umarmte und küßte er fünf- oder sechsmal – und er wurde eingeladen, eine Woche zu bleiben; Und alle wollten, dass er in ihren Häusern wohnte, und sagten, sie würden es für eine Ehre halten; aber er sagte, da dies der letzte Tag des Lagertreffens sei, könne er nichts Gutes tun, und außerdem sei er in Schweiß, sofort an den Indischen Ozean zu gelangen und sich an die Arbeit gegen die Piraten zu machen.

Als wir zum Floß zurückkehrten und er kam, um zu zählen, stellte er fest, dass er siebenundachtzig Dollar und fünfundsiebzig Cent gesammelt hatte. Und dann hatte er auch noch einen Krug Whisky von drei Gallonen mitgenommen, den er unter einem Wagen gefunden hatte, als er durch den Wald nach Hause ging. Der König sagte: „Nimm es alles herum, es lag über jedem Tag, den er jemals in die Missionarslinie gesteckt hätte." Er sagte, es nütze nichts, zu reden, Heiden seien keine Lumpen neben Piraten, mit denen man ein Lagertreffen machen könne.

Der Herzog dachte, *er hätte es* ganz gut gemacht, bis der König kam, aber danach dachte er nicht mehr so viel. Er hatte in der Druckerei zwei kleine Aufträge für Farmer eingerichtet und ausgedruckt – Pferderechnungen – und nahm das Geld, vier Dollar. Und er hatte

Anzeigen im Wert von zehn Dollar für die Zeitung bekommen, die er, wie er sagte, für vier Dollar aufgeben würde, wenn sie im voraus zahlen würden - und so haben sie es getan. Der Preis der Zeitung betrug zwei Dollar jährlich, aber er nahm drei Abonnements für einen halben Dollar pro Stück an, unter der Bedingung, daß sie ihm im voraus bezahlten; Sie wollten wie üblich mit Schnurholz und Zwiebeln bezahlen, aber er sagte, er habe das Unternehmen gerade gekauft und den Preis so niedrig gedrückt, wie er es sich leisten könne, und würde es gegen Bargeld betreiben. Er entwarf ein kleines Gedicht, das er selbst aus seinem eigenen Kopf machte - drei Verse - irgendwie süß und traurig - der Name lautete: »Ja, zerquetschte, kalte Welt, dieses brechende Herz« -, und er ließ alles fertig und bereit, es in der Zeitung zu drucken, und verlangte nichts dafür. Nun, er nahm neuneinhalb Dollar ein und sagte, er habe einen hübschen Arbeitstag dafür geleistet.

Dann zeigte er uns einen anderen kleinen Auftrag, den er gedruckt und nicht in Rechnung gestellt hatte, weil er für uns war. Darauf war das Bild eines entlaufenen Niggers mit einem Bündel auf einem Stock über der Schulter und „200 Dollar Belohnung" darunter. Die Lesung drehte sich nur um Jim und beschrieb ihn auf den Punkt genau. Darin hieß es, er sei im letzten Winter von der Plantage von St. Jacques, vierzig Meilen unterhalb von New Orleans, weggelaufen und wahrscheinlich nach Norden gegangen, und wer ihn fangen und zurückschicken würde, könnte die Belohnung und die Kosten bekommen.

„Nun," sagte der Herzog: „nach heute abend können wir am Tage laufen, wenn wir wollen. Wenn wir jemanden kommen sehen, können wir Jim mit einem Strick an Händen und Füßen festbinden und ihn in den Wigwam legen, diesen Flugzettel zeigen und sagen, wir hätten ihn den Fluß hinauf gefangen und waren zu arm, um auf einem Dampfschiff zu reisen, also haben wir dieses kleine Floß von unseren Freunden auf Kredit bekommen und gehen hinunter, um die Belohnung zu holen. Handschellen und Ketten würden Jim noch besser stehen, aber es würde nicht gut zu der Geschichte passen, dass wir so arm sind. Zu sehr wie Schmuck. Seile sind das Richtige, wir müssen die Einheit bewahren, wie man auf den Brettern sagt."

Wir sagten alle, der Herzog sei ziemlich schlau, und es könne kein Problem sein, die Tageszeiten zu machen. Wir glaubten, daß wir in dieser Nacht Meilen genug zurücklegen könnten, um der Reichweite des Powwows zu entgehen, von dem wir glaubten, daß die Arbeit des Herzogs in der Druckerei in dieser kleinen Stadt bewirken würde; Dann könnten wir gleich weiterboomen, wenn wir wollten.

Wir legten uns nieder und hielten still und schoben nicht vor fast zehn Uhr hinaus; Dann glitten wir ziemlich weit von der Stadt weg und hissten unsere Laterne nicht, bis wir sie nicht mehr sehen konnten.

Als Jim mich um vier Uhr morgens anrief, um die Wache zu nehmen, sagte er:

„Huck, glaubst du, dass wir irgendwelche Mo' Kings auf dis trip laufen werden?"

„Nein," sagte ich: „ich glaube nicht."

„Nun," sagte er: „das ist schon in Ordnung, Höhle. Ich mache meine ein, zwei Könige, aber das ist genug. Wenn man mächtig betrunken ist, ist der Herzog viel besser."

Ich fand, dass Jim versucht hatte, ihn dazu zu bringen, Französisch zu sprechen, damit er hören konnte, wie es war; Aber er sagte, er sei schon so lange in diesem Lande und habe so viel Ärger gehabt, dass er es vergessen hätte.

KAPITEL XXI.

Es war jetzt nach Sonnenaufgang, aber wir gingen gleich weiter und machten nicht fest. Der König und der Herzog sahen nach und nach ziemlich rostig aus; Aber nachdem sie über Bord gesprungen waren und geschwommen waren, wurden sie dadurch ein gutes Stück aufgemuntert. Nach dem Frühstück setzte sich der König an die Ecke des Floßes, zog die Stiefel aus, rollte die Hosen hoch und ließ die Beine im Wasser baumeln, um es bequem zu haben, zündete seine Pfeife an und machte sich daran, seinen Romeo und Julia auswendig zu lernen. Als er es ziemlich gut verstanden hatte, fingen er und der Herzog an, es zusammen zu üben. Der Herzog mußte ihm immer wieder aufs Neue beibringen, wie er jede Rede zu sagen hatte; Und er brachte ihn zum Seufzen und legte die Hand auf sein Herz, und nach einer Weile sagte er, er habe es ganz gut gemacht; „Nur," sagt er: „du darfst Romeo nicht schreien! auf diese Weise, wie ein Stier – man muß sagen, weich und krank und schmachtend, also – R-o-o-meo! das ist der Gedanke; denn Julia ist ein liebes, süßes, bloßes Kind von einem Mädchen, weißt du, und sie brüllt nicht wie ein Esel."

Nun, dann holten sie ein paar lange Schwerter hervor, die der Herzog aus Eichenlatten gemacht hatte, und fingen an, den Schwertkampf zu üben – der Herzog nannte sich Richard III.; Und die Art, wie sie auf dem Floß lagen und herumtänzelten, war großartig anzusehen. Aber nach und nach stolperte der König und fiel über Bord, und danach ruhten sie sich aus und unterhielten sich über allerlei Abenteuer, die sie sonst auf dem Fluß erlebt hatten.

Nach dem Essen sagt der Herzog:

„Nun, Capet, wir wollen das zu einer erstklassigen Show machen, weißt du, also werden wir wohl noch ein bisschen mehr draufsetzen. Wir wollen sowieso eine Kleinigkeit, mit der wir auf Zugaben antworten können."

„Was ist Onkores, Bilgewasser?"

Der Herzog sagte es ihm und sagte dann:

„Ich werde antworten, indem ich den Highland-Wurf oder die Seemanns-Hornpipe mache; und du - nun, laß mich sehen - oh, ich hab's hab's - du kannst Hamlets Selbstgespräch machen."

„Hamlet ist welcher?"

„Hamlets Selbstgespräch, weißt du; das Berühmteste an Shakespeare. Ah, es ist erhaben, erhaben! Holt immer das Haus. Ich habe es nicht in meinem Buch - ich habe nur einen Band -, aber ich glaube, ich kann es aus dem Gedächtnis herausholen. Ich gehe nur eine Minute auf und ab und schaue, ob ich es aus den Tresoren der Erinnerung zurückrufen kann."

Er ging also auf und ab, dachte nach und runzelte hin und wieder schrecklich die Stirn, dann zog er die Augenbrauen hoch, dann drückte er die Hand auf die Stirn, taumelte zurück und stöhnte, dann seufzte er, und dann ließ er eine Träne fallen. Es war schön, ihn zu sehen. Nach und nach bekam er es. Er sagte uns, wir sollten aufpassen. Dann nimmt er eine höchst edle Haltung ein, ein Bein nach vorn geschoben, die Arme in die Höhe gestreckt, den Kopf zurückgelehnt und zum Himmel emporblickend; und dann fängt er an, zu reißen und zu wüten und die Zähne zusammenzubeißen; Und dann, während seiner ganzen Rede, heulte er und breitete sich aus, schwoll seine Brust an und schlug einfach die Flecken aus jedem Schauspiel heraus, das *ich* je gesehen hatte. Dies ist die Rede: ich lernte sie mit Leichtigkeit, während er sie dem König beibrachte:

Sein oder nicht sein; das ist der nackte Leib, der aus einem so langen Leben Unheil macht; Denn wer würde Fardels ertragen, bis der Birnam-Wald nach Dunsinane kommt, wenn nicht die Furcht vor etwas nach dem TodeDen unschuldigen Schlaf tötet, des großen Natures zweiten Gang, Und uns lieber die Pfeile des unerhörten Schicksals zu anderen schleudern läßt, von denen wir nichts wissen. Da ist der Respekt, der uns zu denken geben muss: Wecke Duncan mit deinem Klopfen! Ich wollte, du könntest; Denn wer würde die Peitschen und den Hohn der Zeit ertragen, das Unrecht des Unterdrückers, die Verachtung des stolzen Mannes, den Aufschub des Gesetzes und den Quietus, den seine Qualen erleiden könnten. In der toten Einöde und mitten in der Nacht, wenn die Kirchhöfe gähnenIn den üblichen Anzügen von feierlichem Schwarz, Aber dass das unentdeckte Land, aus dessen Heimat kein Reisender zurückkehrt, Ansteckung über die Welt aushaucht, Und so die heimatliche Farbe des Entschlusses, wie die arme Katze im Sprichwort, von Sorge krank wird. Und alle Wolken, die sich über unsere Dächer senkten, In dieser Hinsicht werden ihre Strömungen schief und verlieren den Namen der Tat. Es ist eine Vollendung, die man sich inbrünstig wünscht. Aber weich du, die schöne Ophelia, nicht deine schwerfälligen und marmornen Kiefer. Aber bringe dich in ein Nonnenkloster – geh!

Nun, dem alten Mann gefiel diese Rede, und er verstand sie sehr bald, so daß er sie vorzüglich halten konnte. Es schien, als wäre er einfach dafür geboren; Und wenn er seine Hand in der Hand hatte und aufgeregt war, war es ganz schön, wie er hinter ihm riss und riss und aufriß, wenn er ihn auszog.

Bei der ersten Gelegenheit, die wir bekamen, ließ der Herzog einige Schauscheine drucken; Und dann, zwei oder drei Tage lang, als wir dahintrieben, war das Floß ein höchst ungewöhnlich lebhafter Ort, denn dort gab es nichts als Schwertkämpfe und Proben, wie der Herzog es nannte, die ganze Zeit. Eines Morgens, als wir ziemlich weit unten im Staate Arkansaw waren, kamen wir in Sichtweite einer kleinen Einspännerstadt in einer großen Biegung; so legten wir etwa eine dreiviertel Meile oberhalb desselben an, in der Mündung eines Krippen, der wie ein Tunnel von den Zypressen verschlossen war, und wir alle, außer Jim, nahmen das Kanu und fuhren dort hinunter, um zu sehen, ob es an diesem Ort eine Möglichkeit für unser Schauspiel gäbe.

Wir trafen ihn mit großem Glück; An diesem Nachmittag sollte dort ein Zirkus stattfinden, und die Landleute begannen schon hereinzukommen, in allerlei alten Wagen und auf Pferden. Der Zirkus würde vor der Nacht gehen, so dass unsere Show eine ziemlich gute Chance hätte. Der Herzog mietete das Gerichtsgebäude, und wir gingen herum und steckten unsere Rechnungen ein. Sie lesen sich so:

Shaksperean Revival!! Wunderbare Attraktion! Nur für eine Nacht! Die weltberühmten Tragödianten, David Garrick der Jüngere, vom Drury Lane Theatre, London, und Edmund Kean, der Ältere, vom Royal Haymarket Theatre, Whitechapel, Pudding Lane, Piccadilly, London, und den Royal Continental Theatres in ihrem erhabenen Shaksperean Spectacle mit dem Titel The Balcony Scene in Romeo and Juliet!!

Romeo... Herr Garrick, Juliet... Herr Kean.

Unterstützt von der ganzen Kraft des Unternehmens! Neue Kostüme, neue Kulissen, neue Termine!

Außerdem: Der spannende, meisterhafte und markerschütternde Breitschwertkonflikt In Richard III.!!

Richard III................................ Herr Garrick,
Richmond................................. Herr Kean.

auch: (auf besonderen Wunsch) Hamlets unsterblicher Solilogy!! Von dem erlauchten Kean! Von ihm 300 aufeinanderfolgende Nächte in Paris gemacht! Nur für eine Nacht, wegen zwingender europäischer Verpflichtungen! Eintritt 25 Cent; Kinder und Dienstboten, 10 Cent.

Dann gingen wir in der Stadt herumlungern. Die Läden und Häuser bestanden fast ausschließlich aus alten, verstaubten, ausgetrockneten Fachwerken, die noch nie gestrichen worden waren; Sie waren drei oder vier Fuß über dem Boden auf Stelzen aufgestellt, so daß sie außerhalb der Reichweite des Wassers waren, wenn der Fluß über die Ufer trat. Die Häuser hatten kleine Gärten ringsum, aber sie schienen kaum etwas in ihnen zu treiben als Unkraut und Sonnenblumen und Aschenhaufen und alte, zusammengerollte Stiefel und Schuhe und Flaschenstücke und Lumpen und ausgedientes Zinngeschirr. Die Zäune bestanden aus verschiedenen Arten von Brettern, die zu verschiedenen Zeiten angenagelt wurden; und sie lehnten sich in alle Richtungen und hatten Tore, die im Großen und Ganzen nur ein Scharnier hatten – ein Lederscharnier. Einige der Zäune waren schon einmal weiß getüncht worden, aber der Herzog sagte, es sei zu Clumbus' Zeiten gewesen, wie genug. Es gab viele Schweine im Garten, und die Leute trieben sie hinaus.

Alle Geschäfte befanden sich entlang einer Straße. Sie hatten weiße Hausmarkisen vorne, und die Landleute spannten ihre Pferde an die Markisenpfosten. Unter den Markisen standen leere Trockenwarenkisten, auf denen den ganzen Tag Müßiggänger schliefen und sie mit ihren Barlowmessern schnitzten; und Tabak scheuern und gähnen und gähnen und strecken sich – ein gewaltiger Haufen. Sie trugen gewöhnlich gelbe Strohhüte, die fast so breit waren wie ein Regenschirm, aber sie trugen weder Mäntel noch Westen, sie nannten sich Bill und Buck und Hank und Joe und Andy, und redeten faul und langmütig und benutzten eine beträchtliche Anzahl von Schimpfwörtern. An jeden Markisenpfosten lehnte ein einziger Müßiggänger, und er hatte fast immer die Hände in den Hosentaschen, außer wenn er sie hervorholte, um sich ein Stück Tabak zu leihen oder zu kratzen. Was eine Körperschaft die ganze Zeit unter ihnen hörte, war:

"Gimme a chaw 'v tobacker, Hank."

„Können Sie nicht; Ich habe nur noch einen Kerl übrig. Frag Bill."

Vielleicht gibt Bill ihm einen Schwanz; Vielleicht lügt er und sagt, dass er keine hat. Einige von ihnen haben nie einen Cent in der Welt und auch keinen eigenen Tabak. Sie bekommen ihr ganzes Leid durch Borgen; sie sagen zu einem Burschen: „Ich wünschte, du würdest mir einen Sack leihen, Jack, ich gebe Ben Thompson in dieser Minute den letzten Sack, den ich hatte" – was so gut wie immer eine Lüge ist; Es täuscht niemanden außer einem Fremden; aber Jack ist kein Fremder, also sagt er.

„*Du* gibst ihm einen Schwanz, nicht wahr? Genauso wie die Großmutter der Katze Ihrer Schwester. Du zahlst mir die Lumpen zurück, die du mir schlecht geliehen hast, Lafe Buckner, dann leihe ich dir eine oder zwei Tonnen davon und werde dir kein Geld zurückverlangen, Nuther."

„Nun, ich *habe* dir einen Teil davon zurückgezahlt."

„Ja, das hast du - über sechs Haufen. Du hast dir den Tobacker geliehen und den Niggerkopf zurückgezahlt."

Tabak ist ein flacher schwarzer Stecker, aber dieser Kerl scheuert meist das natürliche Blatt verdreht. Wenn sie sich einen Pfropfen borgen, schneiden sie ihn nicht großmütig mit einem Messer ab, sondern stecken den Pfropfen zwischen ihre Zähne, nagen mit den Zähnen und zerren mit den Händen an dem Pfropfen, bis sie ihn in zwei Teile schneiden; Manchmal schaut derjenige, dem der Tabak gehört, ihn traurig an, wenn er zurückgegeben wird, und sagt sarkastisch:

„Hier, gib den *Schwanz*, und du nimmst den *Stecker*."

Alle Straßen und Gassen waren nur Schlamm, sie warnen vor nichts anderem *als* vor Schlamm - Schlamm so schwarz wie Teer und an manchen Stellen fast einen Fuß tief, an allen Stellen zwei oder drei Zoll tief. Die Schweine faulenzten und grunzten überall. Man sah eine schlammige Sau und einen Wurf Schweine faul die Straße entlangkommen und sich direkt in den Weg stellen, wo die Leute um sie herumlaufen mussten, und sie streckte sich aus, schloß die Augen und winkte mit den Ohren, während die Schweine sie melkten, und sah so glücklich aus, als ob sie ein Gehalt bekäme. Und schon bald hörte man einen Müßiggänger singen: „Hallo! *Also* Junge, mach ihn krank, Tige!" Und die Sau ging fort und quiekte entsetzlich, ein oder zwei Hunde schwangen sich an jedes Ohr, und drei oder vier Dutzend kamen hinzu, und dann sah man alle Müßiggänger aufstehen und das Ding außer Sichtweite sehen, lachten über den Spaß und sahen dankbar für den Lärm aus. Dann lehnten sie sich wieder zurück, bis es zu einem Hundekampf kam. Es konnte nichts sie am ganzen Körper aufwecken und am ganzen Körper glücklich machen, wie ein Hundekampf - es sei denn, man würde einen streunenden Hund mit Terpentin überziehen und ihn anzünden, oder ihm eine Blechpfanne an den Schwanz binden und sehen, wie er sich selbst zu Tode rennt.

Am Ufer des Flusses ragten einige der Häuser über das Ufer hinaus, und sie waren gebeugt und gebogen und nahe daran, einzustürzen. Die Menschen waren aus ihnen weggezogen. Das Ufer war unter einer Ecke von einigen anderen eingestürzt, und diese Ecke hing über. Es lebten noch Menschen darin, aber es war gefährlich, denn manchmal bricht ein hausbreiter Landstreifen auf einmal ein. Manchmal beginnt ein Gürtel von einer Viertelmeile Tiefe und bricht ein und bricht ein, bis in einem Sommer alles in den Fluss einstürzt. So eine Stadt muss sich immer hin und her bewegen, denn der Fluss nagt immer an ihr.

Je näher der Mittag an diesem Tage rückte, desto dichter und dichter wurden die Wagen und Pferde auf den Straßen, und es kamen immer mehr. Die Familien holten ihre Mahlzeiten vom Lande mit und aßen sie in den Wagen. Es wurde viel Whisky getrunken, und ich sah drei Schlägereien. Nach und nach singt jemand:

„Da kommt der alte Boggs – vom Lande für seinen kleinen alten Monatstrunkenbold; Da kommt er, Jungs!"

Alle Müßiggänger sahen froh aus; Ich dachte, sie waren es gewohnt, Spaß mit Boggs zu haben. Einer von ihnen sagt:

„Ich frage mich, wer er ist, um dieses Mal zu. Wenn er alle Männer, die er in den letzten zwanzig Jahren zu vernichten vermocht hat, zusammengepfuscht hätte, so hätte er jetzt ein beträchtliches Ruputat."

Ein anderer sagt: „Ich wünschte, der alte Boggs würde mich bedrohen, denn dann wüsste ich, dass ich Gwyne davor warne, tausend Jahre lang zu sterben."

Boggs kommt auf seinem Pferde hergejagt, heult und brüllt wie ein Injun und singt:

„Cler die Spur, thar. Ich bin auf dem Waw-Pfad, und der Preis für die Särge ist unverschämt zu erhöhen."

Er war betrunken und schlängelte sich im Sattel herum; Er war über fünfzig Jahre alt und hatte ein sehr rotes Gesicht. Alle schrien ihn an und lachten über ihn und verprügelten ihn, und er schlug zurück und sagte, er würde sich um sie kümmern und sie in ihren regelmäßigen Reihen aufstellen, aber er konnte jetzt nicht warten, denn er war in die Stadt gekommen, um den alten Colonel Sherburn zu töten, und sein Motto lautete: „Zuerst Fleisch und zum Krönung Löffel Vittles."

Er sah mich, ritt heran und sagte:

„Wohin bist du gekommen, Junge? Bist du bereit zu sterben?"

Dann ritt er weiter. Ich hatte Angst, aber ein Mann sagt:

„Er meint nicht nichts; Er macht immer so weiter, wenn er betrunken ist. Er ist der beste und natürlichste alte Narr in Arkansaw - er hat niemandem etwas zuleide getan, weder betrunken noch nüchtern."

Boggs ritt vor dem größten Laden der Stadt vor, beugte den Kopf nach unten, so daß er unter dem Vorhang des Vordachs sehen konnte, und rief:

„Komm her, Sherburn! Komm raus und triff den Mann, den du betrogen hast. Du bist der Hund, hinter dem ich her bin, und ich bin auch sehr froh, dich zu haben!"

Und so fuhr er fort, nannte Sherburn alles, was er konnte, und die ganze Straße war voll von Menschen, die zuhörten und lachten und weitermachten. Nach und nach tritt ein stolz aussehender Mann von etwa fünfundfünfzig Jahren - und er war ein Haufen der bestgekleideten Männer in der ganzen Stadt -, aus dem Laden, und die Menge weicht zu beiden Seiten zurück, um ihn kommen zu lassen. Er sagt zu Boggs, mächtig und langsam - er sagt:

„Ich bin es leid, aber ich werde es bis ein Uhr ertragen. Bis ein Uhr, wohlgemerkt - nicht länger. Wenn du nach dieser Zeit nur einmal den Mund gegen mich aufmachst, kannst du nicht so weit reisen, aber ich werde dich finden."

Dann dreht er sich um und geht hinein. Die Menge sah mächtig nüchtern aus; Niemand rührte sich, und es gab kein Lachen mehr. Boggs ritt davon und beschimpfte Sherburn, so laut er konnte, die ganze Straße hinunter; Und ziemlich bald kommt er zurück und bleibt vor dem Laden stehen, während er immer noch so bleibt. Einige Männer drängten sich um ihn herum und versuchten, ihn zum Schweigen zu bringen, aber er wollte nicht; Sie sagten ihm, es würde in einer Viertelstunde ein Uhr sein, und so *müsse er* nach Hause gehen, er müsse sofort gehen. Aber es hat nichts gebracht. Er fluchte mit aller Kraft, warf seinen Hut in den Schlamm und ritt darüber, und bald darauf lief er wütend die Straße hinunter, sein graues Haar flatterte ihm wehend. Jeder, der eine Chance auf ihn bekam, versuchte sein Bestes, um ihn vom Pferd zu locken, um ihn einzusperren und nüchtern zu machen; aber es nützte nichts - die Straße hinauf würde er wieder losreißen und Sherburn noch einmal beschimpfen. Nach und nach sagt jemand:

„Geh nach seiner Tochter! - schnell, geh nach seiner Tochter; Manchmal hört er ihr zu. Wenn ihn jemand überreden kann, dann sie."

Also startete jemand einen Lauf. Ich ging eine Straße hinunter und blieb stehen. In etwa fünf oder zehn Minuten kommt Boggs wieder, aber nicht auf seinem Pferd. Er taumelte barhäuptig über die Straße auf mich zu, mit einem Freund zu beiden Seiten von ihm, der seine Arme nahm und ihn weitertrieb. Er schwieg und sah unruhig aus; Und er warnte, sich nicht zurückzuhalten, sondern beeilte sich zum Teil selbst. Jemand singt:

„Boggs!"

Ich schaute hinüber, um zu sehen, wer es gesagt hatte, und es war dieser Colonel Sherburn. Er stand ganz still auf der Straße und hatte eine Pistole in der rechten Hand erhoben, nicht zielend, sondern mit dem Lauf zum Himmel geneigt. In der gleichen Sekunde sehe ich ein junges Mädchen auf der Flucht kommen und zwei Männer mit ihr. Boggs und die Männer drehten sich um, um zu sehen, wer ihn gerufen hatte, und als sie die Pistole sahen, sprangen die Männer zur Seite, und der Pistolenlauf senkte sich langsam und gleichmäßig auf eine Höhe - beide Läufe gespannt. Boggs wirft beide Hände über dem Kopf zusammen und sagt: „O Herr, schieß nicht!" Knallen! Der erste Schuß ertönt, und er taumelt zurück und krallt sich in die Luft - zack! Der zweite geht los, und er stürzt rückwärts auf den Boden, schwer und fest, mit ausgebreiteten Armen." Das junge Mädchen schrie auf und kam herbeigeeilt, und sie warf sich weinend auf ihren Vater und sagte: „Oh, er hat ihn getötet, er hat ihn getötet!" Die Menge schloss sich um sie herum und schulterte und rammte sich gegenseitig, mit gestreckten Hälsen, um zu sehen, und die Leute von innen versuchten, sie zurückzustoßen und zu schreien: „Zurück, zurück! Gib ihm Luft, gib ihm Luft!"

Colonel Sherburn warf seine Pistole auf den Boden, drehte sich auf dem Absatz um und ging davon.

Sie brachten Boggs in eine kleine Drogerie, die Menge drängte sich ebenso, und die ganze Stadt folgte mir, und ich eilte herbei und ergatterte einen guten Platz am Fenster, wo ich in seiner Nähe war und hineinsehen konnte. Sie legten ihn auf den Boden und legten ihm eine große Bibel unter den Kopf, schlugen eine andere auf und breiteten sie auf seiner Brust aus, aber sie rissen zuerst sein Hemd auf, und ich sah, wo eine der Kugeln einschlug. Er stieß etwa ein Dutzend langer Atemzüge aus, seine Brust hob die Bibel empor, wenn er Atem einzog, und ließ sie wieder sinken, als er sie ausatmete – und danach lag er still; Er war tot. Dann zogen sie seine Tochter schreiend und weinend von sich weg und nahmen sie mit. Sie war etwa sechzehn Jahre alt und sehr süß und sanft aussehend, aber schrecklich blaß und verängstigt.

Nun, ziemlich bald war die ganze Stadt da, wand sich und drang und drängte und schubste, um ans Fenster zu kommen und einen Blick darauf zu werfen, aber die Leute, die die Plätze hatten, gaben sie nicht auf, und die Leute hinter ihnen sagten die ganze Zeit: „Sagt, ihr habt genug geschaut, ihr Jungs; Es ist nicht recht und nicht gerecht, daß du die ganze Zeit dort bleibst und niemandem eine Chance gibst; Andere Leute haben ihre Rechte, genauso wie du."

Es gab ein beträchtliches Zurückschlagen, also rutschte ich heraus, weil ich dachte, dass es vielleicht Ärger geben würde. Die Straßen waren voll, und alle waren aufgeregt. Jeder, der die Schießerei gesehen hatte, erzählte, wie es sich zugetragen hatte, und um jeden dieser Burschen drängte sich eine große Menschenmenge, die die Hälse streckte und zuhörte. Ein langer, schlaksiger Mann mit langen Haaren und einem großen weißen Pelzhut auf dem Hinterkopf und einem krummen Stock markierte die Stellen auf dem Boden, wo Boggs stand und wo Sherburn stand, und die Leute, die ihm von einem Ort zum anderen folgten und alles beobachteten, was er tat, und mit den Köpfen wippten, um zu zeigen, dass sie verstanden hatten. und sie beugten sich ein wenig und stützten ihre Hände auf ihre Schenkel, um ihm zuzusehen, wie er mit seinem Stock die Stellen auf dem Boden markierte; und dann stand er aufrecht und steif da, wo Sherburn gestanden hatte, runzelte die Stirn und hatte die Hutkrempe über die Augen gezogen, und sang „Boggs!" und dann zog er seinen Stock langsam auf eine Höhe und sagte »Bang!« taumelte rückwärts, sagte wieder „Bang!" und fiel flach auf den Rücken. Die Leute, die das Ding gesehen hatten, sagten, er habe es perfekt gemacht; sagte, es sei genau so gewesen, wie alles passiert sei. Dann holten bis zu einem Dutzend Leute ihre Flaschen heraus und behandelten ihn.

Nun, nach und nach sagte jemand, Sherburn sollte gelyncht werden. In etwa einer Minute sagten es alle; So gingen sie fort, wahnsinnig und schreiend, und schnappten sich jede Wäscheleine, die sie fanden, um damit zu hängen.

KAPITEL XXII.

Sie schwärmten auf Sherburns Haus zu, keuchend und wütend wie Injuns, und alles mußte den Weg freimachen oder überfahren und zu Brei zertreten werden, und es war schrecklich anzusehen. Kinder drängten sich schreiend vor die Menge, schrien und versuchten, aus dem Weg zu gehen; und jedes Fenster auf der Straße war voll von Frauenköpfen, und auf jedem Baum saßen Niggerknaben, und Böcke und Weiber schauten über jeden Zaun; und sobald der Pöbel in ihre Nähe kam, brachen sie zusammen und kletterten außer Reichweite. Viele der Frauen und Mädchen weinten und nahmen an, die meisten hatten Todesangst.

Sie schwärmten vor Sherburns Gittern aus, so dicht, wie sie nur aneinander pressen konnten, und man konnte sich vor lauter Lärm nicht selbst denken hören. Es war ein kleiner zwanzig Fuß langer Hof. Einige sangen: „Reißt den Zaun nieder! Reißt den Zaun nieder!" Dann gab es ein Getümmel aus Reißen und Zerreißen und Zertrümmern, und sie ging hinunter, und die vordere Wand der Menge begann wie eine Welle hereinzurollen.

In diesem Augenblick tritt Sherburn mit einer doppelläufigen Pistole in der Hand auf das Dach seiner kleinen Veranda und stellt sich auf, vollkommen souverän und bedächtig, ohne ein Wort zu sagen. Der Lärm hörte auf, und die Welle saugte zurück.

Sherburn sagte kein Wort – er stand einfach nur da und schaute nach unten. Die Stille war schrecklich, gruselig und unangenehm. Sherburn ließ seinen Blick langsam über die Menge gleiten; und wo es traf, versuchten die Leute ein wenig, ihn zu übersehen, aber es gelang ihnen nicht; Sie senkten die Augen und sahen verstohlen aus. Ziemlich bald lachte Sherburn irgendwie; Nicht die angenehme, sondern die Art, bei der man sich so fühlt, als würde man Brot essen, das Sand enthält.

Dann sagt er langsam und verächtlich:

„Die Vorstellung, dass *du* irgendjemanden lynchst! Es ist amüsant. Die Vorstellung, dass du denkst, du hättest Mut genug, um einen Mann zu lynchen! Weil du mutig genug bist, arme, freundlose, verstoßene Frauen, die hierher kommen, zu teeren und zu befiedern, hast du dann gedacht, du hättest Mut genug, um Hand an einen Mann zu legen? Nun, ein *Mann ist* sicher in den Händen von Zehntausenden von Eurer Art - solange es Tag ist und Ihr nicht hinter ihm seid."

Kenne ich dich? Ich weiß, dass du durchkommst. Ich bin im Süden geboren und aufgewachsen und habe im Norden gelebt. also kenne ich den Durchschnitt rundum. Der Durchschnittsmensch ist ein Feigling. Im Norden läßt er jeden, der will, über sich hinweggehen, geht nach Hause und betet um einen demütigen Geist, der es erträgt. Im Süden hat ein Mann ganz allein am Tage eine Bühne voller Männer angehalten und alles ausgeraubt. Eure Zeitungen nennen euch ein tapferes Volk, so sehr, dass ihr glaubt, ihr *seid* mutiger als alle anderen Menschen - während ihr genauso tapfer seid und nicht mutiger. Warum hängen Ihre Geschworenen keine Mörder auf? Weil sie Angst haben, dass die Freunde des Mannes ihnen in den Rücken schießen werden, im Dunkeln - und genau das *würden sie* tun.

Also sprechen sie immer frei; Und dann geht ein *Mann* in der Nacht, mit hundert maskierten Feiglingen im Rücken und lyncht den Schurken. Dein Fehler ist, dass du keinen Mann mitgebracht hast; Das ist der eine Fehler, und der andere ist, dass Sie nicht im Dunkeln gekommen sind und Ihre Masken geholt haben. Du *hast einen Teil* eines Mannes mitgebracht - Buck Harkness - und wenn du ihn nicht gehabt hättest, um dich zu starten, hättest du ihn beim Blasen herausgerissen.

„Du wolltest nicht kommen. Der Durchschnittsmensch mag keinen Ärger und keine Gefahr. *Du* magst keinen Ärger und keine Gefahr. Aber wenn nur *ein halber* Mann - wie Buck Harkness dort - schreit: ›Lyncht ihn! Lyncht ihn!‹ dann fürchtet ihr euch, zurückzuweichen - aus Angst, als das entdeckt zu werden, was ihr seid - *Feiglinge* -, und so erhebt ihr einen Schrei, hängt euch an den Rockschöß dieses halben Mannes und kommt wütend hierher und schwört, was für große Dinge ihr tun werdet. Das

Bemitleidenswerteste ist der Pöbel; Das ist es, was eine Armee ausmacht – ein Pöbel; Sie kämpfen nicht mit dem Mut, der ihnen angeboren ist, sondern mit dem Mut, den sie von ihrer Masse und von ihren Offizieren geliehen haben. Aber ein Pöbel ohne einen *Menschen* an der Spitze ist *unter* Bedauernswertigkeit. Jetzt musst *du* nur noch den Schwanz hängen lassen, nach Hause gehen und in ein Loch kriechen. Wenn es zu einem wirklichen Lynchmord kommt, dann auf düstere Südstaaten-Art; und wenn sie kommen, werden sie ihre Masken mitbringen und einen *Mann mitbringen*. Gehen Sie nun – und nehmen Sie Ihren halben Mann mit" – er wirft seine Waffe über den linken Arm und spannt sie, als er dies sagt.

Die Menge wich plötzlich zurück, brach dann auseinander und rannte in alle Richtungen davon, und Buck Harkness stieß sie hinter ihnen her und sah erträglich billig aus. Ich konnte mich hinhalten, wenn ich wollte, aber ich wollte nicht.

Ich ging in den Zirkus und lungerte auf der Rückseite herum, bis der Wächter vorbeikam, und tauchte dann unter das Zelt ein. Ich hatte mein Zwanzigdollar-Goldstück und noch etwas anderes Geld, aber ich dachte mir, ich sollte es besser aufheben, denn es ist nicht abzusehen, wie bald man es brauchen wird, weit weg von zu Hause und unter Fremden. Man kann nicht vorsichtig genug sein. Ich habe nichts dagegen, Geld für Zirkusse auszugeben, wenn es nicht anders geht, aber es hat keinen Sinn, *es für sie* zu verschwenden.

Es war ein echter Tyrannenzirkus. Es war der herrlichste Anblick, den es je gegeben hat, wenn sie alle hereingeritten kamen, zwei und zwei, ein Herr und eine Dame, Seite an Seite, die Männer nur in ihren Schubladen und Unterhemden, ohne Schuhe und Steigbügel, und die Hände auf die Schenkel gestützt, bequem und bequem – es müssen zwanzig gewesen sein – und jede Dame von einem reizenden Teint. Und sie sind wunderschön und sehen aus wie eine Bande von echten, sicheren Königinnen, und sie tragen Kleider, die Millionen von Dollar kosten, und sind nur mit Diamanten übersät. Es war ein mächtiger, schöner Anblick; Ich habe noch nie etwas so Schönes gesehen. Und dann, einer nach dem andern, erhoben sich und wandten sich um den Ring, so sanft und gewellt und anmutig, die Männer sahen so groß und luftig und gerade aus, mit wippenden und dahingleitenden Köpfen dort oben unter dem Zeltdach, und das rosenblättrige Kleid jeder Dame flatterte weich und seidig um ihre Hüften. und sie sieht aus wie der schönste Sonnenschirm.

Und dann fuhren sie schneller und schneller, alle tanzten, erst mit dem einen Fuß in die Luft, dann mit dem andern, die Pferde neigten sich immer mehr, und der Zirkusdirektor ging um die Mittelstange herum, knallte mit der Peitsche und rief: »Hallo! - hi!« und der Clown machte hinter ihm Witze; Und nach und nach ließen alle Hände die Zügel fallen, und jede Dame stemmte die Knöchel in die Hüften, und jeder Herr verschränkte die Arme, und dann, wie die Pferde sich vorbeugten und sich buckelten! Und so sprangen sie alle nacheinander in den Ring und machten die süßeste Verbeugung, die ich je gesehen habe, und dann rannten sie hinaus, und alle klatschten in die Hände und drehten fast durch.

Nun, den ganzen Zirkus hindurch taten sie die erstaunlichsten Dinge, und die ganze Zeit über tötete dieser Clown die Leute am meisten. Der Zirkusdirektor konnte nie ein Wort mit ihm sagen, aber er war schnell wie ein Augenzwinkern wieder bei ihm und erzählte die lustigsten Dinge, die je ein Körper gesagt hat; und wie er je an so viele von ihnen denken konnte, und zwar so plötzlich und so patzig, das konnte ich auf keinen Fall begreifen. Nun, ich konnte in einem Jahr nicht daran denken. Und nach und nach versuchte ein betrunkener Mann, in die Manege zu steigen - er sagte, er wolle reiten; Er sagte, er könne so gut reiten wie jeder andere, der es je war. Sie stritten sich und versuchten, ihn draußen zu halten, aber er hörte nicht zu, und die ganze Show kam zum Erliegen. Da fingen die Leute an, ihn anzuschreien und sich über ihn lustig zu machen, und das machte ihn wütend, und er fing an zu reißen und zu weinen; Das brachte das Volk in Aufruhr, und eine Menge Männer stürzten sich von den Bänken herab und schwärmten zum Ring hin und sagten: "Schlagt ihn nieder! Schmeißt ihn raus!« und ein oder zwei Frauen fingen an zu schreien. Da hielt der Zirkusdirektor eine kleine Rede und sagte, er hoffe, es werde keine Unruhe geben, und wenn der Mann verspreche, daß er keine Schwierigkeiten mehr machen würde, so würde er ihn reiten lassen, wenn er glaube, daß er auf dem Pferde bleiben könne. Da lachten alle und sagten, in Ordnung, und der Mann stieg ein. In dem Augenblick, als er auf dem Pferd saß, fing es an zu reißen und zu reißen und zu springen und herumzutollen, und zwei Zirkusmänner hingen an seinem Zaum und versuchten, es festzuhalten, und der Betrunkene hing an seinem Hals, und seine Fersen flogen bei jedem Sprung in die Luft, und die ganze Menge von Menschen stand auf und schrie und lachte, bis die Tränen herunterrollten. Und endlich, wirklich, alles, was die Zirkusleute tun konnten, riß sich das Pferd los, und fort ging es wie die ganze Nation, um die Manege herum, mit dem Sack, der auf ihm lag und an seinem Halse hing, wobei das eine Bein auf der einen Seite am meisten am Boden hing, dann das andere auf der anderen Seite. Und die Leute sind einfach verrückt. Es ist mir allerdings nicht lustig; Ich zitterte, als ich seine Gefahr sah. Aber bald kämpfte er sich hinauf, packte den Zaumzeug und taumelte hin und her; Und im nächsten Augenblick sprang er auf, ließ den Zaum fallen und stand auf! und das Pferd ging auch wie ein brennendes Haus. Er stand einfach da oben und segelte so leicht und bequem umher, als ob er nie in seinem Leben betrunken hätte – und dann fing er an, seine Kleider auszuziehen und sie zu schlingen. Er warf sie so dick ab, dass sie die Luft verstopften, und insgesamt warf er siebzehn Anzüge ab. Und dann war er da, schlank und schön, und so prächtig und hübsch gekleidet, wie man es je gesehen hat, und er zündete mit seiner Peitsche in das Pferd hinein und brachte es zum Brummen, und schließlich sprang er davon, machte eine Verbeugung und tanzte in das Ankleidezimmer, und alle heulten vor Freude und Erstaunen.

Dann sah der Zirkusdirektor, wie er getäuscht worden war, und er *war* der kränkste Zirkusdirektor, den man je gesehen hat, glaube ich. Ja, es war einer von seinen eigenen Leuten! Er hatte sich diesen Witz ganz aus dem Kopf heraus ausgedacht und niemandem etwas verraten. Nun, ich fühlte mich schüchtern genug, um mich so verführen zu lassen, aber ich wäre nicht an der Stelle dieses Zirkusdirektors gewesen, nicht für tausend Dollar. Ich weiß es nicht; Es mag Bully-Zirkusse geben als diesen, aber ich habe sie noch nie geschlagen. Wie auch immer, es war gut genug für *mich;* und wo immer ich darauf stoße, kann es jedes Mal *all meine* Gewohnheiten haben.

Nun, an diesem Abend hatten wir *unsere* Show, aber es waren nicht nur zwölf Leute da, sondern gerade genug, um die Kosten zu bezahlen. Und sie lachten die ganze Zeit, und das machte den Herzog wütend; Und alle gingen sowieso, bevor die Show zu Ende war, bis auf einen Jungen, der schlief. Da sagte der Herzog, diese Dummköpfe aus Arkansaw könnten nicht mit Shakespeare mithalten; Was sie wollten, war niedere Komödie – und vielleicht etwas, das schlimmer war als niedere Komödie, meinte er. Er sagte, er könne ihren Stil einschätzen. Am nächsten Morgen holte er ein paar große Blätter Geschenkpapier und schwarze Farbe, zog ein paar Flugblätter ab und klebte sie im ganzen Dorf auf. In den Gesetzentwürfen hieß es:

IM GERICHTSGEBÄUDE! NUR FÜR 3 NÄCHTE!
Die weltberühmten TragödienDAVID GARRICK DER JÜNGERE!
ANDEDMUND KEAN DER ÄLTERE!
Von den Londoner und kontinentalen Theatern, In ihrer aufregenden Tragödie DES KÖNIGS KAMELOPARDOR DER KÖNIG NICHTSOLCHER
!!Eintritt 50 Cent.

Unten war dann die größte Zeile von allen, die besagte:

DAMEN UND KINDER HABEN KEINEN EINTRITT.

„Da," sagte er: „wenn diese Linie sie nicht holt, so kenne ich Arkansaw nicht!"

KAPITEL XXIII.

Nun, den ganzen Tag waren er und der König hart daran, eine Bühne und einen Vorhang und eine Reihe Kerzen als Scheinwerfer aufzuspannen; Und in dieser Nacht war das Haus in Windeseile voll von Männern. Als der Ort nicht mehr halten konnte, hörte der Herzog auf, die Tür zu hüten, und ging um den Hinterweg herum, trat auf die Bühne, stand vor dem Vorhang auf und hielt eine kleine Rede, lobte diese Tragödie und sagte, es sei die aufregendste, die es je gegeben habe; und so prahlte er weiter mit der Tragödie und mit Edmund Kean dem Älteren, der die Hauptrolle darin spielen sollte; Und endlich, als er die Erwartungen aller hoch genug gebracht hatte, rollte er den Vorhang auf, und im nächsten Augenblick kam der König auf allen Vieren nackt herausgetanzt; Und er war über und über bemalt, ringförmig und gestreift, in allen möglichen Farben, so prächtig wie ein Regenbogen. Und – aber ganz zu schweigen von dem Rest seiner Kleidung; Es war einfach wild, aber es war furchtbar lustig. Die meisten Menschen brachten sich vor Lachen um; Und als der König mit seinen Kapriolen fertig war und hinter den Kulissen davongelaufen war, brüllten und klatschten und stürmten und scharrten, bis er zurückkam und es noch einmal tat, und danach ließen sie ihn es ein anderes Mal tun. Nun, es würde eine Kuh zum Lachen bringen, wenn sie den Glanz sähe, den der alte Idiot geschnitten hat.

Dann läßt der Herzog den Vorhang fallen, verbeugt sich vor dem Volke und sagt, die große Tragödie werde nur noch zwei Nächte aufgeführt werden, wegen dringender Londoner Verpflichtungen, wo die Plätze in der Drury Lane schon alle dafür verkauft seien; Und dann macht er ihnen noch eine Verbeugung und sagt, wenn es ihm gelungen ist, ihnen zu gefallen und sie zu belehren, so wird er sehr dankbar sein, wenn sie es ihren Freunden erzählen und sie dazu bringen, es zu sehen und zu sehen.

Zwanzig Leute singen:

„Was, ist es vorbei? Ist das *alles?*"

Der Herzog bejaht. Dann gab es eine schöne Zeit. Alle sangen „Verkauft!" und erhoben sich wahnsinnig und gingen auf die Bühne und auf die Tragödien. Aber ein großer, hübscher Mann springt auf eine Bank und ruft:

„Halt! Nur ein Wort, meine Herren." Sie blieben stehen, um zu lauschen. „Wir sind verkauft – sehr schlecht verkauft. Aber ich glaube, wir wollen nicht zum Gespött dieser ganzen Stadt werden und nie das Letzte von dieser Sache hören, solange wir leben. *Nein*. Was wir wollen, ist, ruhig hier rauszugehen und über diese Show zu reden und den *Rest* der Stadt zu verkaufen! Dann sitzen wir alle im selben Boot. Ist das nicht vernünftig?" („Darauf kannst du wetten, dass es so ist! – der Jedge hat recht!", singen alle.) „Also gut, kein Wort über irgendeinen Verkauf. Gehen Sie mit nach Hause und raten Sie allen, zu kommen und sich die Tragödie anzusehen."

Am nächsten Tag hörte man in der ganzen Stadt nichts anderes, als wie prächtig das Schauspiel war. Das Haus war an diesem Abend wieder voll, und wir verkauften dieses Publikum auf die gleiche Weise. Als ich, der König und der Herzog nach Hause zum Floß kamen, aßen wir alle zu Abend; und nach und nach, gegen Mitternacht, zwangen sie Jim und mich, sie zurückzusetzen und sie in der Mitte des Flusses treiben zu lassen, sie einzuholen und etwa zwei Meilen unterhalb der Stadt zu verstecken.

Am dritten Abend war das Haus wieder überfüllt – und diesmal warnten sie nicht die Neuankömmlinge, sondern die Leute, die an den anderen beiden Abenden bei der Show waren. Ich stand neben dem Herzog an der Thür und sehe, daß jeder Mann, der hereinkam, die Taschen prall gefüllt hatte oder etwas unter seinem Rock versteckt hatte – und ich sehe, daß es keine Parfümerie warnte, auch nicht bei weitem nicht. Ich roch kränkliche Eier am Fass und faulen Kohl und dergleichen; und wenn ich die Anzeichen dafür kenne, dass eine tote Katze in der Nähe ist, und ich wette, dass ich das tue, dann sind vierundsechzig von ihnen hineingegangen. Ich schob mich eine Minute lang hinein, aber es war mir zu abwechslungsreich; Ich konnte es nicht ertragen. Nun, als der Ort keine Leute mehr fassen konnte, gab der Herzog einem Kerl ein Viertel und sagte ihm, er solle ihm einen Augenblick die Tür hüten, und dann machte er sich auf den Weg zur Bühnentür, ich ihm nach; aber in dem Augenblick, als wir um die Ecke bogen und im Dunkeln waren, sagte er:

„Geh schnell, bis du von den Häusern fortkommst, und dann greife nach dem Floß, wie der Dickens hinter dir her war!"

Ich habe es getan, und er hat das Gleiche getan. Zu gleicher Zeit schlugen wir auf das Floß, und in weniger als zwei Sekunden glitten wir stromabwärts, ganz dunkel und still, und näherten uns der Mitte des Flusses, ohne ein Wort zu sagen. Ich glaubte, daß der arme König eine lustige Zeit mit den Zuhörern haben würde, aber nichts dergleichen; Bald kriecht er unter dem Wigwam hervor und sagt:

„Nun, wie ist das alte Ding dieses Mal gelaufen, Herzog?"

Er war überhaupt nicht in der Stadt gewesen.

Wir zeigten kein Licht, bis wir etwa zehn Meilen unterhalb des Dorfes waren. Dann zündeten wir uns an und aßen zu Abend, und der König und der Herzog lachten sich über die Art und Weise, wie sie ihnen bedient hatten, kaputt. Der Herzog sagt:

„Greenhorns, Plattköpfe! *Ich* wußte, daß das erste Haus Mama behalten und den Rest der Stadt einfangen würde, und ich wußte, daß sie in der dritten Nacht für uns legen würden, und ich dachte, sie wären jetzt an der Reihe. Nun, sie *sind* an der Reihe, und ich würde etwas dafür geben, zu wissen, wie viel sie dafür nehmen würden. Ich *würde* nur gerne wissen, wie sie ihre Chancen nutzen. Sie können daraus ein Picknick machen, wenn sie wollen – sie haben reichlich Proviant mitgebracht."

Die Räuber nahmen in diesen drei Nächten vierhundertfünfundsechzig Dollar ein. Ich habe noch nie gesehen, daß so viel Geld mit einer Wagenladung herbeigeschleppt wird. Nach und nach, wenn sie schliefen und schnarchten, sagte Jim:

„Ist es nicht so, wie der König weitermacht, Huck?"

„Nein," sage ich: „das tut es nicht."

„Warum nicht, Huck?"

„Nun, das tut es nicht, weil es in der Rasse liegt. Ich glaube, sie sind sich alle gleich."

„Aber, Huck, dese kings o' ourn is reglar rapscallions; dat's jist, was dey ist; Dey's Reglar Rapscallions."

„Nun, das ist es, was ich sage; alles Kings besteht hauptsächlich aus Rapscallions, so viel Fell, wie ich ausmachen kann."

„Ist das so?"

„Du liest einmal davon – du wirst sehen. Schauen Sie sich Heinrich den Acht an; das ist für ihn ein Sonntagsschulaufseher. Und sieh dir Karl den Zweiten an und Ludwig Vierzehn und Ludwig Fünfzehn und Jakobus Zweiter und Eduard Zweiter und Richard Dritter und vierzig mehr; daneben alle sächsische Heptarchien, die in alten Zeiten so herumgewühlt und Kain aufgezogen haben. Meine Güte, du hättest den alten Heinrich den Achten gesehen, als er blühte. Er *war* eine Blüte. Er pflegte jeden Tag eine neue Frau zu heiraten und ihr am nächsten Morgen den Kopf abzuschlagen. Und er würde es genauso gleichgültig tun, als würde er Eier bestellen. „Hol Nell Gwynn herauf," sagt er. Sie holen sie hoch. Am nächsten Morgen: „Hackt ihr den Kopf ab!" Und sie hacken es ab. „Hol Jane Shore," sagt er; Und am andern Morgen kommt sie herauf: „Hackt ihr den Kopf ab" – und sie hacken ihn ab. „Ruft die schöne Rosamun an!" Die schöne Rosamun läutet die Glocke. Am nächsten Morgen: „Hack ihr den Kopf ab." Und er ließ sich jeden von ihnen jeden Abend eine Geschichte erzählen; Und er behielt das so lange bei, bis er tausendundeine Geschichte auf diese Weise in Beschlag genommen hatte, und dann schrieb er sie alle in ein Buch und nannte es Domesday Book, was ein guter Name war und die Sache besagte. Du kennst keine Könige, Jim, aber ich kenne sie; und dieser alte Rip von uns ist einer der saubersten, die ich in der Geschichte getroffen habe. Nun, Henry, er hat die Vorstellung, dass er mit diesem Land Ärger machen will. Wie geht er vor – kündigt es? – gibt er dem Land eine Show? Nein. Plötzlich hievt er den ganzen Tee im Hafen von Boston über Bord, schlägt eine Unabhängigkeitserklärung heraus und fordert sie auf, mitzukommen. Das war *seine* Art – er gab niemandem eine Chance. Er hegte Verdacht gegen seinen Vater, den Herzog von Wellington. Nun, was tat er? Ihn bitten, aufzutauchen? Nein – ertränkte ihn in einem Hintern von Mamsey, wie eine Katze. S'pose Leute ließen Geld dort herumliegen, wo er war – was tat er? Er legte ihm einen Kragen an. Angenommen, er hat sich verpflichtet, etwas zu tun, und Sie haben ihn bezahlt, und haben sich nicht hingesetzt und dafür gesorgt, daß er es getan hat - was hat er getan? Er tat immer das andere. Er tat den Mund auf - was dann? Wenn er nicht schnell den Mund hielt, würde er jedes Mal eine Lüge verlieren. Das ist die Art von Käfer, die Henry war; Und wenn wir ihn an der Stelle unserer Könige gehabt hätten, so hätte er diese Stadt um einen Haufen schlimmer getäuscht als unsere. Ich sage nicht, daß unsere Lämmer sind, denn das sind sie nicht, wenn man zu den kalten Tatsachen kommt; Aber sie sind *sowieso nichts für den* alten Widder. Alles, was ich sage, ist, Könige sind Könige, und man muss Zugeständnisse machen. Nehmen Sie sie überall mit, sie sind ein mächtiger Haufen. Das ist die Art und Weise, wie sie erzogen werden."

„Aber man *riecht* doch so nach der Nation, Huck."

„Nun, das tun sie alle, Jim. *Wir* können nichts dafür, wie ein König riecht, die Geschichte sagt es nicht."

„Nun, der Herzog, er ist in mancher Hinsicht ein geduldiger Mann."

„Ja, ein Herzog ist anders. Aber nicht sehr unterschiedlich. Das ist ein mittelmäßig hartes Los für einen Herzog. Wenn er betrunken ist, gibt es keinen kurzsichtigen Menschen, der ihn von einem König unterscheiden könnte."

„Na ja, wie auch immer, ich sehne mich nach keinem Mo' un um, Huck. Dese ist alles, was ich kenne."

„So fühle ich mich auch, Jim. Aber wir haben sie in unseren Händen, und wir müssen uns daran erinnern, was sie sind, und Zugeständnisse machen. Manchmal wünschte ich, wir könnten von einem Land hören, das keine Könige mehr hat."

Was nützte es, Jim zu sagen, daß diese nicht wirklichen Könige und Herzöge seien? Es würde nichts Gutes bringen; und außerdem war es genau so, wie ich sagte: man konnte sie nicht von der wirklichen Art unterscheiden.

Ich ging schlafen, und Jim rief mich nicht an, als ich an der Reihe war. Das tat er oft. Als ich gerade bei Tagesanbruch erwachte, saß er da, den Kopf auf die Knie gesenkt, stöhnte und trauerte vor sich hin. Ich nahm es nicht zur Kenntnis und ließ es mir auch nicht anmerken. Ich wusste, worum es ging. Er dachte an seine Frau und seine Kinder, die da oben waren, und er war niedergeschlagen und hatte Heimweh; weil er noch nie in seinem Leben von zu Hause weg gewesen war; und ich glaube, er kümmerte sich genauso sehr um sein Volk wie die Weißen um ihres. Es scheint nicht natürlich, aber ich denke, es ist so. Er stöhnte und trauerte oft nachts, wenn er glaubte, daß ich schlief, und sagte: „Po," kleine Lizabeth! Kleiner Johnny! Es ist verdammt schwer; Ich werde dich nie sehen, nein, nein, nein! Er war ein mächtig guter Nigger, Jim war es.

Aber dieses Mal kam ich irgendwie dazu, mit ihm über seine Frau und seine Kinder zu sprechen; Und nach und nach sagt er:

Was macht mich so schlecht, wenn ich mich so schlecht fühle, wenn ich drüben drüben am Ufer wie einen Schlag, äh einen Knall höre, während ich vor meiner Zeit meine kleine Lizabeth so schlecht behandle. Sie warnte vor dem alten Jahr, und sie steckte das Sk'yarlet-Fieber ein, und sie hatte einen heftigen Sturm; aber sie wurde gesund, und eines Tages stand sie in der Nähe, und ich sagte zu ihr, ich sagte:

„Shet de do."

Sie hat es nie getan; Jis stand da, Kiner lächelte mich an. Es macht mich wütend; en Ich sage agin, mächtig laut, ich sage:

"Hörst du mich?" — shet de do!

Sie stand ebenso, und sie lächelte auf. Ich war a-bilin'! Ich sage:

„Ich liege, ich *mache* dich zu mein!"

„En wid dat hole ich ihr einen Schlag auf den Kopf, dat sont sie ausstreckt. Als ich in das Zimmer ging, war ich etwa zehn Minuten fort; und als ich zurückkam, war dat dat a-stannin' open *yit*, en dat chile stannin' mos' right in, a-gucken' a-guckernd downin' and mournin', en de tränen liefen herunter. Meine Güte, aber ich *war* verrückt! Ich war a-gwyne für de chile, aber jis' den - es war ein do' dat offenes Inneres - jis' den, long come de wind en slam it to, behine de chile, *ker-blam!*— En my lan', de Chile never move! Mein Bruder hüpft außerhalb von mir; Ich fühle mich so - so - ich weiß nicht, *wie* ich mich fühle. Ich springe heraus, ganz zitternd, en crope around' en open de do' easy en slow, en steck meinen Kopf in behine de chile, sof' en still, und plötzlich sage ich *pow!* jis' so laut, wie ich schreien konnte. *Sie rührt sich nicht!* Oh, Huck, ich breche weinend aus und nehme sie in meine Arme und sage: „Oh, das kleine Ding! Der Herr, Gott, der Allmächtige Fogive po' ole Jim, kaze he nie gwyne, sich selbst zu verzeihen, solange er lebt!" Oh, sie war plumb deef en dumb, Huck, plumb deef en dumm – und ich hätte sie so behandelt!"

KAPITEL XXIV.

Am andern Tage, gegen Abend, legten wir uns unter einem kleinen Weidenwerg in der Mitte nieder, wo zu beiden Seiten des Flusses ein Dorf lag, und der Herzog und der König fingen an, einen Plan auszuarbeiten, wie sie die Städte bewirtschaften könnten. Jim sprach mit dem Herzog und sagte, er hoffe, es würde nicht nur ein paar Stunden dauern, denn es werde ihm mächtig schwer und ermüdend, wenn er den ganzen Tag mit dem Seil festgebunden im Wigwam liegen müsse. Siehst du, als wir ihn ganz allein ließen, mussten wir ihn fesseln, denn wenn jemand ganz allein und nicht gefesselt auf ihn zukam, würde es nicht so aussehen, als wäre er ein entlaufener Nigger, weißt du. Der Herzog sagte, es *sei* ziemlich hart, den ganzen Tag mit einem Seil liegen zu müssen, und er würde einen Weg finden, um das zu umgehen.

Er war ungewöhnlich hell, der Herzog war es, und er schlug bald zu. Er kleidete Jim in König Lears Outfit an - es war ein langes Kattunkleid mit Vorhang, eine weiße Rosshaarperücke und Schnurrbart; und dann nahm er seine Theaterfarbe und malte Jims Gesicht, Hände, Ohren und Hals ganz in einem toten, matten, einfarbigen Blau, wie ein Mann, der neun Tage lang ertrunken ist. Schuld daran war, wenn er nicht warnte, die schrecklichste Empörung, die ich je gesehen habe. Da nahm der Herzog ein Schild und schrieb es auf eine Schindel, und zwar so:

Kranker Araber - aber harmlos, wenn er nicht mehr bei Sinnen ist.

Und er nagelte die Schindel an eine Latte und stellte die Latte vier oder fünf Fuß vor dem Wigwam auf. Jim war zufrieden. Er sagte, es sei ein besserer Anblick, als jeden Tag ein paar Jahre gefesselt zu liegen und jedes Mal am ganzen Körper zu zittern, wenn ein Geräusch zu hören sei. Der Herzog sagte ihm, er solle sich frei und bequem machen, und wenn sich jemand einmische, so müsse er aus dem Wigwam hüpfen und ein wenig weitergehen und ein oder zwei Heulen wie ein wildes Tier holen, und er rechnete, sie würden sich anzünden und ihn in Ruhe lassen. Das war ein vernünftiges Urteil; Aber man nimmt den Durchschnittsmenschen, und er würde nicht darauf warten, dass er heult. Er sah nicht nur aus, als wäre er tot, er sah noch viel mehr aus.

Diese Räuber wollten es noch einmal mit dem Nonesuch versuchen, weil so viel Geld darin steckte, aber sie hielten es für nicht sicher, denn vielleicht hatte sich die Nachricht zu diesem Zeitpunkt schon verschlechtert. Sie konnten kein Projekt finden, das genau passte; so sagte der Herzog schließlich, er rechne damit, sich ein oder zwei Stunden den Kopf zu zerbrechen und zu sehen, ob er nicht etwas in dem Dorf Arkansaw ausrichten könne; und den König, den er absetzen ließ, würde ohne irgendeinen Plan in das andere Dorf hinübergehen, aber vertraue nur auf die Vorsehung, die ihn auf den gewinnbringenden Weg führen würde - und meinte damit den Teufel, glaube ich. Wir hatten alle Ladenkleidung dort gekauft, wo wir zuletzt angehalten hatten; Und nun zog der König seinen Schwanz an, und er sagte mir, ich solle den meinigen anziehen. Ich habe es natürlich getan. Die Blindgänger des Königs waren ganz schwarz, und er sah wirklich dick und stärkehaltig aus. Ich wusste vorher nie, wie Kleidung einen Körper verändern kann. Früher sah er aus wie der ärgerlichste alte Kerl, den es je gegeben hat; Aber jetzt, wo er seinen neuen weißen Biber abnahm, eine Verbeugung machte und lächelte, sah er so großartig und gut und fromm aus, dass man sagen würde, er sei direkt aus der Arche gekommen und vielleicht war er der alte Levitikus selbst. Jim räumte das Kanu auf, und ich machte mein Paddel bereit. Da lag ein großes Dampfschiff am Ufer weit unten unter der Landzunge, etwa drei Meilen oberhalb der Stadt, das schon ein paar Stunden dort war und Fracht aufnahm. Sagt der König.

„Wenn ich sehe, wie ich gekleidet bin, denke ich, daß es vielleicht besser ist, wenn ich von St. Louis oder Cincinnati oder einem anderen großen Ort herunterkomme. Nehmen Sie das Dampfschiff Huckleberry; Wir werden mit ihr ins Dorf hinunterkommen."

Ich musste mir nicht zweimal befohlen lassen, eine Dampferfahrt zu machen. Ich holte das Ufer eine halbe Meile oberhalb des Dorfes und fuhr dann in dem leichten Wasser die Steilküste entlang. Ziemlich bald kommen wir zu einem netten, unschuldig aussehenden jungen Landmann, der auf einem Baumstamm sitzt und sich den Schweiß vom Gesicht wischt, denn es war mächtig warmes Wetter; und er hatte ein paar große Teppichsäcke bei sich.

„Führe ihre Nase ans Ufer!" sagt der König. Ich habe es geschafft. „Wohin gehen Sie, junger Mann?"

„Für das Dampfschiff; nach Orleans zu gehen."

„Geh an Bord!" sagte der König. „Warten Sie einen Augenblick, mein Diener wird Ihnen die Taschen bringen. Springen Sie heraus, und er ist der Herr, Adolf." - ich meinte mich, wie ich sehe.

Das tat ich, und dann machten wir uns alle drei wieder auf den Weg. Der junge Bursche war sehr dankbar; sagte, es sei harte Arbeit, sein Gepäck bei solchem Wetter zu schleppen. Er fragte den König, wohin er ginge, und der König sagte ihm, er sei heute morgen den Fluss hinunter gekommen und in dem anderen Dorf gelandet, und nun gehe er ein paar Meilen hinauf, um einen alten Freund auf einem Bauernhof dort oben zu besuchen. Der junge Bursche sagt:

„Als ich Sie zum ersten Mal sehe, sage ich mir: „Es ist Mr. Wilks, gewiß, und er ist sehr nahe dran, rechtzeitig hier zu sein." Aber dann sage ich wieder: 'Nein, ich glaube, er ist es nicht, sonst würde er nicht den Fluss hinaufpaddeln.' Du *bist nicht* er, oder?"

„Nein, mein Name ist Blodgett - Elexander Blodgett - *Reverend* Elexander Blodgett, glaube ich, muß ich sagen, denn ich bin einer der armen Diener des Herrn. Aber ich bin immer noch imstande, Mr. Wilks zu bedauern, daß er nicht rechtzeitig gekommen ist, wenn er dabei etwas versäumt hat - was ich hoffe, daß er es nicht getan hat."

„Nun, er vermißt damit kein Eigentum, denn das wird er schon in Ordnung bringen; aber er hat es vermißt, seinen Bruder Peter sterben zu sehen - was ihm vielleicht nichts ausmacht, das kann niemand sagen -, aber sein Bruder würde alles in dieser Welt geben, um ihn zu sehen , bevor er starb; er sprach in all den drei Wochen nie von etwas anderem; er hatte ihn nicht gesehen, seit sie zusammen Knaben waren - und seinen Bruder

William überhaupt nicht gesehen – das ist der Dumme – William ist nicht älter als dreißig oder fünfunddreißig. Peter und George waren die einzigen, die hier herauskamen; George war der verheiratete Bruder; Er und seine Frau starben beide im vergangenen Jahr. Harvey und William sind die einzigen, die jetzt übrig geblieben sind; und, wie ich schon sagte, sie sind nicht rechtzeitig hier angekommen."

„Hat ihnen jemand Nachricht geschickt?"

„O ja; vor ein oder zwei Monaten, als Petrus zum ersten Mal gefangen genommen wurde; denn Peter sagte damals, dass er das Gefühl hatte, dass er davor warnte, dass es diesmal wieder gut werden würde. Sehen Sie, er war ziemlich alt, und Georges G'yirls waren zu jung, um ihm viel Gesellschaft zu leisten, mit Ausnahme von Mary Jane, der Rothaarigen; und so fühlte er sich nach dem Tode Georgs und seiner Frau etwas einsamer und schien sich nicht viel um das Leben zu kümmern. Er wollte Harvey unbedingt sehen – und übrigens auch William –, denn er gehörte zu den Menschen, die es nicht ertragen konnten, ein Testament zu machen. Er hinterließ Harvey einen Brief und sagte, er habe darin erzählt, wo sein Geld versteckt sei, und wie er den Rest des Besitzes aufteilen wolle, damit Georges Vermögen in Ordnung sei – denn George habe nichts hinterlassen. Und dieser Brief war alles, was sie ihn dazu bringen konnten, einen Stift darauf zu setzen.

„Warum glauben Sie, daß Harvey nicht kommt? Wo wohnt er?"

„Oh, er lebt in England – Sheffield – predigt dort – war noch nie in diesem Lande. Er hat nicht allzu viel Zeit gehabt – und außerdem hat er den Brief vielleicht gar nicht bekommen, wissen Sie."

„Schade, schade, dass er nicht mehr leben konnte, um seine Brüder zu sehen, arme Seele. Du gehst nach Orléans, sagst du?"

„Ja, aber das ist nicht nur ein Teil davon. Nächsten Mittwoch fahre ich mit einem Schiff nach Ryo Janeero, wo mein Onkel wohnt."

„Es ist eine ziemlich lange Reise. Aber es wird schön sein; Ich wünschte, ich würde gehen. Ist Mary Jane die Älteste? Wie alt sind die anderen?"

„Mary Jane ist neunzehn, Susan fünfzehn und Johanna etwa vierzehn – das ist diejenige, die sich guten Werken widmet und eine Hasenlippe hat."

„Arme Dinger! in der kalten Welt so allein gelassen zu werden."

„Nun, es könnte ihnen noch schlimmer gehen. Der alte Peter hatte Freunde, und sie werden es ihnen nicht zu Schaden kommen lassen. Da ist Hobson, der Prediger der Babtis; und Diakon Lot Hovey und Ben Rucker und Abner Shackleford und Levi Bell, der Anwalt; und Dr. Robinson und ihre Frauen und die Witwe Bartley und – nun, es gibt eine Menge von ihnen; aber das sind die, mit denen Petrus am dicksten war und über die er manchmal zu schreiben pflegte, wenn er nach Hause schrieb; so wird Harvey wissen, wo er Freunde suchen muss, wenn er hier ankommt."

Nun, der alte Mann fuhr fort, Fragen zu stellen, bis er den jungen Kerl ziemlich leer gemacht hatte. Er tadelte, wenn er sich nicht nach allem und jedem in dieser gesegneten Stadt und nach den Wilkses erkundigte; und von Peters Geschäft, das ein Gerber war; und über George's, der Zimmermann war; und über Harvey's, der ein abtrünniger Minister war; und so weiter und so fort. Dann sagt er:

„Wozu wollten Sie den ganzen Weg bis zum Dampfschiff laufen?"

„Weil es ein großes Schiff aus Orleans ist, und ich fürchtete, es könnte dort nicht aufhören. Wenn sie tief sind, halten sie nicht für einen Hagel an. Ein Boot in Cincinnati wird es tun, aber das hier ist ein Boot in St. Louis."

„War Peter Wilks wohlhabend?"

„O ja, ziemlich wohlhabend. Er besaß Häuser und Ländereien, und man schätzt, daß er drei- oder viertausend Mann in bar in bar versteckt ließ."

„Wann hast du gesagt, dass er gestorben ist?"

„Ich habe es nicht gesagt, aber es war gestern Abend."

„Wahrscheinlich morgen ein Begräbnis?"

„Ja, mitten am Tag."

„Nun, es ist alles schrecklich traurig; Aber wir müssen alle gehen, irgendwann einmal. Was wir also tun wollen, ist, vorbereitet zu sein; Dann ist alles in Ordnung."

„Ja, Sir, das ist der beste Weg. Ma hat das immer gesagt."

Als wir das Boot trafen, war es fast fertig mit dem Beladen, und ziemlich bald stieg es ab. Der König hat nie etwas davon gesagt, an Bord zu gehen, und so habe ich doch meine Fahrt verloren. Als das Boot fort war, ließ mich der König noch eine Meile hinaufpaddeln bis zu einem einsamen Ort, dann ging er an Land und sagte:

„Nun eilen Sie zurück, gleich los, und holen Sie den Herzog und die neuen Teppichtaschen. Und wenn er auf die andere Seite gegangen ist, so geh hinüber und gib ihm einen Spott. Und sag ihm, dass er sich trotzdem aufraffen soll. Schieben Sie jetzt weiter."

Ich verstehe, was *er* vorhatte, aber ich habe natürlich nie nichts gesagt. Als ich mit dem Herzog zurückkam, versteckten wir das Kanu, und dann setzten sie sich auf einen Baumstamm, und der König erzählte ihm alles, wie der junge Mann es gesagt hatte, jedes letzte Wort davon. Und die ganze Zeit, die er dabei war, versuchte er, wie ein Engländer zu sprechen; Und er tat es auch ziemlich gut, wenn auch für eine Slouch. Ich kann ihn nicht nachahmen, und deshalb werde ich es auch nicht versuchen; Aber er hat es wirklich ziemlich gut gemacht. Dann sagt er:

„Wie geht es dir auf dem Teufel, Bilgewasser?"

Der Herzog sagte: Laß ihn dafür in Ruhe; Er sagte, er habe auf den Histronic-Brettern einen Dummkopf gespielt. Und dann warteten sie auf ein Dampfschiff.

Gegen Mitte des Nachmittags kommen ein paar kleine Boote daher, aber sie kamen nicht hoch genug den Fluß hinauf; aber endlich war da ein großer, und sie riefen ihm zu. Sie schickte ihre Jolle aus, und wir gingen an Bord, und sie war aus Cincinnati; und als sie merkten, daß wir nur vier oder fünf Meilen gehen wollten, wurden sie wütend, beschimpften uns und sagten, sie würden uns nicht landen. Aber der König war ca'm. Er sagt:

„Wenn ein Gentleman es sich leisten kann, einen Dollar pro Meile zu bezahlen, um in einer Jolle aufgenommen und abgesetzt zu werden, so kann es sich ein Dampfschiffsverwandter leisten, sie zu tragen, nicht wahr?"

Da wurden sie weich und sagten, es sei alles in Ordnung; und als wir im Dorf ankamen, gähnten sie uns an Land. Etwa zwei Dutzend Männer strömten herbei, als sie die Jolle kommen sahen und der König sagte:

„Können Sie mir nur sagen, wer Mr. Peter Wilks wohnt?" Sie warfen einander einen Blick zu und nickten mit dem Kopfe, als wollten sie sagen: „Was soll ich Ihnen sagen?" Dann sagt einer von ihnen, irgendwie sanft und sanft:

„Es tut mir leid, Sir, aber das Beste, was wir tun können, ist, Ihnen zu sagen, wo er gestern abend gelebt hat."

Plötzlich wie ein Augenzwinkern stürzte das alte Geschöpf zu zertrümmern, fiel gegen den Mann, legte sein Kinn auf seine Schulter, schrie ihm den Rücken hinunter und sagte:

„Ach, ach, unser armer Bruder ist fort, und wir haben ihn nie gesehen; Oh, es ist zu schwer, zu schwer!"

Dann dreht er sich plappernd um und macht dem Herzog eine Menge idiotischer Zeichen an seinen Händen, die ihm vorgeworfen werden, wenn *er* nicht einen Teppichsack fallen lässt und weint. Wenn sie nicht das geschlagenste Los warnen, so sind es die beiden Betrüger, die ich je geschlagen habe.

Nun, die Männer versammelten sich um sie und hatten Mitleid mit ihnen und sagten ihnen allerlei Freundliches und trugen ihre Teppichsäcke für sie den Hügel hinauf, und sie ließen sie sich an sie lehnen und weinen, und erzählten dem König alles von den letzten Augenblicken seines Bruders, und der König erzählte es dem Herzog noch einmal mit seinen Händen. Und beide machten sich über den toten Gerber lustig, als hätten sie die zwölf Jünger verloren. Nun, wenn ich jemals etwas Ähnliches getroffen habe, dann bin ich ein Nigger. Das genügte, um einen Körper dazu zu bringen, sich der menschlichen Rasse zu schämen.

KAPITEL XXV.

In zwei Minuten waren die Nachrichten in der ganzen Stadt, und man konnte sehen, wie die Leute auf der Flucht von allen Seiten herbeieilten, einige von ihnen zogen ihre Mäntel an, als sie kamen. Bald befanden wir uns mitten in einer Menschenmenge, und der Lärm des Trampelns glich einem Soldatenmarsch. Die Fenster und Türhöfe waren voll; Und jede Minute sagte jemand über einen Zaun hinweg:

„Sind sie es?"

Und jemand, der mit der Bande herabtrabte, antwortete zurück und sagte:

„Darauf kannst du wetten."

Als wir an das Haus kamen, war die Straße davor überfüllt, und die drei Mädchen standen in der Tür. Mary Jane *war* rothaarig, aber das macht keinen Unterschied, sie war schrecklich schön, und ihr Gesicht und ihre Augen leuchteten wie Glorie, so froh war sie, daß ihre Onkel gekommen waren. Der König breitete die Arme aus, und Maria Jane sprang für sie, und die Hasenlippe sprang für den Herzog, und da *hatten* sie es! Alle, vor allem die Frauen, weinten vor Freude, sie endlich wieder zu sehen und so gute Zeiten zu haben.

Dann beugte der König den Herzog zu sich - ich sehe, wie er es tat -, und dann sah er sich um und sah den Sarg, der drüben in der Ecke auf zwei Stühlen stand; Und dann gingen er und der Herzog, einander die Hand auf die Schulter gelegt, die andere Hand an die Augen, langsam und feierlich hinüber, und alle ließen sich zurückfallen, um ihnen Platz zu machen, und all das Gerede und der Lärm hörten auf, die Leute sagten: „Sch!" und alle Männer nahmen ihre Hüte ab und senkten die Köpfe, so daß man eine Stecknadel fallen hörte. Und als sie dort ankamen, beugten sie sich vor und sahen in den Sarg hinein, und dann sahen sie einen

Anblick, und dann brachen sie in Tränen aus, so daß man sie bis nach Orleans hören konnte, die meisten; Und dann legten sie einander die Arme um den Hals und legten das Kinn über die Schultern; und dann für drei Minuten, oder vielleicht vier, sehe ich nie zwei Männer, die so lecken, wie sie es getan haben. Und, wohlgemerkt, alle taten dasselbe; und der Ort war so feucht, wie ich so etwas noch nie gesehen habe. Da stieg einer von ihnen auf die eine Seite des Sarges und der andere auf die andere Seite, und sie knieten nieder, legten ihre Stirn auf den Sarg und beteten ganz für sich allein. Nun, wenn es darauf ankam, funktionierte es in der Menge, wie man so etwas nie sieht, und alle brachen zusammen und schluchzten laut – die armen Mädchen auch; Und fast jede Frau ging auf die Mädchen zu, ohne ein Wort zu sagen, und küßte sie feierlich auf die Stirn, legte dann die Hand auf ihren Kopf und sah zum Himmel empor, wobei die Tränen herunterliefen, und dann brach sie aus und ging schluchzend und tupfend davon und gab der nächsten Frau ein Schauspiel. Ich habe noch nie etwas so Ekelhaftes gesehen.

Nun, nach und nach steht der König auf und tritt ein wenig vor, rappelt sich auf und sabbert eine Rede, ganz voll Tränen und Geschwätz darüber, daß es für ihn und seinen armen Bruder eine schmerzliche Prüfung sei, die Kranken zu verlieren und die Kranken nach der langen Reise von viertausend Meilen nicht lebendig zu sehen. Aber es ist eine Prüfung, die uns durch dieses liebe Mitleid und diese heiligen Tränen versüßt und geheiligt wird, und so dankt er ihnen aus seinem Herzen und aus dem Herzen seines Bruders, weil sie es aus ihrem Munde nicht können, weil die Worte zu schwach und kalt sind, und all diese Art von Fäulnis und Matsch, bis es nur noch widerlich war; und dann plätschert er ein frommes Amen heraus, macht sich los und weint, bis zum Zerbrechen.

Und in dem Moment, in dem die Worte aus seinem Mund waren, stimmte jemand drüben in der Menge den Doxolojer an, und jeder stimmte mit aller Kraft mit, und es wärmte einen einfach auf und man fühlte sich so gut wie in der Kirche. Musik *ist* eine gute Sache, und nach all dem Seelenbutter- und Quatsch habe ich nie gesehen, dass sie die Dinge so auffrischt und so ehrlich und tyrannisch klingt.

Da fängt der König wieder an, seinen Kiefer zu bearbeiten, und sagt, wie er und seine Nichten sich freuen würden, wenn einige der vornehmsten Freunde der Familie heute abend hier mit ihnen zu Abend aßen und mit der Asche der Kranken aufrichten halfen; Und er sagt, wenn sein armer Bruder, der dort liege, sprechen könnte, so wüßte er, wen er nennen würde, denn es waren Namen, die ihm sehr teuer waren und die er oft in seinen Briefen erwähnte; und so wird er dieselben nennen, nämlich wie folgt: Reverend Mr. Hobson und Diakon Lot Hovey und Mr. Ben Rucker und Abner Shackleford und Levi Bell und Dr. Robinson und ihre Frauen und die Witwe Bartley.

Reverend Hobson und Dr. Robinson waren zusammen bis ans Ende der Stadt auf der Jagd – das heißt, der Doktor schickte einen Kranken in die andere Welt, und der Prediger machte ihm recht. Rechtsanwalt Bell war geschäftlich in Louisville. Aber die übrigen waren zur Stelle, und so kamen sie alle, schüttelten dem König die Hand, dankten ihm und sprachen mit ihm; Und dann schüttelten sie dem Herzog die Hand und sagten nichts, sondern lächelten weiter und wippten mit den Köpfen wie ein Haufen Saftköpfe, während er mit seinen Händen allerlei Zeichen machte und die ganze Zeit „Schleim-Schleim-Schleim" sagte, wie ein Kind, das nicht sprechen kann.

Und der König machte sich auf den Weg und erkundigte sich nach so ziemlich jedem Hund in der Stadt, bei seinem Namen, und erzählte von allerlei kleinen Dingen, die sich einmal in der Stadt zugetragen hatten, oder mit Georgs Familie oder mit Peter. Und er ließ immer durchblicken, dass Petrus ihm die Dinge schrieb; Aber das war eine Lüge: er holte jeden Seligen aus dem jungen Flachkopf, den wir mit dem Kanu zum Dampfschiff hinauffuhren.

Da holte Mary Jane den Brief, den ihr Vater zurückgelassen hatte, und der König las ihn laut vor und weinte darüber. Er gibt den Mädchen das Wohnhaus und dreitausend Dollar Gold; und es gab den Tanyard (der ein gutes Geschäft machte), nebst einigen anderen Häusern und Grundstücken (im Wert von etwa siebentausend) und dreitausend Dollar in Gold an Harvey und William, und erzählte, wo die sechstausend Dollar im Keller versteckt waren. Da sagten die beiden Betrüger, sie wollten es holen und alles in Ordnung bringen; und sagte mir, ich solle mit einer Kerze kommen. Wir schlossen die Kellertür hinter uns, und als sie den Sack fanden, verschütteten sie ihn auf dem Boden, und es war ein schöner Anblick, alles junge Jungs. Meine Güte, wie die Augen des Königs geleuchtet haben! Er klopft dem Herzog auf die Schulter und sagt:

„Oh, *das* ist kein Tyrann und auch nichts! O nein, ich glaube nicht! Warum, Bilji, es schlägt den Nonesuch, *nicht wahr*?"

Der Herzog ließ es zu. Sie streichelten die Knaben, siebten sie durch ihre Finger und ließen sie auf dem Fußboden klimpern; Und der König sagt:

„Es hat keinen Zweck, zu reden; Brüder eines reichen Toten und Repräsentanten von Furrin-Erben zu sein, das ist die Grenze für dich und mich, Bilge. Ihr kommt aus Vertrauen auf die Vorsehung. Auf lange Sicht ist es der beste Weg. Ich habe sie alle ausprobiert, und es gibt keinen besseren Weg."

Fast jeder wäre mit dem Stapel zufrieden gewesen und hätte ihn im Vertrauen genommen; Aber nein, sie müssen es zählen. Also zählen sie es, und es fehlen vierhundertfünfzehn Dollar. Sagt der König:

„Dern Sie ihn, ich frage mich, was er mit den vierhundertfünfzehn Dollar gemacht hat?"

Sie machten sich eine Weile Sorgen darüber und durchsuchten überall danach. Da sagt der Herzog:

„Nun, er war ein ziemlich kranker Mann, und wahrscheinlich hat er einen Fehler gemacht – ich glaube, so ist es. Der beste Weg ist, es loszulassen und still zu bleiben. Wir können es entbehren."

„Oh,, ja, wir können es *entbehren*. Ich weiß nichts davon – es ist die Zählung, an die ich denke. Wir wollen hier schrecklich ehrlich und offen und ehrlich sein, wissen Sie. Wir wollen dieses Geld die Treppe hinaufschleppen und es vor allen anderen zählen – dann ist nichts mehr verdächtig. Aber wenn der Tote sagt, es seien sechstausend Dollar, wissen Sie, wir wollen doch nicht ..."

„Halt," sagt der Herzog. „Le's macht den Deffisit," und er fing an, die Jungs aus der Tasche zu ziehen.

„Das ist eine höchst erstaunliche und gute Idee, Herzog - du *hast* einen klappernden Kopf an dir," sagte der König. „Selig, wenn der alte Nonesuch uns nicht aus dem Leibe fährt," und *er* fing an, seine Jacken hervorzuholen und sie aufzuschichten.

Es hat sie am meisten erwischt, aber sie haben die sechstausend sauber und klar ausgemacht.

„Sagen Sie," sagte der Herzog: „ich habe eine andere Idee. Wir gehen die Treppe hinauf, zählen das Geld, nehmen es und *geben es den Mädchen.*"

„Gutes Land, Herzog, lass mich dich umarmen! Es ist die schillerndste Idee, die je ein Mensch getroffen hat. Du hast gewiß den erstaunlichsten Kopf, den ich je gesehen habe. Oh, das ist das Ausweichen des Bosses, da ist kein Irrtum. Laßt sie jetzt ihren Verdacht hereinholen, wenn sie wollen - das wird sie aufdecken."

Als wir die Treppe hinaufkamen, drängten sich alle um den Tisch, und der König zählte es und stapelte es, dreihundert Dollar auf einem Haufen - zwanzig elegante kleine Haufen. Alle sahen hungrig aus und leckten sich die Koteletts. Dann steckten sie es wieder in den Sack, und ich sehe, wie der König sich zu einer neuen Rede aufzublähen anfing. Er sagt:

„Freunde alle, mein armer Bruder, der dort liegt, hat großzügig für die getan, die im Tal der Sorrer zurückgeblieben sind. Er hat großzügig gehandelt mit diesen armen kleinen Lämmern, die er liebte und behütete und die vater- und mutterlos geblieben sind. Ja, und wir, die wir ihn kannten, wissen, daß er freigebiger gegen sie gewesen wäre, wenn er nicht gefürchtet hätte, seinen lieben William und mich zu verletzen. Nun, *würde er nicht wahr*? Es ist keine Frage, ob es *mir* in den Sinn kommt. Nun, was für Brüder würden es sein, die sich ihm einmal in den Weg stellen würden? Und was für Onkel würde es sein, die arme, süße Lämmer berauben würden, wie diese er einst so liebte? Wenn ich William kenne - und ich *glaube* es zu wissen -, dann werde ich ihn scherzhaft fragen.« Er dreht sich um und fängt an, dem Herzog mit seinen Händen viele Zeichen zu machen, und der Herzog schaut ihn eine Weile dumm und lederköpfig an; Dann scheint er plötzlich zu begreifen, was er meint, und springt auf den

König zu, gurrt mit aller Kraft vor Freude und umarmt ihn etwa fünfzehn Mal, bevor er nachlässt. Da sagt der König: "Ich habe es gewusst; Ich denke, *das* wird jeden so überzeugen, wie *er* darüber denkt. Hier, Mary Jane, Susan, Joanner, nehmt das Geld - nehmt alles. Es ist das Geschenk dessen, der dort liegt, kalt, aber freudig."

Mary Jane ging auf ihn los, Susan und die Hasenlippe auf den Herzog, und dann noch einmal so eine Umarmung und einen solchen Kuß habe ich noch nie gesehen. Und alle drängten sich mit Tränen in den Augen, und die meisten schüttelten die Hände von den Betrügern und sagten die ganze Zeit:

„Ihr *lieben*, guten Seelen! - wie *schön!* - wie *konntest* du nur!"

Nun, bald kamen alle wieder auf den Kranken zu sprechen, und wie gut er sei, und was für ein Verlust er sei, und all das; Und es dauerte nicht lange, da arbeitete sich ein großer Mann mit eisernen Kiefern von draußen hinein und stand lauschend und schauend da, ohne etwas zu sagen; Und auch niemand sagte etwas zu ihm, denn der König sprach und alle hörten zu. Der König sagte - mitten in etwas, mit dem er begonnen hatte -

„Sie sind Freunde der Kranken. Darum sind sie heute abend hierher eingeladen; aber morgen wollen wir , daß alle kommen - alle, denn er achtete jeden, er mochte jeden, und so ist es gut, daß seine Leichenorgien öffentlich werden."

Und so ging er hin und her, hörte sich gern reden und holte von Zeit zu Zeit seine Leichenorgien wieder ein, bis der Herzog es nicht mehr aushielt; so schrieb er auf ein Stückchen Papier: »*Trauerfeier,* du alter Narr!« faltete es zusammen und ging zum Schleichen und streckte es über die Köpfe der Leute hinweg zu ihm aus. Der König liest es, steckt es in seine Tasche und sagt:

„Armer William, betrübt wie er ist, hat sein *Herz* recht. Bittet mich, alle zur Beerdigung einzuladen - bittet mich, sie alle willkommen zu heißen. Aber er braucht sich keine Sorgen zu machen - es war ein Scherz, was ich vorhatte."

Dann schlängelt er sich wieder dahin, ganz ka'm, und geht hin und wieder dazu über, seine Beerdigungsorgien einzustreuen, so wie er es früher getan hat. Und als er es zum dritten Mal tat, sagte er:

„Ich sage Orgien, nicht weil es der gebräuchliche Ausdruck ist, weil es nicht der gebräuchliche Ausdruck ist –, sondern weil Orgien der richtige Ausdruck ist. Trauerfeiern werden in England jetzt nicht mehr gebraucht – sie sind verschwunden. Wir sagen jetzt in England Orgien. Orgien sind besser, weil sie genau das bedeuten, wonach du suchst. Es ist ein Wort, das aus dem griechischen *orgo*, außen, offen, auswendig ist, und dem hebräischen *jeesum*, pflanzen, bedecken; daher inter. Also, sehen Sie, Beerdigungsorgien sind ein öffentliches Begräbnis."

Er war der *schlimmste*, den ich je geschlagen habe. Nun, dem Mann mit dem eisernen Kiefer lachte er direkt ins Gesicht. Alle waren schockiert. Alle sagen: „Warum, *Doktor!*" und Abner Shackleford sagt:

„Warum, Robinson, hast du die Neuigkeiten nicht gehört? Das ist Harvey Wilks."

Der König lächelte eifrig, schob seine Klappe heraus und sagte:

„*Ist* es der liebe gute Freund und Arzt meines armen Bruders? Ich ..."

„Lassen Sie die Finger von mir!", sagt der Arzt. „*Sie* sprechen wie ein Engländer, *nicht wahr*? Es ist die schlimmste Nachahmung, die ich je gehört habe. *Du* bist Peter Wilks' Bruder! Du bist ein Betrüger, das bist du!"

Tja, wie sie es alle annahmen! Sie drängten sich um den Doktor und versuchten, ihn zu beruhigen, und versuchten, ihm zu erklären und ihm zu erzählen, wie Harvey auf vierzig Arten gezeigt hatte, daß er Harvey war, und daß er jeden mit Namen und die Namen der Hunde kannte, und flehte und *flehte* ihn an, Harveys Gefühle und die des armen Mädchens nicht zu verletzen. und all das. Aber es nützt nichts; Er stürmte sofort los und sagte, jeder Mann, der sich als Engländer ausgab und den Jargon nicht besser nachahmen konnte als das, was er tat, sei ein Betrüger und Lügner. Die armen Mädchen hingen am König und weinten; Und plötzlich hebt und wendet sich der Arzt gegen *sie*. Er sagt:

„Ich war deines Vaters Freund, und ich bin dein Freund; und ich warne dich *als* Freund, und als ehrlicher Freund, der dich schützen und vor Unheil und Ärger bewahren will, diesem Schurken den Rücken zu kehren und nichts mit ihm zu tun zu haben, dem unwissenden Landstreicher, mit seinem idiotischen Griechisch und Hebräisch, wie er es nennt. Er ist die dünnste Art von Betrüger – er ist mit einer Menge leerer Namen und Tatsachen hierher gekommen, die er irgendwo aufgeschnappt hat, und man hält sie für *Beweise* und wird von diesen törichten Freunden hier, die es besser wissen sollten, zum Narren gehalten. Mary Jane Wilks, Sie kennen mich als Ihre Freundin und auch als Ihre selbstlose Freundin. Nun höre mich an; Weisen Sie diesen bemitleidenswerten Schurken aus – ich *bitte* Sie, es zu tun. Willst du?"

Mary Jane richtete sich auf, und meine Güte, aber sie sah hübsch aus! Sie sagt:

„*Hier* ist meine Antwort." Sie hob den Sack mit dem Geld auf, legte ihn in die Hände des Königs und sagte: „Nimm diese sechstausend Dollar und investiere für mich und meine Schwestern, wie du willst, und gib uns keine Quittung dafür."

Dann legte sie auf der einen Seite den Arm um den König, und Susanne und die Hasenlippe taten dasselbe auf der andern. Alle klatschten in die Hände und stampften wie ein perfekter Sturm auf den Boden, während der König den Kopf hob und stolz lächelte. Der Arzt sagt:

„In Ordnung; Ich wasche *meine* Hände in Unschuld. Aber ich warne euch alle, dass eine Zeit kommen wird, in der ihr euch krank fühlen werdet, wenn ihr an diesen Tag denkt." Und fort ging er.

„Gut, Doktor," sagte der König und verspottete ihn freundlicher; „Wir werden versuchen, sie dazu zu bringen, nach Ihnen zu schicken," was sie alle zum Lachen brachte, und sie sagten, es sei ein erstklassiger Erfolg.

KAPITEL XXVI.

Nun, als sie alle fort waren, fragte der König Mary Jane, wie es ihnen ginge, freie Zimmer zu finden, und sie sagte, sie hätte ein freies Zimmer, das würde für Onkel William genügen, und sie würde Onkel Harvey ihr eigenes Zimmer geben, das ein wenig größer sei, und sie würde mit ihren Schwestern in das Zimmer gehen und auf einem Kinderbett schlafen; Und oben in der Mansarde stand ein kleines Fach, in dem eine Palette stand. Der König sagte, das Kind würde für sein Tal gut sein - und meinte damit mich.

Mary Jane nahm uns auf und zeigte ihnen ihre Zimmer, die schlicht, aber schön waren. Sie sagte, sie würde ihre Kleider und viele andere Fallen aus ihrem Zimmer holen lassen, wenn sie Onkel Harvey im Weg kämen, aber er sagte, sie warnten davor. Die Kleider hingen an der Wand, und vor ihnen hing ein Vorhang aus Kattun, der bis zum Boden herabhing. In der einen Ecke stand ein alter Haarkoffer, in der anderen ein Gitarrenkasten, und allerlei kleiner Schnickschnack und Schnickschnack herum, wie man mit Mädchen ein Zimmer aufbrät. Der König sagte, es sei um so wohnlicher und angenehmer durch diese Einrichtungen, und so störe sie nicht. Das Zimmer des Herzogs war ziemlich klein, aber gut genug, und mein Kämmerlein auch.

An diesem Abend gab es ein großes Abendessen, und alle Männer und Frauen waren da, und ich stand hinter dem König und den Stühlen des Herzogs und wartete auf sie, und die Nigger warteten auf die übrigen. Mary Jane setzte sie an das Kopfende des Tisches, Susanne neben sich, und sagte, wie schlecht die Kekse seien. und wie gemein die Konserven waren, und wie kunstvoll und zäh die gebratenen Hühner waren - und all diese Art von Fäulnis, wie Frauen es immer tun, um Komplimente zu erzwingen; Und die Leute wußten alle, daß alles topp war, und sagten es - sagten: „Wie kriegst du Kekse, die so schön braun werden?" und „Wo, um Himmels willen, *hast* du diese erstaunlichen Gurken her?" und all das Humbug-Geschwätz, so wie man es immer beim Abendessen macht, weißt du.

Und als alles fertig war, aßen ich und der Hase in der Küche von den Hinterlassenschaften zu Abend, während die andern den Niggern halfen, die Sachen aufzuräumen. Die Hasenlippe, die sie dazu brachte, mich über England zu beschwören, und selig, wenn ich nicht glaubte, dass das Eis manchmal mächtig dünn wurde. Sie sagt:

„Hast du jemals den König gesehen?"

„Wer? Wilhelm Vierter? Nun, ich wette, ich habe - er geht in unsere Kirche." Ich wusste schon vor Jahren, dass er tot war, aber ich habe es mir nie anmerken lassen. Wenn ich also sage, dass er in unsere Gemeinde geht, sagt sie:

„Was - regelmäßig?"

„Ja - regelmäßig. Seine Kirchenbank ist rechts gegenüber der unsrigen - auf der anderen Seite die Kanzel."

„Ich dachte, er wohnte in London?"

„Nun, das tut er. Wo *würde* er wohnen?"

„Aber ich dachte, *Sie* lebten in Sheffield?"

Ich sehe, ich war auf einem Stumpf. Ich musste mir anmerken lassen, dass ich mich mit einem Hühnerknochen verschlucken ließ, um Zeit zu haben, darüber nachzudenken, wie ich wieder runterkomme. Dann sage ich:

„Ich meine, er geht regelmäßig in unsere Kirche, wenn er in Sheffield ist. Das ist nur im Sommer, wenn er dorthin kommt, um das Meer zu baden."

„Nun, wie Sie sprechen - Sheffield liegt nicht auf dem Meer."

„Nun, wer hat gesagt, daß es so ist?"

„Ja, das hast du."

„Ich *habe es nicht geahnt.*"

„Das hast du!"

„Das habe ich nicht."

„Das hast du."

„Ich habe nie etwas dergleichen gesagt."

„Nun, was *hast* du denn gesagt?"

„Er sagte, er sei gekommen, um ein *Seebad zu nehmen* - das habe ich gesagt."

„Nun, wie soll er dann das Seebad nehmen, wenn es nicht auf dem Meere ist?"

„Sehen Sie hier," sage ich; „Haben Sie jemals Kongreßwasser gesehen?"

„Ja."

„Nun, mussten Sie zum Kongress gehen, um es zu bekommen?"

„Nein, nein."

„Nun, auch Wilhelm Vierter muss nicht ans Meer gehen, um ein Bad im Meer zu nehmen."

„Wie kommt er denn darauf?"

„Er bekommt es so, wie die Leute hier unten Kongreßwasser bekommen - in Fässern. Dort im Palast zu Sheffield haben sie Öfen, und er will sein Wasser heiß heiß haben. Sie können diese Menge Wasser nicht dort auf dem Meer weggallen. Sie haben keine Annehmlichkeiten dafür."

„Oh, ich verstehe jetzt. Vielleicht haben Sie das von vornherein gesagt und Zeit gespart."

Als sie das sagte, war ich wieder über den Berg, und so fühlte ich mich wohl und froh. Als nächstes sagt sie:

„Gehst du auch in die Kirche?"

„Ja - regelmäßig."

„Wo setzt du dich hin?"

„Nun, in unserer Kirchenbank."

„*Wessen* Kirchenbank?"

„Nun, *unserer,* der deines Onkels Harvey."

„Seine? Was will *er* mit einer Kirchenbank?"

„Er will, dass es einsetzt. Was *meinten Sie,* was er damit wollte?"

„Nun, ich dachte, er würde auf der Kanzel stehen."

Verdammt noch mal, ich vergaß, er war ein Prediger. Ich sehe, dass ich wieder auf einem Stumpf war, also spielte ich noch einen Hühnerknochen und kam mir noch einmal auf die Idee. Dann sage ich:

„Glaubst du, es gibt nicht nur einen Prediger in einer Gemeinde?"

„Warum, was wollen sie mit mehr?"

„Was! - vor einem König predigen? Ich habe noch nie ein solches Mädchen wie dich gesehen. Sie haben nicht weniger als siebzehn."

„Siebzehn! Mein Land! Nun, ich würde nicht so eine Saite auslegen, nicht, wenn ich *nie* zu Ruhm gelangte. Sie müssen eine Woche brauchen."

„Sie predigen nicht *alle* am selben Tag - nur *einer* von ihnen."

„Nun, was machen dann die andern?"

„Oh, nicht viel. Räkeln Sie sich herum, reichen Sie den Teller - und das eine oder andere. Aber vor allem tun sie nicht nichts."

„Nun, wozu dienen sie?"

„Nun, sie sind für *den Stil*. Weißt du denn nichts?"

„Nun, ich *will* solche Dummheiten nicht kennen. Wie werden Dienstboten in England behandelt? Behandeln sie sie besser als wir unsere Nigger?"

„*Nein!* Ein Diener ist nicht da. Sie behandeln sie schlimmer als Hunde."

„Geben sie ihnen nicht Feiertage, so wie wir es tun, Weihnachten und Neujahr und den 4. Juli?"

„Oh, höre nur! Man könnte sagen , dass man noch nie in England war. Ach, Hase, Johanna, sie sehen nie einen Feiertag von Jahresende bis Jahresende; Geh nie in den Zirkus, noch ins Theater, noch in Niggershows noch ins Nirgendwo."

„Auch nicht in der Kirche?"

„Auch nicht in der Kirche."

„Aber *du* bist immer in die Kirche gegangen."

Nun, ich war wieder hinauf. Ich vergaß, daß ich der Diener des alten Mannes war. Aber im nächsten Augenblick kam ich mit einer Art

Erklärung herum, wie ein Tal etwas anderes sei als ein gewöhnlicher Diener, *der* in die Kirche gehen müsse, ob er wolle oder nicht, und mit der Familie zusammenziehe, weil es das Gesetz sei. Aber ich habe es nicht ganz gut gemacht, und als ich fertig war, sah ich, dass sie nicht zufrieden war. Sie sagt:

„Ehrlicher Mann, hast du mir nicht eine Menge Lügen erzählt?"

„Ehrlicher Injun," sagte ich.

„Gar nichts davon?"

„Überhaupt nichts davon. Keine Lüge darin!" sagte ich.

„Lege deine Hand auf dieses Buch und sag es."

Ich sehe, dass es nicht nur ein Wörterbuch ist, also legte ich meine Hand darauf und sagte es. Da sah sie ein wenig zufriedener aus und sagte:

„Nun, dann will ich einiges davon glauben; aber ich hoffe, gnädig zu sein, wenn ich dem andern glauben werde."

„Was willst du nicht glauben, Joe?" fragt Mary Jane und tritt mit Susan hinter sich herein. „Es ist weder recht noch gütig von dir, so mit ihm zu reden, und er ist ein Fremder und so weit von seinen Leuten entfernt. Wie möchten Sie so behandelt werden?"

„Das ist immer deine Art, Maim - immer hineinzusegeln, um jemandem zu helfen, bevor er verletzt wird. Ich habe ihm nichts getan. Er hat mir wohl ein paar Bahren gesagt, und ich habe gesagt, ich würde nicht alles schlucken; und das ist alles, was ich *gesagt habe*. Ich glaube, er kann so ein kleines Ding ertragen, nicht wahr?"

„Es ist mir gleichgültig, ob es klein oder groß war; Er ist hier in unserem Haus und ein Fremder, und es war nicht gut von dir, das zu sagen. Wenn du an seiner Stelle wärst, würdest du dich schämen; Und deshalb solltest du zu einem andern nichts sagen, was *ihn* beschämen würde."

„Nun, Mama, er hat gesagt ..."

„Es macht keinen Unterschied, was er *gesagt hat* - das ist nicht die Sache. Es kommt darauf an, daß du ihn freundlich behandelst und nicht Dinge sagst, die ihn daran erinnern, daß er nicht in seinem eigenen Lande und unter seinen eigenen Leuten ist."

Ich sage mir, *das* ist ein Mädchen, das ich mir von diesem alten Reptil um ihr Geld berauben lasse!

Dann kam Susanne herein, und wenn Ihr mir glaubt, sie hat Hasenlippe aus dem Grab herabgeholt!

Sage ich zu mir selbst, und das ist *wieder* eine von ihm, die ich ihr Geld rauben lasse!

Dann nahm Mary Jane ein weiteres Inning und ging wieder süß und lieblich hinein - was ihre Art war; aber als sie fertig war, war von der armen Hasenlippe kaum noch etwas übrig. Also brüllte sie.

„Also gut," sagten die andern Mädchen; „Sie bitten ihn nur um Verzeihung."

Sie tat es auch; Und sie hat es wunderschön gemacht. Sie machte es so schön, dass es gut zu hören war; und ich wünschte, ich könnte ihr tausend Lügen erzählen, damit sie es noch einmal tun könnte.

Ich sage mir, das ist *wieder eine* Sache, in der ich ihn ihres Geldes berauben lasse. Und als sie fertig war, machten sie alle Spaß, damit ich mich wie zu Hause fühlte und wusste, dass ich unter Freunden war. Ich fühlte mich so mürrisch und niedergeschlagen und gemein, dass ich mir sagte, ich habe mich entschieden; Ich werde das Geld für sie verprügeln oder pleite gehen.

Dann machte ich mich auf den Weg - zum Bett, sagte ich und meinte damit irgendwann. Als ich wieder allein war, dachte ich über die Sache nach. Ich sage mir: Soll ich zu diesem Arzt gehen und diese Betrügereien aufdecken? Nein - das geht nicht. Er könnte erzählen, wer es ihm gesagt hat; Dann machten es mir der König und der Herzog warm. Soll ich gehen und Mary Jane davon erzählen? Nein - ich würde es nicht tun. Ihr Gesicht würde ihnen einen Wink geben, gewiß; Sie haben das Geld, und sie würden sofort rausrutschen und damit durchkommen. Wenn sie Hilfe holen würde, würde ich mich in das Geschäft verwickeln, bevor es erledigt wäre, urteile ich. Nein; Es gibt keinen guten Weg außer einem. Ich musste das Geld irgendwie stehlen; und ich muss es irgendwie stehlen, damit sie nicht den Verdacht haben, dass ich es getan habe. Sie haben hier etwas Gutes, und sie werden nicht eher weggehen, als bis sie diese Familie und diese

Stadt gespielt haben, was das Zeug hält, also werde ich eine Gelegenheit genug finden. Ich werde es stehlen und verstecken; und nach und nach, wenn ich den Fluß hinunter bin, werde ich einen Brief schreiben und Mary Jane sagen, wo er versteckt ist. Aber ich sollte es heute Abend besser machen, wenn ich kann, denn der Doktor hat vielleicht nicht so viel nachgelassen, wie er es zugibt; Er könnte sie noch von hier vertreiben.

Also, denke ich, gehe ich hin und durchsuche die Zimmer. Oben war der Saal dunkel, aber ich fand das Zimmer des Herzogs und fing an, mit den Händen darin herumzuscharren; aber ich erinnerte mich, daß es dem König nicht sehr ähnlich wäre, wenn er jemand anderen als sich selbst um das Geld kümmern ließe; Also ging ich in sein Zimmer und fing an, dort mit den Pfoten herumzuscharren. Aber ich sehe, ich könnte nichts tun ohne eine Kerze, und ich würde natürlich keine anzünden. Also beschloss ich, dass ich das andere tun musste – mich für sie hinlegen und lauschen. Um diese Zeit hörte ich ihre Schritte kommen und wollte unter das Bett hüpfen; Ich griff danach, aber es war nicht dort, wo ich es mir vorgestellt hatte; aber ich berührte den Vorhang, der Mary Janes Kleider verbarg, und so sprang ich dahinter, kuschelte mich zwischen die Kleider und stand ganz still da.

Sie kommen herein und schließen die Tür; Und das erste, was der Herzog tat, war, daß er hinunterstieg und unter das Bett schaute. Dann war ich froh, dass ich das Bett nicht gefunden hatte, als ich es haben wollte. Und doch ist es irgendwie natürlich, sich unter dem Bett zu verstecken, wenn man etwas Privates im Schilde führt. Da setzen sie sich nieder, und der König sagt:

„Nun, was ist das? Und kürzen Sie es mittelmäßig kurz, denn es ist besser für uns, dort unten zu sein und die Trauer zu vernichten, als hier oben, um ihnen Gelegenheit zu geben, mit uns zu reden."

„Nun, das ist es, Capet. Ich bin nicht leicht; Ich fühle mich nicht wohl. Dieser Doktor legt sich auf meinen Verstand. Ich wollte wissen, was du vorhast. Ich habe eine Vorstellung, und ich denke, es ist eine vernünftige."

„Was ist los, Herzog?"

„Daß wir besser vor drei Uhr morgens hier herausgleiten und ihn mit dem, was wir haben, den Fluß hinunterschneiden. Besonders, da wir es so leicht bekamen - *uns* zurückgegeben, auf unsere Köpfe geschleudert, wie ihr sagen könntet, während wir es natürlich wieder stehlen durften. Ich bin dafür, abzuhauen und das Licht auszuschalten."

Da fühlte ich mich ziemlich schlecht. Vor etwa ein oder zwei Stunden wäre es noch ein wenig anders gewesen, aber jetzt fühlte ich mich schlecht und enttäuscht. Der König reißt heraus und sagt:

„Wie! Und nicht den Rest des Grundstücks zu verkaufen? Marschieren Sie fort wie ein Haufen Narren und lassen Sie Eigentum im Wert von acht- oder neuntausend Dollar herumliegen und leiden, um hineingeschaufelt zu werden - und auch alles gute, verkäufliche Zeug."

Der Herzog brummte, sagte, der Sack voll Gold genüge, und er wolle nicht tiefer gehen, wolle nicht vielen Waisen *alles rauben, was* sie hätten.

„Nun, wie du sprichst!" sagte der König. „Wir werden ihnen gar nichts rauben, als mit diesem Geld zu scherzen. Die Leute, die das Eigentum kaufen, sind die Süssiger, denn sobald herausgefunden wird, daß wir es nicht besessen haben - was nicht lange dauern wird, nachdem wir abgerutscht sind -, wird der Verkauf nicht gültig sein, und alles wird an das Gut zurückgehen. Diese Waisen werden ihr Haus zurückbekommen, und das genügt *ihnen;* Sie sind jung und rüstig und verdienen sich leicht ihren Lebensunterhalt. *Sie* sind nicht bereit, zu leiden. Denkt mal, es gibt Tausende und Tausende, denen es nicht annähernd so gut geht. Gott sei Dank, *sie* haben sich über nichts zu beklagen."

Nun, der König hat ihn blind geredet; Endlich gab er nach und sagte, es sei in Ordnung, aber er glaube, es sei eine gute Dummheit, zu bleiben, und der Doktor hänge über ihnen. Aber der König sagt:

„Verfluchen Sie den Doktor! Was wollen wir für *ihn?* Haben wir nicht alle Narren der Stadt auf unserer Seite? Und ist das nicht eine ausreichend große Mehrheit in jeder Stadt?"

So machten sie sich bereit, wieder die Treppe hinunter zu gehen. Der Herzog sagt:

„Ich glaube nicht, dass wir das Geld an einem guten Ort angelegt haben."

Das munterte mich auf. Ich begann zu denken, dass ich davor warnen würde, irgendeinen Hinweis zu bekommen, der mir hilft. Der König sagt:

„Warum?"

„Weil Mary Jane von jetzt an in Trauer sein wird; Und zuerst weißt du, daß der Nigger, der die Zimmer aufräumt, den Befehl bekommt, diese Blindgänger einzupacken und wegzuräumen; Und glaubst du, ein Nigger kann über Geld laufen und sich nicht etwas davon borgen?"

„Euer Kopf ist waagerecht, Herzog," sagte der König; und er kommt unter dem Vorhang herumgetastet, zwei oder drei Fuß von mir entfernt. Ich klammerte mich an die Wand und blieb mächtig still, wenn auch zitternd; und ich fragte mich, was die Burschen zu mir sagen würden, wenn sie mich erwischten; und ich überlegte, was ich besser tun sollte, wenn sie mich erwischten. Aber der König bekam die Tasche, bevor ich mehr als einen halben Gedanken denken konnte, und er hatte nie den Verdacht, dass ich in der Nähe war. Sie nahmen den Sack und schoben ihn durch einen Riss in der Strohzecke, die unter dem Federbett lag, und stopften ihn ein oder zwei Fuß zwischen das Stroh und sagten, es sei jetzt alles in Ordnung, denn ein Nigger macht nur das Federbett und dreht die Strohzecke nicht nur etwa zweimal im Jahr um. Und so ist es jetzt nicht in Gefahr, gestohlen zu werden.

Aber ich wusste es besser. Ich hatte es da raus, bevor sie halb die Treppe hinunter waren. Ich tastete mich zu meinem Kämmerlein heran und versteckte es dort, bis ich eine Gelegenheit bekam, es besser zu machen. Ich hielt es für besser, es irgendwo außerhalb des Hauses zu verstecken, denn wenn sie es versäumten, würden sie das Haus gründlich durchwühlen: das wußte ich sehr gut. Dann bog ich ein, mit allen Kleidern; aber ich hätte nicht schlafen können, wenn ich gewollt hätte, ich war so schweißgebadet, um mit dem Geschäft fertig zu werden. Nach und nach hörte ich den König und den Herzog heraufkommen; also rollte ich von meiner Palette, legte mich mit dem Kinn auf die Spitze meiner Leiter und wartete, ob etwas passieren würde. Aber nichts geschah.

Also hielt ich durch, bis all die späten Klänge verklungen waren und die frühen noch nicht begonnen hatten; und dann rutschte ich die Leiter hinunter.

KAPITEL XXVII.

Ich schlich mich an ihre Türen und lauschte; Sie schnarchten. Also schlich ich auf Zehenspitzen weiter und kam die Treppe hinunter. Nirgends ist ein Laut zu hören. Ich spähte durch einen Spalt der Speisezimmertür und sah die Männer, die den Leichnam bewachten, alle fest auf ihren Stühlen schlafen. Die Tür in den Salon, wo der Leichnam lag, stand offen, und in beiden Zimmern stand eine Kerze. Ich ging vorüber, und die Tür des Salons stand offen; aber ich sehe dort niemanden warnen als die Überreste des Petrus; also schob ich mich vorüber; Aber die Haustür war verschlossen, und der Schlüssel war nicht da. In diesem Moment hörte ich, wie jemand die Treppe herunterkam, hinter mir zurück. Ich rannte in den Salon und sah mich schnell um, und der einzige Ort, an dem ich die Tasche verstecken konnte, war im Sarg. Der Deckel war etwa einen Fuß weit hingeschoben und zeigte das Gesicht des Toten mit einem nassen Tuch darüber und seinem Leichentuch. Ich steckte den Geldsack unter den Deckel, gerade hinter der Stelle, wo seine Hände gekreuzt waren, was mich erschaudern ließ, so kalt war es, und dann rannte ich zurück durch das Zimmer und hinter die Tür.

Die Person, die kam, war Mary Jane. Sie ging zum Sarg, ganz weich, kniete nieder und schaute hinein; dann hob sie ihr Taschentuch auf, und ich sehe, sie fing an zu weinen, obwohl ich sie nicht hören konnte, und sie stand mit dem Rücken zu mir. Ich glitt hinaus, und als ich an dem Speisezimmer vorüberging, glaubte ich, ich würde mich vergewissern, daß die Beobachter mich nicht gesehen hatten; also schaute ich durch den Spalt, und alles war in Ordnung. Sie hatten sich nicht gerührt.

Ich schlüpfte zu Bett und fühlte mich noch blauer, weil sich die Sache so abspielte, nachdem ich mir so viel Mühe gegeben und so viel Aufregung darüber gemacht hatte. Sage ich, wenn es bleiben könnte, wo es ist, gut; denn wenn wir hundert oder zwei Meilen den Fluß hinunter kommen, könnte ich Mary Jane zurückschreiben, und sie könnte ihn wieder ausgraben und es holen; Aber das ist nicht das, was passieren wird; Die Sache, die passieren wird, ist, dass das Geld gefunden wird, wenn sie kommen, um den Deckel aufzuschrauben. Dann wird der König es wieder bekommen, und es wird ein langer Tag dauern, bis er wieder jemandem Gelegenheit gibt, es ihm zu entreißen. Natürlich *wollte* ich runterrutschen und es da rausholen, aber ich habe es nicht versucht. Jede Minute wurde es früher, und bald begannen sich einige von ihnen zu regen, und ich konnte erwischt werden – mit sechstausend Dollar in meinen Händen, für die mich nicht niemand eingestellt hatte. Ich möchte nicht in solche Angelegenheiten verwickelt werden, sage ich mir.

Als ich am Morgen die Treppe hinunterkam, war der Salon verschlossen, und die Wächter waren verschwunden. Es gibt niemanden außer der Familie und der Witwe Bartley und unserem Stamm. Ich beobachtete ihre Gesichter, um zu sehen, ob etwas passiert war, aber ich konnte es nicht sagen.

Gegen die Mitte des Tages kam der Leichenbestatter mit seinem Mann, und sie stellten den Sarg in die Mitte des Zimmers auf ein paar Stühle, stellten dann alle unsere Stühle in Reihen auf und borgten sich noch mehr von den Nachbarn, bis der Saal, die Stube und das Speisezimmer voll waren. Ich sehe, dass der Sargdeckel noch so war, wie er vorher war, aber ich würde nicht hingehen, um darunter zu schauen, während Leute um mich herum sind.

Da fingen die Leute an, hereinzuströmen, und die Beats und die Mädchen nahmen in der ersten Reihe am Kopfende des Sarges Platz, und eine halbe Stunde lang reihten sich die Leute langsam in einer Reihe herum und sahen eine Minute lang auf das Gesicht des Toten hinab, und einige fielen in Tränen hinein, und es war alles sehr still und feierlich. nur die Mädchen und die Beats, die Taschentücher vor die Augen hielten, den Kopf gebeugt hielten und ein wenig schluchzten. Es gibt kein anderes Geräusch als das Kratzen der Füße auf dem Fußboden und das Naseputzen, denn die Leute blasen sie bei einem Begräbnis immer mehr als an anderen Orten als in der Kirche.

Als der Saal voll war, rutschte der Bestatter in seinen schwarzen Handschuhen mit seiner sanften, beruhigenden Art herum, gab den letzten Schliff und brachte Menschen und Dinge in Ordnung, so dass sie nicht mehr Geräusch machten als eine Katze. Er sprach nie; Er bewegte die Leute herum, er quetschte späte Leute hinein, er öffnete Durchgänge, und er tat es mit Nicken und Schildern mit den Händen. Dann nahm er seinen Platz an der Wand ein. Er war der sanfteste, gleitendste, verstohlenste Mann, den ich je gesehen habe; und es gibt kein Lächeln für ihn, das nicht mehr ist, als für einen Schinken.

Sie hatten sich ein Melodeum geliehen, ein krankes, und als alles fertig war, setzte sich eine junge Frau hin und bearbeitete es, und es war ziemlich kreischend und kolikartig, und alle stimmten mit ein und sangen, und Peter war der einzige, der etwas Gutes hatte, wie ich meinte. Dann ergriff Reverend Hobson langsam und feierlich das Wort und begann zu sprechen; und sogleich brach im Keller der ungeheuerlichste Streit los, den je ein Leichnam gehört hat; Es war nur ein Hund, aber er machte einen sehr mächtigen Lärm, und er hielt ihn aufrecht; Der Pfarrer, er mußte da stehen, über dem Sarg, und warten – man konnte sich selbst nicht denken hören. Es war ganz ungeschickt, und niemand schien nicht zu wissen, was er tun sollte. Aber schon bald sehen sie, wie der langbeinige Bestatter dem Prediger ein Zeichen gibt, als würde er sagen: „Mach dir keine Sorgen, verlaß dich nur auf mich." Dann bückte er sich und glitt an der Mauer entlang, nur seine Schultern ragten über die Köpfe der Leute. So glitt er dahin, und das Powwow und der Lärm wurden immer unverschämter; und endlich, als er um zwei Seiten des Zimmers herumgegangen war, verschwand er im Keller. Dann, nach etwa zwei Sekunden, hörten wir einen Schlag, und der Hund hörte ein oder zwei erstaunliche Schreie aus, und dann war alles totenstill, und der Pfarrer begann seine feierliche Rede dort, wo er aufgehört hatte. In ein oder zwei Minuten gleiten der Rücken und die Schultern des Bestatters wieder an der Wand entlang; Und so glitt er um drei Seiten des Zimmers herum und erhob sich dann, beschattete seinen Mund mit den Händen, streckte den Hals nach dem Prediger aus, über die Köpfe der Leute hinweg, und sagte in einer Art grobem Flüstern: *„Er hatte eine Ratte!"* Dann sank er nieder und glitt wieder an der Mauer entlang zu seinem Platz. Man konnte sehen, dass es eine große Genugtuung für die Leute war, denn natürlich wollten sie es wissen. So eine Kleinigkeit kostet nicht nichts, und es sind nur die kleinen Dinge, die einen Mann dazu bringen, dass man zu ihm aufschaut und ihn mag. Es gibt keinen populäreren Mann in der Stadt als den jenen Bestatter.

Nun, die Leichenpredigt war sehr gut, aber langwierig und ermüdend, und dann schob er den König hinein und ließ etwas von seinem gewöhnlichen Unrat ab, und endlich war die Arbeit erledigt, und der Leichenbestatter fing an, sich mit seinem Schraubenzieher an den Sarg heranzuschleichen. Da war ich schweißgebadet und sah ihm ziemlich gespannt zu. Aber er mischte sich überhaupt nicht ein; Schieben Sie einfach den Deckel weich wie Brei entlang und schrauben Sie ihn fest und fest fest. Da war ich also! Ich wusste nicht, ob das Geld da drin war oder nicht. Also, sage ich, nehme jemand an, daß jemand diese Tasche heimlich in Beschlag genommen hat? - Woher weiß *ich nun*, ob ich Mary Jane schreiben soll oder nicht? S'pose sie grub ihn aus und fand nichts, was würde sie von mir denken? Schuld daran, sage ich, ich könnte gejagt und ins Gefängnis gesteckt werden; Ich halte mich lieber bedeckt und bleibe dunkel und schreibe gar nicht; Das Ding ist jetzt schrecklich durcheinandergewürfelt; Bei dem Versuch, es zu verbessern, habe ich es hundertmal verschlechtert, und ich wünschte, ich würde es einfach in Ruhe lassen, Papa holt das ganze Geschäft!

Sie begruben ihn, und wir kehrten nach Hause zurück, und ich ging wieder hin, um Gesichter zu beobachten – ich konnte nicht anders, und ich konnte nicht ruhig sein. Aber daraus wird nichts; Die Gesichter sagten mir nichts.

Den König besuchte er am Abend, und er versüßte allen und machte sich so freundlich; und er gab den Eindruck, daß seine Gemeinde drüben in England wegen ihm ins Schwitzen geraten würde, so daß er sich beeilen und das Gut sofort in Ordnung bringen und nach Hause gehen müsse. Es tat ihm sehr leid, daß er so gedrängt worden war, und so ging es allen; Sie wünschten, er könnte länger bleiben, aber sie sagten, sie könnten sehen, dass es nicht möglich war. Und er sagte, natürlich würden er und William die Mädchen mit nach Hause nehmen; Und das gefiel auch allen, denn dann würden die Mädchen gut feststehen und unter ihren eigenen Verwandten sein; Und es gefiel auch den Mädchen - kitzelte sie, so daß sie ganz vergaßen, daß sie jemals ein Unglück in der Welt hatten; und sagte ihm, er solle so schnell ausverkaufen, wie er wolle, sie würden bereit sein. Die armen Dinger waren so froh und glücklich, dass es mir das Herz schmerzte, zu sehen, wie sie so getäuscht und belogen wurden, aber ich sah keinen sicheren Weg für mich, mich einzumischen und die allgemeine Stimmung zu ändern.

Nun, es wurde ihm vorgeworfen, wenn der König das Haus und die Nigger und das ganze Eigentum nicht sofort zur Versteigerung abrechnete - Verkauf zwei Tage nach der Beerdigung; Aber jeder konnte vorher privat kaufen, wenn er wollte.

Am nächsten Tag nach der Beerdigung, gegen Mittag, bekam die Freude der Mädchen den ersten Ruck. Ein paar Negerhändler kamen vorbei, und der König verkaufte ihnen die Nigger zu vernünftigen Preisen, für dreitägige Wechsel, wie sie es nannten, und fort gingen sie, die beiden Söhne den Fluß hinauf nach Memphis und ihre Mutter den Fluß hinunter nach Orleans. Ich dachte, diese armen Mädchen und diese Nigger würden sich vor Kummer das Herz brechen; Sie weinten umeinander herum und legten sich an, so dass es mir am meisten krank wurde, es zu sehen. Die Mädchen sagten, sie hätten sich nie träumen lassen, dass die Familie getrennt oder aus der Stadt verkauft würde. Ich kann es nie aus meinem Gedächtnis bekommen, den Anblick dieser armen, elenden Mädchen und Nigger, die sich gegenseitig um den Hals hängen und weinen; und ich glaube, ich hätte nicht alles ausgehalten, aber wenn ich nicht gewusst hätte, dass der Verkauf nicht ohne Rechnung gewarnt worden wäre, hätten die Nigger in ein oder zwei Wochen wieder zu Hause sein müssen.

Die Sache erregte auch in der Stadt großes Aufsehen, und viele kamen plattfüßig heraus und sagten, es sei ein Skandal, die Mutter und die Kinder auf diese Weise zu trennen. Es verletzte die Betrüger einigermaßen; aber den alten Narren machte er sogleich fertig, trotz allem, was der Herzog sagen oder tun konnte, und ich sage Ihnen, der Herzog war mächtig beunruhigt.

Am nächsten Tag war Auktionstag. Gegen den hellen Morgen kamen der König und der Herzog in die Dachkammer und weckten mich, und ich sehe an ihren Blicken, daß Unruhe herrschte. Der König sagt:

„Waren Sie vorletzte Nacht in meinem Zimmer?"

„Nein, Eure Majestät" - so nannte ich ihn immer, wenn niemand außer unserer Bande vor ihm warnte.

„Waren Sie gestern abend dort drin?"

„Nein, Eure Majestät."

„Ehre, jetzt hell - keine Lüge."

„Ehre, Eure Majestät, ich sage Ihnen die Wahrheit. Ich bin nicht mehr in der Nähe Ihres Zimmers gewesen, seit Miß Mary Jane Sie und den Herzog mitgenommen und es Ihnen gezeigt hat."

Der Herzog sagt:

„Hast du gesehen, wie jemand anderes da reingegangen ist?"

„Nein, Euer Gnaden, nicht so, wie ich mich erinnere, glaube ich."

„Innehalten und nachdenken."

Ich habe eine Weile studiert und sehe meine Chance; dann sage ich:

„Nun, ich sehe die Nigger da mehrere Male hineingehen."

Beide machten einen kleinen Sprung und sahen aus, als hätten sie es nie erwartet, und dann so, als hätten sie es *getan*. Da sagt der Herzog:

„Was, *alle*?"

„Nein - wenigstens nicht alle auf einmal - das heißt, ich glaube nicht, daß ich sie je alle auf einmal herauskommen sehe, sondern nur ein einziges Mal."

„Hallo! Wann war das?"

„Es war der Tag, an dem wir die Beerdigung hatten. Am Morgen. Es ist nicht zu früh, denn ich habe verschlafen. Ich fing gerade erst an, die Leiter hinunterzusteigen, und ich sehe sie."

„Nun, fahren Sie fort, *fahren Sie* fort! Was haben sie getan? Wie haben sie sich verhalten?"

„Sie haben nicht nichts getan. Und sie haben sowieso nicht viel gehandelt, so viel Fell wie ich sehe. Sie gingen auf Zehenspitzen davon; so sah ich ganz leicht, daß sie sich hineingeschoben hatten, um Eurer Majestät Zimmer herzurichten oder so etwas, so daß sie behaupteten, Sie seien auf; und fand, daß du *nicht aufgestanden warst,* und so hofften sie, dem Ärger aus dem Wege zu gehen, ohne dich aufzuwecken, wenn sie dich nicht schon geweckt hätten."

„Große Gewehre, *das* ist ein Versuch!" sagte der König, und beide sahen ziemlich krank und erträglich albern aus. Sie standen da und saßen nachdenklich und kratzten sich einen Augenblick am Kopfe, und der Herzog brach in ein kleines, raues Kichern aus und sagte:

„Es übertrifft alles, wie ordentlich die Nigger ihr Blatt spielten. Sie ließen es zu, dass sie *es bereuten,* dass sie diese Region verlassen haben! Und ich glaubte, dass es ihnen leid tat, und du auch, und alle auch. Erzählen Sie *mir nie* mehr, dass ein Nigger kein theatralisches Talent hat. Nun, so wie sie das Ding spielten, würde es jeden zum Narren *halten.* Meiner Meinung nach steckt ein Vermögen in ihnen. Wenn ich Kapital und ein Theater hätte, würde ich mir keine bessere Anlage wünschen als diese - und hier sind wir hingegangen und haben sie für ein Lied verkauft. Ja, und ich habe noch nicht das Privileg, das Lied zu singen. Sag, wo *ist* das Lied - dieser Entwurf?"

„In der Bank, um abgeholt zu werden. Wo *wäre* es?"

„Na, *dann ist das* schon in Ordnung, Gott sei Dank."

Sage ich, etwas schüchtern:

„Ist etwas schief gelaufen?"

Der König wirbelt auf mich zu und reißt heraus:

„Das geht dich nichts an! Du behältst deinen Kopf und kümmerst dich um deine eigenen Angelegenheiten - wenn du welche hast. Solange du in dieser Stadt bist, verzeihst du das nicht - hörst du?" Dann sagt er zum Herzog: „Wir müssen einen Scherz machen und nichts sagen: Mama ist das Wort für *uns.*"

Als sie die Leiter hinabstiegen, kicherte der Herzog wieder und sagte:

„Schnelle Verkäufe *und* kleine Gewinne! Es ist ein gutes Geschäft – ja."

Der König knurrt auf ihm herum und sagt:

„Ich habe versucht, das Beste zu tun, indem ich sie so schnell verkauft habe. Wenn sich herausgestellt hat, daß der Gewinn nicht vorhanden ist, daß er nicht ansehnlich ist und daß er nicht zu tragen ist, ist es dann nicht mehr meine Schuld und nicht mehr Ihrer?"

„Nun, *sie wären* schon in diesem Haus und wir *nicht*, wenn ich meinen Rat hören könnte."

Der König schlug so viel zurück, wie es für ihn sicher war, und dann wechselte er herum und zündete wieder in *mich hinein*. Er gab mir die Bank, weil ich nicht gekommen war, und *sagte ihm,* ich sehe die Nigger aus seinem Zimmer kommen, die sich so benehmen – er sagte, jeder Narr wüsste*, dass* etwas im Gange ist. Und dann kam er herein, fluchte *sich* eine Weile und sagte, es käme alles daher, daß er an diesem Morgen nicht zu spät gelegen und sich seine natürliche Ruhe genommen habe, und man würde ihm die Schuld geben, wenn er es jemals wieder täte. So gingen sie mit erhobenem Mund davon; und ich fühlte mich entsetzlich froh, daß ich alles auf die Nigger abgewälzt und doch den Niggern dadurch keinen Schaden zugefügt hatte.

KAPITEL XXVIII.

Nach und nach war es Zeit zum Aufstehen. Also stieg ich die Leiter herunter und ging die Treppe hinunter; aber als ich in das Zimmer der Mädchen kam, stand die Tür offen, und ich sah Mary Jane neben ihrem alten Haarkoffer sitzen, der offen stand, und sie hatte Sachen hineingepackt und sich darauf vorbereitet, nach England zu gehen. Aber jetzt war sie mit einem zusammengefalteten Kleid auf dem Schoß stehen geblieben und hatte das Gesicht weinend in die Hände gestützt. Ich fühlte mich schrecklich schlecht, als ich das sah; Natürlich würde das jeder tun. Ich ging da rein und sagte:

„Miß Mary Jane, Sie können es nicht ertragen, Menschen in Schwierigkeiten zu sehen, und *ich* kann es nicht - fast immer. Erzählen Sie mir davon."

Also tat sie es. Und es waren die Nigger - ich hatte es einfach erwartet. Sie sagte, die schöne Reise nach England sei für sie fast verdorben gewesen; Sie wußte nicht, *wie* sie dort jemals glücklich werden sollte, da sie wußte, daß die Mutter und die Kinder davor warnten, sich nie mehr zu sehen, und dann brach sie bitterer als je aus, schlug die Hände in die Höhe und sagte:

„Ach, mein Lieber, wenn man bedenkt, daß sie *sich nie* wieder sehen werden!"

„Aber sie *werden es tun* - und zwar innerhalb von zwei Wochen - und ich *weiß* es!" sagte ich.

Gesetze, es war raus, bevor ich denken konnte! Und bevor ich mich rühren konnte, legte sie ihre Arme um meinen Hals und sagte mir, ich solle es *noch einmal* sagen, noch einmal *sagen,* noch einmal sagen*!*

Ich sehe, ich hatte zu plötzlich gesprochen und zu viel gesagt und war in der Nähe. Ich bat sie, mich einen Augenblick nachdenken zu lassen; Und sie saß da, sehr ungeduldig und aufgeregt und gutaussehend, aber irgendwie glücklich und entspannt, wie eine Person, der ein Zahn gezogen wurde. Also machte ich mich daran, es zu studieren. Ich sage mir, ich glaube, ein Körper, der sich erhebt und die Wahrheit sagt, wenn er sich in einer schwierigen Lage befindet, nimmt beträchtliche Anstrengungen auf sich, obwohl ich keine Erfahrung habe und es nicht mit Sicherheit sagen kann; Aber für mich sieht es jedenfalls so aus; und doch ist hier ein Fall, in dem ich selig bin, wenn es mir nicht so vorkommt, als ob die Wahrheit besser und tatsächlich *sicherer ist* als eine Lüge. Ich muss es in meinem Kopf ablegen und es über die eine oder andere Zeit nachdenken, es ist so seltsam und unregelmäßig. Ich sehe nie etwas Vergleichbares. Nun, ich sage mir endlich, ich werde es wagen; Diesmal werde ich aufstehen und die Wahrheit sagen, obwohl es mir am ehesten so vorkommt, als würde man einen Kag Pulver absetzen und es aufsetzen, nur um zu sehen, wohin man geht. Dann sage ich:

„Miß Mary Jane, gibt es irgendeinen Ort außerhalb der Stadt, wo Sie drei oder vier Tage bleiben könnten?"

„Jawohl; Mr. Lothrop's. Warum?"

„Macht nichts, warum. Wenn ich Ihnen sage, woher ich weiß, daß die Nigger sich in zwei Wochen hier in diesem Hause wiedersehen werden, und *Ihnen beweisen will,* woher ich es weiß, gehen Sie dann zu Mr. Lothrop und bleiben vier Tage?"

„Vier Tage!" sagt sie; „Ich bleibe ein Jahr!"

„Gut," sage ich: „ich will nichts weiter von *dir* als nur dein Wort - ich habe es lieber als den Bibelkuß eines anderen Mannes." Sie lächelte und errötete sehr süß, und ich sagte: „Wenn es dir nichts ausmacht, werde ich die Tür zumachen - und sie verriegeln."

Dann komme ich zurück, setze mich wieder hin und sage:

„Brüllen Sie nicht. Setz dich einfach hin und nimm es wie ein Mann. Ich muß die Wahrheit sagen, und Sie wollen sich zusammenreißen, Miß Mary, denn es ist eine schlechte Art und wird schwer zu ertragen sein, aber es gibt keine Hilfe dafür. Diese Onkel von dir sind gar keine Onkel; Es sind ein paar Betrüger - regelmäßige Deadbeats. So, jetzt haben wir das Schlimmste überstanden, den Rest kannst du halbwegs locker ertragen."

Es rüttelte sie natürlich auf, wie alles; aber ich war jetzt über dem Untiefenwasser, und so ging ich geradewegs, ihre Augen flammten immer höher und höher, und erzählte ihr alles, was sie tadelte, von der Stelle, wo wir den jungen Narren zuerst trafen, als er zum Dampfschiff hinaufging, bis zu der Stelle, wo sie sich an der Haustür an die Brust des Königs warf und er sie sechzehn oder siebzehn Mal küßte – und dann sprang sie auf. ihr Antlitz brennt wie ein Sonnenuntergang und sagt:

„Das Tier! Kommen Sie, verlieren Sie keine Minute – keine *Sekunde* – wir werden sie teern und federn und in den Fluß werfen lassen!"

Sage Ich:

„Gewiß. Aber meinen Sie, *bevor* Sie zu Mr. Lothrop gehen, oder" –

„Oh," sagt sie: „woran denke ich!", sagt sie und setzt sich gleich wieder hin. „Kümmere dich nicht darum, was ich gesagt habe – bitte tu es nicht – du *wirst es jetzt nicht tun, nicht wahr*?" Sie legte ihre seidige Hand auf meine, so dass ich sagte, ich würde zuerst sterben. "Ich hätte nie gedacht, dass ich so aufgewühlt war," sagt sie. „Nun fahren Sie fort, und ich werde es nicht mehr tun. Du sagst mir, was ich tun soll, und was du sagst, ich werde es tun."

„Nun," sagte ich: „es ist eine grobe Bande, die beiden Betrüger, und ich bin fest entschlossen, also noch eine Weile mit ihnen zu reisen, ob ich will oder nicht – ich will Ihnen nicht sagen, warum; und wenn du sie anbliestest, würde mich diese Stadt aus ihren Klauen befreien, und *ich* wäre in Ordnung; aber es gäbe noch eine Person, von der du nichts weißt, die in großen Schwierigkeiten stecken würde. Nun, wir müssen *ihn retten*, nicht wahr? Natürlich. Nun, dann werden wir nicht auf sie blasen."

Wenn ich ihnen Worte sagte, kam mir eine gute Idee. Ich sehe, wie ich mich und Jim vielleicht von den Betrugereien befreien könnte; Lassen Sie sie hier einsperren und gehen Sie dann. Aber ich wollte das Floß nicht tagsüber fahren, ohne dass jemand außer mir an Bord war, um Fragen zu beantworten; also wollte ich nicht, daß der Plan heute abend ziemlich spät mit der Arbeit begann. Ich sage:

„Miß Mary Jane, ich werde Ihnen sagen, was wir tun werden, und Sie werden nicht so lange bei Mr. Lothrop bleiben müssen, Nuther. Wie ist das Fell?"

„Knapp vier Meilen – mitten aufs Land, hier hinten."

„Nun, das wird schon antworten. Jetzt gehst du da hinaus und legst dich bis neun oder halb zehn Uhr abends hin, und dann laßt euch wieder nach Hause holen und sagt ihnen, daß ihr euch etwas ausgedacht habt. Wenn du vor elf Uhr hier bist, stelle eine Kerze in dieses Fenster, und wenn ich nicht auftauche, warte *bis* elf, und *wenn* ich dann nicht auftauche, bedeutet das, dass ich weg und aus dem Weg und sicher bin. Dann kommst du raus und verbreitest die Nachrichten und bringst diese Beats ins Gefängnis."

„Gut," sagt sie: „ich mach's."

„Und wenn es nur so geschieht, daß ich nicht entkomme, sondern mich mit ihnen mitreißen lasse, so mußt du aufstehen und sagen, ich habe dir das Ganze vorher gesagt, und du mußt mir beistehen, so gut du kannst."

„Stehen Sie zu Ihnen! In der Tat, das werde ich. Sie rühren dir kein Haar an den Kopf!", sagt sie, und ich sehe, wie sich ihre Nasenlöcher ausbreiten und ihre Augen zucken, als sie das sagt.

„Wenn ich fortkomme, werde ich nicht hier sein," sagte ich: „um zu beweisen, daß diese Räuber nicht deine Onkel sind, und ich könnte es nicht tun, wenn ich *hier wäre*. Ich könnte schwören, es waren Beats und Idioten, das ist alles, obwohl das etwas wert ist. Nun, es gibt andere, die das besser können als ich, und das sind Leute, an denen man nicht so schnell zweifeln kann wie ich. Ich verrate Ihnen, wie Sie sie finden. Gib mir einen Bleistift und ein Blatt Papier. Dort – ‚*Royal Nonesuch, Bricksville*'. Lege es weg und verliere es nicht. Wenn der Hof etwas über diese beiden wissen will, so soll er nach Bricksville hinaufschicken und sagen, sie hätten die Männer, die den königlichen Nonesuch gespielt haben, und nach einigen Zeugen fragen – nun, Sie werden die ganze Stadt hier unten haben, bevor Sie kaum blinzeln können, Miß Mary. Und sie werden auch kommen."

Ich war der Meinung, dass wir jetzt alles in Ordnung gebracht hatten. Also sage ich:

„Lassen Sie die Auktion einfach weitergehen und machen Sie sich keine Sorgen. Niemand muss für die Dinge, die er kauft, erst einen ganzen Tag nach der Auktion bezahlen, weil er kurzfristig ist, und er geht nicht aus, bis er das Geld hat; Und so wie wir es behoben haben, wird der Verkauf nicht zählen, und sie werden kein *Geld bekommen.* Es ist genau so, wie es mit den Niggern war - es warnt vor keinem Verkauf, und die Nigger werden bald wieder da sein. Nun, sie können das Geld für die *Nigger* noch nicht eintreiben - sie sind in der schlimmsten Klemme, Miß Mary."

„Nun," sagt sie: „ich laufe jetzt zum Frühstück hinunter und mache mich dann geradewegs auf den Weg zu Mr. Lothrop."

„Wirklich, *das* ist nicht die Eintrittskarte, Miß Mary Jane," sagte ich: „auf keinen Fall; Geh *vor dem* Frühstück."

„Warum?"

„Warum, glauben Sie, daß ich Sie überhaupt gehen lassen wollte, Miß Mary?"

„Nun, ich habe nie gedacht - und jetzt denke ich, ich weiß es nicht. Was war das?"

„Nun, es liegt daran, daß Sie nicht zu diesen ledernen Leuten gehören. Ich will kein besseres Buch als das, was dein Gesicht ist. Ein Körper kann es wie grobe Schrift absetzen und ablesen. Glaubst du, du könntest deinen Onkeln ins Gesicht sehen, wenn sie kommen, um dir einen Guten-Morgen-Kuss zu geben, und niemals" -

„Da, da, nicht! Ja, ich werde vor dem Frühstück gehen - ich werde es gern tun. Und meine Schwestern bei ihnen lassen?"

„Jawohl; Kümmern Sie sich nicht um sie. Sie müssen es noch eine Weile aushalten. Sie könnten einen Verdacht schöpfen, wenn ihr alle gehen würdet. Ich will nicht, daß du sie siehst, noch deine Schwestern, noch sonst jemand in dieser Stadt; Wenn ein Nachbar fragen würde, wie es deinen Onkeln heute Morgen geht, würde dein Gesicht etwas sagen. Nein, gehen Sie gleich mit, Miss Mary Jane, und ich werde es mit allen in Ordnung bringen. Ich werde Miß Susan sagen, sie soll Ihren Onkeln Ihre Liebe schenken und sagen, daß Sie für ein paar Stunden fortgegangen sind, um sich ein wenig auszuruhen und sich umzuziehen oder einen Freund zu besuchen, und Sie werden heute abend oder früh am Morgen zurückkommen."

„Zu einem Freund zu gehen ist in Ordnung, aber ich will mir meine Liebe nicht geben lassen."

„Nun, dann wird es nicht sein." Es war gut genug, es ihr zu sagen - es war kein Schaden. Es war nur eine Kleinigkeit und keine Mühe; Und es sind die kleinen Dinge, die die Straßen der Menschen hier unten am meisten glätten; es würde Mary Jane bequem machen, und es würde nichts kosten. Dann sage ich: „Da ist noch eine Sache - dieser Sack mit Geld."

„Nun, das haben sie; Und ich fühle mich ziemlich albern, wenn ich daran denke, *wie* sie darauf gekommen sind."

„Nein, du bist da draußen. Sie haben es nicht verstanden."

„Warum, wer hat es?"

„Ich wünschte, ich wüsste es, aber ich weiß es nicht. Ich *hatte* es, weil ich es ihnen gestohlen habe, und ich habe es gestohlen, um es dir zu geben, und ich weiß, wo ich es versteckt habe, aber ich fürchte, es ist nicht mehr da. Es tut mir furchtbar leid, Miß Mary Jane, es tut mir so leid, wie ich nur sein kann; aber ich tat mein Bestes; Ich habe es ehrlich gemacht. Ich bin nahe dran, erwischt zu werden, und ich mußte es an den ersten Ort schieben, an den ich komme, und rennen - und es ist kein guter Ort."

„Ach, hör auf, dir selbst die Schuld zu geben - es ist zu schlimm, es zu tun, und ich werde es nicht zulassen - du könntest nicht anders; Es war nicht deine Schuld. Wo hast du es versteckt?"

Ich wollte sie nicht dazu bringen, noch einmal über ihre Probleme nachzudenken; und ich konnte meinen Mund nicht dazu bringen, ihr zu sagen, was sie dazu bringen würde, diesen Leichnam im Sarg zu sehen, mit dem Sack voll Geld auf dem Bauch. Einen Augenblick lang sagte ich also nichts; dann sage ich:

„Ich würde Ihnen nicht *sagen*, wo ich es hingelegt habe, Miß Mary Jane, wenn es Ihnen nichts ausmacht, mich gehen zu lassen; aber ich werde es für Sie auf ein Blatt Papier schreiben, und Sie können es auf dem Weg zu Mr. Lothrop lesen, wenn Sie wollen. Glaubst du, das wird genügen?"

„Oh ja."

Also schrieb ich: „Ich habe es in den Sarg gelegt. Es war da drin, als du dort geweint hast, weg in der Nacht. Ich war hinter der Tür, und Sie taten mir sehr leid, Miß Mary Jane."

Es tränte mir ein wenig die Augen, wenn ich mich daran erinnerte, wie sie dort in der Nacht ganz allein weinte, und an die Teufel, die da unter ihrem eigenen Dache lagen, sie beschämten und beraubten; und als ich es zusammenfaltete und ihr gebe, sah ich, wie ihr auch das Wasser in die Augen trat; Und sie schüttelte mir kräftig die Hand und sagte:

„*Auf* Wiedersehen. Ich werde alles so tun, wie du es mir gesagt hast; und wenn ich dich nie wiedersehe, werde ich dich nie vergessen, und ich werde viele und viele Male an dich denken, und ich werde *auch für dich beten*!" - und sie war weg.

Betet für mich! Ich rechnete damit, wenn sie mich kennen würde, würde sie einen Job annehmen, der ihrer Größe näher kommt. Aber ich wette, sie hat es trotzdem getan - sie war genau so nett. Sie besaß den Mut, für Judus zu beten, wenn sie den Gedanken annahm - ich glaube, es gibt keinen Rückzieher vor ihr. Du magst sagen, was du willst, aber meiner Meinung nach hatte sie mehr Sand in sich als irgendein Mädchen, das ich je sehe; Meiner Meinung nach war sie nur voller Sand. Es klingt wie Schmeichelei, ist aber keine Schmeichelei. Und wenn es um Schönheit geht - und auch um Güte -, legt sie alles über sie. Ich habe sie seit der Zeit, da ich sie aus der Tür gehen sehe, nicht mehr gesehen; Nein, ich habe sie seitdem nicht mehr gesehen, aber ich glaube, ich habe viele, viele Millionenmale an sie gedacht und daran, wie sie sagte, sie würde für mich beten; und wenn ich je einen Gedanken daran hätte, würde es mir gut tun, für sie zu beten, und wenn ich es nicht tun würde, würde ich es nicht tun oder pleite gehen.

Nun, Mary Jane, sie hat den hinteren Weg erleuchtet, glaube ich; weil niemand sie gehen sieht. Als ich Susan und die Hasenlippe schlug, sagte ich:

„Wie heißen die Leute drüben auf der anderen Seite des Flusses, die ihr alle manchmal besucht?"

Sie sagen:

„Es gibt mehrere; aber es sind hauptsächlich die Proctors."

„Das ist der Name«, sage ich; »Ich habe es fast vergessen. Nun, Miß Mary Jane, sie hat mir gesagt, ich solle Ihnen sagen, daß sie in schrecklicher Eile dorthin gegangen ist – einer von ihnen ist krank."

„Welche?"

„Ich weiß es nicht; am wenigsten vergesse ich es; aber ich glaube, es ist ..."

„Sakes alive, ich hoffe, es ist nicht *Hanner?*"

„Es tut mir leid, das sagen zu müssen," sage ich: „aber Hanner ist der Richtige."

„Meine Güte, und ihr geht es erst letzte Woche so gut! Ist sie schlecht getroffen?"

„Es gibt keinen Namen dafür. Sie haben sich die ganze Nacht bei ihr einquartiert, sagte Miß Mary Jane, und sie glauben nicht, daß sie viele Stunden durchhalten wird."

„Denk jetzt nur daran! Was ist mit ihr los?"

Mir fiel nichts Vernünftiges ein, also sagte ich:

„Mumps."

„Mumps, deine Oma! Sie tun sich nicht mit Leuten zusammen, die Mumps haben."

„Das tun sie nicht, nicht wahr? Sie sollten besser darauf wetten, dass sie das mit *diesen* Mumps tun. Dieser Mumps ist anders. Es ist eine neue Art, sagte Miss Mary Jane."

„Wie ist es eine neue Art?"

„Weil es mit anderen Dingen verwechselt wird."

„Was sonst noch?"

„Nun, Masern und Keuchhusten und Erysiplas und Schwindsucht und Yaller Janders und Gehirnfieber und ich weiß nicht, was alles."

„Mein Land! Und sie nennen es *Mumps?*"

„Das hat Miß Mary Jane gesagt."

„Nun, wofür in aller Welt nennen sie es *Mumps*?"

„Warum, weil es der Mumps ist. Das ist es, womit es anfängt."

„Nun, das hat keinen Sinn. Ein Körper könnte sich den Zeh stoßen und einen Pison nehmen, in den Brunnen fallen, sich das Genick brechen und sich das Gehirn ausschlagen, und jemand kommt daher und fragt, was ihn getötet hat, und irgendein Dummkopf steht auf und sagt: 'Er hat sich den Zeh gestoßen.' Hätte das keinen Sinn? *Nein*. Und das hat keinen Sinn, Nuther. Ist es Ketschen?"

„Ist es *Ketschen*? Warum, wie Sie sprechen. Fängt eine *Egge* - in der Dunkelheit? Wenn Sie sich nicht an einen Zahn klammern, müssen Sie sich an einen anderen binden, nicht wahr? Und man kann doch nicht mit diesem Zahn davonkommen, ohne die ganze Egge mitzunehmen, oder? Nun, diese Art von Mumps ist eine Art Egge, wie du vielleicht sagst - und es ist keine Storchegge, Nuther, du kommst, um sie gut anzuhängen."

„Nun, es ist schrecklich, finde ich," sagt die Hasenlippe. „Ich gehe zu Onkel Harvey und ..."

„Oh ja," sage ich: „*das würde ich*. Natürlich würde ich das. Ich würde keine Zeit verlieren."

„Nun, warum solltest du nicht?"

„Schauen Sie es sich nur einen Moment an, und vielleicht können Sie es sehen. Sind deine Onkel nicht bereit, so schnell wie möglich nach England zurückzukehren? Und glaubst du, sie wären gemein genug, fortzugehen und dich die ganze Reise alleine gehen zu lassen? *Du* weißt, dass sie auf dich warten werden. So viel Fell, so gut. Dein Onkel Harvey ist Prediger, nicht wahr? Nun gut; Wird ein *Prediger* einen Dampfschiffsschreiber täuschen? Wird er einen *Schiffsschreiber täuschen?*- um sie zu veranlassen, Miß Mary Jane an Bord zu lassen? Jetzt weißt du, dass er es nicht ist. Was *wird* er dann tun? Nun, er wird sagen: 'Es ist sehr schade, aber meine Kirchenangelegenheiten müssen so gut wie möglich miteinander auskommen; denn meine Nichte ist dem schrecklichen Pluribus-Unum-Mumps ausgesetzt gewesen, und so ist es meine Pflicht, mich hier niederzulassen und die drei Monate zu warten, die

217

es braucht, um ihr zu zeigen, ob sie es hat.« Aber macht nichts, wenn du glaubst, es sei das Beste, deinem Onkel Harvey zu sagen ..."

„Und bleib hier herumalbern, wenn wir alle eine gute Zeit in England haben könnten, während wir darauf warten, herauszufinden, ob Mary Jane es hat oder nicht? Du sprichst doch wie ein Muggin."

„Na ja, vielleicht erzählst du es besser einigen der Nachbarn."

„Hören Sie sich das jetzt an. Du besiegst alles für natürliche Dummheit. Siehst du nicht, dass sie hingehen und es *erzählen würden*? Es gibt keinen anderen Weg, als es überhaupt niemandem zu erzählen."

„Nun, vielleicht hast du recht – ja, ich glaube, du *hast* recht."

„Aber ich meine, wir sollten Onkel Harvey sowieso sagen, daß sie eine Weile ausgegangen ist, damit er sich nicht um sie kümmert?"

„Ja, Miß Mary Jane, sie wollte, daß Sie das tun. Sie sagt: „Sagen Sie ihnen, sie sollen Onkel Harvey und William meine Liebe und einen Kuß geben und sagen, ich bin über den Fluß gelaufen, um Mr. zu sehen." – Mr. – wie heißt die reiche Familie, von der Ihr Onkel Peter so viel zu denken pflegte? – Ich meine diejenige, die" –

„Nun, du meinst wohl die Apthorps, nicht wahr?"

„Natürlich; Stören Sie diese Art von Namen, ein Körper kann sich anscheinend nie an sie erinnern, die Hälfte der Zeit, irgendwie. Ja, sagte sie, sie sei hinübergelaufen, um die Apthorps zu bitten, auf Nummer sicher zu gehen und zur Auktion zu kommen und dieses Haus zu kaufen, weil sie ihrem Onkel Peter erlaubte, sie hätten es mehr als irgend jemand sonst; und sie wird bei ihnen bleiben, bis sie sagen, daß sie kommen werden, und dann, wenn sie nicht zu müde ist, kommt sie nach Hause; Und wenn sie es ist, wird sie morgens sowieso zu Hause sein. Sie sagte: Sprich nicht von den Proctors, sondern nur von den Apthorps, was vollkommen wahr sein wird, denn sie geht dorthin, um darüber zu sprechen, daß sie das Haus gekauft haben; Ich weiß es, weil sie es mir selbst gesagt hat."

„Gut," sagten sie und machten sich auf den Weg, um sich zu ihren Onkeln zu legen, ihnen Liebe und Küsse zu geben und ihnen die Botschaft zu erzählen.

Jetzt war alles in Ordnung. Die Mädchen sagten nichts, weil sie nach England gehen wollten; und der König und der Herzog würden Ruter Mary Jane war weg für die Auktion als um in Reichweite von Doktor Robinson. Ich fühlte mich sehr gut; Ich glaubte, ich hätte es ziemlich ordentlich gemacht – ich glaubte, Tom Sawyer könnte es nicht machen, nein, er selbst. Natürlich hätte er mehr Stil hineingeworfen, aber ich kann das nicht sehr praktisch, da ich nicht dazu erzogen wurde.

Nun, sie hielten die Auktion auf dem öffentlichen Platz ab, gegen Ende des Nachmittags, und sie spannte sich entlang und spannte sich dahin, und der alte Mann war zur Hand und sah am besten aus, dort oben neben dem Auktionator und schob ab und zu eine kleine Bibelstelle ein oder irgendeinen kleinen gutmütigen Spruch ein. Und der Herzog, um den er herum war, der nach Mitleid buhlte, so viel er konnte, und sich einfach großzügig ausbreitete.

Aber nach und nach zog sich die Sache hin, und alles war verkauft, alles nur ein kleines altes, unbedeutendes Los auf dem Friedhof. Das mussten sie also abarbeiten – ich habe noch nie eine solche Giraffe gesehen, wie sie der König war, weil er alles schlucken wollte. Nun, während sie dabei waren, legte ein Dampfschiff an, und in etwa zwei Minuten kam eine Menge herauf, die jauchzte und jauchzte und lachte und weitermachte und sang:

„*Hier ist* Ihre Oppositionslinie! hier sind deine beiden Erben des alten Peter Wilks – und du zahlst dein Geld und entscheidest, was du willst!"

KAPITEL XXIX.

Sie holten einen sehr hübschen alten Herrn und einen hübschen jüngeren mit, der den rechten Arm in einer Schlinge trug. Und, meine Seelen, wie die Leute schrien und lachten und weitermachten. Aber ich sah keinen Scherz darüber, und ich meinte, es würde den Herzog und den König sehr betrüben, wenn ich irgend etwas sähe. Ich rechnete damit, dass sie blass werden würden. Aber nein, nicht einen Augenblick wandten *sie sich blaß* um. Den Herzog ließ er sich nie anmerken, er ahnte, was los war, sondern lief einfach herum, glücklich und zufrieden, wie ein Krug, der Buttermilch ausgoogelt; Und was den König anbelangt, so sah er nur traurig auf die Neuankömmlinge herab, als ob es ihm Bauchschmerzen im Herzen bereitete, wenn er daran dachte, daß es solche Betrüger und Schurken in der Welt geben könnte. Oh, er hat es bewundernswert gemacht. Viele der vornehmsten Leute scharten sich um den König, um ihm zu zeigen, dass sie auf seiner Seite waren. Der alte Herr, der eben gekommen war, sah ganz verwirrt aus. Bald fing er an zu sprechen, und ich sehe sofort, daß er *wie* ein Engländer sprach - nicht nach der Art des Königs, obgleich die des Königs sich ziemlich gut zur Nachahmung eignete. Ich kann die Worte des alten Herrn nicht wiedergeben, noch kann ich ihn nachahmen; aber er wandte sich zu der Menge um und sagte ungefähr so:

„Das ist eine Überraschung für mich, die ich nicht gesucht habe. und ich gebe zu, offen und freimütig, daß ich nicht sehr fest entschlossen bin, ihr zu begegnen und ihr zu antworten; denn mein Bruder und ich haben Unglück gehabt; Er hat sich den Arm gebrochen, und unser Gepäck ist letzte Nacht durch einen Irrtum in einer Stadt hier oben abgesetzt worden. Ich bin Peter Wilks' Bruder Harvey, und das ist sein Bruder William, der weder hören noch sprechen kann - und nicht einmal Zeichen machen kann, die viel bedeuten, jetzt hat er nur noch eine Hand, um sie zu bearbeiten. Wir sind, wer wir sagen, dass wir sind; und in ein oder zwei Tagen, wenn ich das Gepäck bekomme, kann ich es beweisen. Aber bis dahin werde ich nichts mehr sagen, sondern ins Hotel gehen und warten."

Er und der neue Schnuller machten sich also auf den Weg; Und der König lacht und plätschert:

„Er hat sich den Arm gebrochen - *sehr* wahrscheinlich, *nicht wahr?* - und auch sehr praktisch für einen Betrüger, der Zeichen machen muß und nicht gelernt hat, wie. Haben ihr Gepäck verloren! Das ist *sehr gut, und unter den* gegebenen Umständen *sehr geistreich*!"

Da lachte er wieder; Und das taten auch alle anderen, bis auf drei oder vier oder vielleicht ein halbes Dutzend. Einer von ihnen war dieser Doktor; ein anderer war ein scharfsinnig aussehender Herr mit einem Teppichsack von der altmodischen Art aus Teppichzeug, der eben von dem Dampfschiff gestiegen war und mit leiser Stimme mit ihm sprach, von Zeit zu Zeit nach dem König blickte und mit dem Kopfe nickte - es war Levi Bell, der Advokat, der nach Louisville hinaufgegangen war; Und ein anderer war ein großer, rauher Husky, der kam und alles hörte, was der alte Herr sagte, und hörte jetzt dem König zu. Und als der König fertig war, hob sich dieser Husky auf und sagte:

„Sag, sieh mal; wenn Sie Harvey Wilks sind, wann sind Sie in diese Stadt gekommen?"

„Am Tage vor dem Begräbnis, Freund," sagt der König.

„Aber wie spät am Tag?"

„Abends - etwa eine Stunde oder zwei vor Sonnenuntergang."

„*Wie bist du dazu gekommen?*"

„Ich komme auf die Susan Powell aus Cincinnati."

„Nun, wie sind Sie denn dazu gekommen, morgen in einem Kanu oben im Pint zu sein?"

„Ich warne davor, morgen morgen zum Pint aufzustehen."

„Das ist eine Lüge."

Mehrere von ihnen sprangen auf ihn zu und flehten ihn an, nicht so mit einem alten Mann und einem Prediger zu sprechen.

„Prediger wird gehängt, er ist ein Betrüger und ein Lügner. Er war an jenem Morgen im Pint auf. Ich wohne da oben, nicht wahr? Nun, ich war da oben, und er war da oben. Ich *sehe* ihn dort. Er kam in einem Kanu, zusammen mit Tim Collins und einem Jungen."

Der Arzt erhebt sich und sagt:

„Würdest du den Jungen wiedererkennen, wenn du ihn sehen würdest, Hines?"

„Ich denke, ich würde es tun, aber ich weiß es nicht. Nun, dort ist er, jetzt. Ich kenne ihn ganz genau."

Er zeigte auf mich. Der Arzt sagt:

„Nachbarn, ich weiß nicht, ob das neue Paar Betrüger ist oder nicht; aber wenn *diese* beiden keine Betrüger sind, dann bin ich ein Idiot, das ist alles. Ich denke, es ist unsere Pflicht, dafür zu sorgen, dass sie nicht von hier wegkommen, bis wir uns die Sache angesehen haben. Komm mit, Hines; Kommt mit, der Rest von euch. Wir werden diese Kerle in die Taverne bringen und sie mit dem andern Paar beleidigen, und ich denke, wir werden *etwas herausfinden,* ehe wir durchkommen."

Es war verrückt für die Menge, wenn auch vielleicht nicht für die Freunde des Königs, und so machten wir uns alle auf den Weg. Es war gegen Sonnenuntergang. Der Doktor führte mich an der Hand und war so gütig, aber er ließ *meine Hand* nicht los.

Wir gingen alle in ein großes Zimmer im Hotel, zündeten einige Kerzen an und holten das neue Paar herein. Zuerst sagt der Arzt:

"Ich möchte nicht zu hart mit diesen beiden Männern sein, aber *ich* denke, sie sind Betrüger, und sie könnten Komplizen haben, von denen wir nichts wissen. Wenn ja, werden die Komplizen dann nicht mit dem Sack voll Gold davonkommen, den Peter Wilks übrig hat? Das ist nicht unwahrscheinlich. Wenn diese Leute keine Betrüger sind, werden sie nichts dagegen haben, das Geld zu holen und es uns zu überlassen, bis sie beweisen, dass es ihnen gut geht - nicht wahr?«

Dem stimmten alle zu. Also urteilte ich, dass sie unsere Bande gleich zu Beginn in einer ziemlich engen Lage hatten. Der König aber sah nur betrübt aus und sagte:

„Meine Herren, ich wünschte, das Geld wäre da, denn ich habe keine Lust, irgend etwas in den Weg zu werfen, um einer gerechten, offenen, vollständigen Untersuchung dieses elenden Geschäfts in den Weg zu kommen; Aber ach, das Geld ist nicht da; Du kannst schicken und sehen, wenn du willst."

„Wo ist es denn?"

„Nun, als meine Nichte es mir gab, damit ich es für sie aufbewahre, nahm ich es und versteckte es in der Strohzecke meines Bettes, weil ich es in den paar Tagen, die wir hier sein würden, nicht aufbewahren wollte, und da wir das Bett für einen sicheren Ort hielten, so sind wir nicht an Nigger gewöhnt und halten sie für ehrlich, wie Dienstboten in England. Die Nigger stahlen es am nächsten Morgen, nachdem ich die Treppe hinuntergegangen war; und als ich sie verkaufte, hatte ich das Geld nicht vermisst, und so kamen sie damit reinen Tisch davon. Mein Diener hier wird Ihnen davon erzählen, meine Herren."

Der Doktor und einige andere sagten: „!" und ich sehe, dass ihm niemand ganz glaubte. Ein Mann fragte mich, ob ich sehe, wie die Nigger es stehlen. Ich verneinte, aber ich sah, wie sie sich aus dem Zimmer schlichen und davonrannten, und ich dachte mir nichts dabei, nur glaubte ich, dass sie Angst hatten, meinen Herrn geweckt zu haben, und versuchten zu entkommen, bevor er Ärger mit ihnen machte. Das war alles, was sie mich fragten. Dann wirbelt der Arzt auf mich zu und sagt:

„Sind *Sie* auch Engländer?"

Ich sage ja; Und er und einige andere lachten und sagten: „Zeug!"

Nun, dann fuhren sie in die allgemeine Untersuchung ein, und da hatten wir es, auf und ab, Stunde für Stunde, und niemand sprach ein Wort über das Abendessen, noch schien es jemals darüber nachzudenken – und so machten sie es immer wieder so, und es *war* das Schlimmste, was man je gesehen hat. Sie ließen den König sein Garn erzählen, und sie ließen den alten Herrn das seinige erzählen; Und jeder, außer einer Menge voreingenommener Lachköpfe, würde *gesehen haben* , daß der alte Herr die Wahrheit spinnte und der andere lügt. Und nach und nach brachten sie mich dazu, zu erzählen, was ich wusste. Der König warf mir aus dem

Augenwinkel einen linkshändigen Blick zu, und so wußte ich genug, um auf der rechten Seite zu reden. Ich fing an, von Sheffield zu erzählen und wie wir dort lebten, und von den englischen Wilkses und so weiter; aber ich bekam kein hübsches Fell, bis der Doktor zu lachen anfing; und Levi Bell, der Anwalt, sagt:

„Setz dich, mein Junge; Ich würde mich an deiner Stelle nicht anstrengen. Ich glaube, du bist es nicht gewohnt zu lügen, es scheint nicht nützlich zu sein; Was du willst, ist Übung. Du machst das ziemlich unbeholfen."

Das Kompliment war mir egal, aber ich war trotzdem froh, dass ich entlassen wurde.

Der Doktor fing an, etwas zu sagen, drehte sich um und sagte:

„Wenn du zuerst in der Stadt gewesen wärst, Levi Bell ..." Der König unterbrach ihn, streckte die Hand aus und sagte:

„Ist das der alte Freund meines armen, toten Bruders, von dem er so oft geschrieben hat?"

Der Advokat und er schüttelten sich die Hände, und der Advokat lächelte und sah erfreut aus, und sie unterhielten sich eine Weile, dann traten sie zur Seite und sprachen leise; Und endlich erhebt sich der Advokat und sagt:

„Das wird es richten. Ich nehme den Befehl entgegen und schicke ihn zusammen mit dem deines Bruders, und dann werden sie wissen, dass alles in Ordnung ist."

Da holten sie Papier und eine Feder, und der König setzte sich nieder und drehte den Kopf zur Seite, rieb sich die Zunge und kritzelte etwas ab; Und dann geben sie dem Herzog die Feder - und da sah der Herzog zum ersten Male krank aus. Aber er nahm den Stift und schrieb. So wendet sich dann der Advokat an den neuen alten Herrn und sagt:

„Du und dein Bruder, schreibt bitte ein oder zwei Zeilen und unterschreibt mit euren Namen."

Der alte Herr schrieb, aber niemand konnte es lesen. Der Advokat sah mächtig erstaunt aus und sagte:

„Nun, es schlägt *mich*!" - Er zog eine Menge alter Briefe aus der Tasche und untersuchte sie, und dann untersuchte er die Schrift des alten Mannes, und dann noch einmal; und dann sagt er: "Dieser alte Brief ist von Harvey Wilks; und hier sind *diese* beiden Handschriften, und jeder kann sehen, daß *sie* nicht geschrieben sind« (der König und der Herzog sahen verkauft und töricht aus, sage ich Ihnen, als ich sah, wie der Advokat sie aufgenommen hatte): „und hier ist die Handschrift dieses alten Herrn, und jeder kann leicht sagen, daß *er* sie nicht geschrieben hat - Tatsache ist, daß die Kratzer, die er macht, überhaupt nicht richtig *geschrieben* sind . Nun, hier sind einige Briefe von …"

Sagt der neue alte Herr:

„Wenn Sie gestatten, lassen Sie mich das erklären. Niemand kann meine Hand lesen als mein Bruder dort - also kopiert er für mich. Es ist *seine* Hand, die du da hast, nicht meine."

„*Nun!*", sagt der Anwalt: „das *ist* ein Zustand der Dinge. Ich habe auch einige von Williams Briefen; Wenn Sie ihn also dazu bringen, eine Zeile oder so zu schreiben, können wir …"

„Er *kann nicht* mit der linken Hand schreiben," sagt der alte Herr. „Wenn er seine rechte Hand gebrauchen könnte, so würdest du sehen, daß er seine eigenen Briefe schrieb und auch meine. Sehen Sie sich bitte beide an - sie sind von derselben Hand."

Der Advokat hat es getan und sagt:

„Ich glaube, es ist so - und wenn es nicht so ist, so gibt es jedenfalls eine viel stärkere Ähnlichkeit, als ich vorher bemerkt hatte. Nun, gut, gut! Ich dachte, wir wären auf dem richtigen Weg zu einer Lösung, aber die ist zum Teil auf Gras gegangen. Aber eines ist bewiesen - *diese* beiden sind nicht beide Wilkses," und er wandte den Kopf gegen den König und den Herzog.

Nun, was meint ihr? Dieser alte Maultierkopf würde damals nicht nachgeben*!* In der Tat würde er es nicht tun. Sagte, es gibt keine faire Prüfung. Er sagte, sein Bruder William sei der verfluchteste Spaßvogel von der Welt und habe nicht *versucht* zu schreiben - *er* habe gesehen, daß William einen seiner Witze spielen würde, sobald er die Feder zu Papier brachte. Und so wurde er warm und trällerte und trällerte weiter, bis er wirklich anfing, selbst zu glauben, was er sagte; aber bald darauf brach der neue Herr ein und sagte:

„Mir ist etwas eingefallen. Gibt es hier jemanden, der mir geholfen hat, meinen Bruder aufzubahren – den verstorbenen Peter Wilks für die Beerdigung herbeizuführen?"

„Ja," sagt jemand: „ich und Ab Turner haben es getan. Wir sind beide hier."

Da wendet sich der Alte zum König und sagt:

„Vielleicht kann mir dieser Herr sagen, was auf seiner Brust tätowiert war?"

Er war schuld daran, wenn der König sich nicht mächtig schnell zu stemmen brauchte, oder wenn er zusammengequetscht worden wäre wie ein Steilufer, das der Fluß durchgeschnitten hat, so plötzlich hat es ihn erwischt; und wohlgemerkt, es war eine Sache, die dazu bestimmt war, fast *jeden* zusammenzucken zu lassen, um einen so soliden wie diesen ohne jede Vorankündigung geholt zu bekommen. Denn woher sollte *er* wissen, was an dem Mann tätowiert war? Er wurde ein wenig bleich; Er konnte nicht anders; Und es war immer noch mächtig da drinnen, und alle beugten sich ein wenig vor und starrten ihn an. Sage ich zu mir selbst: Jetzt wird er den Schwamm auswerfen, es nützt nichts mehr. Nun, hat er? Ein Körper kann es kaum glauben, aber er tat es nicht. Ich glaube, er dachte, er würde das Ding so lange aufrechterhalten, bis er die Leute erschöpft hätte, damit sie sich lichten würden, und er und der Herzog könnten sich losreißen und entkommen. Wie auch immer, er setzte sich hin, und ziemlich bald fing er an zu lächeln und sagte:

„M! Das ist eine *sehr* schwierige Frage, *nicht wahr? Ja*, Sir, ich kann Ihnen nicht sagen, was auf seiner Brust tätowiert ist. Es ist ein Scherz, ein kleiner, dünner, blauer Pfeil – das ist es, was er ist; Und wenn man nicht wie ein Schleier aussieht, kann man es nicht sehen. *Nun*, was sagst du – he?"

Nun, *ich* sehe nie so etwas wie diese alte Blase für eine saubere Wange.

Der neue alte Herr wendet sich lebhaft nach Ab Turner und seinem Pard um, und sein Auge leuchtet auf, als ob er diesmal den König besiegt hätte, und sagt:

„Da – Sie haben gehört, was er gesagt hat! Gab es irgendein solches Mal auf Peter Wilks' Brust?"

Beide meldeten sich zu Wort und sagten:

„Wir haben keine solche Markierung gesehen."

„Gut!" sagt der alte Herr. „Nun, was du *auf* seiner Brust sahst, war ein kleines schwaches P und ein B (das ist eine Initiale, die er in jungen Jahren fallen ließ) und ein W, mit Strichen dazwischen, also: P – B – W« – und so markierte er sie auf einem Blatt Papier. »Kommen Sie, ist es nicht das, was Sie gesehen haben?"

Beide meldeten sich wieder zu Wort und sagten:

„Nein, *das haben wir nicht*. Wir haben überhaupt keine Spuren gesehen."

Nun, alle *waren* jetzt in einem Gemütszustand, und sie sangen:

„Das *ganze Gewimmel* von Betrügereien! Le's duck 'em! Le's ertränken sie! Le's ride 'em on a rail!" Und alle jauchzten gleichzeitig, und es gab ein rasselndes Powwow. Aber der Advokat springt auf den Tisch, schreit und sagt:

„Meine Herren – meine Herren! Hören Sie mir nur ein Wort zu – nur ein *einziges* Wort – wenn Sie BITTE! Es gibt noch einen Weg: gehen wir hin, graben den Leichnam aus und sehen nach."

Das hat sie gekostet.

„Hurra!" riefen sie alle und machte sich gleich auf den Weg; aber der Advokat und der Doktor sangen:

„Halt, halt! Bindet alle diese vier Männer und den Knaben an den Kragen und holt *sie* auch mit!"

„Wir werden es tun!" schrien sie alle; „Und wenn wir die Spuren nicht finden, werden wir die ganze Bande lynchen!"

Ich *hatte* Angst, jetzt, sage ich Ihnen. Aber es gibt kein Entkommen, weißt du. Sie packten uns alle und führten uns geradewegs nach dem

Friedhof, der anderthalb Meilen flussabwärts lag, und die ganze Stadt auf unseren Fersen, denn wir machten Lärm genug, und es war erst neun Uhr abends.

Als wir an unserem Haus vorbeigingen, wünschte ich, ich hätte Mary Jane nicht aus der Stadt geschickt; denn wenn ich ihr jetzt den Wink geben könnte, würde sie ausleuchten und mich retten und unsere toten Schläge anblasen.

Nun, wir schwärmten die Flußstraße hinunter und fuhren einfach weiter wie Wildkatzen; Und um es noch unheimlicher zu machen, verfinsterte sich der Himmel, und die Blitze fingen an zu zwinkern und zu flackern, und der Wind zitterte zwischen den Blättern. Das war die schrecklichste und gefährlichste Unruhe, in der ich je war; und ich war etwas verblüfftert; alles lief so anders, als ich es zugelassen hatte; Anstatt fixiert zu sein, damit ich mir Zeit nehmen konnte, wenn ich wollte, und den ganzen Spaß sehen und Mary Jane in meinem Rücken hatte, um mich zu retten und mich zu befreien, wenn es eng wurde, gab es nichts auf der Welt zwischen mir und dem plötzlichen Tod als nur diese Tattoo-Flecken. Wenn sie sie nicht finden würden ...

Ich konnte es nicht ertragen, daran zu denken; und doch konnte ich irgendwie an nichts anderes denken. Es wurde dunkler und dunkler, und es war eine schöne Zeit, um der Menge einen Strich durch die Rechnung zu machen; aber dieser große Husky hatte mich am Handgelenk - Hines -, und ein Körper könnte ebensogut versuchen, Goliar den Vortritt zu lassen. Er zog mich direkt mit, er war so aufgeregt, und ich musste rennen, um mitzuhalten.

Als sie dort ankamen, schwärmten sie in den Friedhof aus und überschwemmten ihn wie ein Überlauf. Und als sie an das Grab kamen, fanden sie, dass sie etwa hundertmal so viele Schaufeln hatten, als sie wollten, aber niemand hatte nicht daran gedacht, eine Laterne zu holen. Aber sie machten sich trotzdem durch das Flackern der Blitze an die Arbeit und schickten einen Mann nach dem nächsten Haus, das eine halbe Meile entfernt war, um sich einen auszuleihen.

So gruben und gruben sie wie alles; Und es wurde schrecklich dunkel, und es fing an zu regnen, und der Wind sauste und peitschte dahin, und die Blitze kamen immer lebhafter, und der Donner donnerte; aber diese Leute nahmen nie Notiz davon, so voll waren sie von diesem Geschäft; Und in der einen Minute konnte man alles und jedes Gesicht in dieser großen Menge sehen, und die Schaufeln voll Erde, die aus dem Grab emporsegelten, und in der nächsten Sekunde löschte die Dunkelheit alles aus, und man konnte überhaupt nichts mehr sehen.

Endlich holten sie den Sarg heraus und fingen an, den Deckel abzuschrauben, und dann wieder ein Gedränge und Schultern und Schieben, wie es war, um hineinzuschlüpfen und einen Anblick zu bekommen, den man nie sieht; Und in der Dunkelheit war es auf diese Weise schrecklich. Hines, er verletzte mein Handgelenk durch schreckliches Ziehen und Zerren, und ich glaube, er vergaß sofort, dass ich auf der Welt war, er war so aufgeregt und keuchte.

Plötzlich ließ der Blitz eine vollkommene Schleuse weißen Glanzes los, und jemand singt:

„Beim lebenden Jingo, hier ist der Beutel mit Gold auf seiner Brust!"

Hines stieß einen Schrei aus, wie alle anderen, und ließ mein Handgelenk fallen und stieß einen großen Ruck aus, um sich den Weg zu bahnen, um einen Blick darauf zu werfen, und die Art und Weise, wie ich in der Dunkelheit aufleuchtete und auf die Straße zusteuerte, kann niemand sagen.

Ich hatte die Straße ganz für mich allein, und ich flog ziemlich – am wenigsten hatte ich sie ganz für mich allein, außer der festen Dunkelheit und den hie und da wechselnden Blendungen und dem Summen des Regens und dem Tosen des Windes und dem Brechen des Donners; und so wie man geboren ist, habe ich es mitgeclippt!

Als ich die Stadt erreichte, sah ich dort niemanden draußen im Sturm warnen, also jagte ich nie nach Seitenstraßen, sondern buckelte gerade durch die Hauptstraße, und als ich anfing, auf unser Haus zuzugehen, richtete ich mein Auge und richtete es. Kein Licht dort; das Haus ganz dunkel – was mich bedauerte und enttäuschte, ich wußte nicht warum.

Aber endlich, gerade als ich vorbeisegelte, blitzte das Licht in Mary Janes Fenster, und mein Herz schwoll plötzlich an, als ob es zerspringen wollte, und in derselben Sekunde lag das Haus und alles hinter mir in der Dunkelheit und würde nie mehr auf dieser Welt vor mir sein. Sie *war* das beste Mädchen, das ich je gesehen habe, und hatte den meisten Sand.

In dem Augenblick, als ich weit genug über der Stadt war, um zu sehen, daß ich den Schleppkopf machen konnte, fing ich an, scharf nach einem Boot zu suchen, das ich mir ausleihen konnte, und als der Blitz mir zum ersten Mal eines zeigte, das nicht angekettet war, ergriff ich es und stieß zu. Es war ein Canoe und nicht nur mit einem Seil befestigt. Der Schleppkopf klapperte in großer Entfernung, weit draußen in der Mitte des Flusses, aber ich verlor keine Zeit; und als ich endlich auf das Floß stieß, war ich so erschöpft, daß ich mich einfach hingelegt hätte, um zu blasen und zu keuchen, wenn ich es mir leisten könnte. Aber ich tat es nicht. Als ich an Bord sprang, sang ich:

„Geh mit dir, Jim, und laß sie los! Ehre sei Gott, wir sind von ihnen ausgeschlossen!"

Jim erlosch und kam mit ausgebreiteten Armen auf mich zu, so voll Freude war er; aber als ich ihn im Blitz erblickte, schoß mir das Herz in den Mund, und ich ging rückwärts über Bord; denn ich vergaß, er war der alte König Lear und ein ertrunkener A-Rab in einem, und das erschreckte mich am meisten vor Leber und Licht. Aber Jim fischte mich heraus und wollte mich umarmen und segnen und so weiter, er war so froh, dass ich wieder da war und wir vom König und dem Herzog ausgeschlossen waren, aber ich sagte:

„Jetzt nicht; Essen Sie es zum Frühstück, essen Sie es zum Frühstück! Mach dich los und lass sie gleiten!"

In zwei Sekunden glitten wir den Fluss hinab, und es schien uns so gut, wieder frei und ganz allein auf dem großen Fluss zu sein, und niemand, der uns störte. Ich mußte ein bißchen herumhüpfen und ein paar Mal aufspringen und mit den Fersen knallen, ich konnte nicht anders; aber um den dritten Knacken bemerkte ich ein Geräusch, das ich sehr gut kannte, und hielt den Atem an, lauschte und wartete; Und tatsächlich, als der nächste Blitz über dem Wasser hervorbrach, da kamen sie! – und legten sich gerade an ihre Ruder und brachten ihr Boot zum Brummen! Es waren der König und der Herzog.

So verwelkte ich damals bis auf die Planken und gab auf; und es war alles, was ich tun konnte, um nicht zu weinen.

KAPITEL XXX.

Als sie an Bord waren, ging der König nach mir, schüttelte mich am Kragen und sagte:

„Hast du versucht, uns den Zettel zu geben, warst du, du Hündchen! Müde von unserer Gesellschaft, he?"

Ich sage:

„Nein, Eure Majestät, wir warnen davor - *bitte* tun Sie es nicht, Eure Majestät!"

„Also schnell, und sagen Sie uns, was Sie sich *gedacht haben*, oder ich schüttle Ihnen das Innere heraus!"

„Ehrlich, ich werde Ihnen alles so erzählen, wie es passiert ist, Eure Majestät. Der Mann, der sich um mich gekümmert hatte, war sehr gut zu mir und sagte immer, er habe einen Jungen, der ungefähr so groß sei wie ich, der letztes Jahr gestorben sei, und es tue ihm leid, einen Jungen in einer so gefährlichen Lage zu sehen; und als sie alle überrascht waren, das Gold zu finden, und nach dem Sarg eilten, ließ er mich los und flüsterte: „Geht jetzt auf die Ferse, oder sie hängen euch, gewiß!" Und ich zündete an. Es schien mir nicht gut zu sein, zu bleiben - *ich* konnte nichts tun, und ich wollte nicht gehängt werden, wenn ich entkommen konnte. So hörte ich nicht auf zu laufen, bis ich das Kanu fand; und als ich hier ankam, sagte ich Jim, er solle sich beeilen, sonst würden sie mich fangen und noch aufhängen, und sagte, ich fürchtete dich, und der Herzog wäre jetzt nicht mehr am Leben, und es tat mir schrecklich leid, und Jim auch, und ich war schrecklich froh, wenn wir dich kommen sahen; Sie können Jim fragen, wenn ich es nicht getan habe."

Jim sagte, es sei so, und der König befahl ihm, den Mund zu halten, und sagte: „O ja, es ist *sehr* wahrscheinlich!" und schüttelte mich wieder auf und sagte, er glaube, er hätte mich ertränkt. Aber der Herzog sagt:

„Leggo der Junge, du alter Idiot! Würden *Sie* es anders machen? Haben Sie sich nach ihm umgesehen , als Sie losgelassen wurden? *Ich* erinnere mich nicht daran."

Da ließ der König mich los und fing an, die Stadt und alle darin zu verfluchen. Aber der Herzog sagt:

„Du solltest lieber einen tadelnden Anblick machen*, wenn du dich selbst* tüchtig beschimpfst, denn du bist derjenige, der am meisten ein Anrecht darauf hat. Du hast von Anfang an nichts getan, was irgendeinen Sinn hatte, außer so cool und frech mit diesem imaginären blauen Pfeilzeichen herauszukommen. Das *war* hell - es war ein absoluter Tyrann, und es war das, was uns gerettet hat. Denn wenn das nicht gewesen wäre, hätten sie uns eingesperrt, bis das Gepäck der Engländer käme - und dann - ins Zuchthaus, darauf können Sie wetten! Aber dieser Trick brachte sie auf den Friedhof, und das Gold tat uns eine noch größere Wohltat; denn wenn die aufgeregten Narren nicht alle Nüsse losgelassen und sich beeilt hätten, einen Blick darauf zu werfen, so würden wir heute nacht in unseren Krawatten schlafen - Krawatten*, die man auch* tragen mußte -, als *wir* sie brauchten."

Sie dachten noch eine Minute nach; Dann sagt der König geistesabwesend wie:

„Mf! Und wir dachten, die *Nigger* hätten es gestohlen!"

Da habe ich mich gewunden!

„Ja," sagt der Herzog langsamer, bedächtig und sarkastisch: „*das* haben wir."

Nach etwa einer halben Minute zieht der König hervor:

„Wenigstens *habe ich das,*"

Der Herzog sagt in gleicher Weise:

„Im Gegenteil, *das habe ich.*"

Der König kräuselt sich und sagt:

„Schau mal, Bilgewasser, worauf beziehst du dich?"

Sagt der Herzog ziemlich lebhaft:

„Wenn es darum geht, lassen Sie mich vielleicht fragen, worauf *Sie* sich bezogen haben?"

„Shucks!" sagte der König sehr sarkastisch; „aber *ich* weiß nicht - vielleicht hast du geschlafen und wußtest nicht, was du vorhast."

Der Herzog sträubt sich nun und sagt:

„Ach, *laß* auf mit diesem verfluchten Unsinn; Hältst du mich für einen tadelnden Narren? Glaubst du nicht, ich wüße, wer das Geld in dem Sarg versteckt hat?"

„*Jawohl*, Sir! Ich weiß, du weißt es, weil du es selbst getan hast!"

„Das ist eine Lüge!" - und der Herzog ging auf ihn los. Der König singt:

„Nehmt die Hände weg! - Nehmt mir die Kehle! - Ich nehme alles zurück!"

Der Herzog sagt:

„Nun, du gibst doch zuerst zu, daß du das Geld dort versteckt hast, weil du mir eines Tages den Schein geben wolltest, um dann zurückzukommen, ihn auszugraben und ganz für dich allein zu haben."

„Warten Sie einen Augenblick, Herzog - beantworten Sie mir diese eine Frage, ehrlich und gerecht; wenn du das Geld nicht hingelegt hast, so sag es, und ich werde dir glauben und alles zurücknehmen, was ich gesagt habe."

„Du alter Schurke, ich habe es nicht getan, und du weißt, daß ich es nicht getan habe. Da, jetzt!"

„Nun, dann glaube ich Ihnen. Aber antworte mir nur noch einen Scherz, jetzt *sei nicht* verrückt, hast du es dir nicht in den Kopf gesetzt, das Geld an den Haken zu nehmen und es zu verstecken?"

Der Herzog sagte nie ein wenig nichts; Dann sagt er:

„Nun, es ist mir egal, ob ich *es getan habe*, ich habe es sowieso nicht getan. Aber du hattest es nicht nur im Kopf, es zu tun, sondern du hast *es auch getan*."

„Ich wünschte, ich würde nie sterben, wenn ich es täte, Herzog, und das ist ehrlich. Ich will nicht sagen, daß ich davor gewarnt *hätte*, es zu tun, denn ich *war es;* aber du - ich meine jemand - bist mir zuvorgekommen."

„Das ist eine Lüge! Du hast es getan, und du mußt *sagen*, daß du es getan hast, oder ..."

Der König fing an zu gurgeln, und dann keuchte er:

„Nein! — *ich gestehe!*"

Ich war sehr froh, ihn das sagen zu hören; Ich fühlte mich viel leichter als zuvor. Da nahm der Herzog die Hände weg und sagte:

„Wenn du es jemals wieder leugnest, werde ich dich ertränken. Es ist *gut* für dich, dich hinzusetzen und wie ein Baby zu plappern – es ist für dich fitten, nach der Art, wie du dich benommen hast. Ich sehe noch nie einen so alten Strauß, der alles verschlingen will – und ich vertraue dir die ganze Zeit, als wärst du mein eigener Vater. Du müsstest dich schämen, daneben zu stehen und zu hören, wie es einer Menge armer Nigger aufgebürdet wird, und du sagst nie ein Wort für sie. Es macht mich lächerlich, zu denken, dass ich weich genug war, um *diesen Müll zu glauben*. Verflucht, ich verstehe jetzt, warum du so eifrig darauf bedacht warst, das Deffisit wiedergutzumachen – du wolltest das Geld bekommen, das ich aus dem Nonesuch und so etwas bekommen hatte, und alles *ausschöpfen!*"

Sagt der König schüchtern und noch immer schnaubend:

„Nun, Herzog, Sie waren es, der sagte, machen Sie den Deffisit; Er warnt mich nicht."

„Austrocknen! Ich will nichts *mehr* von Ihnen hören!" sagte der Herzog. „Und *jetzt* siehst du, was du *daraus gemacht hast*. Sie haben ihr ganzes Geld zurück, und unser ganzes Geld bis auf ein oder zwei Schekel. Lange zu Bett, und defferst du *mich* nicht mehr, du lebst!"

Da schlich sich der König in den Wigwam und griff zu seiner Flasche, um sich zu trösten, und es dauerte nicht lange, da griff der Herzog *nach seiner* Flasche, und so waren sie nach etwa einer halben Stunde wieder dick wie Diebe, und je enger sie wurden, desto liebender wurden sie und gingen schnarchend in den Armen des anderen davon. Sie wurden beide mächtig sanft, aber ich bemerkte, dass der König nicht sanft genug wurde, um zu vergessen, sich daran zu erinnern, den Geldsack wieder versteckt zu haben. Das hat mich leicht und zufrieden gemacht. Als sie zum Schnarchen kamen, plauderten wir natürlich lange, und ich erzählte Jim alles.

KAPITEL XXXI.

Wir werden tagelang in keiner Stadt mehr Halt machen; Er hielt sich rechts den Fluß hinunter. Wir waren jetzt im Süden bei warmem Wetter und mächtig weit von zu Hause entfernt. Wir begannen, zu Bäumen zu kommen, an denen spanisches Moos klebte, das wie lange, graue Bärte von den Ästen herabhing. Es war das erste, was ich ihn wachsen sah, und er ließ den Wald ernst und düster aussehen. Nun glaubten die Betrüger, sie seien außer Gefahr, und fingen wieder an, die Dörfer zu bearbeiten.

Zuerst hielten sie einen Vortrag über Mäßigkeit; Aber sie machten nicht genug, um sich beide zu betrinken. In einem andern Dorfe gründeten sie eine Tanzschule; aber sie wußten ebensowenig zu tanzen wie ein Känguruh; Also sprang die breite Öffentlichkeit beim ersten Tänzen ein und tänzelte sie aus der Stadt. Ein andermal versuchten sie, auf Yellocution zu gehen; Aber sie schrien nicht lange, bis das Publikum aufstand und sie ordentlich beschimpfte und sie zum Hüpfen brachte. Sie beschäftigten sich mit der Missionierung und dem Hypnotisieren und Doktorieren und Wahrsagen und ein wenig von allem; Aber sie schienen kein Glück zu haben. Endlich waren sie fast völlig pleite und lagen um das Floß herum, während es dahintrieb, nachdenklich und denkend und nie etwas sagend, einen halben Tag nach dem anderen, und entsetzlich blau und verzweifelt.

Und endlich machten sie eine Veränderung und fingen an, ihre Köpfe in den Wigwam zu legen und zwei oder drei Stunden am Stück leise und vertraulich zu plaudern. Jim und ich wurden unruhig. Uns gefiel das Aussehen nicht. Wir urteilten, dass sie eine Art schlimmerer Teufelskunst als je zuvor studierten. Wir drehten es immer und immer wieder um, und schließlich beschlossen wir, dass sie in ein Haus oder einen Laden einbrechen würden oder in das Falschgeldgeschäft einsteigen würden oder so etwas. Da hatten wir ziemliche Angst und trafen eine Übereinkunft, dass wir mit solchen Aktionen nichts in der Welt zu tun haben würden, und wenn wir jemals die geringste Show bekämen, würden wir sie kalt schütteln und ausräumen und zurücklassen. Nun, eines frühen Morgens versteckten wir das Floß an einem guten, sicheren Ort, etwa zwei Meilen unterhalb eines kleinen Stückchens eines schäbigen Dorfes namens Pikesville, und der König ging an Land und befahl uns allen, uns zu verstecken, während er in die Stadt hinaufging und herumroch, um zu sehen, ob dort schon jemand Wind von der Royal Nonesuch bekommen hätte. Haus zum Ausrauben, du *„Gemein,"* sagte ich zu mir selbst; „Und wenn du mit dem Raub fertig bist, wirst du hierher zurückkommen und dich fragen, was aus mir und Jim und dem Floß geworden ist - und du wirst es in Verwunderung herausnehmen müssen." Und er sagte, wenn er bis Mittag nicht zurückkomme, würden der Herzog und ich wissen, dass alles in Ordnung sei, und wir sollten mitkommen.

Also blieben wir, wo wir waren. Den Herzog ärgerte er und schwitzte um ihn herum und war sehr sauer. Er schalt uns für alles, und wir schienen nichts richtig zu machen; Er fand Fehler an jeder Kleinigkeit. Irgendetwas braute sich zusammen, sicher. Ich war gut und froh, als der Mittag kam und kein König kam; Wir könnten auf jeden Fall eine Veränderung haben - und vielleicht eine Chance für *die* Veränderung obendrein. Da gingen ich und der Herzog hinauf ins Dorf und jagten dort nach dem König, und nach und nach fanden wir ihn in dem Hinterzimmer eines kleinen niederen Hundestalls, sehr eng, und eine Menge Müßiggänger schikanierten ihn zum Spaß, und er fluchte und drohte mit aller Kraft, und so eng, dass er nicht gehen konnte. und konnte ihnen nichts tun. Der Herzog fing an, ihn für einen alten Narren zu schimpfen, und der König fing an, zurückzuweichen, und sobald sie recht bei der Sache waren, zündete ich mich an, schüttelte mir die Riffe aus den Hinterbeinen und drehte mich wie ein Reh die Flußstraße hinunter, denn ich sehe unsere Chance; und ich beschloß, daß es ein langer Tag werden würde, bis sie mich und Jim jemals wiedersehen würden. Ich stieg ganz außer Atem, aber voller Freude auf und sang:

„Laß sie los, Jim! Uns geht es jetzt gut!"

Aber es gibt keine Antwort, und niemand kommt aus dem Wigwam. Jim war weg! Ich stieß einen Schrei an - und dann noch einen - und dann noch einen; und rennen hier und dort hin in den Wäldern, schreiend und kreischend; aber es nützte nichts – der alte Jim war fort. Dann setzte ich mich nieder und weinte; Ich konnte nicht anders. Aber ich konnte nicht lange still setzen. Bald darauf ging ich auf die Straße und überlegte, was ich besser tun sollte, und ich begegnete einem Knaben, der spazieren ging, und fragte ihn, ob er einen fremden Nigger gesehen hätte, der so und so gekleidet war, und er sagte:

„Ja."

„Wohin?" fragte ich.

„Runter zu Silas Phelps, zwei Meilen hier unten. Er ist ein entlaufener Nigger, und sie haben ihn. Hast du ihn gesucht?"

„Darauf kannst du wetten, daß ich es nicht bin! Ich bin ihm vor etwa ein oder zwei Stunden im Walde über den Weg gelaufen, und er sagte, wenn ich schreien würde, würde er mir die Leber herausschneiden – und sagte mir, ich solle mich hinlegen und bleiben, wo ich war; und ich habe es geschafft. Seitdem bin ich dort gewesen; hatte Angst, herauszukommen."

„Nun," sagt er: „du brauchst dich nicht mehr zu fürchten, denn sie haben ihn. Er ist in den Süden geflüchtet, Som'ers."

„Es ist ein guter Job, dass sie ihn bekommen haben."

„Nun, glaube ich! Es gibt eine Belohnung von zweihundert Dollar auf ihn. Es ist, als würde man auf der Straße Geld aufsammeln."

„Ja, das ist es – und *ich* hätte es haben können, wenn ich groß genug gewesen wäre; Ich sehe ihn *zuerst*. Wer hat ihn festgenagelt?"

„Es war ein alter Kerl – ein Fremder –, und er hat seine Chance auf ihn für vierzig Dollar verkauft, weil er den Fluß hinaufgehen muß und nicht warten kann. Denken Sie jetzt daran! Wetten, *ich würde* warten, wenn es sieben Jahre wären."

„Das bin ich, jedesmal," sagte ich. „Aber vielleicht ist seine Chance nicht mehr wert, wenn er sie so billig verkauft. Vielleicht ist etwas nicht klar."

„Aber es *ist doch* – gerade wie eine Schnur. Ich sehe den Flugzettel selbst. Es erzählt alles über ihn, auf einen Punkt genau, malt ihn wie ein Bild und erzählt der Plantage, dass er Frum ist, unterhalb von Newrleans. Nein, Sirree-Bob, sie haben keine Schwierigkeiten mit *diesen*

Spekulationen, darauf können Sie wetten. Sag, gib mir einen Chaw Tobacker, nicht wahr?"

Ich hatte keins, also ging er. Ich ging zum Floß und setzte mich in den Wigwam, um nachzudenken. Aber ich konnte nicht zu nichts kommen. Ich dachte nach, bis mir der Kopf weh tat, aber ich sah keinen Ausweg aus der Not. Nach all dieser langen Reise und nach allem, was wir für diese Schurken getan hatten, war hier alles zunichte gemacht, alles zerbrochen und ruiniert, weil sie es übers Herz bringen konnten, Jim einen solchen Streich zu servieren und ihn wieder für sein Leben zum Sklaven zu machen, und zwar unter Fremden für vierzig schmutzige Dollars.

Einmal sagte ich mir, es wäre tausendmal besser für Jim, zu Hause bei seiner Familie ein Sklave zu sein, solange er ein Sklave sein *müßte*, und so sollte ich lieber einen Brief an Tom Sawyer schreiben und ihm sagen, er solle Miss Watson sagen, wo er sei. Aber ich gebe diesen Gedanken bald aus zweierlei Gründen auf: Sie wäre wütend und angewidert über seine Schurkerei und Undankbarkeit, weil er sie verlassen hat, und so würde sie ihn sofort wieder den Fluß hinunter verkaufen; und wenn sie es nicht täte, verachtete jeder von Natur aus einen undankbaren Nigger, und sie würden Jim die ganze Zeit darüber fühlen lassen, und so würde er sich ärgerlich und blamiert fühlen. Und dann denk an *mich!* Es würde sich herumsprechen, daß Huck Finn einem Nigger zu seiner Freiheit verholfen hat, und wenn ich je wieder jemanden aus dieser Stadt sähe, wäre ich bereit, mich hinzusetzen und ihm vor Scham die Stiefel zu lecken. Das ist eben so: Ein Mensch tut eine niedere Sache, und dann will er keine Konsequenzen daraus ziehen. Denkt, solange er es verbergen kann, ist es keine Schande. Das war genau meine Lösung. Je mehr ich mich damit beschäftigte, desto mehr zermürbte mich mein Gewissen, und desto böser, niederträchtiger und düsterer fühlte ich mich. Und endlich, als es mir plötzlich klar wurde, daß da die reine Hand der Vorsehung war, die mir ins Gesicht schlug und mich wissen ließ, daß meine Bosheit die ganze Zeit von oben im Himmel beobachtet wurde, während ich den Nigger einer armen alten Frau stahl, der mir nie etwas zuleide getan hatte, und jetzt zeigte er mir, dass es Einen gibt, der immer auf der Hut ist und nicht zulassen wird, dass solche elenden Taten nur so weit gehen und nicht weiter, ich fiel fast in meine Spuren, so erschrak ich. Nun, ich versuchte mein Bestes, um es für mich irgendwie zu mildern, indem ich sagte, ich sei böse erzogen worden, und so warne ich davor, so viel Schuld zu geben; aber etwas in mir sagte immer wieder: „Da war die Sonntagsschule, du hättest hingehen können; und wenn du es getan hättest, so hätten sie dich dort gelehrt, daß Leute, die sich so verhalten, wie ich mich gegen diesen Nigger verhalten habe, zum ewigen Feuer gehen."

Es hat mich erschaudern lassen. Und ich beschloss fast, zu beten und zu sehen, ob ich nicht versuchen könnte, aufzuhören, die Art von Junge zu sein, die ich war, und besser zu werden. Also kniete ich nieder. Aber die Worte wollten nicht kommen. Warum sollten sie das auch nicht? Es hat keinen Sinn, zu versuchen, es vor Ihm zu verbergen. Auch nicht von *mir*, auch nicht. Ich wusste sehr gut, warum sie nicht kommen würden. Es war, weil mein Herz nicht recht warnte; es war, weil ich davor warnte; es war, weil ich doppelt spielte. Ich ließ es zu, die Sünde aufzugeben, aber in meinem Inneren hielt ich an der größten von allen fest. Ich versuchte, meinen Mund dazu zu bringen, *mir zu sagen*, dass ich das Richtige und Saubere tun würde, und zu dem Besitzer des Niggers zu gehen und ihm zu sagen, wo er war; aber tief in mir wusste ich, dass es eine Lüge war, und Er wusste es. Man kann keine Lüge beten – das habe ich herausgefunden.

So war ich voller Ärger, so voll ich nur sein konnte, und wusste nicht, was ich tun sollte. Endlich hatte ich eine Idee; und ich sage, ich werde gehen und den Brief schreiben – und *dann* sehen, ob ich beten kann. Es war erstaunlich, wie ich mich sofort federleicht fühlte und alle meine Sorgen verschwunden waren. Also holte ich mir ein Blatt Papier und einen Bleistift, ganz froh und aufgeregt, setzte mich hin und schrieb:

> Miß Watson, Ihr entlaufener Nigger Jim ist hier unten, zwei Meilen unterhalb von Pikesville, und Mr. Phelps hat ihn erwischt und wird ihn für die Belohnung hergeben, wenn Sie ihn schicken.
>
> HUCK FINN.

Ich fühlte mich gut und ganz von Sünde gewaschen, zum ersten Mal in meinem Leben, und ich wusste, dass ich jetzt beten konnte. Aber ich tat es nicht sofort, sondern legte das Papier hin und dachte darüber nach, wie gut es war, daß das alles so geschah, und wie nahe ich daran bin, mich zu verirren und in die Hölle zu kommen. Und dachte weiter. Und wir begannen, über unsere Fahrt den Fluss hinunter nachzudenken; und ich sehe Jim die ganze Zeit vor mir: am Tag und in der Nacht, manchmal Mondlicht, manchmal Stürme, und wir treiben dahin, reden und singen und lachen. Aber irgendwie schien ich keine Punkte zu finden, die mich gegen ihn abhärten konnten, sondern nur die andere Art. Ich sah ihn meine Wache auf die seinige stellen, anstatt mich zu rufen, damit ich weiterschlafen konnte; und sieh ihm, wie froh er war, als ich aus dem Nebel zurückkam; und wenn ich wieder zu ihm komme in den Sumpf, dort oben, wo die Fehde war; und solche Zeiten; Und er nannte mich immer Schatz, streichelte mich und tat alles, was er sich vorstellen konnte, für mich, und wie gut er immer war; und endlich schlug ich die Zeit, die ich ihm rettete, damit aus, daß ich den Leuten erzählte, daß wir Pocken an Bord hätten, und er war so dankbar und sagte, ich sei der beste Freund, den der alte Jim je auf der Welt gehabt habe, und der einzige, den er jetzt habe, und dann sah ich mich zufällig um und sah das Papier.

Es war ein enger Ort. Ich hob es auf und hielt es in der Hand. Ich zitterte, weil ich mich für immer zwischen zwei Dingen entscheiden musste, und ich wusste es. Ich vertiefte eine Minute, hielt den Atem an und sagte mir dann:

„Also gut, dann fahre ich in die Hölle" - und zerriss es.

Es waren schreckliche Gedanken und schreckliche Worte, aber sie wurden gesagt. Und ich lasse sie sagen; und dachte nie mehr an Reformen. Ich schob mir das Ganze aus dem Kopf und sagte, ich würde die Bosheit, die in meiner Linie sei, wieder aufgreifen, und die andere davor warnen. Und für den Anfang ging ich zur Arbeit und stahl Jim wieder aus der Sklaverei; und wenn ich mir etwas Schlimmeres ausdenken könnte, so würde ich das auch tun; denn solange ich dabei war, und zwar für immer, konnte ich genauso gut aufs Ganze gehen.

Dann begann ich darüber nachzudenken, wie ich zu ihm kommen könnte, und drehte in meinem Geiste viele beträchtliche Wege um; und faßte endlich einen Plan, der mir paßte. Da nahm ich die Peilung an einer waldreichen Insel, die ein Stück flussabwärts lag, und sobald es ziemlich dunkel war, kroch ich mit meinem Floß heraus, suchte es, versteckte es dort und kehrte dann ein. Ich schlief die Nacht durch, stand auf, ehe es hell wurde, und frühstückte, zog meine Vorratskleider an, band einige andere und irgendein Ding in ein Bündel, nahm das Canoe und machte mich auf den Weg zum Ufer. Ich landete unterhalb der Stelle, wo ich Phelps vermutete, und versteckte mein Bündel im Walde, füllte dann das Canoe mit Wasser, lud Steine hinein und versenkte es, wo ich es wiederfinden konnte, wenn ich es brauchte, etwa eine Viertelmeile unterhalb eines kleinen Dampfsägewerks, das am Ufer lag.

Dann schlug ich die Straße hinauf, und als ich an der Mühle vorbeikam, sah ich ein Schild darauf: »Phelps's Sawmill«, und als ich zu den Bauernhäusern kam, zwei- oder dreihundert Schritte weiter, hielt ich die Augen offen, sah aber niemanden in der Nähe, obgleich es jetzt guter Tag war. Aber das machte mir nichts aus, denn ich wollte noch niemanden sehen, ich wollte nur die Lage des Landes sehen. Eigentlich sollte ich vom Dorf her dort oben auftauchen, nicht von unten. Also schaute ich mir das nur an und schob mich weiter, direkt in die Stadt. Nun, der allererste Mann, den ich sah, als ich dort ankam, war der Herzog. Er hatte eine Rechnung für das Royal Nonesuch – eine Aufführung an drei Abenden – wie das andere Mal gemacht. *Sie* hatten die Frechheit, diese Betrüger! Ich war direkt bei ihm, bevor ich mich drücken konnte. Er sah erstaunt aus und sagte:

„Hel-lo! Wo kommst *du* her?" Dann fragt er, irgendwie froh und eifrig: „Wo ist das Floß?"

Ich sage:

„Nun, das ist genau das, worum ich Euer Gnaden bitten wollte."

Da sah er nicht mehr so freudig aus und sagte:

„Was war, warum du mich gefragt hast?", sagt er.

„Nun," sagte ich: „als ich gestern den König in diesem Hundestall sah, sagte ich mir: Wir können ihn nicht stundenlang nach Hause bringen, bis er nüchtern ist; Also ging ich durch die Stadt, um die Zeit zu investieren und zu warten. Ein Mann trat auf mich zu und bot mir zehn Cent an, wenn ich ihm helfe, ein Boot über den Fluss und zurück zu ziehen, um ein Schaf zu holen, und so ging ich weiter; Aber als wir ihn zum Boot schleppten und der Mann mich vom Seil befreite und hinter sich ging, um ihn fortzuschieben, war er zu stark für mich, riss sich los und rannte, und wir folgten ihm. Wir hatten keinen Hund, und so mussten wir ihn durch das ganze Land jagen, bis wir ihn erschöpft hatten. Wir haben ihn nie vor Einbruch der Dunkelheit bekommen; dann holten wir ihn herüber, und ich machte mich auf den Weg zum Floß. Als ich dort ankam und sah, dass es weg war, sagte ich mir: „Sie sind in Schwierigkeiten geraten und mussten gehen; und sie haben mir meinen Nigger genommen, der ist der einzige Nigger, den ich auf der Welt habe, und jetzt bin ich in einem fremden Lande und habe kein Eigentum mehr, noch nichts und keine Möglichkeit, meinen Lebensunterhalt zu verdienen." Da setzte ich mich hin und weinte. Ich habe die ganze Nacht im Wald geschlafen. Aber was ist denn aus dem Floß geworden? – und Jim – der arme Jim!"

„Schuld, wenn *ich* es weiß – das heißt, was aus dem Floß geworden ist. Der alte Narr hatte einen Handel gemacht und vierzig Dollar bekommen, und als wir ihn in der Doggery fanden, hatten die Müßiggänger einen halben Dollar mit ihm verglichen und jeden Cent bekommen, außer dem, was er für Whisky ausgegeben hatte; und als ich ihn gestern spät abend nach Hause brachte und das Floß verschwunden fand, sagten wir: ‚Dieser kleine Schlingel hat unser Floß gestohlen und uns geschüttelt und ist den Fluss hinuntergelaufen.'"

„Ich würde meinen *Nigger nicht schütteln*, nicht wahr? – der einzige Nigger, den ich auf der Welt besaß, und der einzige Besitz."

„Daran haben wir nie gedacht. Tatsache ist, ich glaube, wir würden ihn für *unseren* Nigger halten; ja, wir betrachteten ihn wirklich so – Gott weiß, wir hatten Ärger genug für ihn. Als wir also sahen, dass das Floß weg war und wir platt kaputt gingen, gab es nichts anderes, als das Royal Nonesuch noch einmal zu schütteln. Und seitdem bin ich immer wieder dahingehüllt, trocken wie ein Pulverhorn. Wo sind die zehn Cent? Gib es hier."

Ich hatte viel Geld, also gab ich ihm zehn Cents, bat ihn aber, es für etwas zu essen auszugeben und mir etwas zu geben, denn es war alles, was ich hatte, und ich hatte seit gestern nichts mehr zu essen gehabt. Er sagte nie nichts. Im nächsten Augenblick wirbelt er auf mich zu und sagt:

„Glaubst du, der Nigger würde uns anblasen? Wir würden ihn häuten, wenn er das täte!"

„Wie kann er blasen? Ist er nicht davongelaufen?"

„Nein! Der alte Narr hat ihn verkauft und nie mit mir geteilt, und das Geld ist weg."

„*Ihn verkauft?*" Sagte ich und fing an zu weinen; „Nun, er war *mein* Nigger, und das war mein Geld. Wo ist er? - Ich will meinen Nigger."

„Nun, du kannst deinen Nigger nicht kriegen , das ist alles - also trockne dein Geschwätz aus. Sehen Sie hier - glauben Sie, *Sie würden* es wagen, uns anzublasen? Schuld, wenn ich glaube, dass ich dir vertrauen würde. Nun, wenn du uns anbliest ..."

Er hielt inne, aber ich habe den Herzog noch nie so häßlich aus seinen Augen sehen sehen. Ich wimmerte weiter und sagte:

„Ich will niemanden anblasen; und ich habe keine Zeit zu blasen, nein. Ich muss rausgehen und meinen Nigger finden."

Er sah freundlich bekümmert aus, stand da, den Schnabel auf dem Arm flatternd, nachdenklich und die Stirn in Falten gelegt. Endlich sagt er:

„Ich werde dir etwas sagen. Wir müssen drei Tage hier sein. Wenn du versprichst, daß du nicht blasen und den Nigger nicht blasen läßt, so will ich dir sagen, wo du ihn findest."

Also habe ich es versprochen, und er sagt:

„Ein Bauer namens Silas Ph ..." Und dann hielt er inne. Siehst du, er fing an, mir die Wahrheit zu sagen; aber als er damit aufhörte und wieder zu studieren und nachzudenken begann, glaubte ich, daß er seine Meinung ändern würde. Und so war es auch. Er wollte mir nicht trauen; Er wollte sichergehen, dass ich die ganzen drei Tage aus dem Weg war. Also sagt er ziemlich bald:

„Der Mann, der ihn gekauft hat, heißt Abram Foster - Abram G. Foster - und er wohnt vierzig Meilen weiter hinten auf dem Lande, an der Straße nach Lafayette."

„Gut," sage ich: „ich kann es in drei Tagen schaffen. Und ich fange heute nachmittag an."

„Nein, das wirst du nicht, du fängst jetzt an; Und verlieren Sie auch keine Zeit damit, und plappern Sie auch nicht nebenbei. Behalte nur eine feste Zunge im Kopf und geh gleich weiter, dann wirst du keinen Ärger mit *uns* bekommen, hörst du?"

Das war die Reihenfolge, die ich wollte, und das war die, für die ich gespielt habe. Ich wollte die Freiheit haben, meine Pläne zu verwirklichen.

„Also räum auf," sagt er; „Und Sie können Mr. Foster sagen, was Sie wollen. Vielleicht kannst du ihn dazu bringen, zu glauben, daß Jim dein Nigger ist - manche Idioten brauchen keine Papiere - wenigstens habe ich gehört, daß es so etwas hier im Süden gibt. Und wenn du ihm sagst, dass der Flugschein und die Belohnung gefälscht sind, wird er dir vielleicht glauben, wenn du ihm erklärst, was die Idee war, sie herauszuholen. Geh jetzt lange und sage ihm, was du willst; aber pass auf, daß du deinen Kiefer nicht *zwischen* hier und dort betätigst."

Also machte ich mich auf den Weg ins Hinterland. Ich schaute mich nicht um, aber ich hatte das Gefühl, dass er mich beobachtete. Aber ich wusste, dass ich ihn dabei ermüden könnte. Ich fuhr geradewegs bis zu einer Meile aufs Land hinaus, bevor ich anhielt; dann kehrte ich durch den Wald zurück nach Phelps. Ich dachte mir, es wäre besser, meinen Plan sofort in die Tat umzusetzen, ohne herumzualbern, denn ich wollte Jim den Mund stopfen, bis diese Kerle entkommen konnten. Ich wollte keinen Ärger mit ihresgleichen haben. Ich hatte alles gesehen, was ich von ihnen sehen wollte, und wollte mich ganz von ihnen verschließen.

KAPITEL XXXII.

Als ich dort ankam, war alles still und sonntagsstill und heiß und sonnig; die Hände waren auf die Felder gegangen; und da waren diese leisen Dröhnen von Käfern und Fliegen in der Luft, die es so einsam erscheinen lassen, als wären alle tot und fort; und wenn ein Windhauch weht und die Blätter bebt, macht es einen traurig, Weil du das Gefühl hast, dass es Geister sind, die flüstern – Geister, die schon so viele Jahre tot sind – und du denkst immer, dass sie über *dich sprechen*. Im Allgemeinen bringt es einen Körper dazu, sich zu wünschen, *er* wäre auch tot und mit allem fertig.

Phelps' war eine dieser kleinen Einspänner-Baumwollplantagen, und sie sehen alle gleich aus. Ein Schienenzaun um einen zwei Hektar großen Hof; ein Pfahl aus abgesägten und stufenförmig umgedrehten Baumstämmen, wie Fässer unterschiedlicher Länge, mit denen man über den Zaun klettern kann und auf dem die Frauen stehen können, wenn sie auf ein Pferd springen wollen; einige kränkliche Grasflecken in dem großen Hof, aber meistens war es kahl und glatt, wie ein alter Hut, den das Nickerchen abgerieben hat; ein großes, doppeltes Blockhaus für die Weißen – behauene Stämme, deren Ritzen mit Schlamm oder Mörtel verschlossen waren, und diese Lehmstreifen waren irgend einmal weiß getüncht worden; Rundholzküche mit einem großen, breiten, offenen, aber überdachten Gang, der sie mit dem Haus verbindet; Blockräucherei hinter der Küche; drei kleine Niggerhütten in einer Reihe auf der anderen Seite der Räucherkammer; eine kleine Hütte ganz für sich allein an den hinteren Zaun gelehnt, und einige Nebengebäude ein Stück tiefer auf der anderen Seite; Aschebehälter und großer Kessel zum Gießen von Gallseife bei der kleinen Hütte; Bank an der Küchentür, mit einem Eimer Wasser und einem Kürbis; Hund, der dort in der Sonne schläft; noch mehr Hunde schliefen ringsum; etwa drei Schattenbäume entfernt in einer Ecke; einige Johannisbeersträucher und Stachelbeersträucher an einer Stelle am Zaun;

außerhalb des Zauns ein Garten und ein Wassermelonenbeet; Dann beginnen die Baumwollfelder und nach den Feldern die Wälder.

Ich ging herum, kletterte über den hinteren Balken bei dem Aschebehälter und machte mich auf den Weg in die Küche. Als ich ein wenig zu mir gekommen war, hörte ich das dumpfe Brummen eines Spinnrades, das aufwärts heulte und wieder hinabsank; und dann wußte ich mit Sicherheit, daß ich wünschte, ich wäre tot - denn das *ist* das einsamste Geräusch auf der ganzen Welt.

Ich machte geradewegs weiter, ohne irgendeinen bestimmten Plan zu schmieden, sondern vertraute nur darauf, daß die Vorsehung mir die richtigen Worte in den Mund legen würde, wenn die Zeit gekommen wäre; denn ich hatte bemerkt, daß die Vorsehung mir immer die richtigen Worte in den Mund legte, wenn ich es in Ruhe ließ.

Als ich auf halbem Wege war, erhob sich erst ein Hund und dann noch ein anderer und ging auf mich los, und natürlich blieb ich stehen, stellte mich ihnen gegenüber und schwieg. Und so ein Powwow, wie sie es gemacht haben! In einer Viertelminute war ich eine Art Radnabe, wie man sagen kann - Speichen aus Hunden - ein Kreis von fünfzehn von ihnen, die sich um mich drängten, ihre Hälse und Nasen nach mir emporstreckten, bellend und heulend; und es werden noch mehr kommen; Man konnte sie von überall her über Zäune und um Ecken segeln sehen.

Eine Niggerin kam mit einem Nudelholz in der Hand aus der Küche gestürmt und rief: "Begone *you* Tige! du Spot! Und sie holte erst dem einen, dann dem andern eine Klammer und schickte sie heulend hin, und dann folgten die übrigen; Und die nächste zweite Hälfte von ihnen kommt zurück, wedelt mit dem Schwanz um mich herum und freundet sich mit mir an. Ein Hund schadet nicht, nein.

Und hinter der Frau kamen ein kleines Niggermädchen und zwei kleine Niggerjungen, die nichts anhatten als schleppende Leinenhemden, und sie hingen an dem Kleid ihrer Mutter und schauten hinter ihr zu mir hervor, schüchtern, wie sie es immer tun. Und da kommt die weiße Frau aus dem Hause gerannt, etwa fünfundvierzig oder fünfzig Jahre alt, barhäuptig und den Spinnstock in der Hand; Und hinter ihr kommen ihre kleinen weißen Kinder, die sich genauso benehmen wie die kleinen Nigger. Sie lächelte am ganzen Körper, so daß sie kaum stehen konnte - und sagte:

„Endlich bist *du* es! - *nicht wahr?*"

Ich kam mit einem ‚Ja' raus, bevor ich dachte.

Sie packte mich und drückte mich fest, dann packte sie mich mit beiden Händen und schüttelte und zitterte, und die Tränen stiegen ihr in die Augen und liefen über sie, und sie schien nicht genug zu umarmen und zu zittern und sagte immer wieder: „Du siehst deiner Mutter nicht so ähnlich, wie ich dachte; aber um Himmels willen, das ist mir egal, ich bin *so* froh, dich zu sehen! Liebes, liebes Kind, es scheint, als könnte ich dich auffressen! Kinder, es ist euer Vetter Tom! - Sagt ihm Howdy."

Aber sie zogen die Köpfe ein, steckten die Finger in den Mund und versteckten sich hinter ihr. Also lief sie auf:

„Lize, beeil dich und hol ihm gleich ein warmes Frühstück - oder hast du dein Frühstück auf dem Boot bekommen?"

Ich sagte, ich hätte es auf dem Boot bekommen. Dann machte sie sich auf den Weg zum Haus, mich an der Hand führend, und die Kinder folgten mir. Als wir dort ankamen, setzte sie mich in einen Stuhl mit gespaltenem Boden, setzte sich vor mir auf einen kleinen niedrigen Schemel, hielt meine beiden Hände und sagte:

„Jetzt kann ich dich *genau* ansehen; und, Laws-a-me, ich habe mich viele und viele Male danach gesehnt, all die langen Jahre, und endlich ist es soweit! Wir erwarten Sie ein paar Tage und länger. Was hast du - das Boot ist auf Grund gelaufen?"

„Ja - sie" -

"Sag nicht ja, sag Tante Sally. Wo ist sie gestrandet?"

Ich wusste nicht recht, was ich sagen sollte, denn ich wusste nicht, ob das Boot den Fluss hinauf oder hinunter kommen würde. Aber ich verlasse mich sehr auf meinen Instinkt; und mein Instinkt sagte mir, daß sie heraufkommen würde - von unten nach Orléans. Das half mir allerdings nicht viel; denn ich wußte nicht, wie die Bars dort unten hießen. Ich sehe, ich müßte einen Riegel erfinden oder den Namen des Riegels vergessen, auf dem wir gestrandet waren – oder – Nun hatte ich einen Gedanken und holte ihn hervor:

„Es war nicht die Erdung, die uns nur ein wenig zurückgehalten hat. Wir haben einen Zylinderkopf ausgeblasen."

„Gnädiger Herr! Ist jemand verletzt?"

„Nein. Einen Nigger getötet."

„Nun, es ist ein Glück; Denn manchmal werden Menschen verletzt. Vor zwei Jahren, letztes Weihnachten, kam dein Onkel Silas von Newrleans auf dem alten *Lally-Turm herauf,* da blies sie einen Zylinderkopf aus und verkrüppelte einen Mann. Und ich glaube, er starb danach. Er war Baptist. Dein Onkel Silas kannte eine Familie in Baton Rouge, die seine Leute sehr gut kannte. Ja, ich erinnere mich jetzt, er *ist gestorben*. Die Demütigung setzte ein, und sie mussten ihn amputieren. Aber es rettete ihn nicht. Ja, es war eine Demütigung – das war es. Er wurde am ganzen Körper blau und starb in der Hoffnung auf eine glorreiche Auferstehung. Man sagt, er sei ein Augenschmaus gewesen. Dein Onkel ist jeden Tag in die Stadt gefahren, um dich abzuholen. Und er ist wieder fort, vor nicht mehr als einer Stunde; Er wird jetzt jeden Moment zurück sein. Sie müssen ihn auf der Straße getroffen haben, nicht wahr? – ein alter Mann mit einem ..."

„Nein, ich habe niemanden gesehen, Tante Sally. Das Boot landete gerade bei Tageslicht, und ich ließ mein Gepäck auf dem Kaiboot und sah mich in der Stadt und auf dem Lande um, um die Zeit zu verbringen und nicht zu früh hier zu sein; und so komme ich den hinteren Weg hinunter."

„Wem hast du das Gepäck gegeben?"

„Niemand."

„Ach, Kind, es wird gestohlen werden!"

„Nicht dort, wo *ich* es versteckt habe, glaube ich nicht," sage ich.

„Wie hast du dein Frühstück so früh auf dem Boot bekommen?"

Es war etwas dünnes Eis, aber ich sage:

„Der Kapitän sah mich herumstehen und sagte mir, ich solle lieber etwas essen, ehe ich an Land ginge; Also nahm er mich nach Texas zum Mittagessen der Offiziere mit und gab mir alles, was ich wollte."

Ich wurde so unruhig, dass ich nicht gut zuhören konnte. Ich dachte die ganze Zeit an die Kinder; Ich wollte sie zur Seite schieben und ein wenig aufpumpen und herausfinden, wer ich bin. Aber ich konnte nicht nicht erscheinen, Mrs. Phelps machte weiter und machte weiter. Ziemlich bald ließ sie mir einen kalten Schauer über den Rücken laufen, denn sie sagt:

„Aber hier laufen wir auf diesem Wege, und du hast mir kein Wort von Sis und auch keinem von ihnen gesagt. Jetzt werde ich meine Arbeit ein wenig ausruhen, und du beginnst mit deinem Arbeiten; Erzähl mir *einfach alles* - erzähl mir alles über mich und wie es ihnen geht und was sie tun und was sie dir gesagt haben, was sie mir sagen sollen, und alles, was dir einfällt."

Nun, ich sehe, ich war auf einem Baumstumpf - und zwar gut. Die Vorsehung hatte mir in diesem Pelz gut zur Seite gestanden, aber jetzt war ich hart und fest auf Grund. Ich sehe, es nützt nichts, wenn ich es versuche - ich müßte die Hand in die Hand werfen. Also sagte ich mir, hier ist ein weiterer Ort, an dem ich die Wahrheit herausfinden muss. Ich öffnete meinen Mund, um zu beginnen; Aber sie packte mich, drängte mich hinter das Bett und sagte:

„Da kommt er! Stecken Sie den Kopf tiefer - da, das genügt; Du kannst jetzt nicht gesehen werden. Lass dir nicht anmerken, dass du hier bist. Ich werde ihm einen Streich spielen. Kinder, sagt kein Wort."

Ich sehe, dass ich jetzt in der Klemme war. Aber es hat keinen Zweck, sich Sorgen zu machen; Es gibt keine Warnung zu tun, als einfach still zu bleiben und zu versuchen, bereit zu sein, von unten zu stehen, wenn der Blitz einschlägt.

Ich hatte nur einen flüchtigen Blick auf den alten Herrn, als er eintrat; Dann verbarg ihn das Bett. Mrs. Phelps springt für ihn auf und sagt:

„Ist er gekommen?"

„Nein," sagt ihr Mann.

„Meine Güte!" sagt sie: „was zum Teufel kann aus ihm geworden sein?"

„Das kann ich mir nicht vorstellen," sagt der alte Herr; „und ich muß sagen, es beunruhigt mich furchtbar."

„Unruhig!" sagt sie; „Ich bin bereit, abgelenkt zu gehen! Er *muß* kommen, und du hast ihn auf dem Wege vermißt. Ich *weiß*, daß es so ist - irgend etwas sagt es mir."

„Nun, Sally, ich *konnte* ihn auf der Straße nicht übersehen - *das* weißt du."

„Aber ach, meine Liebe, was *wird* die Schwester sagen! Er muss kommen! Du musst ihn vermisst haben. Er ..."

„Ach, beunruhige mich nicht mehr, ich bin schon betrübt. Ich weiß nicht, was ich davon halten soll. Ich bin mit meinem Latein am Ende, und es macht mir nichts aus, zuzugeben, dass ich ganz und gar Angst habe. Aber es gibt keine Hoffnung, dass er gekommen ist; denn er *konnte nicht* kommen, und ich vermisste ihn. Sally, es ist schrecklich - einfach schrecklich - irgendetwas ist mit dem Boot passiert, gewiß!"

„Ach, Silas! Sieh hinüber - die Straße hinauf! - kommt da nicht jemand?"

Er sprang an das Fenster am Kopfende des Bettes, und das gab Mrs. Phelps die Gelegenheit, die sie sich wünschte. Sie bückte sich schnell am Fußende des Bettes und zog mich an, und ich kam heraus; und als er sich vom Fenster umwandte, stand sie da und strahlte und lächelte wie ein brennendes Haus, und ich stand ziemlich demütig und verschwitzt daneben. Der alte Herr starrte ihn an und sagte:

„Warum, wer ist das?"

„Was glaubst du, wer es nicht ist?"

„Ich habe keine Ahnung. Wer *ist* es?"

„Es ist *Tom Sawyer!*"

Ach ja, ich bin am meisten durch den Boden gesackt! Aber es ist keine Zeit, die Messer zu wechseln. Der alte Mann packte mich bei der Hand und schüttelte und zitterte weiter; und die ganze Zeit, wie die Frau herumtanzte und lachte und weinte; und dann, wie sie beide Fragen über Sid, Mary und den Rest des Stammes abfeuerten.

Aber wenn sie fröhlich waren, so warnte es mich nicht, denn es war wie von neuem geboren, ich war so froh, zu erfahren, wer ich war. Nun, sie froren mir zwei Stunden lang zu; und schließlich, als mein Kinn so müde war, daß es kaum mehr gehen konnte, hatte ich ihnen mehr von meiner Familie erzählt - ich meine die Familie Sawyer -, als je sechs Sawyer-Familien zugestoßen war. Und ich erklärte alles, wie wir an der Mündung des White River einen Zylinderkopf ausbliesen und wir drei Tage brauchten, um ihn zu reparieren. Das war in Ordnung und funktionierte vorzüglich; Weil *sie* nicht wussten, was es drei Tage dauern würde, um es zu reparieren. Wenn ich es einen Schraubenkopf genannt hätte, wäre es genauso gut gemacht.

Jetzt fühlte ich mich auf der einen Seite ziemlich wohl und auf der anderen Seite ziemlich unwohl. Tom Sawyer zu sein war leicht und bequem, und es blieb leicht und bequem, bis ich nach und nach ein Dampfschiff den Fluss hinunter husten hörte. Dann sage ich mir: Soll Tom Sawyer auf dem Boot herunterkommen? Und wenn er jeden Augenblick hier hereinkommt und meinen Namen singt, bevor ich ihm zuzwinkern kann, um zu schweigen? Nun, so konnte ich es nicht *haben*, das würde es überhaupt nicht tun. Ich muß die Straße hinaufgehen und ihn aufhalten. Also sagte ich den Leuten, dass ich damit rechnete, in die Stadt zu gehen und mein Gepäck abzuholen. Der alte Herr wollte mit mir gehen, aber ich sagte nein, ich könne das Pferd selbst fahren, und ich glaube, er würde sich nicht um mich kümmern.

KAPITEL XXXIII.

Ich fuhr also mit dem Wagen nach der Stadt, und als ich schon halb fertig war, sah ich einen Wagen kommen, und es war wirklich Tom Sawyer, und ich hielt an und wartete, bis er vorbeikam. Ich sagte: »Halt!« und er blieb längsseits stehen, und sein Mund öffnete sich wie ein Rüssel und blieb so; Und er schluckte zwei- oder dreimal wie ein Mensch, der eine trockene Kehle hat, und dann sagt er:

„Ich habe dir noch nie etwas Böses getan. Das wissen Sie. Also, warum willst du zurückkommen und wofür hast du *mich* nicht?"

Ich sage:

„Ich bin nicht zurückgekommen - ich bin nicht *fort* gewesen."

Als er meine Stimme hörte, richtete es ihn ein wenig auf, aber er warnte, dass er noch nicht ganz zufrieden war. Er sagt:

„Spielst du nicht mit mir, denn ich würde es nicht mit dir machen. Ehrlicher Mann, du bist doch kein Gespenst?"

„Ehrlicher Injun, das bin ich nicht," sage ich.

„Nun - ich - ich - nun, damit sollte die Sache natürlich erledigt sein; aber ich kann es irgendwie nicht verstehen, auf keinen Fall. Schau mal, hast du nie einen Mord begangen?"

„Nein. Ich warne davor, jemals ermordet zu werden - ich habe es ihnen vorgespielt. Du kommst hier rein und fühlst mit mir, wenn du mir nicht glaubst."

Also tat er es; und es befriedigte ihn; Und er war so froh, mich wiederzusehen, dass er nicht wusste, was er tun sollte. Und er wollte sofort alles darüber wissen, denn es war ein großes Abenteuer und geheimnisvoll, und so traf es ihn dort, wo er lebte. Aber ich sagte, laß es in Ruhe bis nach und nach; und sagte seinem Kutscher, er solle warten, und wir fuhren ein kleines Stück davon, und ich erzählte ihm, in welcher Lage ich mich befand, und was wir seiner Meinung nach besser tun sollten? Er sagte, laß ihn einen Augenblick in Ruhe und störe ihn nicht. So dachte er und dachte nach, und bald sagte er:

„Es ist schon in Ordnung; Ich habe es. Nimm meinen Koffer in deinen Wagen und laß ihn dir gehören; und du kehrst um und treibst dich langsam dahin, um gerade zur richtigen Zeit zum Haus zu kommen; und ich werde ein Stück nach der Stadt gehen, einen neuen Anfang machen und eine Viertel- oder halbe Stunde nach Ihnen dort ankommen; Und du brauchst mir nicht zu sagen, daß du mich zuerst kennenlernst.

Ich sage:

„In Ordnung; Aber Moment mal. Da ist noch eine Sache - etwas, das *niemand* außer mir nicht weiß. Und das heißt, es gibt hier einen Nigger, den ich aus der Sklaverei zu stehlen versuche, und er heißt *Jim* - Jim der alten Miss Watson."

Er sagt:

„Wie! Nun, Jim ist ..."

Er hörte auf und begann zu studieren. Ich sage:

„*Ich* weiß, was du sagen wirst. Sie werden sagen, es ist ein schmutziges, niederträchtiges Geschäft; Aber was ist, wenn es so ist? *Ich* bin tief unten, und ich werde ihn stehlen, und ich will, dass du Mama behältst und nicht verrätst. Willst du?"

Sein Auge leuchtete auf und er sagte:

„Ich helfe dir, ihn zu stehlen!"

Naja, dann ließ ich alle Schläge los, als wäre ich erschossen worden. Es war die erstaunlichste Rede, die ich je gehört habe, und ich muß sagen, daß Tom Sawyer in meiner Schätzung beträchtlich gesunken ist. Nur konnte ich es nicht glauben. Tom Sawyer, ein *Nigger-Stealer!*

„O!" Sage ich; „Du machst Witze."

„Ich mache auch keine Witze."

„Nun denn," sage ich: „ob es sich um einen Scherz handelt oder nicht, wenn Sie etwas über einen entlaufenen Nigger sagen hören, so vergessen

Sie nicht, daran zu denken, daß *Sie* nichts von ihm wissen, und *ich* weiß nichts von ihm."

Dann nahmen wir den Koffer und luden ihn in meinen Wagen, und er fuhr von seinem Weg weg, und ich fuhr meinen. Aber natürlich vergaß ich das langsame Fahren, weil ich froh und voller Gedanken war, also kam ich einen Haufen zu schnell nach Hause für diese lange Reise. Der alte Herr stand an der Tür und sagte:

„Ach, das ist wunderbar! Wer hätte gedacht, dass es in dieser Stute steckt, um es zu tun? Ich wünschte, wir hätten eine Zeit für sie genommen. Und sie hat kein Haar geschwitzt – kein Haar. Es ist wunderbar. Nun, ich würde jetzt keine hundert Dollar für dieses Pferd nehmen – ehrlich gesagt, ich würde es nicht tun; und doch hatte ich sie schon früher für fünfzehn verkauft und dachte, das sei alles, was sie wert sei."

Das war alles, was er sagte. Er war die unschuldigste, beste alte Seele, die ich je gesehen habe. Aber es ist nicht überraschend; denn er war nicht nur Farmer, sondern auch Prediger und besaß unten auf der Plantage eine kleine einspännige Blockkirche, die er selbst auf eigene Kosten für eine Kirche und ein Schulhaus baute, und verlangte nie etwas für seine Predigt, und es war auch der Mühe wert. Es gab viele andere Bauernprediger wie diesen, und das tat es auch im Süden.

Nach ungefähr einer halben Stunde fuhr Toms Wagen an den vorderen Pfosten heran, und Tante Sally sah ihn durch das Fenster, weil es nur etwa fünfzig Schritte waren, und sagte:

„Nun, da ist jemand gekommen! Ich frage mich, wer das ist? Ja, ich glaube, es ist ein Fremder. Jimmy" (das ist eines der Kinder) „rennt und sagt Lize, sie soll einen anderen Teller zum Abendessen aufsetzen."

Alle eilten zur Haustür, denn natürlich kommt nicht jedes Jahr ein Fremder , und so legt er das Yaller-Fieber für Zinsen beiseite, wenn er kommt. Tom war über den Pfosten und machte sich auf den Weg nach dem Hause; Der Wagen drehte sich die Straße hinauf in Richtung Dorf, und wir saßen alle zusammengepfercht vor der Haustür. Tom hatte seine Ladenkleidung an und ein Publikum – und das war für Tom Sawyer immer verrückt. Unter diesen Umständen war es für ihn keine Mühe, eine Menge

Stil einzubringen, die angemessen war. Er warnt keinen Knaben, der sanftmütig wie ein Schaf den Hof hinaufgeht; Nein, er kommt ca'm und wichtig, wie der Widder. Als er vor uns stand, lüftete er seinen Hut so anmutig und zierlich, als wäre es der Deckel einer Schachtel, in der Schmetterlinge schliefen, und er wollte sie nicht stören, und sagte:

„Mr. Archibald Nichols, nehme ich an?"

„Nein, mein Junge," sagte der alte Herr: „es tut mir leid, Ihnen sagen zu müssen, daß Ihr Kutscher Sie betrogen hat; Nichols' Wohnung ist noch eine Sache von drei Meilen entfernt. Komm rein, komm rein."

Tom warf einen Blick über die Schulter zurück und sagte: „Zu spät - er ist außer Sichtweite."

„Ja, er ist fort, mein Sohn, und du mußt hereinkommen und mit uns zu Abend essen; und dann spannen wir an und bringen Sie zu Nichols."

„Oh, ich *kann Ihnen nicht* so viel Ärger machen; Es fiel mir nicht ein. Ich gehe zu Fuß, die Entfernung macht mir nichts aus."

„Aber wir lassen dich nicht laufen - das wäre keine Südstaaten-Gastfreundschaft. Kommen Sie gleich herein."

„*O doch*," sagte Tante Sally; „Es ist kein bißchen Ärger für uns, kein bißchen in der Welt. Du *musst* bleiben. Es sind lange, staubige drei Meilen, und wir *können dich nicht* laufen lassen. Und außerdem habe ich ihnen schon gesagt, sie sollen einen anderen Teller aufsetzen, wenn ich dich kommen sehe; Sie dürfen uns also nicht enttäuschen. Kommen Sie gleich rein und fühlen Sie sich wie zu Hause."

Da dankte Tom ihnen sehr herzlich und schön, ließ sich überreden und trat ein; und als er drinnen war, sagte er, er sei ein Fremder aus Hicksville, Ohio, und sein Name sei William Thompson - und er machte eine weitere Verbeugung.

Nun, er rannte weiter und weiter und weiter, erfand Zeug über Hicksville und jeden, den er erfinden konnte, und ich wurde ein wenig nervös und fragte mich, wie mir das aus meiner Patsche helfen würde; und endlich, immer noch im Mitreden, streckte er die Hand aus und küßte Tante Sally direkt auf den Mund, dann lehnte er sich wieder bequem in seinen Stuhl zurück und fuhr fort zu reden; aber sie sprang auf, wischte es mit dem Handrücken ab und sagte:

„Du dummes Hündchen!"

Er sah irgendwie verletzt aus und sagte:

„Ich bin überrascht von Ihnen, M'am."

„Du bist ein S'rp - warum, was glaubst du, was ich bin? Ich habe eine gute Idee zu fassen und - sagen Sie, was meinen Sie damit, mich zu küssen?"

Er sah irgendwie bescheiden aus und sagte:

„Ich habe nichts gemeint, gnädige Frau. Ich habe es nicht böse gemeint. Ich - ich - dachte, es würde dir gefallen."

„Ach, du geborener Narr!« Sie nahm den Drehstab in die Hand, und es sah so aus, als wäre es alles, was sie tun konnte, um ihn davon abzuhalten, ihn damit zu zerreißen. "Wie kommst du darauf, dass es mir gefallen würde?"

„Nun, ich weiß es nicht. Aber sie - sie - haben mir gesagt, daß du es tun würdest."

„*Sie* haben dir gesagt, dass ich es tun würde. Wer auch immer es dir gesagt hat, ist *ein weiterer* Verrückter. Ich habe nie den Beat davon gehört. Wer sind *sie*?"

„Nun, alle. Das haben sie alle gesagt, M'am."

Es war alles, was sie tun konnte, um sich zurückzuhalten; Und ihre Augen zuckten, und ihre Finger arbeiteten, als wollte sie ihn kratzen; Und sie sagt:

„Wer sind 'alle'? Raus mit ihren Namen, sonst ist ein Idiot kurz."

Er erhob sich, sah erschrocken aus, fummelte an seinem Hut herum und sagte:

„Es tut mir leid und ich warne davor, es zu erwarten. Sie haben es mir gesagt. Sie haben es mir alle gesagt. Alle sagten: Küss sie; und sagte, es würde ihr gefallen. Sie alle sagten es - jeder von ihnen. Aber es tut mir leid, gnädige Frau, und ich werde es nicht mehr tun - ich werde es nicht tun, ehrlich."

„Das wirst du nicht, nicht wahr? Nun, ich glaube, du wirst es nicht tun!"

„Nein, ich bin ehrlich; Ich werde es nie wieder tun – bis du mich fragst."

„Bis ich dich *bitte*! Nun, ich habe in meinen geborenen Tagen nie den Beat davon gesehen! Ich behaupte, du wirst der Methusalem-Dummkopf der Schöpfung sein, bevor ich dich jemals frage – oder ihresgleichen."

„Nun," sagt er: „es überrascht mich sehr. Ich kann es irgendwie nicht ausmachen. Sie sagten, du würdest, und ich dachte, du würdest es tun. Aber –" Er hielt inne und sah sich langsam um, als wünschte er, er könnte irgendwo einem freundlichen Auge begegnen, und wandte sich an das des alten Herrn und sagte: „Dachten Sie nicht, sie würde es gern haben, wenn ich sie küße, Sir?"

„Nein, nein; Ich – ich – nun, nein, ich glaube nicht."

Dann schaut er mich in ungefähr derselben Weise an und sagt:

„Tom, hättest *du nicht* gedacht, Tante Sally würde die Arme ausstrecken und sagen: ‚Sid Sawyer ...'"

„Mein Land!" sagte sie, indem sie einbrach und nach ihm sprang: „du unverschämter junger Schlingel, einen Menschen so zu täuschen ..." und wollte ihn umarmen, aber er wehrte sie ab und sagte:

„Nein, nicht eher, als bis du mich vorher gefragt hast."

Da verlor sie keine Zeit, sondern fragte ihn; Und er umarmte ihn und küßte ihn wieder und wieder, und dann übergab er ihn dem Alten, und er nahm, was übrig blieb. Und nachdem sie wieder etwas ruhig geworden sind, sagt sie:

„Nun, mein Lieber, ich sehe nie eine solche Überraschung. Wir warnen davor, überhaupt nach dir zu suchen, sondern nur nach Tom. Sis hat mir nie geschrieben, daß jemand anderes als er gekommen sei."

„Weil es nicht *für* irgendjemanden von uns bestimmt war, zu kommen, außer Tom," sagt er. „aber ich habe gebettelt und gebettelt, und im letzten Augenblick hat sie mich auch kommen lassen; Als wir also den Fluß hinunterkamen, dachten Tom, es wäre eine vorzügliche Überraschung, wenn er zuerst hierher ins Haus käme, und wenn ich nach und nach mitkäme und mich als Fremder entkleidete. Aber es war ein Irrtum, Tante Sally. Das ist kein gesunder Ort für einen Fremden, der kommt."

„Nein – keine unverschämten Welpen, Sid. Man sollte sich die Kinnlade zuknirschen lassen; Ich war nicht mehr so aufgeregt, seit ich nicht weiß, wann. Aber das ist mir egal, ich habe nichts gegen die Bedingungen – ich wäre bereit, tausend solcher Witze zu ertragen, um dich hier zu haben. Nun, wenn man an diese Leistung denkt! Ich leugne es nicht, ich war vor Erstaunen ganz verfault, als du mir diesen Klaps verpasst hast."

Wir aßen auswärts in dem breiten, offenen Gang zwischen dem Haus und der Küche; und es standen genug Dinge für sieben Familien auf dem Tisch, und alle waren noch dazu heiß; Nichts von deinem schlaffen, zähen Fleisch, das die ganze Nacht in einem Schrank in einem feuchten Keller liegt und morgens wie ein Stück alter kalter Kannibale schmeckt. Onkel Silas bat ihn um einen ziemlich langen Segen, aber es war der Mühe wert; Und es hat es auch kein bisschen abgekühlt, wie ich es oft bei Unterbrechungen gesehen habe. Den ganzen Nachmittag über wurde viel geredet, und Tom und ich waren die ganze Zeit auf der Hut; Aber es nützte nichts, sie sagten zufällig nichts von einem entlaufenen Nigger, und wir fürchteten uns, es zu versuchen. Aber beim Abendessen, am Abend, sagt einer der kleinen Knaben:

„Pa, können Tom, Sid und ich nicht zur Show gehen?"

„Nein," sagte der Alte: „ich glaube, es wird keine geben; und du könntest nicht gehen, wenn es gäbe; weil der entlaufene Nigger Burton und mir alles über diese skandalöse Show erzählte, und Burton sagte, er würde es den Leuten erzählen; also glaube ich, daß sie die albernen Müßiggänger schon vor dieser Zeit aus der Stadt vertrieben haben."

Da war es also! – aber *ich* konnte nicht anders. Tom und ich sollten in demselben Zimmer und Bett schlafen; Da wir also müde waren, sagten wir gute Nacht und gingen gleich nach dem Abendessen zu Bett, kletterten aus dem Fenster, den Blitzableiter hinunter und schoben uns nach der Stadt; denn ich glaubte nicht, daß irgend jemand dem König und dem Herzog einen Wink geben würde, und wenn ich mich nicht beeilte und ihnen einen gab, würden sie gewiß in Schwierigkeiten geraten.

Unterwegs erzählte er mir alles, wie man glaubte, ich sei ermordet worden, und wie Papa ziemlich bald verschwunden sei und nicht mehr zurückgekommen sei, und was für eine Aufregung es gewesen sei, als Jim davongelaufen sei, und ich erzählte Tom alles von unseren königlichen Nonesuch-Raubzügen und so viel von der Floßfahrt, als ich Zeit hatte, und als wir in die Stadt hineinfuhren und mitten hindurch hinauffuhren ... Es war schon halb acht, da kam ein wütender Ansturm von Menschen mit Fackeln und ein schreckliches Geschrei und Geschrei und Blechpfannen und Hörnerblasen; und wir sprangen zur Seite, um sie vorbeiziehen zu lassen; und als sie vorübergingen, sah ich, daß sie den König und den Herzog auf einem Geländer saßen – das heißt, ich wußte, daß es der König und der Herzog waren, obgleich sie ganz mit Teer und Federn bedeckt waren und nicht aussahen wie irgend etwas Menschliches auf der Welt, sondern nur wie ein paar ungeheure große Soldatenfedern. Nun, es hat mich krank gemacht, das zu sehen; und es tat mir leid für diese armen, bemitleidenswerten Schurken, es schien mir, als könnte ich in der Welt keine Härte mehr gegen sie empfinden. Es war ein schreckliches Ding, das zu sehen. Menschen *können* schrecklich grausam zueinander sein.

Wir sehen, wir waren zu spät – wir konnten nichts Gutes tun. Wir fragten ein paar Nachzügler danach, und sie sagten, dass alle sehr unschuldig zur Show gingen; und er legte sich nieder und hielt sich dunkel, bis der arme alte König mitten in seinem Getümmel auf der Bühne war; Dann gab jemand ein Zeichen, und das Haus erhob sich und ging auf sie los.

Also machten wir uns auf den Heimweg, und ich warnte mich, mich nicht mehr so frech zu fühlen wie vorher, sondern irgendwie verschollen und bescheiden und irgendwie schuld – obwohl *ich* nichts getan hatte. Aber so ist es immer; Es macht keinen Unterschied, ob du das Richtige oder das Falsche tust, das Gewissen eines Menschen hat keinen Sinn und geht sowieso auf ihn los. Wenn ich einen kläffenden Hund hätte, der nicht mehr wüßte als das Gewissen eines Menschen, würde ich ihn verärgern. Es nimmt mehr Platz ein als der ganze Rest des Innern eines Menschen und ist doch nicht gut, nein. Tom Sawyer, er sagt dasselbe.

KAPITEL XXXIV.

Wir hörten auf zu reden und begannen nachzudenken. Nach und nach sagt Tom:

„Sieh mal, Huck, was sind wir für Narren, daß wir nicht schon früher daran gedacht haben! Ich wette, ich weiß, wo Jim ist."

„Nein! Wo?"

„In der Hütte unten am Aschebehälter. Warum, schauen Sie hier. Hast du nicht gesehen, wie ein Nigger mit einigen Vittles hineinging, als wir beim Essen saßen?"

„Ja."

„Wozu glaubst du, wozu die Vittles dienten?"

„Für einen Hund."

„Ich auch. Nun, es war nicht für einen Hund."

„Warum?"

„Denn ein Teil davon war Wassermelone."

„So war es – ich habe es bemerkt. Nun, es übertrifft alles, was ich nie über einen Hund gedacht habe, der keine Wassermelone isst. Es zeigt, wie ein Körper gleichzeitig sehen und nicht sehen kann."

„Nun, der Nigger hat das Vorhängeschloß aufgeschlossen, als er hineinging, und er hat es wieder verschlossen, als er herauskam. Er holte Onkel einen Schlüssel, als wir vom Tisch aufstanden – denselben Schlüssel, wette ich. Wassermelone zeigt den Mann, das Schloss den Gefangenen; Und es ist nicht wahrscheinlich, daß es zwei Gefangene auf einer so kleinen Plantage gibt, wo die Leute alle so freundlich und gut sind. Jim ist der Gefangene. In Ordnung – ich bin froh, daß wir es in detektivischer Art herausgefunden haben; Für einen anderen Weg würde ich keinen geben. Jetzt arbeitest du deinen Verstand und entwickelst einen

Plan, um Jim zu stehlen, und ich werde auch einen ausarbeiten; Und wir nehmen dasjenige, das uns am besten gefällt."

Was für ein Kopf für einen Jungen! Wenn ich Tom Sawyers Kopf hätte, würde ich ihn nicht eintauschen, um Herzog zu werden, oder Steuermann auf einem Dampfschiff, noch Clown in einem Zirkus, noch nichts, was mir einfällt. Ich machte mich daran, mir einen Plan auszudenken, aber nur, um etwas zu tun; Ich wusste sehr gut, wo der richtige Plan herkommen würde. Ziemlich bald sagt Tom:

„Bereit?"

„Ja," sage ich.

„In Ordnung – bringen Sie es heraus."

„Mein Plan ist folgender," sage ich. „Wir können leicht herausfinden, ob Jim da drin ist. Dann steige morgen abend mein Kanu auf und hole mein Floß von der Insel herüber. Dann, in der ersten dunklen Nacht, stiehlt man dem alten Mann nach dem Schlafengehen den Schlüssel aus den Brüsten und schiebt sich mit Jim auf dem Floß den Fluss hinunter, versteckt sich tagsüber und nachts davon, wie ich und Jim es früher getan haben. Würde dieser Plan nicht aufgehen?"

„*Arbeit?* Ja, gewiß würde es funktionieren, wie Ratten, die kämpfen. Aber es ist zu schuld" einfach; Da ist nichts *dran*. Was nützt ein Plan, der nicht noch mehr Ärger bereitet? Sie ist so mild wie Gänsemilch. Ach, Huck, es würde nicht mehr reden, als in eine Seifenfabrik einzubrechen."

Ich sagte nie nichts, weil ich davor warnte, etwas anderes zu erwarten; aber ich wußte sehr wohl, daß, wenn er *seinen* Plan fertigstellte, keiner von ihnen etwas dagegen einzuwenden haben würde.

Und das tat es nicht. Er sagte mir, was es sei, und ich sehe, in einer Minute war es fünfzehn von mir wert für seinen Stil und würde Jim zu einem ebenso freien Mann machen wie meinig, und vielleicht würden wir alle umbringen. Also war ich zufrieden und sagte, wir würden uns darauf einlassen. Ich brauche nicht zu sagen, was es hier war, denn ich wusste, dass es nicht so bleiben würde, so war es. Ich wußte, daß er es im Laufe der Zeit in alle erdenklichen Richtungen ändern und bei jeder Gelegenheit neue Schikanen einstreuen würde. Und das hat er getan.

Nun, eines war todsicher, und das war, daß Tom Sawyer es ernst meinte und wirklich helfen würde, diesen Nigger aus der Sklaverei zu befreien. Das war es, was mir zu viel war. Hier war ein Knabe, der anständig und gut erzogen war; und hatte einen Charakter zu verlieren; und Leute zu Hause, die Charaktere hatten; und er war aufgeweckt und nicht lederköpfig; und wissend und nicht unwissend; und nicht gemein, sondern gütig; Und doch war er hier, ohne mehr Stolz, ohne Richtigkeit oder ohne Gefühl, als sich zu diesem Geschäft herabzubeugen und sich vor jedermann zur Schande und seine Familie zur Schande zu machen. Ich *konnte* es auf keinen Fall verstehen. Es war ungeheuerlich, und ich wußte, daß ich einfach aufstehen und es ihm sagen mußte; Und so sei sein wahrer Freund, und lass ihn die Sache genau dort verlassen, wo er war, und sich selbst retten. Und ich fing an, es ihm zu sagen, aber er schloß mich zum Schweigen und sagte:

„Glaubst du nicht, ich wüße, wovon ich rede? Weiß ich nicht im Grunde, wovon ich spreche?"

„Ja."

„Habe ich nicht *gesagt, daß* ich helfen werde, den Nigger zu stehlen?"

„Ja."

„*Nun* denn."

Das ist alles, was er gesagt hat, und das ist alles, was ich gesagt habe. Es hat keinen Zweck, noch mehr zu sagen; Denn wenn er sagte, dass er etwas tun würde, tat er es immer. Aber *ich* konnte mir nicht vorstellen, wie er bereit war, sich auf diese Sache einzulassen, also ließ ich es einfach sein und kümmerte mich nicht mehr darum. Wenn er es so haben mußte, *konnte ich* nicht anders.

Als wir nach Hause kamen, war das Haus ganz dunkel und still; Wir gingen also weiter hinunter zu der Hütte am Aschebehälter, um sie zu untersuchen. Wir gingen durch den Hof, um zu sehen, was die Hunde tun würden. Sie kannten uns und machten nicht mehr Lärm, als Landhunde immer machen, wenn nachts etwas vorbeikommt. Als wir in der Kabine ankamen, warfen wir einen Blick auf die Front und die beiden Seiten; und auf der Seite, die ich nicht kannte, die Nordseite, fanden wir ein viereckiges

Fensterloch, das erträglich hoch war und über das nur ein dickes Brett genagelt war. Ich sage:

„Hier ist das Ticket. Dieses Loch ist groß genug, dass Jim hindurchkommt, wenn wir das Brett abreißen."

Tom sagt:

„Es ist so einfach wie Tit-Tat-Toe, drei in einer Reihe und so einfach wie Hooky spielen. Ich hoffe, wir finden einen Weg, der etwas komplizierter ist als *das*, Huck Finn."

„Nun," sagte ich: „wie wird es wohl gehen, ihn auszusägen, wie ich es damals getan habe, ehe ich ermordet wurde?"

„Das ist eher," sagt er. „Es ist wirklich mysteriös und beunruhigend und gut," sagt er. „aber ich wette, wir können einen Weg finden, der doppelt so lang ist. Es gibt keine Eile; Ich schaue mich weiter um."

Zwischen der Hütte und dem Zaun befand sich auf der Rückseite ein Unterstand, der die Hütte an der Traufe verband und aus Brettern bestand. Sie war so lang wie die Hütte, aber schmal – nur etwa sechs Fuß breit. Die Tür dazu befand sich am südlichen Ende und war mit einem Vorhängeschloß verschlossen. Tom ging zu dem Seifenkessel, suchte sich um und holte das eiserne Ding zurück, mit dem sie den Deckel aufhoben; Also nahm er es und nahm eine der Klammern heraus. Die Kette fiel herunter, und wir öffneten die Tür, gingen hinein, schloßen sie und zündeten ein Streichholz an, und sahen, der Schuppen war nur an eine Hütte gebaut und hatte keine Verbindung mit ihr; und es gibt keinen Fußboden im Schuppen, und nichts darin als ein paar alte, rostige, ausgespielte Hacken und Spaten und Hacken und einen verkrüppelten Pflug. Das Streichholz ging aus, und wir auch, und schoben die Klammer wieder hinein, und die Tür war so gut verschlossen wie immer. Tom war fröhlich. Er sagt:

„Jetzt geht es uns gut. Wir werden ihn ausgraben. Das wird ungefähr eine Woche dauern!"

Dann machten wir uns auf den Weg nach dem Hause, und ich trat durch die Hintertür – man braucht nur an einer Klinkenschnur aus Hirschleder zu ziehen, sie verschließen die Türen nicht – aber das ist Tom Sawyer nicht romantisch genug; Er konnte nichts anderes tun, als den Blitzableiter hinaufzuklettern. Aber nachdem er etwa dreimal halb aufgestanden war und jedesmal das Feuer verfehlte und fiel, und das letzte Mal brach er sich das Hirn aus dem Kopf, dachte er, er müsse es aufgeben; aber nachdem er sich ausgeruht hatte, erlaubte er ihr, noch einmal Glück zu haben, und diesmal machte er die Reise.

Am Morgen standen wir bei Tagesanbruch auf und gingen zu den Niggerhütten, um die Hunde zu streicheln und uns mit dem Nigger anzufreunden, der Jim fütterte – wenn es *Jim war*, der gefüttert wurde. Die Nigger hatten gerade das Frühstück hinter sich und machten sich auf den Weg nach den Feldern; und Jims Nigger häufte eine Blechpfanne mit Brot und Fleisch und anderen Dingen auf; Und während die anderen gingen, kam der Schlüssel aus dem Haus.

Dieser Nigger hatte ein gutmütiges, kicherndes Gesicht, und seine Wolle war ganz in kleinen Bündeln mit Faden zusammengebunden. Das war, um Hexen fernzuhalten. Er sagte, die Hexen würden ihn in diesen Nächten schrecklich belästigen und ihn alle möglichen seltsamen Dinge sehen und alle möglichen seltsamen Worte und Geräusche hören lassen, und er glaube nicht, dass er jemals zuvor in seinem Leben so lange verhext worden sei. Er regte sich so auf und machte sich so viele Gedanken über seine Sorgen, dass er alles vergaß, was er vorhatte. Also sagt Tom:

„Wozu dienen die Vittles? Wirst du die Hunde füttern?"

Der Nigger lächelte allmählich über sein Gesicht, wie wenn man einen Ziegelschläger in eine Schlammpfütze wirft, und er sagt:

„Ja, Mars Sid, *ein* Hund. Cur'us Hund auch. Willst du hingehen und dir 'im ansehen?"

„Ja."

Ich beuge mich vor Tom und flüstere:

„Gehst du, genau hier im Morgengrauen? *Das* ist nicht der Plan."

„Nein, es warnt nicht; Aber jetzt ist es der Plan."

Also, verdammt noch mal, wir gingen mit, aber es gefiel mir nicht besonders. Als wir reinkamen, konnten wir kaum etwas sehen, so dunkel war es; aber Jim war wirklich da und konnte uns sehen; Und er singt:

„Ach, *Huck!* En good *lan*'! ain' dat Misto Tom?"

Ich wusste nur, wie es sein würde; Ich habe es einfach erwartet. *Ich* wußte nichts, was ich tun sollte, und wenn ich es getan hätte, so hätte ich es nicht tun können, denn der Nigger ist hereingebrochen und sagt:

„Ach, um Gottes willen! Kennt er euch Genlmen?"

Wir konnten jetzt ziemlich gut sehen. Tom sah den Nigger an, unverwandt und irgendwie verwundert, und sagte:

„Wer kennt uns?"

„Ach, du entlaufener Nigger."

„Ich glaube nicht, daß er das tut; Aber was hat dir das in den Kopf gesetzt?"

„Was *hat* es gegeben? Hat er nicht so viel gesungen, als ob er dich kenne?"

Tom sagt auf eine Art und Weise verwirrt:

„Nun, das ist sehr merkwürdig. *Wer* hat gesungen? *Wann* hat er gesungen? *was* hat er gesungen?" Und dreht sich zu mir um, ganz ka'm, und sagt: "Hast *du* jemanden singen hören?"

Natürlich gibt es nichts zu sagen als das eine; also sage ich:

„Nein; *Ich* habe niemanden etwas sagen hören."

Dann dreht er sich zu Jim um, schaut ihn an, wie er ihn noch nie gesehen hat, und sagt:

„Hast du gesungen?"

„Nein, sah," sagte Jim; „*Ich* habe nichts gesagt, sah."

„Kein Wort?"

„Nein, ich habe kein Wort gesagt."

„Hast du uns schon einmal gesehen?"

„Nein, sah; nicht so, wie *ich* weiß."

Da wendet sich Tom an den Nigger, der wild und verzweifelt aussieht, und sagt etwas streng:

„Was glaubst du eigentlich, was mit dir los ist? Wie kommst du auf die Idee, dass jemand etwas gesungen hat?"

„Oh, es sind die Hexen, die ich beschuldige, und ich wünschte, ich wäre tot, das tue ich. Dey's awluz at it, sah, en dey do mos' kill me, dey sk'yers me so. Bitte, erzähle niemandem davon, dass es sah, äh, der alte Mars Silas, er wird mich; »Er sagt, *es gibt keine* Hexen. Ich wünschte, er wäre jetzt heah - *was* würde er sagen! Ich wette, er konnte es nicht schaffen, es nicht zu schaffen. Aber es ist awluz jis' so; Die Leute sind *sot*, bleiben sot; sie werden sich nicht in nichts hineinsehen und es für sich selbst fein machen, und wenn *du* es ausmerzt und dir davon erzählst, dann b'lieve du."

Tom gab ihm einen Groschen und sagte, wir würden es niemandem erzählen; und sagte ihm, er solle noch etwas Garn kaufen, um seine Wolle zu binden; dann schaut er Jim an und sagt:

„Ich frage mich, ob Onkel Silas diesen Nigger aufhängen wird. Wenn ich einen Nigger fangen sollte, der undankbar genug wäre, wegzulaufen, *würde ich* ihn nicht aufgeben, sondern aufhängen." Und während der Nigger zur Tür trat, um den Groschen zu betrachten und zu beißen, um zu sehen, ob er gut sei, flüsterte er Jim zu und sagte:

„Lass uns nie kennenlernen. Und wenn du nachts Grabungen hörst, dann sind wir es; Wir werden dich befreien."

Jim hatte nur Zeit, uns bei der Hand zu fassen und zu drücken; Dann kam der Nigger zurück, und wir sagten, wir würden einmal wiederkommen, wenn der Nigger es wollte; Und er sagte, er würde es tun, besonders wenn es dunkel wäre, denn die Hexen gingen meistens im Dunkeln auf ihn los, und es war gut, dann Leute um sich zu haben.

KAPITEL XXXV.

Es würde noch fast eine Stunde dauern bis zum Frühstück, da gingen wir fort und schlugen in den Wald hinab; denn Tom sagte, wir müßten *etwas* Licht haben, um zu sehen, wie wir uns durchgraben könnten, und eine Laterne macht zu viel und könnte uns in Schwierigkeiten bringen; was wir haben müßten, waren eine Menge von diesen faulen Stücken, die man Fuchsfeuer nennt. und macht einfach ein sanftes Leuchten, wenn man sie an einen dunklen Ort legt. Wir holten einen Arm voll und versteckten ihn im Unkraut und legten uns zur Ruhe, und Tom sagte etwas unzufrieden:

„Schuld daran, die ganze Sache ist so einfach und unangenehm, wie sie nur sein kann. Und so macht es es so verdammt schwierig, einen schwierigen Plan auf die Beine zu stellen. Es gibt keinen Wächter, den man unter Drogen setzen kann - jetzt *müsste es* einen Wächter geben. Es gibt nicht einmal einen Hund, dem man eine Schlafmischung geben könnte. Und da ist Jim, der an einem Bein mit einer zehn Fuß langen Kette an das Bein seines Bettes geketet ist: Nun, man braucht nur das Bettgestell hochzuheben und von der Kette zu schlüpfen. Und Onkel Silas, er vertraut jedem; Schickt den Schlüssel an den punkigen Nigger, und schickt niemanden, um den Nigger zu beobachten. Jim hätte schon früher aus dem Fensterloch herauskommen können, aber es hätte keinen Zweck, mit einer zehn Fuß langen Kette am Bein zu reisen. Ach, verdammt, Huck, das ist das dümmste Arrangement, das ich je gesehen habe. Man muss *alle Schwierigkeiten erfinden*. Nun, wir können nicht anders; Wir müssen das Beste aus den Materialien machen, die wir haben. Jedenfalls ist es eine Sache - es ist eine größere Ehre, ihn durch viele Schwierigkeiten und Gefahren hindurch zu führen, wo man nicht eine einzige davon von den Leuten gewarnt hat, die zu liefern ihre Pflicht war, und man sie alle aus dem eigenen Kopf erfinden mußte. Schauen Sie sich nun nur das eine Ding der Laterne an. Wenn man zu den kalten Fakten kommt, müssen wir das einfach eine Laterne anlassen. Nun, wir könnten mit einem Fackelzug arbeiten, wenn wir wollten, *glaube ich*. Jetzt, wo ich darüber nachdenke, müssen wir etwas suchen, um aus der ersten Gelegenheit, die wir bekommen, eine Säge zu machen."

„Was wollen wir von einer Säge?"

„Was wollen wir davon? Müssen wir nicht das Bein von Jims Bett absägen, um die Kette zu lösen?"

„Du hast doch doch gesagt, ein Leichnam könne das Bettgestell hochheben und die Kette abstreifen."

„Na ja, wenn das nicht so ist wie du, Huck Finn. Du *kannst* auf die kindlichste Art und Weise aufstehen, um eine Sache anzugehen. Warum, haben Sie überhaupt keine Bücher gelesen? - Baron Trenck, noch Casanova, noch Benvenuto Chelleeny, noch Heinrich IV., noch keiner von ihnen Helden? Wer hat je davon gehört, daß man einen Gefangenen auf eine so altjungfernhafte Art und Weise freigelassen hat? Nein; Die beste Autorität tut es so, dass sie das Bettbein in zwei Teile sägen und es einfach so lassen und das Sägemehl schlucken, damit es nicht gefunden werden kann, und etwas Schmutz und Fett um die gesägte Stelle streuen, so dass der schärfste Seneskal keine Spur davon sehen kann, dass es gesägt wird, und denkt, dass das Bettbein vollkommen gesund ist. Dann, in der Nacht, in der du bereit bist, hol dem Bein einen Tritt, sie geht hinunter; Zieh deine Kette ab, und da bist du. Nichts anderes zu tun, als die Strickleiter an die Zinnen zu hängen, sie hinunterzuschieben, sich im Graben das Bein zu brechen – denn eine Strickleiter ist neunzehn Fuß zu kurz, weißt du –, und da sind deine Pferde und deine treuen Vasallen, und sie schaufeln dich hoch und schleudern dich über den Sattel, und du gehst in dein heimatliches Langudoc. oder Navarra, oder wo auch immer es ist. Es ist knallig, Huck. Ich wünschte, es gäbe einen Burggraben zu dieser Hütte. Wenn wir Zeit haben, graben wir in der Nacht der Flucht einen."

Ich sage:

„Was wollen wir von einem Burggraben, wenn wir ihn unter der Kajüte hervorziehen wollen?"

Aber er hörte mich nie. Er hatte mich und alles andere vergessen. Er hatte das Kinn in die Hand gestützt und dachte nach. Ziemlich bald seufzt er und schüttelt den Kopf; dann seufzt er wieder und sagt:

„Nein, das geht nicht – es ist nicht nötig genug."

„Wofür?" Sage ich.

„Warum, um Jims Bein abzusägen," sagt er.

„Gutes Land!" Sage ich; „Nun, es ist nicht nötig dafür. Und wofür würdest du ihm eigentlich das Bein absägen wollen?"

„Nun, einige der besten Autoritäten haben es getan. Sie konnten die Kette nicht loswerden, also schnitten sie sich einfach die Hand ab und stießen zu. Und ein Bein wäre noch besser. Aber das müssen wir loslassen. In diesem Fall ist es nicht notwendig genug; und außerdem ist Jim ein Nigger und würde die Gründe dafür nicht begreifen, und wie es in Europa Sitte ist; Also lassen wir es sein. Aber es gibt eine Sache: Er kann eine Strickleiter haben; Wir können unsere Laken zerreißen und ihm leicht genug eine Strickleiter machen. Und wir können es ihm in einem Kuchen schicken; Es wird meistens so gemacht. Und ich habe schon schlimmere Kuchen gesehen."

„Nun, Tom Sawyer, wie Sie sprechen," sage ich; „Jim hat keine Verwendung für eine Strickleiter."

„Er *hat* eine Verwendung dafür. Wie *du* sprichst, sagst du besser, du weißt nichts davon. Er *muss* eine Strickleiter haben, die haben sie alle."

„Was in aller Welt kann er damit *anfangen*?"

„*Machst du* mit? Er kann es in seinem Bett verstecken, nicht wahr?" Das ist es, was sie alle tun; Und *das muss er* auch. Verdammt, du scheinst nie etwas tun zu wollen, das regelmäßig ist; Sie wollen immer etwas Neues anfangen. Ist es nicht da in seinem Bett, um einen Schothorn zu machen, nachdem er fort ist? Und glaubst du nicht, daß sie Schothorne brauchen werden? Natürlich werden sie das. Und du würdest ihnen keine hinterlassen? Das wäre doch ein *hübsches* Howdy-Do, *nicht wahr*! Von so etwas habe ich noch nie gehört."

„Nun," sagte ich: „wenn es in den Vorschriften steht und er es haben muß, dann soll es ihm in Ordnung sein; weil ich nicht auf keine Vorschriften zurückgehen möchte; aber es gibt eine Sache, Tom Sawyer – wenn wir dazu übergehen, unsere Laken zu zerreißen, um Jim eine Strickleiter zu machen, werden wir Ärger mit Tante Sally bekommen, so gewiß, wie du geboren bist. Nun, so wie ich es betrachte, kostet eine Leiter aus Hickryrinde nicht nichts und verschwendet nichts, und sie eignet sich genauso gut, um einen Kuchen damit zu beladen und sich in einer Strohzecke zu verstecken, wie jede Lumpenleiter, die man anfangen kann; und was Jim anbelangt, so hat er keine Erfahrung, und so *ist es ihm gleichgültig, was für ein ...*"

„Ach, Teufel, Huck Finn, wenn ich so unwissend wäre wie du, würde ich still halten – das *würde ich* tun. Wer hat je von einem Staatsgefangenen gehört, der über eine Leiter aus Hickry-Rinde entkommen ist? Nun, das ist ganz lächerlich."

„Nun gut, Tom, mach es auf deine Weise; Aber wenn du meinen Rat befolgst, lässt du mich ein Laken von der Wäscheleine ausleihen."

Er sagte, das würde reichen. Und das brachte ihn auf eine andere Idee, und er sagt:

„Leih dir auch ein Hemd aus."

„Was wollen wir von einem Hemd, Tom?"

„Ich möchte, dass Jim ein Tagebuch führt."

„Schreib Tagebuch mit deiner Oma – *Jim* kann nicht schreiben."

„Er *kann nicht* schreiben – er kann Spuren auf dem Hemd hinterlassen, nicht wahr, wenn wir ihm aus einem alten Zinnlöffel oder einem Stück eines alten eisernen Fassreifens eine Feder machen?"

„Nun, Tom, wir können einer Gans eine Feder ausreißen und sie zu einer besseren machen; Und das auch noch schneller."

„*Gefangene* haben keine Gänse, die um den Bergfried herumlaufen, um Gehege herauszuziehen, ihr Muggins. Sie machen ihre Federn immer aus dem härtesten, härtesten, lästigsten Stück eines alten Messingleuchters oder dergleichen, das sie in die Finger bekommen können, und sie brauchen

Wochen und Wochen und Monate und Monate, um es auch auszufeilen, weil sie es tun müssen, indem sie es an der Wand reiben. *Sie* würden keine Gänsefeder gebrauchen, wenn sie sie hätten. Das ist nicht regelmäßig."

„Nun, woraus machen wir ihm die Tinte?"

„Viele machen es aus Eisenrost und Tränen; aber das ist die gewöhnliche Art und die Frauen; Die besten Autoritäten verwenden ihr eigenes Blut. Jim kann das; Und wenn er eine kleine, gewöhnliche, geheimnisvolle Botschaft senden will, um die Welt wissen zu lassen, wo er gefangen ist, kann er sie mit einer Gabel auf den Boden eines Blechtellers schreiben und aus dem Fenster werfen. Die Eiserne Maske hat das schon immer getan, und es ist auch eine gute Art und Weise, die Schuld zu tragen."

„Jim hat keine Blechteller. Sie füttern ihn in einer Pfanne."

„Das ist nicht nichts; wir können ihm welche besorgen."

„Kann doch niemand *seine Teller* lesen?"

„Das hat nichts damit *zu tun*, Huck Finn. Alles , was er tun muss, ist, auf den Teller zu schreiben und ihn wegzuwerfen. Sie *müssen* es nicht lesen können. Die Hälfte der Zeit kann man nichts lesen, was ein Gefangener auf einem Weißblech oder sonst wo schreibt."

„Nun, was hat es für einen Sinn, die Teller zu verschwenden?"

„Ach, schuld an allem, es sind nicht die Teller des *Gefangenen.*"

„Aber es sind *doch die Teller von jemandem*, nicht wahr?"

„Nun, ist es so? Was kümmert es den *Gefangenen*, der ..."

Er brach dort ab, weil wir das Frühstückshorn blasen hörten. Also machten wir uns auf den Weg zum Haus.

Im Laufe des Vormittags borgte ich mir ein Laken und ein weißes Hemd von der Wäscheleine, und ich fand einen alten Sack und steckte sie hinein, und wir gingen hinunter und holten das Fuchsfeuer und steckten es auch hinein. Ich nannte es Borgen, denn so nannte es der Pap immer; aber Tom sagte, es warne davor, Geld zu borgen, es sei Diebstahl. Er sagte, wir vertraten Gefangene; Und den Gefangenen ist es egal, wie sie etwas bekommen, also bekommen sie es, und niemand gibt ihnen auch keine Schuld dafür. Es ist kein Verbrechen eines Gefangenen, das zu stehlen, was er braucht, um davonzukommen, sagte Tom; es ist sein Recht; Und so hatten wir, solange wir einen Gefangenen vertraten, das vollkommene Recht, an diesem Ort alles zu stehlen, womit wir uns am wenigsten aus dem Gefängnis befreien konnten. Er sagte, wenn wir keine Gefangenen warnen, wäre das etwas ganz anderes, und niemand außer einem gemeinen, gemeinen Menschen würde stehlen, wenn er einen Gefangenen warnt. Also erlaubten wir uns, alles zu stehlen, was es gab, was uns in die Hände kam. Und doch machte er eines Tages ein gewaltiges Aufhebens, als ich eine Wassermelone aus dem Niggerbeet stahl und sie aß; Und er zwang mich, den Niggern einen Groschen zu geben, ohne ihnen zu sagen, wozu er diente. Tom sagte, dass er damit meinte, dass wir alles stehlen könnten, was wir *brauchten*. Naja, sage ich, ich brauchte die Wassermelone. Aber er sagte, ich bräuchte es nicht, um aus dem Gefängnis zu kommen; Darin lag der Unterschied. Er sagte, wenn ich gewollt hätte, dass es ein Messer darin versteckt und zu Jim geschmuggelt würde, um damit den Seneskal zu töten, wäre alles in Ordnung. Also ließ ich es dabei bewenden, obwohl ich keinen Vorteil darin sah, einen Gefangenen zu repräsentieren, wenn ich mich jedes Mal hinsetzen und mich über viele solche Auszeichnungen ärgern könnte, wenn ich eine Gelegenheit sehe, eine Wassermelone zu verschlingen.

Nun, wie ich schon sagte, warteten wir an diesem Morgen, bis sich alle zur Arbeit gemacht hatten und niemand in der Nähe des Hofes zu sehen war; dann trug Tom den Sack in den Unterstand, während ich ein Stück abstand, um Wache zu halten. Nach und nach kam er heraus, und wir gingen und setzten uns auf den Holzstapel, um zu reden. Er sagt:

„Jetzt ist alles in Ordnung, außer den Werkzeugen; Und das lässt sich leicht beheben."

„Werkzeuge?" Sage ich.

„Ja."

„Werkzeuge wofür?"

„Nun, um damit zu graben. Wir werden ihn doch nicht *ausnagen*, oder?"

„Sind das nicht die alten, verkrüppelten Hacken und die Dinger, die da drin sind, gut genug, um damit einen Nigger auszugraben?" Sage ich.

Er wendet sich gegen mich, sieht mitleidig genug aus, um einen Körper zum Weinen zu bringen, und sagt:

„Huck Finn, hast du *je* von einem Gefangenen gehört, der Hacken und Schaufeln und alle modernen Bequemlichkeiten in seinem Schrank hat, mit denen er sich ausgraben kann? Jetzt möchte ich Sie fragen - wenn Sie überhaupt etwas Vernunft in sich haben -, was für eine Art von Show würde *ihm das* geben, ein Held zu sein? Nun, sie könnten ihm ebensogut den Schlüssel leihen und damit fertig sein. Hacken und Schaufeln - nun, sie würden sie nicht einem König liefern."

„Nun," sagte ich: „wenn wir die Hacken und Schaufeln nicht wollen, was wollen wir dann?"

„Ein paar Messer."

„Um die Fundamente unter der Hütte hervorzugraben?"

„Ja."

„Verdammt nochmal, es ist töricht, Tom."

„Es macht keinen Unterschied, wie töricht es ist, es ist der *rechte* Weg - und es ist der gewöhnliche Weg. Und es gibt keinen *anderen* Weg, von dem *ich je* gehört habe, und ich habe alle Bücher gelesen, die Informationen über diese Dinge geben. Sie graben immer mit einem Fallmesser aus - und nicht durch Schmutz, wohlgemerkt; Im Großen und Ganzen geht es durch festes Gestein. Und es dauert Wochen und Wochen und Wochen und für immer und ewig. Sehen Sie sich einen von diesen Gefangenen an, der sich in dem untersten Kerker des Schlosses Deef im Hafen von Marseille gefangen hat und sich auf diese Weise ausgegraben hat; Wie lange war *er* wohl dabei?"

„Ich weiß es nicht."

„Na ja, rate mal."

„Ich weiß es nicht. Eineinhalb Monate."

„*Siebenunddreißig Jahre* alt - und er kam in China heraus. *Das ist* die Art. Ich wünschte, der Boden dieser Festung wäre fester Fels."

„*Jim* kennt niemanden in China."

„Was hat *das* damit zu tun? Der andere Bursche auch nicht. Aber man schweift immer mit einem Nebenthema ab. Warum können Sie sich nicht auf das Wesentliche konzentrieren?"

„Nun gut, *es ist mir* gleichgültig, wo er herauskommt, also *kommt er* wieder heraus; und Jim auch nicht, glaube ich. Aber eines ist jedenfalls sowie: Jim ist zu alt, um sich mit einem Fallmesser ausgraben zu lassen. Er wird nicht durchhalten."

„Ja, er wird auch *durchhalten*. Du glaubst doch nicht, dass es siebenunddreißig Jahre dauern wird, bis man ein Erdfundament ausgegraben hat, oder?"

„Wie lange wird es dauern, Tom?"

„Nun, wir können nicht so lange bleiben, wie wir sollten, denn es wird vielleicht nicht mehr lange dauern, bis Onkel Silas von dort unten in New Orleans hört. Er wird hören, dass Jim nicht von dort ist. Dann wird sein nächster Schritt sein, Werbung für Jim zu machen, oder so ähnlich. Wir können also nicht so lange damit warten, ihn auszugraben, wie wir sollten. Von Rechts wegen, glaube ich, sollten es ein paar Jahre sein; Aber das können wir nicht. Da die Dinge so ungewiss sind, empfehle ich Folgendes: dass wir uns wirklich sofort eingraben, so schnell wie möglich; Und danach können wir *uns eingestehen*, dass wir siebenunddreißig Jahre dabei waren. Dann können wir ihn herausschnappen und wegjagen, wenn es das erste Mal einen Alarm gibt. Ja, ich denke, das wird der beste Weg sein."

„Nun, das hat *einen Sinn*", sage ich. "Verraten kostet nicht nichts; Loslassen ist kein Problem; und wenn es irgendein Gegenstand ist, so habe ich nichts dagegen, zu verraten, daß wir hundertfünfzig Jahre dabei waren. Es würde mich nicht belasten, nachdem ich meine Hand hineinbekommen hatte. Also werde ich jetzt weitergehen und ein paar Messer einpacken."

„Smouch drei," sagt er; „Wir wollen eine, aus der wir eine Säge machen können."

„Tom, wenn es nicht unregelmäßig und unreligiös ist, es zu verspotten," sagte ich: „so steckt da drüben ein altes, rostiges Sägeblatt unter der Wetterschalung hinter der Räucherkammer."

Er sah irgendwie müde und mutlos aus und sagte:

„Es hat keinen Zweck, dir nichts beibringen zu wollen, Huck. Lauf hin und zerreiße die Messer – drei an der Zahl." Also habe ich es getan.

KAPITEL XXXVI.

Sobald wir glaubten, daß in dieser Nacht alle schliefen, stiegen wir den Blitzableiter hinab, schlossen uns in den Unterstand ein, holten unseren Haufen Fuchsfeuer heraus und machten uns an die Arbeit. Wir räumten alles aus dem Weg, etwa vier oder fünf Fuß in der Mitte des unteren Baumstammes. Tom sagte, er sei jetzt direkt hinter Jims Bett, und wir würden uns darunter eingraben, und wenn wir durchkämen, könne niemand in der Kabine wissen, daß da ein Loch sei, denn Jims Gegenstecknadel hing am meisten bis zum Boden herab, und man müßte ihn hochheben und hinunterschauen, um das Loch zu sehen. So gruben und gruben wir mit den Messern bis fast Mitternacht; Und dann waren wir hundemüde, und unsere Hände hatten Blasen, und doch konnte man nicht sehen, dass wir etwas Gutes getan hatten. Endlich sage ich:

„Das ist kein siebenunddreißigjähriger Job; das ist ein Job von achtunddreißig Jahren, Tom Sawyer."

Er sagte nie nichts. Aber er seufzte, und bald hörte er auf zu graben, und dann wußte ich für eine gute Weile, daß er nachdachte. Dann sagt er:

„Es nützt nichts, Huck, es wird nicht funktionieren. Wenn wir Gefangene wären, würde es das tun, denn dann hätten wir so viele Jahre, wie wir wollten, und keine Eile; Und wir hatten nicht nur ein paar Minuten Zeit, jeden Tag zu graben, während sie die Uhren wechselten, und so bekamen unsere Zeiger keine Blasen, und wir konnten es Jahr für Jahr durchgehen und es richtig machen, und so wie es gemacht werden sollte. Aber *wir* können uns nicht beirren, wir müssen uns beeilen, wir haben keine Zeit zu verlieren. Wenn wir noch eine Nacht auf diese Weise verbringen wollten, müßten wir eine Woche lang pausieren, um unsere Hände gesund werden zu lassen – wir könnten nicht früher ein Fallmesser mit ihnen anfassen."

„Nun, was werden wir dann tun, Tom?"

„Ich werde es dir sagen. Es ist nicht richtig, und es ist nicht moralisch, und ich möchte nicht, dass es herauskommt; Aber es gibt nicht nur einen Weg: wir müssen ihn mit den Hacken ausgraben und *seine Kastenmesser* darauf lassen."

„*Jetzt* redest *du!*" sagte ich; „Ihr Kopf wird immer nivellierter, Tom Sawyer«, sagte ich. "Picks ist das Ding, moralisch oder nicht moralisch; und was mich betrifft, so kümmere ich mich nicht um die Moral, nein. Wenn ich anfange, einen Nigger zu stehlen, oder eine Wassermelone oder ein Sonntagsschulbuch, dann weiß ich nicht, wie es gemacht wird, also wird es gemacht. Was ich will, ist mein Nigger; oder was ich will, ist meine Wassermelone; oder was ich will, ist mein Sonntagsschulbuch; und wenn eine Spitzhacke das Handlichste ist, dann ist das das Ding, mit dem ich den Nigger oder die Wassermelone oder das Sonntagsschulbuch ausgraben werde; und ich gebe einer toten Ratte nichts davon, was die Behörden darüber denken."

„Nun," sagt er: „es gibt eine Entschuldigung für Spitzfindigkeiten und Herumlässe in einem Fall wie diesem; wenn es nicht so wäre, würde ich es nicht gutheißen, noch würde ich daneben stehen und zusehen, wie die Regeln gebrochen werden – denn Recht ist richtig und Unrecht ist falsch, und ein Körper hat nichts zu tun, wenn er nicht unwissend ist und es besser weiß. Es mag für dich gut sein , Jim mit einer Hacke auszugraben, *ohne* es zu verraten, weil du es nicht besser weißt; aber für mich wäre es das nicht, weil ich es besser weiß. Gib mir ein Fallmesser."

Er hatte seine eigenen bei sich, aber ich gab ihm meine. Er warf es hin und sagte:

„Gib mir ein *Fallmesser.*"

Ich wusste nicht, was ich tun sollte – aber dann dachte ich. Ich schaute in den alten Werkzeugen herum, holte eine Spitzhacke und gab sie ihm, und er nahm sie und machte sich an die Arbeit, ohne ein Wort zu sagen.

Er war immer genau so speziell. Voller Prinzipien.

Da holte ich mir eine Schaufel, und dann pickten und schaufelten wir, drehten uns um und ließen das Fell fliegen. Wir blieben etwa eine halbe

Stunde dabei, das war die Zeit, die wir aufstehen konnten; aber wir hatten ein gutes Stück Loch vorzuweisen. Als ich die Treppe hinaufkam, schaute ich zum Fenster hinaus und sah, wie Tom mit dem Blitzableiter sein Bestes tat, aber er konnte nicht kommen, so wund waren seine Hände. Endlich sagt er:

„Es nützt nichts, es ist nicht möglich. Was glaubst du, was ich besser tun sollte? Fällt dir nicht ein Weg ein?"

„Ja," sage ich: „aber ich glaube, es ist nicht regelmäßig. Komm die Treppe hinauf und laß es sein, es ist ein Blitzableiter."

Also tat er es.

Am andern Tage stahl Tom im Hause einen Zinnlöffel und einen Messingleuchter, um daraus Federn für Jim zu machen, und sechs Talgkerzen; und ich hing in den Niggerhütten herum und suchte nach einer Chance und stahl drei Zinnteller. Tom sagt, es sei nicht genug gewesen; aber ich sagte, niemand würde die Teller sehen, die Jim weggeworfen hat, weil sie in das Hundefenchel- und Jimsonkraut unter dem Fensterloch fallen würden – dann könnten wir sie zurückschleppen, und er könnte sie immer wieder verwenden. Tom war also zufrieden. Dann sagt er:

„Nun, die Sache, die wir untersuchen müssen, ist, wie man die Sachen zu Jim bringt."

„Nimm sie durch das Loch herein," sage ich: „wenn wir es geschafft haben."

Er sah nur verächtlich aus und sagte irgendetwas von einer solchen idiotischen Idee, und dann begann er zu studieren. Nach und nach sagte er, er habe zwei oder drei Wege herausgefunden, aber es sei noch nicht nötig, sich für einen von ihnen zu entscheiden. Er sagte, wir müssten zuerst Jim posten.

In dieser Nacht stiegen wir kurz nach zehn Uhr den Blitzableiter hinab, nahmen eine der Kerzen mit, lauschten unter dem Fensterloch und hörten Jim schnarchen; also warfen wir sie hinein, und sie weckte ihn nicht. Dann wirbelten wir mit Hacke und Schaufel hinein, und in etwa zweieinhalb Stunden war die Arbeit erledigt. Wir krochen unter Jims Bett hinein und in die Kajüte, und scharrten herum, fanden die Kerze und zündeten sie an, und standen eine Weile über Jim und fanden, wie er gesund und munter aussah, und dann weckten wir ihn sanft und allmählich. Er freute sich so sehr, uns zu sehen, daß er fast weinte; und nannte uns Schatz und alle Kosenamen, die ihm einfielen; und er war dafür, daß wir einen Meißel suchten, um ihm sofort die Kette vom Bein zu schneiden, und ohne Zeit zu verlieren, aufzuräumen. Aber Tom zeigte ihm, wie unregelmäßig es sein würde, setzte sich hin und erzählte ihm alles über unsere Pläne, und wie wir sie in einer Minute ändern könnten, wenn ein Alarm käme; Und nicht im geringsten Angst zu haben, denn wir würden sehen, dass er entkommen würde, *sicher*. Jim sagte, es sei alles in Ordnung, und wir saßen da und unterhielten uns eine Weile über alte Zeiten, und dann stellte Tom eine Menge Fragen, und als Jim ihm erzählte, kam Onkel Silas alle ein oder zwei Tage herein, um mit ihm zu beten, und Tante Sally kam herein, um zu sehen, ob er sich wohl fühlte und genug zu essen hatte. und beide waren so nett, wie sie nur sein konnten, sagt Tom:

„*Jetzt* weiß ich, wie ich es reparieren kann. Wir werden Ihnen einige Sachen mit ihnen schicken."

Ich sagte: „Tue nichts dergleichen; es ist eine der verrücktesten Ideen, auf die ich je gekommen bin," aber er schenkte mir nie keine Beachtung; ging gleich weiter. Es war seine Art, wenn er seine Pläne geschmiedet hatte.

Er erzählte Jim, wie wir den Strickleiterkuchen und andere große Dinge von Nat, dem Nigger, der ihn fütterte, einschmuggeln müßten, und er müsse auf der Hut sein und sich nicht wundern und Nat nicht sehen lassen, wie er sie öffnete; und wir steckten kleine Sachen in Onkels Rocktaschen, und er mußte sie herausstehlen; und wir banden Sachen an Tante Schürzenschnüre oder steckten sie in ihre Schürzentasche, wenn wir Gelegenheit dazu hatten; und erzählten ihm, was sie sein würden und wozu sie dienten. Und sagte ihm, wie er mit seinem Blut ein Tagebuch auf dem Hemd führen sollte und all das. Er erzählte ihm alles. Jim konnte in dem größten Teil keinen Sinn sehen, aber er gab zu, daß wir Weiße waren, und er wußte es besser als er; Er war also zufrieden und sagte, er würde alles so machen, wie Tom gesagt hatte.

Jim besaß reichlich Maiskolbenpfeifen und Tabak; So hatten wir eine recht gute gesellige Zeit; Dann krochen wir durch das Loch hinaus und so nach Hause ins Bett, mit Händen, die aussahen, als wären sie aufgeschürft worden. Tom war gut gelaunt. Er sagte, es sei der beste Spaß gewesen, den er je in seinem Leben gehabt habe, und der intellektuellste; und sagte, wenn er nur den Weg dorthin sähe, würden wir es für den Rest unseres Lebens beibehalten und Jim unseren Kindern überlassen, damit sie herauskommen; denn er glaubte, Jim würde es immer besser mögen, je mehr er sich daran gewöhnte. Er sagte, dass es auf diese Weise bis zu achtzig Jahre ausgedehnt werden könnte und die beste Zeit seit Beginn der Aufzeichnungen wäre. Und er sagte, es würde uns alle feiern, die unsere Hand im Spiel hätten.

Am Morgen gingen wir hinaus zum Holzstapel und hackten den Messingleuchter in handliche Größen, und Tom steckte sie und den Zinnlöffel in seine Tasche. Dann gingen wir zu den Niggerhütten, und während ich Nat die Kündigung quittieren ließ, schob Tom ein Stück Kerzenständer in die Mitte eines Maispfannes, der in Jims Pfanne stand, und wir gingen mit Nat hin, um zu sehen, wie es funktionieren würde, und es funktionierte einfach vornehm; als Jim hineinbiss, schlug er ihm fast alle Zähne aus; Und es gibt keine Warnung, dass jemals etwas besser funktionieren könnte. Tom hat das selbst gesagt. Jim ließ es sich nie anmerken, aber was es war, war nur ein Stück Stein oder so etwas, das immer ins Brot kommt, weißt du; Von da an aber biss er nie mehr in nichts anderes, als was er mit der Gabel zuerst an drei oder vier Stellen hineinstieß.

Und während wir da in dem schwachen Licht standen, kamen ein paar von den Hunden unter Jims Bett hervorgeprenkelt; Und sie drängten sich so lange, bis es elf waren, und da war kaum Platz, um zu Atem zu kommen. Ach ja, wir haben vergessen, die Anlehntür zu schließen! Der Nigger Nat brüllte eben nur einmal »Hexen«, knickte zwischen den Hunden auf den Boden und fing an zu stöhnen, als ob er sterben würde. Tom riß die Tür auf und schleuderte ein Stück von Jims Fleisch hinaus, und die Hunde machten sich auf den Weg, und in zwei Sekunden war er selbst draußen und wieder zurück und schloß die Tür, und ich wußte, daß er auch die andere Tür repariert hatte. Dann machte er sich an den Nigger, überredete und streichelte ihn und fragte ihn, ob er sich eingebildet habe, wieder etwas zu sehen. Er erhob sich, blinzelte mit den Augen um sich und sagte:

„Mars Sid, du wirst sagen, ich sei ein Narr, aber wenn ich nicht glauben würde, sehe ich fast eine Million Hunde, äh Teufel, äh einige, ich wünschte, ich könnte gleich auf diesen Spuren sterben. Ich habe es getan, mein Gott. Mars Sid, ich fühlte mich ähm - ich fühlte ähm, sah; dey war überall über mir. Papa hol es, ich wünschte, ich könnte meine Han's auf einmal git er dem Hexen jis' wunst - on'y jis' wunst - das ist alles, was *ich* tun würde. Aber ich wünschte, ich wäre einsam, das tue ich."

Tom sagt:

„Nun, ich sage dir, was *ich* denke. Was veranlaßt sie, gerade zur Frühstückszeit dieses entlaufenen Niggers hierher zu kommen? Es liegt daran, dass sie hungrig sind; Das ist der Grund. Du machst ihnen einen Hexenkuchen; Das ist es, was *du* tun sollst."

„Aber mein Teufel, Mars Sid, wie soll *ich* einen Hexenkuchen machen? Ich weiß nicht, wie man es macht. Ich habe noch nie gehört, dass er sich irgendein Ding b'fo' gehört."

„Na dann, dann muss ich es selbst machen."

„Willst du es tun, Schatz? Ich werde den Fuß hauen, das will ich!"

„Gut, ich werde es tun, denn du bist es, und du warst gut zu uns und hast uns den entlaufenen Nigger gezeigt. Aber man muss sehr vorsichtig sein. Wenn wir wieder zu uns kommen, wendest du dir den Rücken zu; Und was auch immer wir in die Pfanne gegeben haben, lasst es euch nicht anmerken. Und sieh nicht hin, wenn Jim die Pfanne auslädt - irgendetwas könnte passieren, ich weiß nicht was. Und vor allem, hüpfst du nicht *mit* den Hexendingern."

„*Hannel* 'm, Mars Sid? Wovon redest du? Ich würde meinen Finger nicht auf ähm legen, nicht auf zehnhunderttausend Milliarden Dollar, das würde ich nicht."

KAPITEL XXXVII.

Das war alles behoben. Und dann gingen wir fort und gingen zu dem Müllhaufen im Hinterhof, wo sie die alten Stiefel und Lumpen und Flaschenstücke und abgenutzte Blechsachen und all diese Lastwagen aufbewahren, und kratzten herum und fanden eine alte Blechwaschpfanne und stopften die Löcher so gut wir konnten, um den Kuchen darin zu backen. Und er nahm es in den Keller, stahl es voll Mehl und fing an, zu frühstücken, und fand ein paar Schindelnägel, von denen Tom sagte, sie würden für einen Gefangenen nützlich sein, um seinen Namen und seinen Kummer an die Kerkerwände zu kritzeln, und ließ einen davon in Tante Sallys Schürzentasche fallen, die an einem Stuhl hing. und dann steckten wir in das Band von Onkel Silas' Hut, der auf dem Sekretär hing, weil wir die Kinder sagen hörten, daß ihr Vater und ihre Mutter heute morgen zum Haus des entlaufenen Niggers gingen, und dann zum Frühstück gingen, und Tom ließ den Zinnlöffel in Onkel Silas' Rocktasche fallen, und Tante Sally war noch nicht gekommen. So mussten wir eine Weile warten.

Und als sie kam, war sie heiß und rot und verdrießlich und konnte den Segen kaum erwarten; Und dann ging sie daran, mit der einen Hand den Kaffee auszuspülen und mit der andern mit dem Fingerhut den Kopf des handlichsten Kindes zu zertrümmern und zu sagen:

„Ich habe hoch und tief gejagt, und es übertrifft alles, was *aus deinem anderen Hemd geworden* ist."

Mir fiel das Herz in die Lungen und Lebern und so weiter, und ein hartes Stück Maiskruste fuhr mir nach, wurde auf der Straße mit Husten getroffen, wurde über den Tisch geschossen, faßte eines der Kinder ins Auge, rollte es zusammen wie einen Fischwurm und stieß einen Schrei aus, der groß war wie ein Kriegsgeschrei. und Tom wurde um die Kiemen herum blauer, und es lief alles auf einen beträchtlichen Zustand hinaus, etwa eine Viertelminute lang oder so viel, und ich wäre zum halben Preis ausverkauft, wenn es einen Bieter gäbe. Aber danach war alles wieder in Ordnung - es war die plötzliche Überraschung, die uns so kalt erwischte. Onkel Silas sagt er:

„Es ist sehr ungewöhnlich merkwürdig, ich kann es nicht verstehen. Ich weiß ganz genau, daß ich es ausgezogen habe, weil ..."

„Weil du nur einen anhast. Hören Sie nur auf den Mann! *Ich* weiß, daß Sie es abgenommen haben, und ich kenne es auch auf eine bessere Weise als Ihr Wollgedächtnis, denn es war gestern auf der Clo's-Line - ich sehe es selbst dort. Aber es ist weg, das ist das Lange und das Kurze, und du musst nur noch ein rotes Flann'l anziehen, bis ich Zeit habe, ein neues zu machen. Und es wird das dritte sein, das ich in zwei Jahren gemacht habe. Es hält nur einen Körper auf Trab, um dich in Hemden zu halten; und was auch immer du *mit mir zu tun* verstehst, alles ist mehr, was *ich* ausmachen kann. Man würde meinen, du *würdest* lernen, dich in deiner Lebenszeit in irgendeiner Weise um sie zu kümmern."

„Ich weiß es, Sally, und ich versuche alles, was ich kann. Aber es sollte nicht ganz meine Schuld sein, denn weißt du, ich sehe sie nicht und habe auch nichts mit ihnen zu tun, außer wenn sie auf mir sind; und ich glaube nicht, dass ich jemals einen von ihnen von mir verloren habe."

„Nun, es ist nicht *deine* Schuld, wenn du es nicht getan hast, Silas; Du hättest es geschafft, wenn du könntest, denke ich. Und das Hemd ist nicht alles, was weg ist, Nuther. Da ist ein Löffel weg; Und *das* ist noch nicht alles. Es waren zehn, jetzt sind es nur noch neun. Das Kalb hat das Hemd bekommen, glaube ich, aber das Kalb hat nie den Löffel genommen, *das ist* sicher."

„Warum, was ist denn sonst noch weg, Sally?"

„Es sind sechs *Kerzen* verschwunden - das ist es. Die Ratten konnten die Kerzen bekommen, und ich glaube, sie haben es getan; Ich wundere mich, dass sie nicht mit dem ganzen Ort davonlaufen, so wie man immer ihre Löcher stopft und es nicht tut; und wenn sie die Narren nicht warnen, würden sie in deinem Haar schlafen, Silas - *du würdest* es nie erfahren, aber du kannst den Ratten nicht den *Löffel* aufsetzen, und das *weiß ich*."

„Nun, Sally, ich bin schuld, und ich gebe es zu; Ich war nachlässig; aber ich werde den morgigen Tag nicht verstreichen lassen, ohne ihnen die Löcher zu stopfen."

„Oh, ich würde mich nicht beeilen; Nächstes Jahr wird es tun. Matilda Angelina Araminta *Phelps!*"

Schlag kommt der Fingerhut, und das Kind reißt seine Krallen aus der Zuckerdose, ohne um eine herumzualbern. In diesem Augenblick tritt die Niggerin auf den Gang und sagt:

„Miß, es ist ein Blatt weg."

„Ein *Blatt* weg! Nun, um des Landes willen!"

„Ich werde die Löcher heute stopfen," sagt Onkel Silas und sieht bekümmert aus.

„Ach, mach dich auf, denn die Ratten haben das Tuch genommen? *Wo ist* es hin, Lize?"

„Um Himmels willen, ich habe keine Ahnung, Miß Sally. Sie war auf der Clo'sline yistiddy, aber sie ist fort: sie ist jetzt nicht mehr da."

„Ich denke, die Welt *geht* unter. Ich habe in all meinen Lebenstagen nie den Takt davon gesehen. Ein Hemd und ein Blatt und ein Löffel und sechs Dosen ..."

„Fräulein," kommt ein junges Weib: „das ist ein Messing-Cannelstick, Fräulein."

„Verschwinde hier, du Schuft, äh, ich bringe dir eine Pfanne!"

Nun, sie hat nur gekniffen. Ich fing an, nach einer Chance Ausschau zu halten; Ich rechnete damit, dass ich mich hinausschleichen und in den Wald gehen würde, bis das Wetter sich besserte. Sie tobte die ganze Zeit weiter, führte ihren Aufstand ganz allein durch, und alle andern waren mächtig sanftmütig und still; und endlich fischt Onkel Silas, der etwas töricht aussieht, den Löffel aus der Tasche. Sie blieb stehen, den Mund offen und die Hände erhoben; und was mich betrifft, so wünschte ich, ich wäre in Jeruslem oder irgendwohin. Aber nicht lange, denn sie sagt:

„Es ist *genau* so, wie ich es erwartet habe. Man hatte es also die ganze Zeit in der Tasche; Und wie dem auch nicht, hast du auch die anderen Dinge da. Wie ist es dort hingekommen?"

„Ich weiß es wirklich nicht, Sally," sagt er und entschuldigt sich irgendwie: „sonst würde ich es sagen. Ich studierte vor dem Frühstück meinen Text in der siebzehnten Apostelgeschichte, und ich glaube, ich habe ihn dort hineingeschrieben, ohne es zu bemerken, weil ich mein Testament hineinlegen wollte, und es muss so sein, denn mein Testament ist nicht drin; aber ich will hingehen und nachsehen; und wenn das Testament dort ist, wo ich es hatte, so werde ich wissen, daß ich es nicht hineingesteckt habe, und das wird zeigen, daß ich das Testament niedergelegt und den Löffel genommen habe und ..."

„Ach, um des Landes willen! Gönnen Sie Ihrem Körper eine Pause! Geht jetzt, das ganze Zeug und die ganze Galle von euch; und komm mir nicht eher zu nahe, als bis ich meinen Seelenfrieden wiedergefunden habe."

Ich hätte sie gehört, wenn sie es zu sich selbst gesagt hätte, geschweige denn es ausgesprochen hätte, und ich wäre aufgestanden und hätte ihr gehorcht, wenn ich tot gewesen wäre. Als wir durch das Salonzimmer gingen, nahm der alte Mann seinen Hut, und der Schindelnagel fiel auf den Boden, und er hob ihn nur auf und legte ihn auf den Kaminsims, sagte nichts und ging hinaus. Tom sah es ihm dabei zu, erinnerte sich an den Löffel und sagte:

„Nun, es nützt nichts, ihm keine Sachen mehr zu schicken , er ist nicht zuverlässig." Dann sagt er: „Aber er hat uns doch eine gute Wendung mit dem Löffel gemacht, ohne es zu wissen, und so gehen wir hin und machen ihm einen, ohne *dass er* es weiß, und stopfen seine Rattenlöcher zu."

Es gab eine edle Menge von ihnen im Keller, und wir brauchten eine ganze Stunde, aber wir machten die Arbeit fest und gut und in Ordnung. Da hörten wir Schritte auf der Treppe, bliesen unser Licht aus und versteckten uns; Und da kommt der alte Mann, mit einer Kerze in der einen und einem Bündel Zeug in der andern Hand und sieht so zerstreut aus wie vorletztes Jahr. Er ging ein Male umher, erst zu einem Rattenloch und dann zu einem anderen, bis er bei allen gewesen war. Dann stand er etwa fünf Minuten da, pflückte Talg von seiner Kerze und dachte nach. Dann wendet er sich langsam und träumerisch der Treppe zu und sagt:

„Nun, ich kann mich beim besten Willen nicht erinnern, wann ich es getan habe. Ich konnte ihr jetzt zeigen, daß ich nicht wegen der Ratten schuld bin. Aber macht nichts - lass es sein. Ich glaube, es würde nichts nützen."

Und so ging er murmelnd die Treppe hinauf, und dann gingen wir. Er war ein sehr netter alter Mann. Und das ist es immer.

Tom war sehr beunruhigt, was er für einen Löffel tun sollte, aber er sagte, wir müßten ihn haben; Also dachte er nach. Als er es entziffert hatte, sagte er mir, wie wir es machen sollten; dann gingen wir hin und warteten um den Löffelkorb herum, bis wir Tante Sally kommen sahen, und dann ging Tom daran, die Löffel zu zählen und sie beiseite zu legen, und ich schob einen von ihnen in meinen Ärmel, und Tom sagte:

„Nun, Tante Sally, es sind noch nicht einmal neun Löffel."

Sie sagt:

„Geh lange zu deinem Spiel, und störe mich nicht. Ich weiß es besser, ich habe gezählt, dass ich ich selbst bin."

„Nun, ich habe sie zweimal gezählt, Tantchen, und *ich* kann nur neun machen."

Sie schien völlig ungeduldig zu sein, aber natürlich kam sie, um zu zählen - jeder würde es tun.

„Ich erkläre, gnädiger Herr, daß es *nicht* nur neun sind!« sagt sie. »Ach, was in aller Welt - die Pest *hat* die Sachen genommen, ich will sie wieder zählen."

Also schob ich das, was ich hatte, zurück, und als sie mit dem Zählen fertig war, sagte sie:

„Hänge den lästigen Müll auf, jetzt sind es *zehn*!" und sie sah verdrießlich aus und störte beide. Aber Tom sagt:

„Nun, Tante, *ich* glaube nicht, daß es zehn sind."

„Du Dummkopf, hast du nicht gesehen, wie ich *mich gezählt* habe?"

„Ich weiß, aber ..."

„Nun, ich werde wieder zählen."

Also habe ich einen geschmatzt, und sie kommen neun Mal heraus, genau wie das andere Mal. Nun, sie *war* weinend - sie zitterte am ganzen Körper, so wahnsinnig war sie. Aber sie zählte und zählte, bis sie so verwirrt war, dass sie manchmal anfing, im *Korb nach einem Löffel zu zählen* , und so kamen sie dreimal richtig heraus und dreimal falsch. Dann ergriff sie den Korb, knallte ihn quer durch das Haus und stieß die Katzenkombüse nach Westen; Und sie sagte, sie geh raus und laß sie etwas Ruhe haben, und wenn wir uns wieder um sie herum belästigen, würde sie uns häuten. Wir hatten also den einen oder anderen Löffel und ließen ihn in ihre Schürzentasche stecken, während sie uns unsere Segelbefehle gab, und Jim hatte ihn zusammen mit ihrem Schindelnagel vor Mittag in Ordnung. Wir waren sehr zufrieden mit dieser Sache, und Tom gab zu, daß es sich doppelt so viel Mühe wert war, denn er sagte jetzt, sie könne die Löffel nie wieder doppelt gleich zählen, um ihr Leben zu retten, und würde nicht glauben, daß sie sie richtig gezählt hätte, wenn sie *es täte;* Und er sagte, nachdem sie sich die nächsten drei Tage den Kopf abgezählt hatte, würde sie es aufgeben und anbieten, jeden zu töten, der wollte, dass sie ihn noch einmal zählte.

Also legten wir das Laken in dieser Nacht wieder auf die Leine und stahlen eines aus ihrem Schrank und legten es ein paar Tage lang wieder zurück und stahlen es wieder, bis sie nicht mehr wusste, wie viele Laken sie noch hatte, und es war ihr egal, und sie warnte davor, den Rest ihrer Seele deswegen zu schikanieren. und sie nicht noch einmal zählen würde, um ihr nicht das Leben zu retten; Sie sollte zuerst sterben.

So waren wir nun in Ordnung, was das Hemd und das Laken und den Löffel und die Kerzen anbelangt, mit Hilfe des Kalbes und der Ratten und des durcheinandergewürfelten Zählens; Und was den Leuchter anbelangt, so hätte er keine Konsequenzen, er würde nach und nach umwehen.

Aber dieser Kuchen war ein Job; Wir hatten unendlich viel Ärger mit diesem Kuchen. Wir haben es unten im Walde befestigt und dort gekocht; Und wir haben es endlich geschafft, und zwar sehr zufriedenstellend; Aber nicht alles an einem Tag; und wir mußten drei Waschpfannen voll Mehl aufbrauchen, ehe wir durchkamen, und wir verbrannten uns ziemlich am ganzen Leibe, an einigen Stellen, und die Augen wurden vom Rauch ausgerissen; Denn wir wollten nichts als eine Kruste, und wir konnten sie nicht richtig abstützen, und sie gab immer nach. Aber natürlich dachten wir schließlich an den richtigen Weg, nämlich die Leiter auch im Kuchen zu backen. Und dann legten wir uns in der zweiten Nacht zu Jim und zerrissen das Laken in kleine Schnüre und drehten sie zusammen, und lange vor Tagesanbruch hatten wir ein schönes Seil, an dem man einen Menschen aufhängen konnte. Wir haben gesagt, dass es neun Monate gedauert hat, bis wir es geschafft haben.

Und am Vormittag nahmen wir es mit in den Wald, aber es wollte nicht in den Kuchen kommen. Da wir aus einem ganzen Blatt gemacht waren, reichte das Seil für vierzig Pasteten, wenn wir sie wollten, und viel für Suppe oder Wurst oder was man sonst wollte. Wir hätten ein ganzes Abendessen haben können.

Aber wir brauchten es nicht. Alles, was wir brauchten, war gerade genug für den Kuchen, und so warfen wir den Rest weg. Wir kochten keine der Pasteten in der Waschpfanne, weil wir fürchteten, das Lot würde schmelzen; aber Onkel Silas besaß eine edle Warmhaltepfanne aus Messing, die er sehr schätzte, weil sie einem seiner Vorfahren gehörte, mit einem langen hölzernen Henkel, der mit Wilhelm dem Eroberer auf der Mayflower oder einem der ersten Schiffe aus England herübergekommen war, und in der Dachkammer versteckt war mit vielen anderen alten Töpfen und Dingen, die wertvoll waren. Nicht weil sie irgendein Konto waren, weil sie nicht warnen, sondern weil sie Relikte waren, weißt du, und wir haben sie privat herausgedrängt und dort hinunter gebracht, aber sie scheiterte bei den ersten Kuchen, weil wir nicht wußten wie, aber bei der letzten kam sie lächelnd wieder hoch. Wir nahmen sie und legten sie mit Teig aus, legten sie in die Kohlen und beluden sie mit Flickenseilen, setzten ein Teigdach auf, schlossen den Deckel und legten heiße Glut darauf, und standen fünf Fuß ab, mit dem langen Henkel, kühl und bequem, und in fünfzehn Minuten war sie ein Kuchen, der eine Genugtuung war. Aber die Person, die es tut, würde ein paar Kacks Zahnstocher mitnehmen wollen, denn wenn diese Strickleiter ihn nicht zur Arbeit zwingen würde, weiß ich nicht, wovon ich rede, und ihn in so große Bauchschmerzen versetzen würde, daß er auch bis zum nächsten Mal durchhält.

Nat schaute nicht hin, als wir den Hexenkuchen in Jims Pfanne legten; und wir legten die drei Zinnteller auf den Boden der Pfanne unter die Vittles; und so machte Jim alles in Ordnung, und sobald er allein war, brach er in den Kuchen ein, versteckte die Strickleiter in seiner Strohzecke, kratzte einige Spuren auf ein Blechblech und warf es aus dem Fensterloch.

KAPITEL XXXVIII.

Die Kugelschreiber herzustellen war eine schwierige Arbeit, und das Gleiche galt für die Säge, und Jim räumte ein, dass die Inschrift die schwierigste von allen sein würde. Das ist das, was der Gefangene an der Wand krabbeln muss. Aber er musste es haben; Tom sagte, er müsse es tun; es gibt keine Warnung vor einem Staatsgefangenen, der nicht seine Inschrift und sein Wappen zurücklassen müßte.

„Schauen Sie sich Lady Jane Grey an," sagt er. „Schauen Sie sich Gilford Dudley an; Schauen Sie sich das alte Northumberland an! Warum, Huck, ist es eine große Mühe? - Was wirst du tun? - Wie willst du das umgehen? Jim *muss* seine Inschrift und sein Wappen machen. Das tun sie alle."

Jim sagt:

„Nun, Mars Tom, ich habe kein Wappen; Ich habe keinen Nuffn, aber dish yer ole shirt, und du weißt, daß ich das Tagebuch auf dat führen muß."

„Oh, du verstehst nicht, Jim; Ein Wappen ist etwas ganz anderes."

„Nun," sage ich: „Jim hat jedenfalls recht, wenn er sagt, er habe kein Wappen, weil er keines hat."

„Ich glaube, *das* wußte ich," sagt Tom: „aber du kannst darauf wetten, daß er einen haben wird, bevor er hier rausgeht - denn er geht richtig raus, und es wird keine Fehler in seiner Bilanz geben."

Während Jim und ich also an den Federn auf je einem Ziegelschläger arbeiteten, Jim seine aus dem Messing und ich die meinigen aus dem Löffel machte, machte sich Tom an die Arbeit, das Wappen auszudenken. Nach und nach sagte er, er habe so viele gute getroffen, daß er kaum wußte, welche er nehmen sollte, aber es gab eine, für die er sich zu entscheiden glaubte. Er sagt:

„Auf dem Wappen haben wir eine Biegung *oder* in der dexteren Basis, einen saltire *murrey* in der Fess, mit einem Hund, liegend, für die gemeinsame Anklage, und unter seinem Fuß eine Kette, die für die Sklaverei gezackt ist, mit einem Chevron *vert* in einem eingezäunten Häuptling und drei invektierten Linien auf einem *azurblauen* Felde, mit den Nombril-Spitzen wuchernd auf einer eingekerbten Tanzette; Wappen, ein entlaufener Nigger, *Zobel*, mit seinem Bündel über der Schulter auf einer Bar sinister; und ein paar Gules für Unterstützer, das bist du und ich; Motto, *Maggiore fretta, minore atto*. Ich habe es aus einem Buch geholt - das heißt, je mehr Eile, desto weniger Geschwindigkeit."

„Meine Güte," sage ich: „aber was bedeutet das übrige?"

„Wir haben keine Zeit, uns darum zu kümmern," sagt er. „Wir mussten uns reinbeißen, wie alle Git-out."

„Na ja," sage ich: „was soll das alles? Was ist ein Fess?"

„Ein Fess - ein Fess ist - *du* brauchst nicht zu wissen, was ein Fess ist. Ich werde ihm zeigen, wie er es macht, wenn er dazu kommt."

„Tom," sage ich: „ich glaube, du könntest es einer Person erzählen. Was ist eine Bar unheimlich?"

„Oh, *ich* weiß es nicht. Aber er muss es haben. Der ganze Adel tut das."

Das war einfach seine Art. Wenn es ihm nicht passte, dir etwas zu erklären, würde er es nicht tun. Du könntest ihn eine Woche lang anpumpen, es würde keinen Unterschied machen.

Er hatte die ganze Sache mit den Wappen in Ordnung gebracht, und so machte er sich nun daran, den Rest der Arbeit zu vollenden, der darin bestand, eine traurige Inschrift zu entwerfen - besagt, Jim müsse eine haben, wie sie es alle getan hätten. Er dachte sich eine Menge aus, schrieb sie auf ein Papier und las sie ab, also:

1. *Hier zerbrach ein gefangenes Herz.*

2. *Hier kämpfte ein armer Gefangener, von der Welt und seinen Freunden verlassen, um sein trauriges Leben.*

3. *Hier brach ein einsames Herz, und ein erschöpfter Geist begab sich nach siebenunddreißig Jahren Einzelhaft zur Ruhe.*

4. *Hier starb, heimatlos und ohne Freunde, nach siebenunddreißig Jahren bitterer Gefangenschaft, ein edler Fremder, der natürliche Sohn Ludwigs XIV.*

Toms Stimme zitterte, während er sie las, und er brach zusammen. Als er fertig war, konnte er sich nicht entscheiden, auf welches Jim an die Wand klettern sollte, sie waren alle so gut; aber schließlich ließ er zu, daß er sie alle aufwühlen ließe. Jim sagte, er würde ein Jahr brauchen, um so viel Lastwagen mit einem Nagel auf die Stämme zu krabbeln, und außerdem wüßte er nicht, wie man Buchstaben macht; aber Tom sagte, er würde sie für ihn ausblenden, und dann hätte er nichts anderes zu tun, als den Linien zu folgen. Dann sagt er ziemlich bald:

„Denk mal, die Stämme gehen nicht; In einem Verlies gibt es keine Blockwände: Wir müssen die Inschriften in einen Felsen graben. Wir holen einen Stein."

Jim sagte, der Stein sei schlimmer als die Stämme; Er sagte, er würde so eine Pison lange brauchen, um sie in einen Felsen zu graben, den er nie wieder herausholen würde. Aber Tom sagte, er würde mich ihm dabei helfen lassen. Dann schaute er nach, wie Jim und ich mit den Gehegen zurechtkamen. Es war eine höchst lästige, mühsame, harte und langsame Arbeit, und meine Hände gaben keine Anstalten, sich von den Wunden zu erholen, und wir schienen kaum vorwärts zu kommen; also sagt Tom:

„Ich weiß, wie ich es reparieren kann. Wir müssen einen Stein für das Wappen und die traurigen Inschriften haben, und wir können mit demselben Stein zwei Fliegen töten. Unten in der Mühle gibt es einen bunten großen Schleifstein, und wir werden ihn verwischen und die Dinge darauf schnitzen und auch die Federn und die Säge darauf feilen."

Es warnt nicht vor einer Idee; und es warnt nicht vor einem Schleifstein-Nuther; Aber wir ließen zu, dass wir es angehen würden. Es war noch nicht ganz Mitternacht, also machten wir uns auf den Weg zur Mühle und ließen Jim bei der Arbeit. Wir wischten den Schleifstein und machten uns daran, sie nach Hause zu rollen, aber es war eine sehr harte Arbeit. Manchmal, wenn wir taten, was wir konnten, konnten wir nicht verhindern, dass sie umfiel, und sie kam jedes Mal mächtig nahe daran, uns zu zerquetschen. Tom sagte, sie würde einen von uns holen, klar, bevor wir durchkämen. Wir haben sie auf halbem Weg erwischt; Und dann waren wir wie ausgespielt, und die meisten ertranken im Schweiß. Wir sehen, es nützt nichts; wir müssen gehen und Jim holen. Da hob er sein Bett auf, schob die Kette vom Bettbein und schlang sie um seinen Hals, und wir krochen durch unser Loch hinaus und dort hinunter, und Jim und ich legten uns in den Schleifstein und führten sie wie nichts weiter; und Tom beaufsichtigte. Er konnte jeden Jungen, den ich je sah, überragen. Er wusste, wie man alles macht.

Unser Loch war ziemlich groß, aber es war nicht groß genug, um den Schleifstein durchzubringen; aber Jim nahm die Spitzhacke und machte sie bald groß genug. Da steckte Tom die Dinge mit dem Nagel darauf ab und ließ Jim daran arbeiten, mit dem Nagel als Meißel und einem eisernen Bolzen aus dem Schrott im Unterstand einen Hammer zu machen, und sagte ihm, er solle arbeiten, bis der Rest seiner Kerze an ihm aufhöre, und dann könne er zu Bett gehen. und den Schleifstein unter seiner Strohzecke verstecken und darauf schlafen. Dann halfen wir ihm, seine Kette wieder an das Bettbein zu befestigen, und wir waren selbst bettfertig. Aber Tom fiel etwas ein und sagte:

„Hast du Spinnen hier drin, Jim?"

„Nein, wahr, Gott sei Dank habe ich es nicht getan, Mars Tom."

„In Ordnung, wir besorgen dir welche."

„Aber Gott segne dich, Schatz, ich *will* keine. Ich fürchte mich vor un ähm. I jis' 's soon have klapperschlangen um sich."

Tom dachte ein oder zwei Minuten nach und sagte:

„Das ist eine gute Idee. Und ich denke, es ist geschafft. Es *muss* getan worden sein, es liegt auf der Hand. Ja, das ist eine gute Idee. Wo könntest du es aufbewahren?"

„Was behalten, Mars Tom?"

„Ach, eine Klapperschlange."

„Die gnädige Güte, Mars Tom! Ach, wenn du eine Klapperschlange wäre, die hereinkäme, so würde ich die Büste gerade aus der Holzwand nehmen, so würde ich es mit dem Kopf tun."

„Nun, Jim, du würdest dich nach einer Weile nicht mehr davor fürchten. Du könntest es *zähmen*."

„*Zähme* es!"

„Ja - leicht genug. Jedes Tier ist dankbar für Freundlichkeit und Streicheleinheiten, und es würde nicht *daran denken,* eine Person zu verletzen, die es streichelt. Jedes Buch wird Ihnen das sagen. Versuchen Sie es - das ist alles, was ich verlange; Versuchen Sie es einfach zwei oder drei Tage lang. Nun, du kannst ihn in kurzer Zeit so bekommen, daß er dich lieben wird; und schlafe mit dir; und wird keine Minute von dir wegbleiben; und du wirst ihn um deinen Hals wickeln und seinen Kopf in deinen Mund stecken lassen."

„*Bitte*, Mars Tom - reden Sie so! Ich kann es nicht *aushalten*! Er ließ mich seinen Kopf in meinen Mantel stecken - für einen Gefallen, nicht wahr? Ich lag da, er wartete eine ganze Weile darauf, daß ich *ihn anfing*. En mo' en dat, ich will doch, *daß* er mit mir schläft."

„Jim, benimm dich nicht so dumm. Ein Gefangener *muß* irgendein dummes Haustier haben, und wenn eine Klapperschlange noch nie vor Gericht gestellt worden ist, nun, dann ist es mehr Ruhm zu gewinnen, wenn du der Erste bist, der es jemals versucht, als irgendein anderer Weg, den du dir vorstellen könntest, um dein Leben zu retten."

„Nun, Mars Tom, ich *will* mich nicht nach Ruhm. Schlange nimm und beiß Jim das Kinn ab, den *whah* is de glory? Nein, sah, ich will nichts tun."

„Schuld daran, kannst du es nicht *versuchen?* Ich *möchte nur* , dass du es versuchst - du brauchst es nicht durchzuhalten, wenn es nicht funktioniert."

„Aber die Mühe *ist vorbei,* wenn die Schlange mich beißt, während ich sie versuche. Mars Tom, ich bin bereit, mich mit allem anzulegen, was nicht vernünftig ist, aber wenn du und Huck eine Klapperschlange holt, die ich zähmen kann, so bin ich bereit, *das* Ufer zu *verlassen*."

„Nun denn, laß es, laß es gehen, wenn du so sturköpfig bist. Wir können dir ein paar Strumpfbandschlangen besorgen, und du kannst ihnen ein paar Knöpfe an den Schwanz binden und sie für Klapperschlangen halten, und ich denke, das wird genügen."

„Ich w'n stan' *dem*, Mars Tom, aber schuld ist es, wenn ich ohne Ähm nicht zurechtgekommen bin, sage ich dir. Ich wußte nicht, daß es so viel Ärger und Mühe ist, ein Gefangener zu sein."

„Nun, das ist *es immer*, wenn es richtig gemacht wird. Hast du hier irgendwelche Ratten?"

„Nein, ich habe keinen gesät."

„Na ja, wir holen dir ein paar Ratten."

„Nun, Mars Tom, ich *will* keine Ratten. Ich habe je gesehen, daß er die meisten Geschöpfe ist, um einen Körper zu ställen, über ihn zu rascheln, wenn er in die Füße beißt, wenn er zu schlafen versucht. Nein, sah, gib mir G'yarter-Schlangen, wenn ich 'm haben muss, aber doan' gib mir keine Ratten; Ich habe keine Verwendung für mich, Skasely."

„Aber, Jim, du *mußt* sie haben – das haben sie alle. Machen Sie also kein Aufhebens mehr darum. Gefangene sind nie ohne Ratten. Es gibt keinen Fall dafür. Und sie trainieren sie, streicheln sie und lernen ihnen Tricks, und sie werden so gesellig wie die Fliegen. Aber du musst ihnen Musik vorspielen. Hast du irgendetwas, auf dem du Musik abspielen kannst?"

„Ich habe nichts als einen Kamm auf einem Stück Papier, auf einer Saftharfe; aber ich glaube, du würdest dich nicht auf eine Saftharfe halten."

„Ja, das würden sie. *Es* ist ihnen egal, welche Art von Musik es ist. Eine Maultrommel ist gut genug für eine Ratte. Alle Tiere mögen Musik – in einem Gefängnis lieben sie sie. Vor allem schmerzhafte Musik; Und eine andere Art kann man aus einer Maultrommel nicht herausholen. Es interessiert sie immer; Sie kommen raus, um zu sehen, was mit dir los ist. Ja, es geht dir gut; Du bist sehr gut fixiert. Du willst dich nächtelang vor dem Schlafengehen und früh am Morgen ans Bett legen und deine Maultrommel spielen; spielen Sie ‚The Last Link is Broken' – das ist das Ding, das eine Ratte schneller erwischt als irgend etwas anderes; Und wenn du etwa zwei Minuten gespielt hast, siehst du all die Ratten, die Schlangen und die Spinnen, und die Dinge fangen an, sich Sorgen um dich zu machen, und kommen. Und sie werden sich ganz schön über dich herfreuen und eine edle gute Zeit haben."

„Ja, das wird ich, Mars Tom, aber wie viel Zeit hat *Jim?* Selig, wenn ich den Pint sehe. Aber ich werde es tun, wenn ich muss. Ich glaube, es ist besser, wenn ich die Tiere zufrieden stelle, und ich habe keine Schwierigkeiten im Hause."

Tom wartete, bis er darüber nachdachte und sah, ob es nicht nichts anderes gab; Und ziemlich bald sagt er:

„Oh, da ist eine Sache, die ich vergessen habe. Könntest du hier eine Blume aufziehen, meinst du?"

„Ich weiß es nicht, aber vielleicht könnte ich es, Mars Tom; aber es ist erträglich dunkel, und ich habe keine Verwendung für keine Blume, nein, und sie würde ein mächtiger Anblick für Ärger sein."

„Na ja, du versuchst es trotzdem. Einige andere Gefangene haben es getan."

„Einer der großen, wie ein Katzenschwanz aussehenden Königskerzen würde in heah wachsen, Mars Tom, glaube ich, aber sie würde sich nicht die Hälfte der Mühe machen, die sie sich machen würde."

„Glaubst du es nicht. Wir holen dir ein Kleines, und du pflanzt es in die Ecke da drüben und ziehst es auf. Und nennen Sie es nicht Mullen, nennen Sie es Pitchiola – das ist sein richtiger Name, wenn es in einem Gefängnis ist. Und du willst es mit deinen Tränen tränken."

„Nun, ich habe reichlich Quellwasser bekommen, Mars Tom."

„Du *willst kein* Quellwasser; Du willst es mit deinen Tränen gießen. Das ist die Art und Weise, wie sie es immer tun."

„Nun, Mars Tom, ich liege da, ich hebe einen der Königsstängel mit Quellwasser, während ein anderer Mann mit *Tränen* anfängt."

„Das ist nicht die Idee. Man muss es mit Tränen machen."

„Sie wird auf meinem Han sterben, Mars Tom, sie wird heilig sein; Ich weine so leichtsinnig."

Tom war also ratlos. Aber er studierte es noch einmal und sagte dann, Jim müsse sich so gut wie möglich um eine Zwiebel kümmern. Er versprach, in die Niggerhütten zu gehen und am nächsten Morgen einen privaten in Jims Kaffeekanne zu werfen. Jim sagte, er würde »bald Tobacker in seinem Kaffee haben«, und fand so viel Ärger daran, und an der Arbeit und Mühe, den Mullen aufzuziehen und die Juden zu belästigen, die Ratten zu streicheln und die Schlangen und Spinnen und dergleichen zu streicheln und zu schmeicheln, zusätzlich zu all der anderen Arbeit, die er an den Gehegen zu verrichten hatte. und Inschriften, Tagebücher und Dinge, die es ihm mehr Mühe, Sorge und Verantwortung machten, ein Gefangener zu sein, als irgend etwas, was er je unternommen hatte, daß Tom am meisten die Geduld mit ihm verlor; und sagte, er sei eben mit glänzenderen Gelegenheiten beladen gewesen, als je ein Gefangener auf der Welt gehabt habe, sich einen Namen zu machen, und doch wisse er nicht genug, um sie zu würdigen, und sie seien fast an ihn verschwendet worden. Jim tat es leid und sagte, er würde sich nicht mehr so benehmen, und dann schoben Tom und ich ins Bett.

KAPITEL XXXIX.

Am Morgen gingen wir hinauf ins Dorf, kauften eine Rattenfalle aus Draht und holten sie herunter, und machten das beste Rattenloch frei, und in etwa einer Stunde hatten wir fünfzehn von der tollsten Sorte; und dann nahmen wir es und legten es an einen sicheren Ort unter Tante Sallys Bett. Aber während wir auf der Suche nach Spinnen waren, fand sie der kleine Thomas Franklin, Benjamin Jefferson, Elexander Phelps dort und öffnete die Tür, um zu sehen, ob die Ratten herauskommen würden, und das taten sie; und Tante Sally kam herein, und als wir zurückkamen, stand sie auf dem Bett und zog Kain auf, und die Ratten taten, was sie konnten, um ihr die langweiligen Zeiten zu versüßen. Also nahm sie uns beide und bestäubte uns mit dem Hickry, und wir waren bis zu zwei Stunden damit beschäftigt, wieder fünfzehn oder sechzehn zu fangen, mit diesem lästigen Jungen, und sie warnten vor dem wahrscheinlichsten, Nuther, denn der erste Fang war der Pick der Herde. Ich sehe nie eine wahrscheinlichere Menge Ratten als die erste Beute.

Wir bekamen einen prächtigen Vorrat an aussortierten Spinnen und Käfern und Fröschen und Raupen und so weiter; Und wir hätten gerne ein Wespennest, aber das haben wir nicht. Die Familie war zu Hause. Wir gaben nicht gleich auf, sondern blieben so lange wie möglich bei ihnen; Weil wir es zugelassen haben, dass wir sie ermüden würden, oder sie mussten uns ermüden, und sie haben es getan. Dann holten wir uns Allycumpain und rieben uns die Stellen ein und waren ziemlich gut wieder, konnten uns aber nicht bequem absetzen. Und so machten wir uns an die Schlangen und schnappten uns ein paar Dutzend Strumpfbänder und Hausschlangen, steckten sie in einen Sack und legten ihn in unser Zimmer, und um diese Zeit war es Zeit für das Abendessen und ein rasselndes, gutes, ehrliches Tagewerk, und hungrig? - O nein, ich glaube nicht! Und es gab keine gesegnete Schlange da oben, als wir zurückgingen - wir machten den

Sack nicht halb zu, und sie machten sich irgendwie bereit und gingen. Aber das machte nicht viel aus, denn sie waren noch irgendwo auf dem Gelände. Also dachten wir, dass wir wieder einige von ihnen bekommen könnten. Nein, es gibt keinen wirklichen Mangel an Schlangen im Haus für eine beträchtliche Zeit. Hin und wieder sah man sie von den Dachsparren und Plätzen tropfen; Und sie landeten großzügig auf Ihrem Teller oder in Ihrem Nacken, und die meiste Zeit dort, wo Sie sie nicht wollten. Nun, sie waren hübsch und gestreift, und eine Million von ihnen konnten nichts Böses tun; aber das machte Tante Sally nie einen Unterschied; Sie verachtete Schlangen, mochte die Rasse sein, was sie auch sein mochte, und sie konnte sie nicht ausstehen, egal wie man es reparieren konnte; Und jedes Mal, wenn einer von ihnen sich auf sie fallen ließ, machte es keinen Unterschied, was sie tat, sie legte diese Arbeit einfach hin und machte das Licht aus. So eine Frau habe ich noch nie gesehen. Und man konnte hören, wie sie nach Jericho jubelte. Man konnte sie nicht dazu bringen, einen von ihnen mit der Zange zu nehmen. Und wenn sie sich umdrehte und einen im Bett fand, krabbelte sie hinaus und stieß ein Geheul aus, dass man meinen könnte, das Haus brenne. Sie störte den alten Mann so, dass er sich am meisten wünschte, es wären nie Schlangen erschaffen worden. Nun, nachdem die letzte Schlange eine Woche lang aus dem Haus verschwunden war, warnte Tante Sally noch nicht davor; sie warnt davor, in der Nähe darüber zu sein; Wenn sie sich hinsetzte und über etwas nachdachte, konnte man sie mit einer Feder am Nacken berühren und sie sprang direkt aus ihren Strümpfen. Es war sehr merkwürdig. Aber Tom sagte, dass alle Frauen genau so seien. Er sagte, sie seien aus irgendeinem Grund so gemacht worden.

Jedes Mal, wenn eine unserer Schlangen ihr in den Weg kam, wurden wir geleckt, und sie ließ diese Lecks nicht zu, was sie tun würde, wenn wir den Platz jemals wieder damit beladen würden. Das Lecken machte mir nichts aus, denn es war nicht umsonst; aber ich kümmerte mich um die Mühe, die wir auf einem anderen Grundstück anbringen mussten. Aber wir haben sie hingelegt und all die anderen Dinge; und man sieht nie eine Hütte, die so fröhlich war wie die von Jim, wo sie alle nach Musik ausschwärmten und sich auf ihn stürzten. Jim mochte die Spinnen nicht, und die Spinnen mochten Jim nicht; Und so legten sie sich für ihn hin und machten es ihm mächtig warm. Und er sagte, zwischen den Ratten und den Schlangen und dem Schleifstein sei im Bett kein Platz für ihn, Skasely; Und wenn es einen gab, da konnte ein Körper nicht schlafen, er war so lebendig, und er war immer lebendig, sagte er, weil *sie* nie alle auf einmal schliefen, sondern sich abwechselten, und wenn die Schlangen schliefen, waren die Ratten an Deck, und wenn die Ratten sich wandten, kamen die Schlangen auf Wache, und er hatte immer eine Bande unter sich. und die andere Bande hatte einen Zirkus über ihn, und wenn er aufstand, um einen neuen Ort zu suchen, würden die Spinnen sich auf ihn stürzen, wenn er hinüberging. Er sagte, wenn er dieses Mal jemals rauskäme, würde er nie wieder ein Gefangener sein, nicht für ein Gehalt.

Nun, nach drei Wochen war alles in ziemlich gutem Zustand. Das Hemd wurde früh eingeschickt, in einem Kuchen, und jedesmal, wenn eine Ratte Jim biss, stand er auf und schrieb ein wenig in sein Tagebuch, solange die Tinte frisch war; Die Federn wurden angefertigt, die Inschriften und so weiter wurden auf den Schleifstein gemeißelt; Das Bettbein war in zwei Teile gesägt, und wir hatten das Sägemehl aufgeschüttet, und es verursachte uns erstaunliche Bauchschmerzen. Wir dachten, dass wir alle sterben würden, aber das taten wir nicht. Es war das unverdaulichste Sägemehl, das ich je gesehen habe; und Tom sagte dasselbe.

Aber wie ich schon sagte, hatten wir jetzt endlich die ganze Arbeit erledigt; und wir waren auch alle ziemlich ausgelaugt, aber hauptsächlich Jim. Der alte Mann hatte ein paar Mal an die Plantage unterhalb von Orleans geschrieben, um ihren entlaufenen Nigger zu holen, aber er hatte keine Antwort erhalten, weil es keine solche Plantage gab; also erlaubte er ihm, Jim in den Zeitungen von St. Louis und New Orleans zu inserieren; und als er die von St. Louis erwähnte, lief es mir kalt über den Rücken, und ich sehe, wir hatten keine Zeit zu verlieren. So sagte Tom, nun zu den unnüchternen Buchstaben.

„Was sind sie?" Sage ich.

„Warnungen an die Menschen, dass etwas nicht stimmt. Manchmal wird es auf die eine Art und Weise gemacht, manchmal auf die andere. Aber es gibt immer jemanden, der herumspioniert und den Gouverneur des

Schlosses benachrichtigt. Als Ludwig XVI. aus den Tooleries leuchten wollte, tat es ein Dienstmädchen. Es ist ein sehr guter Weg, und das gilt auch für die unnamhaften Buchstaben. Wir werden beide verwenden. Und es ist üblich, dass die Mutter des Gefangenen mit ihm die Kleider wechselt, und sie bleibt zu Hause, und er schlüpft in ihren Kleidern heraus. Das machen wir auch."

„Aber sieh mal, Tom, was wollen wir irgendjemanden warnen, dass etwas nicht stimmt? Laß sie es selbst herausfinden - es ist ihr Ausguck gewesen."

„Ja, ich weiß; Aber auf sie kann man sich nicht verlassen. Es ist die Art und Weise, wie sie sich von Anfang an verhalten haben - sie haben uns alles überlassen. Sie sind so zutraulich und vokuhilaköpfig, dass sie überhaupt keine Notiz von nichts nehmen. Wenn wir ihnen also nicht Bescheid *geben*, wird es weder Niemand noch nichts geben, was uns in die Quere kommen könnte, und so wird diese Flucht nach all unserer harten Arbeit und Mühe völlig flach verlaufen; sie wird nicht zu nichts führen - wird nicht nichts sein."

„Nun, was mich betrifft, Tom, so möchte ich das."

„Shucks!", sagt er und sieht angewidert aus. Also sage ich:

„Aber ich werde mich nicht beschweren. Wie es dir passt, passt zu mir. Was werden Sie mit dem Dienstmädchen anfangen?"

„Du wirst sie sein. Du schlüpfst hinein, mitten in der Nacht, und hakst das Kleid des jungen Mädchens ein."

„Nun, Tom, das wird am nächsten Morgen Ärger machen; denn natürlich hat sie wahrscheinlich keinen anderen als diesen."

„Ich weiß; aber Sie wollen es nicht länger als eine Viertelstunde haben, um den unschuldigen Brief zu tragen und ihn unter die Haustür zu schieben."

„Gut, dann werde ich es tun; aber ich könnte es genauso griffbereit in meinen eigenen Kleidern tragen."

„Dann würdest du doch nicht wie ein Dienstmädchen aussehen, nicht wahr?"

„Nein, aber es wird sowieso niemanden geben, der sieht, wie ich aussehe."

„Das hat nichts damit zu tun. Wir müssen nur unsere *Pflicht tun* und uns keine Sorgen darüber machen, ob uns jemand *dabei sieht* oder nicht. Hast du nicht überhaupt kein Prinzip?"

„Gut, ich sage nicht nichts; Ich bin das Dienstmädchen. Wer ist Jims Mutter?"

„Ich bin seine Mutter. Ich werde ein Kleid von Tante Sally einhaken."

„Na ja, dann musst du in der Kabine bleiben, wenn Jim und ich gehen."

„Nicht viel. Ich werde Jims Kleider mit Stroh vollstopfen und es auf sein Bett legen, um seine Mutter in Verkleidung darzustellen, und Jim wird mir das Kleid der Niggerfrau ausziehen und es anziehen, und wir werden alle zusammen ausweichen. Wenn ein Gefangener des Stils entkommt, nennt man das eine Ausweichmanöver. Es wird immer so genannt, wenn ein König entkommt, zum Beispiel. Und dasselbe gilt für den Sohn eines Königs; Es macht keinen Unterschied, ob er ein Naturtalent oder ein Ungeborener ist."

Tom, er schrieb also den unnüchternen Brief, und ich zog an diesem Abend das Kleid des älteren Mädchens an, zog es an und schob es unter die Haustür, so wie Tom es mir befohlen hatte. Darin hieß es:

> *Vorsicht. Es braut sich Ärger zusammen.*
> *Halten Sie Ausschau.* UNBEKANNTER
> FREUND.

In der nächsten Nacht klebten wir ein Bild von einem Totenkopf mit gekreuzten Knochen, das Tom mit Blut gezeichnet hatte, an die Haustür; und in der nächsten Nacht noch einen Sarg an der Hintertür. Ich habe noch nie eine Familie gesehen, die so verschwitzt ist. Sie hätten nicht schlimmer erschrocken sein können, wenn der Ort voller Geister gewesen wäre, die hinter allem und unter den Betten für sie lagen und durch die Luft zitterten. Wenn eine Tür knallte, Tante Sally, sprang sie auf und sagte „Aua!", wenn etwas herunterfiel, sie sprang auf und sagte "Aua!", wenn man sie berührte, wenn sie warnte, es nicht zu merken, tat sie dasselbe; Sie konnte sich nicht mit dem Nichts begnügen und jedesmal zugeben, daß etwas hinter sich war - so wirbelte sie immer plötzlich herum und sagte „Aua!", und ehe sie zwei Drittel um sich gekümmert hatte, wirbelte sie wieder zurück und sagte es noch einmal; Und sie hatte Angst, zu Bett zu gehen, aber sie wollte sich nicht einrichten. Das Ding funktionierte also sehr gut, sagte Tom; Er sagte, er sehe nie etwas, das zufriedenstellender funktioniert. Er sagte, es zeige, dass es richtig gemacht wurde.

Also sagte er, nun zur großen Wölbung! Gleich am nächsten Morgen, als es dämmerte, machten wir einen neuen Brief fertig und überlegten, was wir besser damit anfangen sollten, denn wir hörten sie beim Abendessen sagen, sie würden die ganze Nacht einen Nigger an beiden Türen Wache haben. Tom, er stieg den Blitzableiter hinab, um herumzuspähen; Und der Nigger an der Hintertür schlief, steckte es sich in den Nacken und kam zurück. In diesem Brief hieß es:

> Verrate mich nicht, ich möcht dein Freund sein. Es gibt eine verzweifelte Bande von Halsabschneidern aus drüben im Indianerterritorium, die heute nacht deinen entlaufenen Nigger stehlen wollen, und sie haben versucht, dich zu erschrecken, damit du im Haus bleibst und sie nicht belästigst. Ich gehöre zu der Bande, habe aber eine Religiosität und möchte sie verlassen und wieder ein ehrliches Leben führen, und werde den Plan der Leichtigkeit verraten. Sie werden sich von Norden herabschleichen, am Zaun entlang, genau um Mitternacht, mit einem falschen Schlüssel, und in die Hütte des Niggers gehen, um ihn zu holen. Ich soll ein Stück weg sein und in ein Blechhorn blasen, wenn ich eine Gefahr sehe; aber statt dessen werde ich wie ein Schaf baden, sobald sie hereinkommen, und gar nicht blasen; Dann,

während sie seine Ketten lösen, schlüpfst du dorthin, schließt sie ein und kannst sie nach Belieben töten. Tut nichts anderes, als genau so, wie ich es euch sage, wenn ihr es tut, werden sie etwas Verdacht schöpfen und ein Whoop-Jamboreehoo erheben. Ich wünsche mir keine andere Belohnung, als zu wissen, dass ich das Richtige getan habe.

UNBEKANNTER FREUND

KAPITEL XL.

Wir fühlten uns nach dem Frühstück ziemlich gut, nahmen mein Kanu und fuhren über den Fluss zum Fischen, mit einem Mittagessen, und hatten eine gute Zeit, und schauten uns das Floß an und fanden es in Ordnung, und kamen spät nach Hause, um zu Abend zu essen, und fanden sie in solchem Schweiß und Sorge, dass sie nicht wussten, an welchem Ende sie standen. Er zwang uns, sofort zu Bett zu gehen, sobald wir mit dem Abendessen fertig waren, und sagte uns nicht, was das Problem war, und ließ nie ein Wort über den neuen Brief verlieren, brauchte es aber auch nicht, denn wir wußten so viel darüber wie jeder andere, und sobald wir die halbe Treppe hinaufgestiegen waren und sie den Rücken zuwandte, schlüpften wir zum Kellerschrank, luden ein gutes Mittagessen ein und nahmen es ein Er ging zu Bett und stand gegen halb elf Uhr auf, und Tom zog Tante Sallys Kleid an, das er gestohlen hatte, und wollte mit dem Mittagessen beginnen, sagte aber:

„Wo ist die Butter?"

„Ich habe ein Stück davon," sage ich: „auf ein Stück Maiskolben gelegt."

„Nun, dann haben Sie es liegen lassen – es ist nicht hier."

„Wir können auch ohne auskommen," sage ich.

„Wir können auch damit auskommen," sagt er. „Rutsch einfach in den Keller und hol es her. Und dann flitzen Sie geradewegs den Blitzableiter hinunter und kommen Sie mit. Ich werde das Stroh in Jims Kleider stopfen, um seine Mutter in Verkleidung darzustellen, und bereit sein, *wie ein Schaf zu baden* und zu schubsen, sobald du dort bist."

So ging er hinaus, und ich ging in den Keller. Das Stück Butter, groß wie eine Faust, war dort, wo ich es liegen gelassen hatte, also nahm ich das Stück Maiskolben auf, blies mein Licht aus, blies mein Licht aus und stieg sehr verstohlen die Treppe hinauf und kam in das Erdgeschoß, ganz gut, aber da kam Tante Sally mit einer Kerze, und ich klatschte den Lastwagen mit meinem Hut. und schlug mir den Hut auf den Kopf, und in der nächsten Sekunde sah sie mich; Und sie sagt:

„Warst du im Keller?"

„Jawohl."

„Was hast du da unten gemacht?"

„Nichts."

„*Nichts!*"

„Nein."

„Nun, was hat Sie bewogen, um diese Nachtzeit dort hinunterzugehen?"

„Ich weiß es nicht."

„Du *weißt es nicht?* Antworte mir nicht so. Tom, ich möchte wissen, was du *da unten* gemacht hast."

„Ich habe nicht das Geringste getan, Tante Sally, ich hoffe, gnädig zu sein, wenn ich es getan habe."

Ich rechnete damit, daß sie mich jetzt gehen lassen würde, und im allgemeinen würde sie es auch tun; aber ich glaube, es gingen so viele seltsame Dinge vor sich, daß sie wegen jeder Kleinigkeit, die nicht gerade war, in Schweiß geriet; So sagt sie ganz entschieden:

„Du marschierst einfach in den Saal und bleibst dort, bis ich komme. Du hast etwas im Schilde geführt, was dich nichts zu tun hat, und ich liege, ich werde herausfinden, was es ist, bevor *ich* mit dir fertig bin."

So ging sie fort, als ich die Tür öffnete und in das Bühnenzimmer trat. Meine Güte, aber es war eine Menschenmenge da! Fünfzehn Bauern, und jeder von ihnen hatte ein Gewehr. Ich war sehr krank, ließ mich auf einen Stuhl fallen und setzte mich nieder. Sie saßen herum, einige von ihnen sprachen ein wenig, mit leiser Stimme, und alle zappelig und unruhig, aber sie bemühten sich, so auszusehen, als ob sie nicht warnten; aber ich wußte, daß sie es waren, denn sie nahmen immer ihre Hüte ab und setzten sie auf, kratzten sich am Kopf, wechselten ihre Sitze und fummelten an ihren Knöpfen herum. Ich warne davor, es mir leicht zu machen, aber ich habe meinen Hut trotzdem nicht abgenommen.

Ich wünschte, Tante Sally käme und würde mit mir fertig werden und mich lecken, wenn sie wollte, und mich entkommen lassen und Tom erzählen, wie wir es mit der Sache übertrieben hatten und in was für ein donnerndes Wespennest wir uns gebracht hatten, damit wir gleich aufhören könnten, herumzualbern, und mit Jim aufräumen könnten, bevor diese Risse die Geduld verlieren und uns holen.

Endlich kam sie und fing an, mir Fragen zu stellen, aber ich *konnte sie nicht* geradeheraus beantworten, ich wußte nicht, wer von mir oben war; denn diese Leute waren jetzt so in Aufruhr, daß einige gleich anfangen und sich für die Desperados legen wollten, und sagten, es sei nur ein paar Minuten vor Mitternacht, und andere versuchten, sie dazu zu bringen, sich festzuhalten und auf das Schafssignal zu warten; und hier war Tante hakte sich an die Fragen heran, und ich zitterte am ganzen Körper und war bereit, in meinen Bahnen zu versinken, so erschrak ich; und der Ort wurde heißer und heißer, und die Butter begann zu schmelzen und meinen Hals hinunter und hinter meinen Ohren zu laufen; und ziemlich bald, als einer von ihnen sagte: *„Ich bin* dafür, zuerst *und sofort in die Kajüte zu steigen* und sie zu fangen, wenn sie kommen," fiel ich fast hin, und ein Streifen Butter lief mir über die Stirn, und Tante Sally sah es, wurde weiß wie ein Laken und sagte:

„Um des Landes willen, was *ist* mit dem Kinde los? Er hat das Gehirnfieber so sehr, wie du geboren bist, und sie sickern heraus!"

Und alle liefen herbei, um zu sehen, und sie reißt mir den Hut ab, und heraus kam das Brot und das, was von der Butter übrig war, und sie packte mich, umarmte mich und sagte:

„Oh, was für eine Wendung hast du mir gegeben! und wie froh und dankbar bin ich, es ist nicht schlimmer; denn das Glück ist gegen uns, und es regnet nie, aber es schüttet, und als ich den Wagen sah, dachte ich, wir hätten dich verloren, denn ich wußte an der Farbe und an allem, daß es genau so war, wie dein Gehirn sein würde, wenn - Liebes, liebes Kind, warum sagst du mir nicht , deswegen warst du da unten, es wäre *mir* egal. Nun leg dich zu Bett und laß mich dich nicht mehr sehen bis zum Morgen!"

In einer Sekunde war ich die Treppe hinauf, in einer anderen den Blitzableiter hinunter und schimmerte durch die Dunkelheit zum Unterschlupf. Ich konnte kaum meine Worte herausbringen, so ängstlich war ich; aber ich sagte Tom, so schnell ich konnte, wir müßten jetzt nach ihm springen und keine Minute zu verlieren – das Haus dort drüben mit Gewehren voller Männer!

Seine Augen flammten auf; Und er sagt:

„Nein! – ist das so? *Ist* es nicht ein Tyrann! Ach, Huck, wenn es noch einmal ginge, ich wette, ich könnte zweihundert holen! Wenn wir es aufschieben könnten, bis ..."

„Beeilen Sie sich! *eilen!*" sage ich. „Wo ist Jim?"

„Direkt an deinem Ellbogen; Wenn du deinen Arm ausstreckst, kannst du ihn berühren. Er ist angezogen, und alles ist bereit. Jetzt schieben wir heraus und geben dem Schaf ein Zeichen."

Aber da hörten wir das Trampeln von Männern, die an die Tür kamen, und hörten, wie sie anfingen, an dem Vorhängeschloß herumzufummeln, und hörten einen Mann sagen:

„Ich habe *dir doch gesagt*, dass wir zu früh kommen würden; Sie sind nicht gekommen – die Tür ist verschlossen. Hier werde ich einige von euch in die Kajüte einsperren, und ihr legt euch im Dunkeln für sie hin und tötet sie, wenn sie kommen; und die übrigen zerstreuen sich um ein Stück, und höre, ob du sie kommen hörst."

So kamen sie herein, konnten uns aber im Dunkeln nicht sehen, und die meisten traten auf uns ein, während wir uns beeilten, unter das Bett zu kommen. Aber wir kamen gut unter und durch das Loch hinaus, schnell, aber leise – Jim zuerst, ich als nächster und Tom zuletzt, was Toms Befehl entsprach. Jetzt saßen wir im Unterstand und hörten draußen in der Nähe das Trampeln. Wir krochen also zur Tür, und Tom hielt uns dort an und richtete sein Auge auf den Spalt, konnte aber nichts entdecken, so dunkel war es; und flüsterte und sagte, er wolle auf die Schritte lauschen, um weiter zu kommen, und wenn er uns anstoße, müsse Jim zuerst hinausgleiten und er zuletzt. Und er legte sein Ohr an den Spalt und lauschte und lauschte und lauschte, und die Schritte scharrten die ganze Zeit da draußen herum;

und endlich stieß er uns an, und wir glitten heraus und bückten uns, ohne zu atmen und nicht den geringsten Lärm von sich zu geben, und schlüpften verstohlen auf den Zaun in Injun zu, und kamen gut an, und ich und Jim darüber; aber Toms Brüste blieben an einem Splitter an der oberen Reling hängen, und dann hörte er die Schritte kommen, so daß er sich losreißen mußte, was den Splitter zerriß und ein Geräusch machte; Und als er unsere Spuren einspielte und anfing, sang jemand:

„Wer ist das? Antworte, oder ich schieße!"

Aber wir antworteten nicht, wir rollten nur unsere Fersen aus und schubsten. Dann gab es ein Rauschen, und ein *Knall, Knall, Knall!* Und die Kugeln sausten förmlich um uns herum! Wir hörten sie singen:

„Hier sind sie! Sie sind für den Fluss aufgebrochen! Hinter ihnen, Jungs, und laßt die Hunde los!"

Da kommen sie also, mit voller Kraft. Wir konnten sie hören, weil sie Stiefel trugen und schrien, aber wir trugen keine Stiefel und schrien nicht. Wir befanden uns auf dem Wege zur Mühle; Und als sie ziemlich nahe an uns herankamen, wichen wir in den Busch aus, ließen sie passieren und ließen uns dann hinter ihnen fallen. Sie hatten alle Hunde einsperren lassen, um die Räuber nicht zu verscheuchen; Aber zu diesem Zeitpunkt hatte sie schon jemand losgelassen, und da kamen sie, so dass Powwow für eine Million ausreichte; aber es waren unsere Hunde; Also blieben wir stehen, bis sie uns eingeholt hatten; Und als sie sahen, daß es niemand als uns warnte und ihnen keine Aufregung zu bieten hatte, sagten sie nur Hallo und rannten geradewegs dem Geschrei und Geklapper entgegen; Und dann machten wir wieder Dampf und sausten hinter ihnen her, bis wir fast an der Mühle waren, und dann fuhren wir durch den Busch hinauf, wo mein Canoe festgebunden war, und sprangen hinein und zogen um unser Leben in die Mitte des Flusses, machten aber nicht mehr Lärm, als wir durften. Dann machten wir uns leicht und bequem auf den Weg nach der Insel, wo mein Floß lag; Und wir hörten, wie sie sich überall am Ufer anschrien und anbellten, bis wir so weit weg waren, dass die Geräusche verstummten und verstummten. Und als wir auf das Floß stiegen, sagte ich:

„*Nun*, alter Jim, du bist wieder ein freier Mann, und ich wette, du wirst nie mehr ein Sklave sein."

„Und es war auch eine sehr gute Arbeit, Huck. Es ist schön geplant, und es ist schön *gemacht*, und es gibt niemanden, der einen Plan hat, der durcheinander gebracht und prächtig ist, was man war."

Wir waren alle froh, wie wir nur sein konnten, aber Tom war der Glücklichste von allen, weil er eine Kugel in der Wade seines Beins hatte.

Als Jim und ich das hörten, fühlten wir uns nicht mehr so frech wie zuvor. Es tat ihm sehr weh und blutete; Da legten wir ihn in den Wigwam und zerrissen eines der Hemden des Herzogs, um ihn zu verbinden, aber er sagte:

„Gib mir die Lumpen; Ich kann es selbst machen. Hören Sie jetzt nicht auf; Mach hier keinen Spaß, und das Ausweichen, das so schön dahindröhnt; Bemannen Sie die Feger und lassen Sie sie los! Jungens, wir haben es elegant gemacht! - Wir haben es getan. Ich wünschte, *wir hätten* Ludwig XVI. so gehandhabt, es gäbe nicht kein ›Sohn des heiligen Ludwig, fahre in den Himmel auf!‹, das in *seiner Biographie niedergeschrieben ist*; nein, mein Herr, wir hätten ihn über die Grenze gejagt - das haben wir mit *ihm gemacht* - und es haben es auch so glatt gemacht wie gar nichts. Mann der Kehrer - Mann der Kehrer!"

Aber Jim und ich berieten uns - und dachten nach. Und nachdem wir eine Minute nachgedacht haben, sage ich:

„Sag es, Jim."

Also sagt er:

„Nun, so sieht es mir aus, Huck. Wenn *er es wäre*, der frei ist, und wenn einer der Jungen erschossen werden sollte, würde er dann sagen: „Geh weiter und rette mich, nemmine ein Arzt soll ihn retten?" Ist dat wie Mars Tom Sawyer? Würde er Dat sagen? *Darauf kann man wetten*, dass er das nicht tun würde! *Nun*, ist *Jim* gywne der Mann, das zu sagen? Nein, sah - ich rühre mich keinen Schritt hinaus und *versetze einen Arzt;* Nicht, wenn es vierzig Jahre sind!"

Ich wußte, daß er innerlich weiß war, und ich rechnete damit, daß er sagen würde, was er sagte - jetzt war also alles in Ordnung, und ich sagte

Tom, daß ich einen Arzt aufsuchen würde. Er erhob einen beträchtlichen Aufruhr darüber, aber Jim und ich blieben dabei und rührten uns nicht; so war er dafür, herauszukriechen und das Floß selbst loszulassen; Aber wir ließen ihn nicht. Dann gab er uns einen Teil seiner Meinung, aber es hat nichts gebracht.

Als er also sieht, wie ich das Kanu fertig mache, sagt er:

„Nun, wenn du gehen mußt, werde ich dir den Weg zeigen, wenn du im Dorf bist. Schließe die Thür und binde dem Doktor die Augen fest und fest und laß ihn schwören, still zu sein wie das Grab, und lege ihm einen Beutel voll Gold in die Hand, und dann führe ihn durch die Hintergassen und überall in der Dunkelheit, und hol ihn dann mit dem Canoe hierher, auf Umwegen zwischen den Inseln, Und durchsuche ihn und nimm ihm seine Kreide weg, und gib sie ihm nicht zurück, bis du ihn ins Dorf zurückgebracht hast, sonst wird er das Floß mit Kreide bekreiden, damit er es wiederfinden kann. So machen sie das alle."

Also sagte ich zu und ging, und Jim sollte sich im Walde verstecken, wenn er den Doktor kommen sah, bis er wieder weg war.

KAPITEL XLI.

Der Doktor war ein alter Mann; ein sehr netter, freundlich aussehender alter Mann, als ich ihn aufrichtete. Ich erzählte ihm, dass ich und mein Bruder gestern nachmittag auf der Jagd auf der Spanischen Insel waren und auf einem Stück eines Floßes lagerten, das wir fanden, und gegen Mitternacht musste er in seinen Träumen mit seiner Waffe getreten haben, denn sie ging los und schoss ihm ins Bein, und wir wollten, dass er dorthin geht und es repariert und nicht nichts davon sagt. Und auch niemanden wissen lassen, denn wir wollten heute Abend nach Hause kommen und die Leute überraschen.

„Wer sind deine Leute?", fragt er.

„Die Phelpses, da unten."

„Oh," sagt er. Und nach einer Minute sagt er:

„Wie sagst du, dass er erschossen wurde?"

„Er hatte einen Traum," sage ich: „und er hat ihn erschossen."

„Ein einzigartiger Traum," sagt er.

Er zündete seine Laterne an, holte seine Satteltaschen, und wir machten uns auf den Weg. Aber als er das Kanu sah, gefiel ihm ihr Aussehen nicht, er sagte, sie sei groß genug für einen, aber für zwei sehe sie nicht ganz sicher aus. Ich sage:

„Oh, Sie brauchen sich nicht zu fürchten, Sir, sie hat uns drei leicht genug getragen."

„Welche drei?"

„Nun, ich und Sid und – und – und *die Gewehre;* das ist es, was ich meine."

„Oh," sagt er.

Aber er setzte seinen Fuß auf die Kanone und wiegte sie, schüttelte den Kopf und sagte, er rechne damit, sich nach einem größeren umzusehen. Aber sie waren alle verschlossen und angekettet; Er nahm mein Kanu und sagte, ich solle warten, bis er zurückkomme, sonst könne ich weiter herumjagen, oder vielleicht gehe ich lieber nach Hause und bereite sie für die Überraschung vor, wenn ich wolle. Aber ich sagte, ich hätte es nicht getan; also sagte ich ihm, wie er das Floß finden sollte, und dann machte er sich auf den Weg.

Ich hatte ziemlich schnell eine Idee. Ich sage mir, er kann dieses Bein nicht mit drei Schlägen eines Schafsschwanzes reparieren, wie man so schön sagt? Er braucht drei oder vier Tage? Was sollen wir tun? - da herumliegen, bis er die Katze aus dem Sack läßt? Nein, Sir; Ich weiß, was *ich tun werde*. Ich werde warten, und wenn er zurückkommt, wenn er sagt, er müsse noch gehen, werde ich auch dort hinunterkommen, wenn ich schwimme; und wir werden ihn nehmen und binden und behalten und den Fluß hinabschieben; und wenn Tom mit ihm fertig ist, geben wir ihm, was er wert ist, oder alles, was wir haben, und lassen ihn dann an Land gehen.

So kroch ich in einen Holzstapel, um etwas Schlaf zu bekommen; und als ich das nächste Mal aufwachte, war die Sonne über meinem Kopf verschwunden! Ich schoß hinaus und ging zum Haus des Doktors, aber sie sagten mir, er sei irgendwann in der Nacht fortgegangen und würde noch nicht zurückkommen. Nun, denke ich, das sieht mächtig schlecht für Tom aus, und ich werde gleich nach der Insel graben. Also stieß ich fort, bog um die Ecke und rammte fast meinen Kopf in Onkel Silas' Bauch! Er sagt:

„Ach, *Tom!* Wo warst du die ganze Zeit, du Schlingel?"

„*Ich* war nicht im Nirgendwo«, sage ich: „sondern nur auf der Jagd nach dem entlaufenen Nigger - ich und Sid."

„Warum, wo bist du hingegangen?", sagt er. „Deine Tante ist sehr beunruhigt."

„Das braucht sie nicht," sage ich: „denn wir waren in Ordnung. Wir folgten den Männern und Hunden, aber sie liefen uns davon, und wir verloren sie; aber wir glaubten sie auf dem Wasser zu hören, und so nahmen wir ein Kanu, fuhren ihnen nach und setzten hinüber, konnten aber nichts von ihnen finden; So fuhren wir landaufwärts, bis wir irgendwie müde wurden und erschöpft waren; und band das Canoe an, schlief ein und erwachte erst vor einer Stunde wieder; dann sind wir hierher gepaddelt, um die Neuigkeiten zu hören, und Sid ist auf dem Postamt, um zu sehen, was er hören kann, und ich mache mich auf den Weg, um etwas zu essen für uns zu holen, und dann gehen wir nach Hause."

Also gingen wir zur Post, um »Sid« zu holen; aber wie ich vermutet habe, warnt er nicht dort; Der alte Mann holte einen Brief aus dem Büro, und wir warteten noch eine Weile, aber Sid kam nicht; Da sagte der alte Mann: Komm mit, laß Sid mit dem Fuß nach Hause gehen oder mit dem Kanu fahren, wenn er mit dem Herumalbern fertig ist – aber wir würden fahren. Ich konnte ihn nicht dazu bringen, mich bleiben zu lassen und auf Sid zu warten. und er sagte, es nütze nichts, und ich müsse mitkommen und Tante Sally sehen lassen, daß alles in Ordnung sei.

Als wir nach Hause kamen, freute sich Tante Sally so sehr, mich zu sehen, dass sie lachte und weinte, mich umarmte und mir einen von den Leckereien gab, die nicht auf einen Dämpfer hinausliefen, und sagte, sie würde Sid dasselbe servieren, wenn er käme.

Und der Platz war voll von Bäuerinnen und Bäuerinnen, die zu Mittag aßen; Und solch ein Klacken hörte der Körper noch nie. Die alte Mrs. Hotchkiss war die schlimmste; Ihre Zunge bewegte sich die ganze Zeit. Sie sagt:

„Nun, Schwester Phelps, ich habe die Flugkajüte durchwühlt, und ich glaube, der Nigger war verrückt. Ich sage zu Schwester Damrell – nicht wahr, Schwester Damrell? – »Ich, er ist verrückt, ich – das sind genau die Worte, die ich gesagt habe. Ihr habt mich alle gehört: er ist verrückt, s'I; alles zeigt es, s'I. Sieh dir diesen Luftschleifstein an, s'I; Willst *du mir sagen*, dass kein Geschöpf, das bei klarem Verstand ist, bereit ist, all diese verrückten Dinge auf einen Schleifstein zu krabbeln, s'I? Hier sich 'n' sich ein Mensch das Herz zerbrochen; Und hier war ich siebenunddreißig Jahre lang so gefesselt, und all das – der Sohn von Louis, irgendjemand, und sich ewiger Müll. Er ist verrückt nach Lot, s'I; es ist das, was ich an der ersten Stelle sage, es ist das, was ich in der Mitte sage, und es ist das, was ich die ganze Zeit sage: Der Nigger ist verrückt – der verrückte Nebokoodneezer, s'I."

„Sehen Sie sich diese Luftleiter an, die aus Lumpen besteht, Schwester Hotchkiss," sagt die alte Mrs. Damrell; „Was um Himmels willen *könnte* er je brauchen ..."

„Die Worte, die ich vor nicht mehr in dieser Minute zu Schwester Utterback gesagt habe, und sie wird es Ihnen selbst sagen. Sch-sie, schau dir diese Luft-Lumpenleiter an, sch-sie; ›n‹ Ich, ja, *sieh* es dir an, ›Ich‹ – was *konnte* er davon wollen, ›Ich‹. Sch-sie, Schwester Hotchkiss, sch-she ..."

„Aber wie um alles in der Welt haben sie *überhaupt diesen Schleifstein* da *hineingesteckt? Und wer hat das Luftloch gegraben?* Und wer ..."

„Meine *Worte*, Brer Penrod! Ich habe gesagt‹ – gib den Teufel – nicht wahr? —›Ich habe Schwester Dunlap gesagt‹, wie haben sie diesen Schleifstein da hineingesteckt, s'I. Ohne *Hilfe*, wohlgemerkt – ohne *Hilfe! Thar ist,* wo es ist. Sag mir nicht, s'I, es war Hilfe, s'I; ›Und‹ war auch eine *große* Hilfe, s'I; es gibt ein *Dutzend* Leute, die diesem Nigger geholfen haben, ›und ich ›würde jeden letzten Nigger an diesem Ort häuten, aber *ich würde* herausfinden, wer es getan hat; »Und außerdem, ich" –

„Ein *Dutzend* sagt Ihr, *vierzig* könnten nicht alles tun, was getan worden ist. Seht euch diese Hülsenmessersägen und andere Dinge an, wie mühsam sie gemacht sind; Seht euch das Bettbein an, das mit 'm abgesägt wurde, eine Woche Arbeit für sechs Männer; sieh dir den Nigger an, der auf dem Bett aus Stroh geknutscht hat; und sieh dir an ..."

„Sie können es wohl sagen, Brer Hightower! Es ist ein Witz, wie ich zu Brer Phelps sagte, zu seinem eigenen Ich. S'e, was hältst *du* davon, Schwester Hotchkiss, s'e? Denk mal, Brer Phelps, s'I? Denkst du an das Bettbein, das ein bisschen abgesägt hat, was? *Denk mal drauf,* s'I? Ich lege es hin, sagt sich nie *ab,* s'I – jemand *hat es zersägt,* s'I; das ist meine Meinung, nimm es oder laß es, es mag nicht kein Graf sein, s'I, aber es ist meine Meinung, s'I, n' wenn jemand einen besseren anfangen kann, s'I, laß ihn *es tun,* s'I, das ist alles. Ich sage zu Schwester Dunlap: Ich ..."

„Ach, meine Katzen, sie müssen vier Wochen lang jede Nacht ein Haus voller Nigger haben, um die ganze Arbeit zu verrichten, Schwester Phelps.

Seht euch dieses Hemd an - jeder letzte Zoll davon ist mit geheimen afrikanischen Schriften übersät, die mit Blut bestrichen sind! Must a ben a raft uv 'm right long, die ganze Zeit, fast. Nun, ich würde zwei Dollar geben, um es mir vorlesen zu lassen; Und was die Nigger betrifft, die es geschrieben haben, so würde ich wohl eine Peitsche einstecken und auspeitschen ..."

„Leute, die ihm *helfen*, Bruder Marples! Nun, ich denke, das würdest du denken, wenn du schon eine Weile in diesem Haus gewesen wärst. Nun, sie haben alles gestohlen, was sie in die Finger bekommen konnten - und wir schauen die ganze Zeit zu, wohlgemerkt. Sie haben das Hemd direkt von der Linie gestohlen! Und was das Tuch anbelangt, aus dem sie die Lumpenleiter gemacht haben, so weiß ich nicht, wie oft sie *es nicht gestohlen haben*, und Mehl und Kerzen und Leuchter und Löffel und die alte Wärmepfanne und fast tausend Dinge, an die ich mich jetzt nicht mehr erinnere, und mein neues Kattunkleid, und ich und Silas und mein Sid und Tom an dem beständigen Wachtag *und* Nacht, wie ich dir erzählte, und keiner von uns konnte Fell noch Haare noch Anblick noch Geräusch von ihnen fangen; Und siehe da, in letzter Minute, schlüpfen sie direkt vor unserer Nase hinein und täuschen uns, und nicht nur *uns,* sondern auch die Räuber des Injun-Territoriums, und kommen tatsächlich heil und gesund mit diesem Nigger davon, und das mit sechzehn Männern und zweiundzwanzig Hunden, die ihnen gerade auf den Fersen sind! Ich sage euch, es knallt einfach alles, wovon ich je *gehört habe.* Warum, *Sperits* hätte es nicht besser machen können und war auch nicht klüger. Und ich glaube, sie müssen Spits *gewesen sein* - denn *du* kennst unsere Hunde, und sie sind nicht besser, nun, diese Hunde sind nicht einmal auf die *Spur* gekommen! Erklären Sie *mir das*, wenn Sie können! - *jeder* von Ihnen!"

„Nun, es schlägt ..."

„Gesetze leben, ich habe nie ..."

„Also hilf mir, ich würde nicht ..."

„Hausdiebe und ..."

„Meine Güte, ich hätte mich gefürchtet, in mir zu leben ..."

Fürchte dich, um zu *leben!*- Nun, ich hatte solche Angst, daß ich kaum zu Bett ging, nicht aufstand, mich hinlegte oder *mich hinsetzte*, Schwester Ridgeway. Nun, sie stahlen die ganz - um Himmels willen, Sie können sich denken, in welcher Aufregung *ich* war, als es letzte Nacht Mitternacht wurde. Ich hoffe, gnädig zu sein, wenn ich warne, keine Angst zu haben, sie könnten etwas von der Familie stehlen! Ich war nur noch so weit, dass ich keine Vernunft mehr hatte. Jetzt, am Tage, sieht es töricht genug aus, aber ich sage mir, da schlafen meine beiden armen Knaben hoch oben in dem einsamen Zimmer, und ich gestehe bei Gott, ich war so unruhig, daß ich da oben so unruhig war und sie eingesperrt habe! Das *tat ich*. Und jeder würde das tun. Denn, weißt du, wenn du auf diese Weise Angst bekommst und es immer weiter läuft und immer schlimmer und schlimmer wird, und dein Verstand anfängt, sich zu verausgaben, und du anfängst, alle möglichen wilden Dinge zu tun, und nach und nach denkst du dir: „Ich war ein Junge und war da oben weg, und die Tür ist nicht verschlossen." und du ...« Sie hielt inne und sah ein wenig verwundert aus, dann drehte sie den Kopf langsam um, und als ihr Blick auf mich fiel - stand ich auf und machte einen Spaziergang.

Sage ich mir, ich kann besser erklären, wie wir heute morgen nicht in diesem Zimmer sind, wenn ich zur Seite gehe und ein wenig darüber nachdenke. Also habe ich es getan. Aber ich würde nicht zum Pelz gehen, sonst hätte sie nach mir geschickt. Und als es spät am Tag war, gingen die Leute alle, und dann kam ich herein und erzählte ihr, dass der Lärm und die Schüsse mich und "Sid" geweckt hatten, und die Tür war verschlossen, und wir wollten den Spaß sehen, also gingen wir den Blitzableiter hinunter, und wir wurden beide ein wenig verletzt, und wir wollten *das nicht* mehr versuchen. Und dann fuhr ich fort und erzählte ihr alles, was ich Onkel Silas vorhin erzählt hatte; Und dann sagte sie, sie würde uns verzeihen, und vielleicht war es doch schon in Ordnung, und was ein Körper von Knaben erwarten konnte, denn alle Knaben waren ein hübscher Haufen Pelz, wie sie sehen konnte; Und so hielt sie es für besser, solange es nicht zu Schaden gekommen war, ihre Zeit darauf zu verwenden, dankbar zu sein, dass wir am Leben und gesund waren und sie uns immer noch hatte, anstatt sich über das zu ärgern, was vergangen und getan war. Dann küßte sie mich, tätschelte mir den Kopf und ließ sich in eine Art braunes Arbeitszimmer fallen; und springt bald auf und sagt:

„Nun, Gesetzsamercy, es ist schon fast Nacht, und Sid ist noch nicht gekommen! Was *ist* aus dem Knaben geworden?"

Ich sehe meine Chance; also springe ich hoch und sage:

„Ich renne gleich in die Stadt und hole ihn," sage ich.

„Nein, das wirst du nicht," sagt sie. „Du wirst gleich bleiben, wo du bist; *Man kann* sich auf einmal verirren. Wenn er nicht zum Abendessen hier ist, wird dein Onkel gehen."

Nun, er warnte davor, zum Abendessen da zu sein; Gleich nach dem Abendessen ging Onkel hin.

Er kam gegen zehn Uhr etwas unruhig zurück, war nicht über Toms Spur gelaufen. Tante Sally war sehr beunruhigt, aber Onkel Silas sagte, es sei keine Gelegenheit dazu – Knaben werden Knaben sein, sagte er, und du wirst sehen, daß dieser hier am Morgen ganz gesund und munter auftaucht. Also musste sie zufrieden sein. Aber sie sagte, sie würde sich sowieso eine Weile für ihn einrichten und ein Licht brennen lassen, damit er es sehen könne.

Und dann, als ich zu Bett ging, kam sie zu mir herauf, holte ihre Kerze, deckte mich zu und bemutterte mich so gut, dass ich mir gemein fühlte und ihr nicht ins Gesicht sehen könnte; und sie setzte sich auf das Bett und sprach lange mit mir und sagte, was für ein prächtiger Junge Sid sei, und schien nie aufhören zu wollen, von ihm zu sprechen; und fragte mich hin und wieder, ob ich damit rechnete, dass er sich verlaufen oder verletzt oder vielleicht ertrunken sein könnte und in diesem Augenblick irgendwo leidend oder tot liegen könnte, und sie nicht bei ihm war, um ihm zu helfen, und so tropften die Tränen still herunter, und ich sagte ihr, dass Sid in Ordnung sei. und würde am Morgen zu Hause sein, sicher; Und sie drückte mir die Hand oder küßte mich und sagte mir, ich solle es noch einmal sagen und es immer wieder sagen, weil es ihr gut getan habe und sie in so großen Schwierigkeiten steckte. Und als sie fortging, sah sie mir so fest und sanft in die Augen und sagte:

„Die Tür wird nicht verschlossen werden, Tom, und da ist das Fenster und die Stange; Aber du wirst gut sein, *nicht wahr*? Und du gehst nicht hin? Meinetwegen."

Laws wußte, daß ich unbedingt gehen wollte, um nach Tom zu sehen, und hatte alle die Absicht zu gehen; aber danach wollte ich nicht mehr gehen, nicht für Königreiche.

Aber sie war in meinen Gedanken und Tom war in meinen Gedanken, also schlief ich sehr unruhig. Und zweimal ging ich in der Nacht die Stange hinunter und schlüpfte vorn herum und sah sie dort neben ihrer Kerze im Fenster sitzen, die Augen auf die Straße gerichtet und die Tränen darin; und ich wünschte, ich könne etwas für sie tun, aber ich konnte es nicht, nur um zu schwören, daß ich nie mehr nichts tun würde, um sie zu betrüben. Und das dritte Mal erwachte ich im Morgengrauen und glitt hinunter, und sie war noch da, und ihre Kerze war fast aus, und ihr alter grauer Kopf ruhte auf ihrer Hand, und sie schlief.

KAPITEL XLII.

Der alte Mann war vor dem Frühstück wieder in der Stadt, konnte aber keine Spur von Tom finden; Und beide setzten sich an den Tisch und dachten nach, sagten nichts und sahen traurig aus, und ihr Kaffee wurde kalt und aß nichts. Und nach und nach sagt der Alte:

„Habe ich Ihnen den Brief gegeben?"

„Welcher Buchstabe?"

„Die, die ich gestern aus dem Postamt geholt habe."

„Nein, Sie haben mir keinen Brief gegeben."

„Nun, ich muß es vergessen."

Da kramte er in seinen Taschen und ging dann irgendwohin, wo er es hingelegt hatte, holte es und gab es ihr. Sie sagt:

„Nun, es ist aus St. Petersburg – es ist aus Sis."

Ich ließ zu, daß mir ein weiterer Spaziergang gut tun würde, aber ich konnte mich nicht rühren. Aber ehe sie es aufbrechen konnte, ließ sie es fallen und rannte davon, denn sie sah etwas. Und ich auch. Es war Tom Sawyer auf einer Matratze; und der alte Doktor; und Jim, in *ihrem* Kattunkleid, mit auf dem Rücken gefesselten Händen, und eine Menge Leute. Ich versteckte den Brief hinter dem Ersten, was mir in die Hände kam, und beeilte mich. Sie warf sich weinend auf Tom und sagte;

„Oh, er ist tot, er ist tot, ich weiß, er ist tot!"

Und Tom wandte ein wenig den Kopf und murmelte irgend etwas, was zeigte, daß er nicht bei klarem Verstand war; dann schlug sie die Hände in die Höhe und sagte:

„Er lebt, Gott sei Dank! Und das ist genug!" Und sie ergriff ihm einen Kuß und flog nach dem Hause, um das Bett herzurichten, und zerstreute nach rechts und links Befehle auf die Nigger und alle anderen, so schnell ihre Zunge konnte, bei jedem Sprung des Weges.

Ich folgte den Männern, um zu sehen, was sie mit Jim anfangen würden; und der alte Doktor und Onkel Silas folgten Tom in das Haus. Die Männer waren sehr aufgeregt, und einige von ihnen wollten Jim aufhängen, um ein Beispiel für alle anderen Nigger zu haben, damit sie nicht versuchen würden, wegzulaufen, wie Jim es tat, und so viel Ärger machten und eine ganze Familie tage- und nächtelang in Todesangst hielten. Aber die andern sagten: Tu es nicht, es würde gar nicht antworten; Er ist nicht unser Nigger, und sein Besitzer würde auftauchen und uns für ihn bezahlen lassen, sicher. Das beruhigte sie ein wenig, denn die Leute, die immer am meisten darauf bedacht sind, einen Nigger zu hängen, der es nicht richtig gemacht hat, sind immer gerade diejenigen, die nicht am meisten darauf bedacht sind, für ihn zu bezahlen, wenn sie ihre Befriedigung aus ihm herausgeholt haben.

Sie beschimpften Jim allerdings heftig und gaben ihm von Zeit zu Zeit ein oder zwei Handschellen über den Kopf, aber Jim sagte nie etwas, und er ließ mich nie kennen, und sie brachten ihn in dieselbe Hütte, zogen ihm seine eigenen Kleider an und ketteten ihn wieder an, und diesmal nicht an kein Bettbein. aber zu einem großen Riegel fuhr er in den unteren Baumstamm und fesselte auch seine Hände und beide Beine und sagte, er solle danach nichts als Brot und Wasser zu essen haben, bis sein Besitzer käme, oder er sei auf einer Auktion verkauft worden, weil er eine gewisse Zeit nicht gekommen sei, und habe unser Loch zugestopft. und sagte, ein paar Bauern mit Gewehren müßten jede Nacht um die Hütte herumstehen, und eine Bulldogge müsse am Tage an die Tür gebunden sein; Und um diese Zeit waren sie mit ihrer Arbeit fertig und verjüngten sich mit einer Art allgemeinem Abschiedsfluch, und dann kam der alte Doktor, sah sich um und sagte:

„Sei nicht rauer gegen ihn, als du es vermutest, denn er ist kein schlechter Nigger. Als ich an der Stelle ankam, wo ich den Jungen fand, sah ich, dass ich die Kugel nicht ohne Hilfe herausschneiden konnte, und er warnte mich, dass ich nicht in der Lage wäre, wegzugehen und Hilfe zu holen; Und es wurde ihm immer schlimmer, und nach langer Zeit verlor er den Verstand und ließ mich nicht mehr an sich heran und sagte, wenn ich sein

Floß mit Kreide käme, würde er mich umbringen, und solche wilden Dummheiten ohne Ende, und ich sehe, ich könnte gar nichts mit ihm anfangen; also sage ich, ich brauche *irgendwie Hilfe*, und in dem Augenblick, in dem ich es ausspreche, kriecht dieser Nigger von irgendwoher und sagt, er wird helfen, und er hat es auch getan, und zwar sehr gut. Natürlich kam ich zu dem Schluss, dass es sich um einen entlaufenen Nigger handeln musste, und da war ich! und da musste ich den ganzen Rest des Tages und die ganze Nacht geradeaus bleiben. Es war eine Lösung, sage ich Ihnen! Ich hatte ein paar Patienten mit Schüttelfrost, und natürlich wäre ich gern in die Stadt gelaufen und hätte sie gesehen, aber ich wollte es nicht, denn der Nigger könnte entkommen, und dann wäre ich schuld; Und doch kam nie ein Boot nahe genug, daß ich hätte rufen können. Da musste ich also bis zum Tageslicht heute morgen lotrecht bleiben; und ich sehe nie einen Nigger, der ein besserer Dummkopf oder treuer gewesen wäre, und doch riskierte er seine Freiheit, es zu tun, und war auch ganz erschöpft, und ich sehe deutlich genug, daß er in letzter Zeit sehr hart gearbeitet hatte. Dafür mochte ich den Nigger; Ich sage Ihnen, meine Herren, ein solcher Nigger ist tausend Dollar wert – und eine freundliche Behandlung auch. Ich hatte alles, was ich brauchte, und dem Jungen ging es dort so gut wie zu Hause – vielleicht besser, weil es so ruhig war; aber da *war ich*, mit beiden Händen in meinen Händen, und da mußte ich bis zum Morgengrauen ausharren; da kamen einige Männer in einem Kahn vorbei, und wie es der Zufall wollte, saß der Nigger mit dem Kopf auf die Knie gestützt neben der Palette und schlief fest; da winkte ich ihnen leise. Und sie schlüpften auf ihn herab, packten ihn und fesselten ihn, ehe er wußte, was er tat, und wir hatten nie Schwierigkeiten. Und da der Knabe auch in einem flatterhaften Schlafe lag, so dämpften wir die Ruder, spannten das Floß an und schleppten es ganz schön ruhig hinüber, und der Nigger machte nicht den geringsten Streit und sagte von Anfang an kein Wort. Er ist kein schlechter Nigger, meine Herren; das ist es, was ich über ihn denke."

Jemand sagt:

„Nun, es hört sich sehr gut an, Doktor, das kann ich nur sagen."

Dann wurden auch die andern ein wenig weicher, und ich war dem alten Doktor sehr dankbar, daß er Jim so gut getan hatte; und ich war froh, daß es auch nach meinem Urteil über ihn geschah; denn ich dachte, er hätte ein gutes Herz in sich und war ein guter Mann, als ich ihn zum ersten Mal sah. Dann stimmten sie alle darin überein, daß Jim sich sehr gut benommen habe und es verdiene, daß man davon Notiz nehme und belohnt werde. Da versprach jeder von ihnen geradeheraus und herzlich, dass sie ihn nicht mehr beschimpfen würden.

Dann kamen sie heraus und sperrten ihn ein. Ich hoffte, sie würden sagen, er könne eine oder zwei der Ketten abnehmen lassen, weil sie verfault seien, oder er könne Fleisch und Grünzeug zu seinem Brot und Wasser haben; aber sie dachten nicht daran, und ich hielt es für nicht das Beste, wenn ich mich einmischte, aber ich glaubte, daß ich Tante Sally das Garn des Doktors irgendwie bringen würde, sobald ich durch die Brandung gekommen wäre, die gerade vor mir lag – Erklärungen, meine ich, wie ich vergaß zu erwähnen, daß Sid erschossen worden war, als ich erzählte, wie er und ich diese verdammte Nacht damit verbrachten, auf der Jagd herumzupaddeln Der entlaufene Nigger.

Aber ich hatte viel Zeit. Tante Sally, sie hing den ganzen Tag und die ganze Nacht im Krankenzimmer, und jedesmal, wenn ich Onkel Silas herumlaufen sah, wich ich ihm aus.

Am nächsten Morgen hörte ich, daß es Tom viel besser ginge, und sie sagten, Tante Sally sei fortgegangen, um ein Nickerchen zu machen. So schlüpfe ich ins Krankenzimmer, und wenn ich ihn wach fände, so rechnete ich damit, daß wir ein Garn für die Familie auflegen könnten, das sich waschen würde. Aber er schlief, und zwar sehr ruhig; und bleich, nicht mit Feuergesicht, wie er war, als er kam. Also setzte ich mich hin und legte mich hin, damit er aufwachen konnte. Nach etwa einer halben Stunde kam Tante Sally hereingeschlichen, und da war ich, wieder einen Baumstumpf hinauf! Sie bedeutete mir, still zu sein, setzte sich neben mich, flüsterte und sagte, wir könnten jetzt alle fröhlich sein, weil alle Symptome vorzüglich seien, und er habe so lange geschlafen und immer besser und friedlicher ausgesehen, und zehn vor eins würde er bei klarem Verstand erwachen.

Wir saßen also da und schauten zu, und nach und nach rührte er sich ein wenig, öffnete ganz natürlich die Augen, schaute ihn an und sagte:

„Hallo, ich bin zu *Hause!* Wie ist das? Wo ist das Floß?"

„Es ist schon in Ordnung," sage ich.

„Und *Jim?*"

„Das Gleiche," sage ich, kann es aber nicht ganz frech sagen. Aber er hat es nie bemerkt, sondern sagt:

„Gut! Prächtig! *Jetzt* ist alles in Ordnung und sicher! Hast du es Tante gesagt?"

Ich wollte ja sagen; aber sie mischte sich ein und sagte: „Worüber, Sid?"

„Nun, über die Art und Weise, wie das Ganze gemacht wurde."

„Was für eine ganze Sache?"

„Nun, *die* ganze Sache. Es gibt nur einen; wie wir den entlaufenen Nigger befreit haben - mich und Tom."

„Gutes Land! Stellen Sie den Lauf vor - Wovon redet das Kind! Liebes, liebes, wieder aus dem Kopfe!"

„*Nein,* ich bin nicht aus meinem Kopf; Ich weiß alles, wovon ich spreche. Wir haben ihn befreit - mich und Tom. Wir machten uns daran, es zu tun, und wir *haben es geschafft.* Und das haben wir auch elegant gemacht." Er hatte einen Anfang, und sie sah ihn nie nach, sondern saß nur da und starrte und starrte und ließ ihn mitschleichen, und ich sehe, es nützte *nichts,* wenn ich es einfügte. »Nun, Tantchen, es hat uns eine Menge Arbeit gekostet - Wochen - Stunden um Stunden, jede Nacht, während du ganz schliefst. Und wir mussten Kerzen stehlen und das Laken und das Hemd und dein Kleid und Löffel und Zinnteller und Kastenmesser und die Warmhalteplanne und den Schleifstein und Mehl und einfach alles ohne Ende, und du kannst dir nicht vorstellen, was für eine Arbeit es war, die Sägen und Federn und Inschriften und so etwas oder das andere zu machen. Und man kann nicht glauben, dass *es halb* so viel Spaß gemacht hat. Und wir mußten die Bilder von Särgen und anderen Dingen erfinden und unschuldige Briefe von den Räubern, den Blitzableiter auf und ab steigen und das Loch in die Kajüte graben und die Strickleiter machen und sie zu einem Kuchen gebacken hineinschicken und Löffel und Dinge einschicken, mit denen man in der Schürzentasche arbeiten kann ..."

„Um Gnaden!"

„- und die Kajüte mit Ratten und Schlangen und so weiter beladen, um Jim Gesellschaft zu leisten; Und dann hast du Tom so lange mit der Butter im Hut hier festgehalten, daß du beinahe die ganze Sache aufgeschüttet hättest, denn die Leute kamen, bevor wir aus der Kajüte waren, und wir mußten uns beeilen, und sie hörten uns und ließen uns auf uns losfahren, und ich bekam meinen Anteil, und wir wichen dem Weg aus und ließen sie vorbeigehen. Und wenn die Hunde kommen, warnen sie davor, sich für uns zu interessieren, sondern haben den meisten Lärm gemacht, und wir haben unser Kanu geholt und sind auf das Floß zugegangen, und alles war in Sicherheit, und Jim war ein freier Mann, und wir haben es ganz allein gemacht, und *war es nicht ein* Tyrann, Tante?"

„Nun, so etwas habe ich in all meinen Tagen noch nie gehört! Ihr wart es also, ihr kleinen Räuber, die all diesen Ärger gemacht haben und den Verstand aller von innen nach außen gekehrt und uns alle zu Tode erschreckt haben. Ich habe so gut wie noch nie in meinem Leben die Idee, es dir in diesem Augenblick zu nehmen. Wenn ich daran denke, hier bin ich gewesen, Nacht für Nacht, ein - *du* wirst nur einmal gesund, du junger Schuft, und ich liege, ich werde den alten Harry aus euch beiden bräunen!"

Aber Tom, er *war* so stolz und fröhlich, er konnte sich einfach *nicht zurückhalten, und seine Zunge ging einfach hin - sie mischte sich ein und spuckte Feuer, und beide machten es gleichzeitig, wie ein Katzenkongreß, und sie sagte:*

„Nun, du hast jetzt so viel Vergnügen, wie du kannst, denn ich sage dir, wenn ich dich wieder dabei erwische, wie du dich mit ihm einmischst ..."

„Mit wem sich einmischen?", sagt Tom, läßt sein Lächeln fallen und sieht überrascht aus.

„Mit *wem?* Na klar, der entlaufene Nigger. Für wen hältst du das?"

Tom sieht mich sehr ernst an und sagt:

„Tom, hast du mir nicht gerade gesagt, dass es ihm gut geht? Ist er nicht entkommen?"

„*Er?*" sagt Tante Sally; „Der entlaufene Nigger? Er hat es nicht getan. Sie haben ihn wohlbehalten zurückbekommen, und er ist wieder in der Kajüte, mit Brot und Wasser beladen und mit Ketten beladen, bis er beansprucht oder verkauft wird."

Tom erhob sich im Bette, mit heißen Augen, und seine Nasenlöcher öffneten und schlossen sich wie Kiemen, und sang mir zu:

„Sie haben kein *Recht*, ihn zum Schweigen zu bringen! *Schieben!*– und verlieren Sie keine Minute. Lass ihn los! Er ist kein Sklave; Er ist so frei wie jedes Geschöpf, das auf dieser Erde wandelt!"

„Was *bedeutet* das Kind?"

„Ich meine jedes Wort, das ich *sage*, Tante Sally, und wenn jemand nicht geht, *gehe ich*. Ich kenne ihn sein ganzes Leben lang, und Tom dort auch. Die alte Miß Watson starb vor zwei Monaten, und sie schämte sich, daß sie ihn jemals den Fluß hinunter verkaufen wollte, und *sagte* es, und sie ließ ihn in ihrem Testament frei."

„Wozu um alles in der Welt wolltest *du* ihn dann befreien, da er doch schon frei war?"

„Nun, das *ist* eine Frage, muß ich sagen; Und *genau* wie Frauen! Nun, ich wollte das *Abenteuer*, und ich watete bis zum Hals in Blut – meine Güte, Tante Polly!"

Wenn sie nicht genau da steht, gerade vor der Tür, und so süß und zufrieden aussieht wie ein Engel, der halb voll Kuchen ist, so wünschte ich, ich könnte es nie tun!

Tante Sally sprang für sie auf, und die meisten drückten den Kopf von ihr ab und weinten um sie, und ich fand einen Platz unter dem Bett, der gut genug für mich war, denn es wurde ziemlich schwül für *uns*, schien mir. Und ich guckte hinaus, und nach einer Weile schüttelte sich Toms Tante Polly los und stand da und sah Tom über ihre Brille hinweg an – und drückte ihn irgendwie in die Erde, weißt du. Und dann sagt sie:

„Ja, es ist *besser*, du wendest deinen Kopf ab – ich würde es tun, wenn ich du wäre, Tom."

„Ach, mein Gott!« sagt Tante Sally; »*Ist* er so verändert? Nun, das ist nicht *Tom*, das ist Sid; Toms - Toms - nun, wo ist Tom? Er war vor einer Minute hier."

„Du meinst, wo ist Huck *Finn* - das ist es, was du meinst! Ich glaube, ich habe all die Jahre nicht so einen Schuft wie meinen Tom erzogen, um ihn nicht zu kennen, wenn ich *ihn sehe*. Das wäre ein hübsches Howdy-Do. Komm unter dem Bett hervor, Huck Finn."

Also habe ich es getan. Aber sich nicht frech zu fühlen.

Tante Sally, sie war eine der verwirrtesten Menschen, die ich je gesehen habe - bis auf eine, und das war Onkel Silas, als er hereinkam und sie ihm alles erzählten. Es machte ihn irgendwie betrunken, wie man sagen könnte, und er wusste den Rest des Tages überhaupt nichts mehr und hielt an diesem Abend eine Gebetspredigt, die ihm eine erschütternde Vermutung einbrachte, weil der älteste Mann der Welt es nicht verstehen konnte. Toms Tante Polly, sie erzählte mir alles, wer ich war und was; und ich mußte aufstehen und erzählen, wie ich mich in einer solchen Klemme befand, daß, als Mrs. Phelps mich für Tom Sawyer hielt - sie mischte sich ein und sagte: »Oh, nennen Sie mich Tante Sally, ich bin jetzt daran gewöhnt und brauche mich nicht zu ändern« -, daß ich, als Tante Sally mich für Tom Sawyer hielt, es ertragen mußte - es gab keinen anderen Weg mehr. und ich wußte, daß es ihm nichts ausmachen würde, denn es wäre verrückt für ihn, ein Mysterium zu sein, und er würde ein Abenteuer daraus machen und vollkommen zufrieden sein. Und so kam es auch, und er ließ es zu, Sid zu sein, und machte die Dinge für mich so weich wie möglich.

Und seine Tante Polly, sie sagte, Tom habe recht, daß die alte Miß Watson Jim in ihrem Testament freigelassen habe, und so war Tom Sawyer wirklich hingegangen und hatte all die Mühe und Mühe auf sich genommen, um einen freien Nigger zu befreien, und ich konnte bis zu dieser Minute und bis zu diesem Gespräch nicht begreifen, wie er einem Körper helfen konnte, einen Nigger durch seine Erziehung zu befreien.

Nun, Tante Polly, sie sagte, als Tante Sally ihr schrieb, daß Tom und *Sid* wohlbehalten angekommen seien, sagte sie zu sich selbst:

„Schau dir das an! Ich hätte es erwarten können, ihn so gehen zu lassen, ohne dass jemand auf ihn aufpasste. Jetzt mußte ich also den ganzen Fluß hinunter, elfhundert Meilen, in die Falle gehen und herausfinden, was dieses Geschöpf diesmal im Schilde führte, solange ich von Ihnen keine Antwort darauf zu bekommen schien."

„Nun, ich habe nie etwas von dir gehört," sagt Tante Sally.

„Nun, ich frage mich! Ich habe dir zweimal geschrieben, um dich zu fragen, was du damit meinst, dass Sid hier ist."

„Nun, ich habe sie nie bekommen, Schwester."

Tante Polly dreht sich langsam und streng um und sagt:

„Du, Tom!"

„Nun - *was?*", sagt er, etwas kleinlich.

„Verstehst du nicht, du unverschämtes Ding, gib ihnen Briefe."

„Welche Buchstaben?"

„*Diese* Briefe. Ich bin gebunden, wenn ich mich von dir abwenden muß, werde ich …"

„Sie sind im Kofferraum. So, jetzt. Und sie sind genau die gleichen wie damals, als ich sie aus dem Büro geholt habe. Ich habe sie nicht angeschaut, ich habe sie nicht berührt. Aber ich wußte, daß sie Ärger machen würden, und ich dachte, wenn Ihr nicht in Eile warnt, würde ich …"

„Nun, du musst gehäutet werden, da ist kein Irrtum. Und ich schrieb noch einen, um dir zu sagen, dass ich kommen würde; und ich glaube, er …"

„Nein, es ist gestern gekommen; Ich habe es noch nicht gelesen, aber *es ist* in Ordnung, ich habe es."

Ich wollte ihr anbieten, zwei Dollar zu wetten, aber ich dachte, es wäre vielleicht genauso sicher, es nicht zu tun. Also habe ich nie nichts gesagt.

KAPITEL DAS LETZTE

Als ich Tom zum ersten Mal privat erwischte, fragte ich ihn, was seine Idee war, wann er ausflüchtete, was er vorgehabt hätte, wenn die Flucht gut funktionierte und es ihm gelänge, einen Nigger zu befreien, der schon vorher frei war? Und er sagte, was er von Anfang an in seinem Kopf geplant hätte, wenn wir Jim heil herauskämen, wäre, daß wir ihn auf dem Floß den Fluß hinunterfahren und Abenteuer bis zur Mündung des Flusses ausloten lassen sollten, um ihm dann zu erzählen, daß er frei sei, und ihn auf einem Dampfschiff wieder nach Hause zu bringen. und ihm seine verlorene Zeit bezahlen, und im voraus schreiben und alle Nigger ringsum rausholen und ihn mit einem Fackelzug und einer Blaskapelle in die Stadt walzen lassen, dann wäre er ein Held, und wir auch. Aber ich dachte, es war ungefähr so gut, wie es war.

Wir hatten Jim im Nu aus den Ketten befreit, und als Tante Polly, Onkel Silas und Tante Sally herausfanden, wie gut er dem Krankenpfleger Tom geholfen hatte, machten sie einen Haufen Aufhebens um ihn, richteten ihn in Ordnung und gaben ihm alles, was er zu essen brauchte, und eine gute Zeit und nichts zu tun. Und wir brachten ihn in das Krankenzimmer und unterhielten uns hoch; und Tom gab Jim vierzig Dollars dafür, daß er so geduldig für uns gefangen war und es so gut machte, und Jim freute sich zu Tode am meisten, brach aus und sagte:

„*Dah*, Huck, was ich dir sage? - was ich dir auf der Jackson-Insel erzähle? Ich *tolere* dich, ich habe einen haarigen Breas', en was ist das Zeichen dafür; en ich *toliere* dich, ich bin reich wunst, en gwineter to be rich *agin;* en Es ist wahr geworden; en heah sie *ist! Dah,* nun! sprich mit *mir* - Zeichen sind *Zeichen*, mein, sage ich dir; und ich wußte wohl, daß ich reich sein werde, wie ich in einer Minute stehe."

Und dann redete Tom mit und redete mit und sagte: "Wir schlüpfen alle drei in einer dieser Nächte hier raus, holen sich ein Outfit und gehen für ein paar Wochen oder zwei auf heulende Abenteuer unter den Injuns, drüben im Territorium; und ich sage: "Gut, das steht mir, aber ich habe kein Geld, um das Outfit zu kaufen, und ich glaube, ich könnte keines von zu Hause bekommen, denn es ist wahrscheinlich, dass Papa schon früher zurückgekehrt ist und alles von Richterin Thatcher weggenommen und ausgetrunken hat.

„Nein, das hat er nicht," sagt Tom. „Es ist alles da – sechstausend Dollar und mehr; Und dein Papa ist seitdem nicht mehr zurückgekehrt. Jedenfalls nicht, wenn ich wegkomme."

Jim sagt etwas feierlich:

„Er kommt nicht zurück, Huck."

Ich sage:

„Warum, Jim?"

„Nemmine, warum Huck, aber er kommt ja nicht zurück."

Aber ich blieb bei ihm; So sagt er endlich:

„Hast du ein Mitglied des Hauses, das den Fluß hinunter geschwommen ist, und du warst ein Mann in dah, ich bin hineingegangen und habe ihn nicht losgelassen und dich hereingelassen? Nun, du gibst dein Geld, wenn du es willst, denn das war er."

Tom geht es jetzt sehr gut, und er hat seine Kugel um den Hals auf einem Wachposten für eine Wache und sieht immer, wie spät es ist, und so gibt es nichts mehr, worüber man schreiben könnte, und ich bin verdammt froh darüber, denn wenn ich gewußt hätte, was für eine Mühe es ist, ein Buch zu machen, würde ich es nicht in Angriff nehmen. Und ich werde nicht mehr hingehen. Aber ich glaube, ich muss vor allen anderen ins Territorium aufbrechen, denn Tante Sally wird mich adoptieren und verleumden, und ich kann es nicht ertragen. Ich war schon einmal dort.

DAS ENDE.

MIT FREUNDLICHEN GRÜSSEN,

HUCK FINN.

Milton Keynes UK
Ingram Content Group UK Ltd.
UKHW030946261124
451585UK00001B/186